Von John Saul
sind als Heyne-Taschenbücher erschienen:

Blinde Rache · Band 01/6636
Das Kind der Rache · Band 01/6963
Höllenfeuer · Band 01/7659
Wehe, wenn der Wind weht · Band 01/7755
Im Banne des Bösen · Band 01/7873

JOHN SAUL

WEHE, WENN SIE WIEDERKEHREN

Ein unheimlicher Roman

Aus dem Amerikanischen
von Georgette Skalecki

WILHELM HEYNE VERLAG
MÜNCHEN

HEYNE ALLGEMEINE REIHE
Nr. 01/6740

Titel der Originalausgabe
SUFFER THE CHILDREN

6. Auflage

Copyright © 1977 by John Saul
Copyright © 1981 für die deutschsprachige Ausgabe
by Kindler Verlag GmbH, München
Printed in Germany 1991
Umschlagfoto: Young Artists / George Smith / Schlück
Umschlaggestaltung: Atelier Ingrid Schütz, München
Gesamtherstellung: Elsnerdruck, Berlin

ISBN 3-453-02343-9

Für Michael Sack,
ohne den dieses Buch nicht
geschrieben worden wäre

»Geh' nicht in den Wald, Elizabeth!«
Elizabeth ließ den Strahl ihrer Taschenlampe über den Boden der Höhle gleiten.
Plötzlich blitzte etwas auf: ein goldenes Armband mit einem Opal.
Es lag noch um das Handgelenk seines Eigentümers.
Das Skelett lag direkt unter der Öffnung des senkrechten Schachtes. Hier und da hingen noch Kleiderfetzen daran. Sie zerfielen zu Staub, als Elizabeth sie berührte.
Neben dem Schädel lag eine verrostete Haarnadel. Elizabeth hob sie auf, betrachtete sie nachdenklich und nickte dann bedächtig.
»Ich wußte, daß ich dich hier finden würde«, flüsterte sie. »Jetzt wird alles gut.«

PROLOG

Vor hundert Jahren

Hohe Wellen rollten auf die Küste zu und zerschellten schäumend an den Felsen. Hoch über der See fuhr derselbe Wind, der unten die tosende Brandung verursachte, nur wie ein sanftes Streicheln über die Wiese, in der das Kind an diesem Spätsommernachmittag spielte.

Sie war ein hübsches Ding von elf Jahren. Ihr kornblumenblaues Seidenkleid paßte genau zu der Farbe ihrer Augen, und ihre langen, blonden Haare fielen in weichen Wellen über ihre Schultern und ihren Rücken. Sie bückte sich nach einem Käfer, den sie im Gras entdeckt hatte und stieß ihn leicht mit der Fingerspitze an. Er erhob sich mit leisem Surren in die Luft, um sich gleich darauf ein Stückchen weiter erneut niederzulassen – und sofort war die Fingerspitze wieder da. Das Spiel wiederholte sich. Schließlich nahm das Mädchen den Käfer vorsichtig zwischen die Finger und steckte ihn in die Tasche. Es lächelte, als es das Krabbeln der winzigen Füße durch den dünnen Stoff spürte.

Das Kind sah zu dem Haus hinüber, das etwa hundert Meter entfernt lag, und dann zu der Straße, die sich in vielen Biegungen den Hügel hinunter wand. Eigentlich erwartete es, daß eine Kutsche kommen und die Mutter auf der Veranda erscheinen würde – aber es war noch viel zu früh. Es fragte sich, was die Großmutter wohl mitbringen würde. Hoffentlich ein Tier. Das Kind liebte Tiere.

Ein Windstoß fuhr in seine Haare. Es drehte sich um und sah zu dem Wäldchen hinüber, das die große Wiese von der Steilküste trennte. Plötzlich stieg der Wunsch in ihm auf, dorthin zu gehen, zwischen den Farnen und Bäumen zu verschwinden ... Das Mädchen wußte, daß es verboten war, es wußte, daß im Wald Gefahr lauerte. Und trotzdem, es wäre so schön, unter den Bäumen spazierenzugehen ...
Vielleicht folgte es deshalb dem Kaninchen.
Verborgen hinter dichtem Blattwerk saß im Schatten der hohen Bäume ein Mann im Wald und starrte auf die Wiese hinaus. Er war wie hypnotisiert, wie ein Teil des ganzen Bildes und doch irgendwie außerhalb davon.
Er beobachtete ruhig, wie das Kind erst zum Haus blickte, dann zur Straße und schließlich direkt in seine Richtung. Einen endlosen Augenblick lang, während es ihn scheinbar prüfend ansah, bis in seine Seele zu blicken schien, befürchtete er, daß es sich umdrehen und davonlaufen würde. Seine Muskeln spannten sich, aber er fühlte nichts. Dann war es vorbei. Das Mädchen wandte sich ab und der Mann entspannte sich. Seine Hand griff nach der Flasche, die neben ihm an einen Stein gelehnt stand. Er nahm einen großen Schluck.

Es war ein kleines Kaninchen – nicht älter als ein paar Monate. Es spähte unter einem Busch hervor, als wisse es zwar, daß man es sehen konnte, hoffte jedoch, daß niemand es bemerken würde. Lange Zeit saß es ganz still, während das Mädchen immer näher kam; aber als es bis auf drei Meter heran war, begann das Näschen des kleinen Tieres aufgeregt zu zucken. Das Kind wußte, daß das Kaninchen jetzt auf dem Sprung war und verharrte re-

gungslos. Als die Nase des Tierchens wieder still stand, wagte sich das Mädchen vorsichtig näher. Nach einem weiteren halben Meter der Annäherung begann die Nase des Tieres wieder zu zucken. Das Kind hielt sofort inne. Das Kaninchen setzte sich auf und stellte die Ohren hoch. Als sich nichts rührte, ließ es sich wieder auf die Vorderpfoten nieder, legte die Ohren an und zog sich soweit als möglich in den Busch zurück. Bei der nächsten Bewegung des Kindes machte das Tier einen Satz. Das Mädchen schrak unwillkürlich zusammen, aber es ließ das Kaninchen keinen Moment aus den Augen.
Und dann sah es, daß das Tier verkrüppelt war: es lahmte auf einem Hinterlauf und geriet daher bei jedem Sprung ein wenig mehr nach links als beabsichtigt. Und es war langsam.

Das Kind versuchte, das Kaninchen einzufangen, um es mit nach Hause zu nehmen, wo es ihm vielleicht helfen könnte, aber es entwischte ihm immer wieder, da es völlig kopflos kreuz und quer über die Wiese sprang.
Der Mann im Wald beobachtete die Jagd, ohne den Blick ein einziges Mal von dem Kind zu lassen. Gelegentlich sah er aus den Augenwinkeln einen grauen Schatten und nahm halb unbewußt wahr, daß es das Kaninchen war. Aber das war ihm unwichtig.
Wichtig war nur das Kind.
Er setzte wieder die Flasche an die Lippen – und nach diesem Zug war sie leer.
Plötzlich schien das Kaninchen einen Plan gefaßt zu haben: es steuerte mit wilden Sprüngen auf den Wald zu – genau dorthin, wo der Mann wartete.
Das Mädchen hatte nur Augen für das Tier – und als es

den Wald erreichte, war das Kind ganz kurz hinter ihm. Der Mann stand auf. Seine rechte Hand umklammerte den Hals der Flasche so fest, daß die Knöchel weiß hervortraten. Und in dem Moment als das Kaninchen zu seinen Füßen auftauchte, ließ er die Flasche niedersausen und zertrümmerte den Schädel des Tieres. Er richtete sich gerade rechtzeitig auf, um zu sehen, wie das Mädchen in das Dämmerlicht des Waldes trat. Der Wind wurde heftiger und das Rauschen der Wellen lauter.
Es erlebte nicht bewußt, wie das Kaninchen starb. Es nahm vielmehr bruchstückhafte Eindrücke wahr:
Das Kaninchen, das von der Wiese in den Wald hoppelt.
Eine Gestalt, die aus dem Nichts vor ihm aufragt.
Ein Geräusch, kein Krachen, sondern eine Art dumpfes Knirschen, und dann das Kaninchen, das kleine Tier, dem es hatte helfen wollen und das jetzt zuckend zu Füßen des Mannes lag.
Es hob den Kopf und sah ihm ins Gesicht.
Die Augen waren blutunterlaufen, sein Kinn voller Bartstoppeln. Seine Augen, die früher vielleicht einmal strahlend blau wie der Sommerhimmel waren, blickten trüb, und farblose Haarsträhnen machten die Züge fast unkenntlich – und dennoch durchzuckte das Kind das Gefühl, dieses Gesicht zu kennen. Aber dann ließ der Mann die Flasche fallen und packte es, und jeder Gedanke wurde von wilder Panik erstickt.
Er schlang einen Arm um den schmalen Körper und verschloß mit der Hand, die vorher die Flasche gehalten hatte, den Mund des Kindes, bevor der Schrei, der in seiner Kehle hochstieg, laut werden konnte.
Er hob sie mühelos hoch und trug sie tiefer in den Wald hinein. Sie wehrte sich verzweifelt, was aber nur dazu

führte, daß er seinen Griff verstärkte. Er spürte, wie Hitze seine Leisten durchströmte – und er wußte, daß nicht der Whisky daran schuld war.
Er sprach kein Wort.
Schweigend legte er sie auf einer kleinen Lichtung nieder, schweigend nahm er seinen Gürtel ab, schweigend band er ihr die Handgelenke zusammen – und als sie schrie, schlug er zu. Die Schreie verebbten zu einem leisen Stöhnen, und sie starrte zu ihm auf wie ein gefangenes Tier.
Die Sonne verschwand hinter einer Wolke.

Er zog sich langsam an, nahm ihr die Fesseln ab und legte den Gürtel wieder um. Dann ordnete er die Kleider des Mädchens so gut er konnte und nahm es ganz sanft auf die Arme. Der blonde Kopf sank an seine Schulter. Und dann lag der Wald plötzlich hinter ihm und vor ihm die unendliche Weite des Ozeans. Er hielt das Kind mit ausgestreckten Armen dem Meer entgegen – wie ein Opfer.
Es fing an zu regnen.
Lange Zeit stand der Mann bewegungslos da, als warte er auf irgendein Zeichen. Dann nahm er das Mädchen so, daß er eine Hand frei hatte, und begann die Steilküste hinunterzuklettern. Als die Brandung noch etwa fünfzig Meter unter ihm lag, bog er um einen großen Felsblock. Dahinter befand sich – kaum sichtbar – eine kleine Öffnung in der Wand. Er schob den leblosen Körper des Kindes hinein und verschwand dann ebenfalls darin.

Der Himmel schien alle Schleusen zu öffnen, als er allein wieder herauskam. Der Sturm peitschte ihm Regen und Gischt ins Gesicht. Die Flüssigkeiten vermischten sich und hinterließen einen seltsamen, bittersüßen Geschmack

auf seiner Zunge. Ohne noch einmal zum Eingang der Höhle zurückzublicken, kletterte er die Steilküste wieder hinauf.
Die Felsen waren jetzt glitschig. Jedesmal, wenn er abrutschte, wurden die Schürfwunden an seinen Händen tiefer, aber er spürte es nicht. Er spürte nur den festen Boden unter sich und die Gewalt der Elemente um ihn herum.
Als er endlich wieder oben war, stürzte er zurück in den Wald als fürchte er, die See würde heraufkommen und ihn in die Tiefe ziehen, wenn er auch nur eine Sekunde verharrte. Als das dichte Blattwerk sich hinter ihm schloß, entspannte er sich allmählich.
Und plötzlich wurden seine Schritte wieder sicher – zielstrebig steuerte er auf die Stelle zu, wo die leere Flasche lag.
Und das Kaninchen.
Dort blieb er stehen und starrte lange auf den durchweichten, kleinen, toten Körper hinunter.
Schließlich hob er ihn hoch, nahm ihn in die Arme wie ein Baby und machte sich auf den Weg zum Haus.
Er hielt nicht inne auf der Wiese, schaute nicht einmal für einen kurzen Augenblick zu dem Platz hinüber, wo das Mädchen gespielt hatte. Stattdessen starrte er mit demselben hypnotisierten Blick, mit dem er vorher das Mädchen beobachtet hatte, auf das Haus.
Er ging über den Rasen und betrat das Haus durch die breite Haupttür.
Niemand sah ihn, als er das tote Kaninchen durch die Halle in sein Arbeitszimmer trug, und es war auch noch nicht so spät, daß die Gaslampen brannten, deren Schatten er so fürchtete. Er schloß die Tür seines Arbeitszimmers

und setzte sich vor den kalten Kamin, das tote Kaninchen auf dem Schoß. So saß er lange Zeit in sich zusammengesunken da und streichelte ununterbrochen das nasse Fell des kleinen Tiers. Ab und zu hob er den Kopf und warf einen Blick auf das Bild des hübschen Kindes in dem kornblumenblauen Seidenkleid, das über dem Kamin hing.

Er hörte nicht, wie die Kutsche kam. Er hörte auch das Dröhnen des Türklopfers nicht.

Er hörte weder das leise Klopfen an der Tür seines Arbeitszimmers, noch das leise Klicken, als die Tür geöffnet wurde, und es dauerte lange, bis er bemerkte, daß jemand neben seinem Sessel stand.

»Was ist?« Seine Stimme klang fremd in seinen Ohren.

»Entschuldigen Sie, Mr. John«, sagte das Dienstmädchen, »ich suche Miss Beth. Ihre Großmutter hat nach ihr gefragt.«

»Miss Beth? Ist sie denn nicht zuhause? Vorhin war sie draußen auf der Wiese.«

»Ich konnte sie nirgends finden, Sir«, sagte das Mädchen. »Und da dachte ich, daß sie vielleicht bei Ihnen...«

»Nein«, sagte er müde, »bei mir ist sie nicht. Nicht mehr.«

Das Mädchen wandte sich zum Gehen, drehte sich dann jedoch noch einmal um.

»Mr. John?« Er blickte auf zu ihr. »Was ist das auf ihrem Schoß?«

Der Mann sah hinunter und schien in diesem Augenblick das kleine Pelzbündel zum ersten Mal bewußt wahrzunehmen. »Ein Kaninchen«, sagte er langsam.

»Was hat es denn?« fragte das Mädchen.

»Es ist tot«, sagte er. »Es war so rein und unschuldig – und jetzt ist es tot.«

Das Mädchen verließ den Raum.
Der Mann saß noch eine Weile regungslos da. Dann stand er auf, legte das Kaninchen vorsichtig auf den Sessel und warf noch einen letzten Blick auf das Portrait über dem Kamin.
Er zog die Tür seines Arbeitszimmers hinter sich zu, ging durch die Halle, aus dem Haus und den Weg hinunter, der an einer steilen Klippe endete. Er blieb einen Augenblick stehen und starrte auf den Ozean hinunter, der tief unter ihm gegen die Felsen donnerte. Seine Lippen bewegten sich lautlos, und vom Wind getragen, verloren im Rauschen des Meeres, schwebte ein Wort davon.
»Beth!« flüsterte er. Dann wiederholte er das Wort und während es von seinen Lippen kam, stürzte er sich in die See.
Für ihn war es vorbei.

ERSTES BUCH

Vor fünfzehn Jahren

1

Port Arbello war ein malerisches Städtchen hoch über dem Ozean. Die frische Brise, die vom Atlantik hereinwehte, kündigte das Ende des Sommers an, und die Farbenpracht der Bäume deutete darauf hin, daß die Blätter bald fallen würden. Ray Norton roch die ersten Anzeichen des nahenden Winters, als er mit dem einzigen Polizeiwagen der Stadt in die Straße einbog, die zu Conger's Point hinausführte.

Ray war in Port Arbello aufgewachsen, und jetzt – mit Mitte fünfzig – versuchte er, sich zu vergegenwärtigen, was sich seit seiner Geburt in der Stadt verändert hatte. Es war nicht viel, was ihm zu diesem Thema einfiel.

Es gab ein neues Motel, das mit allen Mitteln versuchte, so zu tun, als sei es schon immer dagewesen. Das gelang ihm jedoch nicht – und als Ray daran vorbeifuhr, fragte er sich, was wohl daraus werden würde, wenn der Besitzer die Verluste nicht mehr auffangen konnte. Vielleicht würde die Stadt es kaufen und einen Country Club daraus machen. Die Neon-Reklame entfernen. Einen Golfplatz anlegen.

Und dann fiel ihm ein, daß Port Arbello sich ja schon früher mal an einem Country Club versucht hatte – aber das war auch eine Pleite gewesen, und jetzt stand der zu diesem Zweck erstellte Bau leer und verrottete langsam vor sich hin, nur ab und zu als Unterstand von den wenigen Leuten benutzt, die noch auf dem Golfplatz spielten. Das waren nicht mehr als vierzig oder fünfzig, und die brachten gerade genug Geld auf, um das Jahresgehalt für den Gärtner zu bezahlen.

Abgesehen von dem schon erwähnten Motel gab es kaum etwas Neues in Port Arbello. Ab und zu wechselte ein Laden den Besitzer, ab und zu wurde ein Haus zum Verkauf angeboten, und ab und zu zog eine neue Familie in die Stadt. Aber im großen und ganzen blieb alles beim alten, und die Häuser und Geschäfte vererbten sich von einer Generation zur nächsten. Die kleinen Farmen blieben kleine Farmen, und die kleine Fischereiflotte ernährte gerade die paar Fischer, die sie betrieben.

Aber Ray war klar, daß die Leute es gar nicht anders wollten. Sie waren damit aufgewachsen und daran gewöhnt. Sie hatten nicht die geringste Absicht, irgendetwas zu ändern. Er erinnerte sich daran, wie kurz nach Kriegsende ein Immobilienmakler außerhalb der Stadt ein großes Gelände aufgekauft hatte – in der Absicht, Port Arbello in einen Sommerkurort umzuwandeln.

Die Stadt bekam Wind davon – und zum ersten Mal in der Geschichte von Port Arbello reagierte die Bevölkerung schnell: in einer einzigen Sitzung wurde einstimmig – natürlich mit Ausnahme von dem Mann, der dem Makler seine Farm verkauft hatte – eine Verordnung verabschiedet, die solche Projekte verbot. Der Makler reichte Klage ein und ging durch alle Instanzen – aber Port Arbello gewann. Der Farmer – um ein paar hunderttausend Dollar reicher – kaufte sich die allermodernsten Geräte und bestellte nach wie vor frisch und fröhlich sein Feld – und das mit inzwischen immerhin stolzen sechsundachtzig. Ray grinste in sich hinein. So war man eben in Port Arbello.

Er hupte, als er an dem Farmer vorbeifuhr, aber er winkte nicht – der Mann hätte ihn ohnehin nicht gesehen, denn er war zu sehr auf seine Feldarbeit konzentriert. Aber Ray wußte, daß der Farmer, wenn er ihn das nächste Mal in der Stadt traf, an seine Hutkrempe tippend sagen würde: »War nett, dich neulich zu sehen, Ray«. So waren die Leute von Port Arbello auch.

Eine Meile vor der Stadt beschrieb die Straße nach Conger's Point eine Linkskurve, die zum Point hinausführte, bevor sie landeinwärts nach Süden weiterlief. Ray nahm an, daß er auch das zu den neuen Errungenschaften zählen mußte, obwohl die Straße schon lange vor seiner Geburt von Conger's Point aus weitergezogen worden war. Aber früher, *ganz* früher, hatte sie wahrscheinlich vor der Haustür der Congers geendet – eine direkte Verbindung vom Herzen der Stadt zur führenden Familie der Stadt.

Die Congers standen in Port Arbello schon so lange gesellschaftlich an der Spitze, daß es mittlerweile zu den Glaubensgrundsätzen der Leute gehörte, keine wichtige Entscheidung, die die Stadt betraf ohne ihre Billigung zu fällen. Und es war auch ein Glaubensgrundsatz, daß die Congers reich waren. Die Leute erinnerten sich noch an die Zeit, als die Eisenbahngesellschaft extra einen Schienenstrang für den Privatwagen des Admirals legen ließ. Und sie erinnerten sich auch noch an die Tage, in denen der Personalstab in Conger's Point doppelt so groß war wie die Familie – und die war immer recht zahlreich gewesen. Sie nahmen an, daß die Congers ihr Personal nicht etwa entlassen hatten, weil sie es sich nicht mehr leisten konnten, sondern weil ihnen als Menschen von Niveau bewußt war, daß es angeberisch war, in der heutigen Zeit soviele Angestellte zu haben.

Ray Norton, der selbst an der Straße wohnte, die zum Point hinausführte und gemeinsam mit Jack Congers Vater aufgewachsen war, wußte es besser. Ray war in einem Alter, das zwischen zwei Generationen der Congers lag und er war immer stolz darauf gewesen, mit beiden auf freundschaftlichem Fuß zu stehen. Er war siebzehn Jahre jünger als Jack Congers Vater – der inzwischen allerdings tot war – und fünfzehn Jahre älter als Jack. Und als Nachbar der Congers und Polizeichef der Stadt hatte er eine gewisse Machtposition, die er durchaus genoß. Und er war klug genug, sie nicht durch Gerede über das, was er über die Congers wußte, aufs Spiel zu setzen.

Man konnte das Haus schon von weitem sehen – aber Ray war immer darauf bedacht, es erst anzuschauen, wenn er in die Zufahrt einbog, denn erst von hier aus konnte er die Großartigkeit so richtig in sich aufnehmen, mit der es jenseits der gepflegten Rasenflächen thronte, am Ende der Doppelreihe alter Eichen, die die Zufahrt säumten. Es war ein Kasten ohne jegliche Verzierung, fast zweihundert Jahre alt, aber seine klaren Linien schienen zu der Kargheit dieses einsamen Ortes zu passen. Es strahlte Stolz aus, als fordere es das Meer heraus, aufzusteigen und es in seine Fluten hinabzuziehen. Bis jetzt hatte die See diese Herausforderung noch nicht angenommen, und Ray Norton bezweifelte, daß sie es je tun würde.

Er hielt vor dem Haus, stieg aus dem Wagen und ging über die Veranda zu der mächtigen Eichentür. Wie immer war er versucht, den alten kupfernen Türklopfer anzuheben und auf die darunter liegende Platte niederkrachen zu lassen, denn das Dröhnen, das dann folgte, würde die Vergangenheit wieder aufleben lassen. Aber wie immer widerstand er dem Impuls und drückte auf den Knopf, der

das Glockenspiel im Inneren des Hauses zum Läuten brachte.
»Neumodischer Kram«, murmelte er, womit er seine neuenglische Herkunft auf die Schippe nahm.
Rose Conger öffnete selbst. Ein freudiges Lächeln erhellte ihr Gesicht, als sie Ray Norton sah.
»Ray! Wenn du Jack besuchen willst, dann bist du hier an der falschen Adresse – er arbeitet nämlich. Wirklich und wahrhaftig!«
»Jack werde ich später aufsuchen«, sagte Ray. »Im Augenblick möchte ich mit dir sprechen. Hast du vielleicht Kaffee für mich?«
»Ich nicht – aber ich bin sicher, Mrs. Goodrich hat welchen in der Küche. Ich weiß wirklich nicht, was wir ohne sie täten. Ist das übrigens ein Freundschaftsbesuch oder bist du dienstlich hier? Das ist ein Unterschied, weißt du. Als dieses Haus gebaut wurde, sah man nämlich für jede Art von Gespräch ein extra Zimmer vor. Also such' dir eins aus.«
»Wie wär's mit dem hinteren Arbeitszimmer? Das habe ich immer besonders gemocht. Aber nur, wenn der Kamin an ist.«
Rose lächelte. »Das Holz liegt zwar schon drin, aber es ist noch nicht angezündet. Warum übernimmst du das nicht, während ich Mrs. Goodrich suche?« Ohne eine Antwort abzuwarten, bog sie zur Küche ab und ließ Ray den Rest des Weges allein gehen.
Er zündete das Feuer an und ließ sich in dem alten, ledernen Ohrensessel nieder, der rechts vom Kamin stand. Er sah sich im Zimmer um und wurde sich bewußt, wie wohl er sich hier fühlte. Er wünschte oft, daß das Haus ihm gehörte.

Als Rose Conger hereinkam, betrachtete er gerade das Bild, das über dem Kamin hing.
»Das ist neu, nicht wahr?«
»Nur für uns«, antwortete Rose. »Wir entdeckten es vor einem Jahr auf dem Speicher, sind aber erst letzten Monat dazu gekommen, es reinigen zu lassen.« Sie schauderte zusammen. »Hast du eine Vorstellung, was es kostet, ein Gemälde reinigen zu lassen?«
»Ich habe keine Vorfahren, deren Portraits einer Reinigung wert wären. Wer ist sie?«
»Das wissen wir nicht. Der Kleidung nach zu urteilen, muß das Bild so um die neunzig Jahre alt sein, aber wir haben nicht herausfinden können, wer das Mädchen ist – in keinem der Familienalben ist ein Bild, das ihm auch nur im entferntesten ähnlich sieht.«
»Dafür hast du aber das lebendige Ebenbild im Haus«, sagte Ray langsam. »Elizabeth.«
»Du hast recht«, nickte Rose. »Besonders auffallend ist die Übereinstimmung der Augen und der Haarfarbe. Aber sie scheint ein oder zwei Jahre jünger gewesen zu sein als Elizabeth, als das Bild gemalt wurde.«
Schweigend vertieften sie sich in den Anblick des Portraits – und sie starrten immer noch darauf, als Mrs. Goodrich den Kaffee brachte.
»Wie Kinder in solchen Kleidern spielen konnten, verstehe wer will«, sagte die Haushälterin, dem Blick der beiden folgend. »Kein Wunder, daß damals soviel Personal hier herumschwirrte. Es muß eine Wäscherin eine glatte Woche gekostet haben, das Kleid jedesmal wieder hinzukriegen.« Sie schüttelte den Kopf. »Ich bin bloß froh, daß es heute Waschmaschinen gibt.« Sie stellte das Tablett hin, nickte Ray zu und verließ den Raum.

Rose goß Ray und sich Kaffee ein und lächelte: »Es ist dir doch sicher klar, daß sie Elizabeth und Sarah am liebsten jeden Tag so herausputzen würde, wenn man sie ließe – selbst wenn sie die Sachen nach der althergebrachten Methode reinigen müßte. Gute, alte Mrs. Goodrich.«
Ray grinste. »Sag' mal, hat es eigentlich jemals einen Mister Goodrich gegeben?«
Rose zuckte mit den Schultern. »Keine Ahnung – solche Fragen stellt man Mrs. Goodrich nicht.« Sie ließ sich Ray gegenüber auf dem Sofa nieder und nippte an ihrem Kaffee. Und jetzt sag' mir mal, was dich mitten am Tag herführt. Gibt es in Port Arbello keine Arbeit mehr für dich?«
»Ich wünschte, es wäre so. Hast du von der Sache mit Anne Forager gehört?«
»Ist ihr etwas zugestoßen?«
»Wir wissen es nicht. Ihre Mutter rief heute schon ganz früh bei uns an. Offenbar ist Anne gestern abend erst sehr spät nach Hause gekommen, viel später als sie sollte – und in einem fürchterlichen Zustand: ihr Kleid war zerrissen, sie war völlig verdreckt und hatte lauter Kratzer.«
Rose wurde blaß. »Großer Gott, Ray – was ist ihr passiert?«
»Sie sagt, sie sei nach der Schule auf dem Heimweg gewesen, und dann sei etwas passiert – aber sie sagt nicht, was. Sie behauptet steif und fest, sie wisse nur, daß sie von der Schule nach Hause wollte und dann irgendwann die Point Road hinunter auf die Stadt zuging.«
»Und wann war das?«
»Sie war gegen elf zuhause.«
»Mein Gott, Ray – und ihre Eltern haben dich nicht gestern schon angerufen? Ich meine, Anne kann doch

soviel ich weiß nicht älter sein als acht oder neun Jahre . . .«
»Sie ist neun.«
»Also neun. Du kannst darauf wetten – wenn Sarah oder Elizabeth einmal so spät abends noch nicht zu Hause wären, würdest du sie bereits zwei oder drei Stunden vorher anfangen zu suchen!«
»Das weiß ich Rose – aber diese Leute sind anders. In unserer Gegend hält es niemand für möglich, daß etwas Schlimmes passieren könnte. Marty und Marge nahmen einfach an, daß Anne mit einer Freundin unterwegs sei, und damit hatte es sich. Bis sie nach Hause kam. Und jetzt versuchen wir, herauszukriegen, was vorgefallen ist.«
»Ist sie von einem Arzt untersucht worden?«
»Sie ist gerade dort – das Ergebnis erfahre ich heute nachmittag. Und von dir möchte ich wissen, ob du gestern nachmittag zu Hause warst.«
»Nicht vor fünf, halb sechs. Warum?«
»Ich hoffte, du hättest vielleicht irgendetwas gesehen. Anne sagt doch, sie sei von hier aus zur Stadt zurück gegangen – oder von irgendwo hier in der Gegend. Nach dem Schmutz an ihren Kleidern zu urteilen, muß sie an der Steilküste herumgeklettert sein.«
»Oder sie war am See im alten Steinbruch.«
Ray hob die Brauen. »Richtig – der See. Den hatte ich völlig vergessen.«
»Ich wünschte, ich könnte ihn zuschütten. Irgendwann wird da drin mal jemand ertrinken – und ganz egal, was Jack sagt, es wird unsere Schuld sein.«
»Nun hör' mal, Rose«, widersprach Ray. »Der See ist schon seit einer Ewigkeit da, und es ist noch nie etwas passiert – und außerdem ist er der beste Fischgrund im

ganzen Umkreis. Wenn du den See zuschütten lassen würdest, hättest du die Hälfte der Kinder von Port Arbello auf dem Hals.«

»Wir könnten ihnen doch vielleicht ein Schwimmbad bauen und sie im Fluß fischen lassen«, schlug Rose vor. »Ich glaube, es macht sich niemand klar, wie gefährlich der See ist.«

»Um zum Thema zurückzukommen: wir werden wohl erst erfahren, wo Anne war, wenn sie sich bereit erklärt, es zu erzählen.«

»Falls sie es erzählt ...« sagte Rose und bereute im gleichen Augenblick, diesen Gedanken in Worte gefaßt zu haben. Sie sah Mitleid in Rays Blick – er wußte genau, was sie zu dieser Äußerung veranlaßt hatte.

Dennoch fragte er: »Falls?«

Rose zuckte die Achseln. »Vielleicht tut sie's – vielleicht auch nicht. Wenn ihr irgendetwas zugestoßen ist, an das sie sich nicht erinnern will, dann verdrängt sie es vielleicht ganz einfach.«

»Wenn der Arzt nicht feststellt, daß sie vergewaltigt worden ist«, sagte Ray, »wüßte ich nicht, was sie verdrängen müßte. Und ich glaube nicht, daß sie vergewaltigt worden ist – nicht hier bei uns in Port Arbello.«

Rose lächelte dünn. »Solche Dinge passieren öfter als man glaubt.«

Ray schüttelte zweifelnd den Kopf. »Wenn du meine Meinung hören willst: Anne ist einfach länger weggeblieben als sie gedurft hätte und hat sich eine Geschichte ausgedacht, um der verdienten Strafe zu entgehen. Wenn sie meine Tochter wäre ...«

»Ist sie aber nicht«, unterbrach ihn Rose.

Ray grinste.

»Du meinst, ich soll aufhören, mich als Pseudovater aufzuspielen und lieber meine Arbeit als Polizeichef tun, ja?«
»Du hast es erfaßt«, lächelte Rose. »Ich werde mal Elizabeth rufen – vielleicht weiß sie etwas, das dir weiterhilft.«
Sie ging zur Tür, öffnete sie und rief nach ihrer Tochter. Sie war gerade dabei, Ray und sich eine zweite Tasse Kaffee einzugießen, als Elizabeth Conger den Raum betrat.
Sie war dreizehn Jahre alt, hatte jedoch nichts von dem sonst bei Kindern dieses Alters üblichen, linkischen Gehabe an sich. Ray stellte im Stillen fest, daß ihre Ähnlichkeit mit dem Mädchen auf dem Bild über dem Kamin wirklich bemerkenswert war: die gleichen strahlend blauen Augen, die gleichen seidig blonden Haare – und wenn sie offen über die Schultern gefallen wären wie auf dem Portrait, hätten auch die Gesichtszüge übereingestimmt. Aber Elizabeth trug einen Pferdeschwanz und Ponys.
Hinter ihr schob sich schweigend ein zweites Mädchen in den Raum: Sarah. Sie war zwei Jahre jünger als ihre Schwester und stellte einen auffallenden Kontrast zu ihr dar: der Blick ihrer tiefdunklen Augen war nach innen gekehrt, als lebe sie in einer anderen Welt. Ihre dunklen Haare waren kurz geschnitten. Und während Elizabeth eine Rüschenbluse und einen frisch gebügelten Minirock trug, hatte Sarah ein kariertes Flanellhemd und Jeans an.
Elizabeth lächelte Ray verschmitzt an.
»Hallo, Mr. Norton. Haben Sie Mutter endlich erwischt. Sie hat schon wieder falsch geparkt. Wenn Sie sie verhaften wollen, werde ich ihr von Mrs. Goodrich schnell das Notwendigste einpacken lassen.« Sie setzte sich und sonnte sich in dem Gelächter ihrer Mutter und des Polizeichefs.

»Daraus wird nichts, Elizabeth«, lachte Rose. »Er kann mir absolut nichts nachweisen.« Dann wurde sie wieder ernst – und auch Elizabeths Vergnügtheit schwand, als sie gefragt wurde, ob sie Anne Forager am Nachmittag des vorherigen Tages in der Nähe des Hauses gesehen habe. Sie dachte lange nach, bevor sie antwortete – und als sie schließlich sprach, lag in ihrer Stimme eine Reife, die nicht zu ihrem Alter paßte.

»Ich glaube nicht. Es war mittag, als ich Anne gestern das letzte Mal sah. Sie ging in Richtung Fulton Street – es sah aus, als wolle sie nach Hause.«

Ray nickte. »Das deckt sich mit Annes eigener Aussage: sie sagt, sie sei die Fulton Street hinunter gegangen und dann erinnere sie sich an nichts mehr, bis sie plötzlich hier draußen gewesen sei.«

»Hier draußen?« fragte Elizabeth.

»Ja – sie sagt, sie sei gegen elf Uhr abends die Point Road hinunter gegangen.«

»Dann kann ich sie gar nicht gesehen haben«, sagte Elizabeth. »Ich gehe jeden Abend um neun ins Bett.«

»Tut mir leid, Ray.« Rose stand auf. »Es sieht nicht so aus, als ob wir dir helfen könnten – du hast die weite Reise umsonst gemacht.«

Ray stand ebenfalls auf, und alle vier gingen in die Halle hinaus. Ray beobachtete, wie Elizabeth ihre Schwester an der Hand nahm und mit ihr die Treppe hinaufging, dann wandte er sich Rose zu. Besorgnis lag in seinem Blick, und Rose antwortete auf seine unausgesprochene Frage:

»Ich glaube, ihr Zustand bessert sich, Ray. Wirklich. Sie spricht zwar immer noch nicht, aber sie erscheint mir ein bißchen lebhafter als vor einem Jahr.« Doch dann verschwand die Zuversicht aus ihrer Stimme. »Vielleicht ma-

che ich mir aber auch nur etwas vor. In der Schule sagen sie, es habe sich nicht das geringste geändert. Aber andererseits scheint Elizabeth zu glauben, daß es ihr besser geht – und sie verbringt weiß Gott mehr Zeit mit Sarah als der Rest der Familie. Ich wüßte überhaupt nicht, wie wir ohne sie zurechtkommen sollten.«
Sie verabschiedeten sich voneinander, und Rose blieb auf der Veranda stehen und sah Rays Wagen nach, bis er hinter einer Biegung verschwand. Dann wandte sie den Kopf und starrte nachdenklich zu dem Wald hinüber, der jenseits der Wiese lag und die Steilküste vor ihren Blicken verbarg. Schließlich drehte sie sich um und ging ins Haus, um nach ihren Kindern zu sehen.

Sie waren im Spielzimmer. Die Tür stand offen. Rose schaute eine Weile vom Flur aus zu, wie Elizabeth immer wieder einen Turm baute, damit Sarah ihn umstoßen konnte. Und wieder war sie von der Geduld beeindruckt, die das Mädchen für seine merkwürdige jüngere Schwester aufbrachte.
Als ihre Mutter den Raum betrat, hob Elizabeth den Kopf und lächelte.
»Eines Tages wird sie den Turm stehen lassen«, sagte sie. »Und dann werden wir etwas anderes spielen. Aber bis dahin ist es mir lieber, sie stößt den Turm um, als daß sie gar nichts tut.« Sie sah den Kummer im Gesicht ihrer Mutter und versicherte ihr sofort: »Es macht mir nichts aus, Mutter – wirklich nicht.«
Rose entspannte sich ein wenig. Innerlich segnete sie ihre große Tochter wieder einmal. Laut sagte sie: »Elizabeth – geh' nicht in die Nähe des Waldes oder zur Steilküste, hörst du!«

»Natürlich nicht, Mutter«, sagte Elizabeth, ohne von der neuen Konstruktion aufzublicken, die sie gerade für Sarah baute. »Du hast mir ja schon gesagt, wie gefährlich es dort ist – warum sollte ich also hingehen?«
Sie setzte den letzten Baustein obenauf und sah zu, wie Sarahs Hand vorschoß und den Turm umstieß.

2

Als er von der Point Road in die lange Zufahrt einbog, hob Jack Conger ganz automatisch die Hand, um den Rückspiegel zu verstellen – aber er war den Bruchteil einer Sekunde zu spät dran, und das intensive Leuchten der sinkenden Sonne traf ihn voll in die Augen. Er blinzelte und verfluchte wieder einmal seine Vorfahren, die die Straße so exakt von Ost nach West gelegt hatten. Neuenglische Pingeligkeit, dachte er. Mein Gott, sie waren alle so ... er suchte nach dem richtigen Wort, aber es fiel ihm erst ein, als er das Haus vor sich aufragen sah: streng. Genau das waren sie: streng. Ein absolut gerader Weg führte zu einem absolut rechteckigen Haus. Er fragte sich, welcher seiner Ahnen wohl so untypisch gewesen war, daß er sich erdreistet hatte, die klaren Umrisse des Hauses durch die breite Veranda zu verunstalten. Sie wirkte irgendwie fehl am Platze, dachte er – obwohl dem Haus ohne sie jede Andeutung von Behaglichkeit gefehlt hätte. Jack parkte vor der zur Garage umgebauten Remise und ging um das Haus herum zum Haupteingang. Es war ihm

von Geburt an eingebläut worden, daß die erwachsenen Congers das Haus grundsätzlich und ausschließlich durch die Vordertür betraten. Der Nebeneingang war für die Kinder, und der Hintereingang für das Personal und die Lieferanten. Jack wußte, daß es idiotisch war, aber Angewohnheit war Angewohnheit – und außerdem war dies wohl so ziemlich die letzte Tradition, die er noch aufrechterhalten konnte. Vornehm bis zum Ende, dachte er, als er die Vordertür hinter sich schloß.
Kein Butler wartete darauf, ihm den Mantel abzunehmen, und kein Dienstmädchen eilte zu seinem Empfang herbei. Er hatte zwar die Möglichkeit, den alten Klingelzug zu betätigen und Mrs. Goodrich zu bitten, ihm einen Drink zu bringen, aber er wußte genau, welchen Text er daraufhin zu hören bekäme: »Erwachsene Männer können sich ihre Drinks selbst eingießen – die Zeiten haben sich geändert, wissen Sie.« Und dann würde die Gute das Essen ein ganz klein wenig anbrennen lassen, um ihm klar zu machen, daß er einen Faux-pas begangen hatte. Also nahm er sich seinen Drink selbst.
Er hatte sich vor dem Kamin niedergelassen und erwog gerade das Für und Wider der Idee, neues Holz auf das Feuer zu legen, als er die Schritte seiner Frau in der Halle hörte.
»Rose?« rief er – und es hörte sich so an, als hoffe er, sie sei es nicht. »Bist du's?«
Sie kam herein und streifte seine Wange mit den Lippen. Dann schnupperte sie an seinem Glas.
»Ist noch was davon da?« fragte sie.
Jack zog die Brauen hoch. »So früh schon?«
»War ein turbulenter Tag heute. Bedienst du mich oder muß ich ihn mir selber holen?«

Jack lächelte, aber es war ein verkrampftes Lächeln. »Da du keine dumme Bemerkung wie ›Übung macht den Meister‹ gemacht hast, bringe ich Dir den Drink. Du bist heute ja erstaunlich früh zu Hause«, sagte er auf dem Weg zur Bar.
»Ich war schon zum Mittagessen hier.« Rose setzte sich auf das Sofa. »Im Büro war mir zuviel Wirbel und ich mußte nur Papierkram erledigen. Morgen schließe ich drei Verträge, mit denen ich uns um die stolze Summe von fünfzehntausend Dollar reicher mache. Wollen wir darauf trinken?« Sie nahm das Glas entgegen und trank ihm zu: »Auf die Rückgewinnung des Conger-Vermögens!«
Jack hob sein Glas zu diesem Toast nur halbherzig und setzte sich wieder in den Ohrensessel.
»Du scheinst nicht gerade begeistert zu sein«, bemerkte Rose vorsichtig.
»Das Conger-Vermögen sollte von einem Conger ›zurückgewonnen‹ werden, wie du es nennst«, sagte Jack. »Nicht von einer angeheirateten Ehefrau.«
»Nun«, sagte Rose kurz, »ich glaube, dieses Thema haben wir bereits erschöpfend behandelt. Ich hatte heute nachmittag übrigens Besuch.«
»Ist ja sensationell«, antwortete Jack sarkastisch.
Rose kämpfte den Impuls nieder, eine scharfe Antwort zu geben. »Sei doch nicht so unfreundlich. Laß uns heute mal einen ruhigen, gemütlichen Abend verbringen – wie früher.«
Jack sah sie forschend an, konnte jedoch keine Anzeichen für einen versteckten Angriff entdecken und entspannte sich. »Es tut mir leid.« Jetzt brachte er zum ersten Mal, seit sie den Raum betreten hatte, ein herzliches Lächeln zustande. »Ich fürchte, ich fange einfach an, immerzu erst

einmal in Verteidigungsposition zu gehen. Wer war denn da? Es klang so wichtig.«
»Ray Norton – und zwar dienstlich!«
»Dann ging es wahrscheinlich um Anne Forager«, vermutete Jack.
»Ach – du weißt es schon?«
»Meine Liebe, du vergißt, daß ich der Verleger der einzigen Zeitung am Platze bin. Zugegeben, der ›Courier‹ hat keine Millionenauflage, aber er ist ein wunderbares Klatsch-Blättchen – und meine illustre Position bringt es mit sich, daß ich so ziemlich alles erfahre, was sich in der Stadt ereignet. Und so weiß ich wahrscheinlich viel mehr über den Fall Forager als du – denn im Gegensatz zu Ray Norton bin ich nicht auf Informationsquellen beschränkt, die ausschließlich Tatsachen liefern. Was möchten Sie wissen, Ma-am?«
»Was passiert ist.«
»Oh – das kompliziert die Dinge natürlich gewaltig«, sagte Jack mit düsterer Miene. »Im Laufe des Tages war sie abwechselnd vermißt, tot, vergewaltigt und geköpft, vergewaltigt aber nicht geköpft – und dann wieder geköpft aber nicht vergewaltigt. Anderen Aussagen zufolge soll sie fürchterlich mißhandelt worden sein und jetzt zwischen Leben und Tod schweben. Und wieder anderen Äußerungen zufolge hat sie endlich die Tracht Prügel bezogen, die sie schon lange verdient hat – je nachdem, mit wem man spricht. Mit anderen Worten, du weißt wahrscheinlich viel mehr darüber als ich, weil du mit Ray gesprochen hast, und alle anderen mit mir.« Er leerte sein Glas und stand auf. »Soll ich dir auch noch einen eingießen oder willst du weiter an dem ersten herumnuckeln?«
»Letzteres.« Sie registrierte, daß er sich einen Doppelten

eingoß, beschloß jedoch, keinen Kommentar dazu abzugeben. Stattdessen berichtete sie ausführlich von Ray Nortons Besuch.

». . . und das war alles«, endete sie schließlich. »Hat Ray dich denn heute nachmittag nicht aufgesucht?« Jack schüttelte den Kopf. »Das ist aber seltsam – ich war überzeugt, er würde von hier aus direkt zu dir ins Büro fahren.«

»Wie ich Ray kenne«, antwortete Jack trocken, »ist er schnurstracks zum Steinbruch hinausgefahren und hat sich am See umgeschaut – wahrscheinlich stilgerecht mit Pfeife und Vergrößerungsglas. Hatte er seine Jagdmütze auf?«

Rose mußte wider Willen lächeln. »Jack, das ist nicht fair – du weißt genau, daß Ray nicht so ist.«

»Das kann ich doch gar nicht wissen«, entgegnete Jack. »Schließlich hat er seit seinem Dienstantritt in der Stadt noch keinen einzigen wirklich ernsten Fall zu bearbeiten gehabt. Ich wette, er war weniger besorgt als vielmehr beglückt, daß sich hier endlich mal was getan hat. Habe ich recht?«

»Nein, hast du nicht. Er schien sogar außerordentlich besorgt. Warum sprichst du nur so abfällig über ihn – ich denke, ihr seid Freunde?«

»Ray und ich? Ja – wahrscheinlich sind wir das tatsächlich. Aber es kennt auch jeder die Grenzen des anderen: ich halte ihn nicht für einen Sherlock Holmes – und er weiß, daß ich kein Horace Greely bin. Aber wir tun gerne so, als wären wir es – das gibt uns das Gefühl, wichtig zu sein.«

»Und das brauchst du?«

Sofort war Jack wieder auf der Hut. »Was willst du damit sagen?«

»Gar nichts – vergiß es«, sagte Rose schnell. »Was ist deiner Meinung nach wirklich mit Anne Forager passiert?«
»Wahrscheinlich überhaupt nichts. Ich neige auch zu der Ansicht, daß sie sich verspätet und dann eine Geschichte ausgedacht hat, um die Strafe abzubiegen. Kinder sind eben so.«
»Unsere nicht«, widersprach Rose ruhig.
»Nein«, nickte Jack, »unsere nicht.« Und nach einem langen, nachdenklichen Blick in sein Glas fragte er: »Wo sind sie überhaupt?«
»Oben. Elizabeth spielt mit Sarah. Mein Gott, Jack – wenn nun Anne dasselbe zugestoßen ist wie Sarah!?«
Jack zuckte zusammen wie unter einem Schlag.
»Bestimmt nicht, Rose. Wenn das der Fall wäre, hätte sie überhaupt nichts erzählt. Sie würde kein Wort sprechen – nur stumm dasitzen und die Wand anstarren...« Er brach ab, zwang sich dann jedoch weiterzusprechen.
»Sie wird bestimmt wieder gesund – und nächstes Jahr wird sie auch wieder in die Schule gehen.«
»Sie geht in die Schule«, sagte Rose sanft.
»Ich meine eine richtige Schule. Nicht diese... diese Institution.« Bitterkeit lag in seiner Stimme.
Rose biß sich auf die Unterlippe und versuchte, die richtigen Worte zu finden.
»Es ist eine gute Schule, Jack. Wirklich. Und Sarah ist dort bestens aufgehoben. Du weißt genau, daß sie nicht gesund genug ist, um eine normale Schule zu besuchen. Es wäre unverantwortlich, einen solchen Versuch zu machen. Allein die Kinder...« Ihre Stimme verlor sich.
»Wir sollten sie ganz zu Hause behalten«, meinte Jack. »Das wäre bestimmt das allerbeste. Ich bin sicher, sie

braucht vor allem Menschen um sich, die sie lieben.«
Rose schüttelte den Kopf. »Im Augenblick braucht sie keine Liebe – sie braucht Hilfe. Von Leuten, die etwas davon verstehen. Ich habe weder die Befähigung noch die Zeit, mich ihr in angemessener Weise zu widmen.«
»Es ist nicht richtig«, beharrte Jack. »Dieses Heim ist für geistesgestörte Kinder, für zurückgebliebene Kinder – aber doch nicht für Sarah! Nicht für meine Tochter! Sie braucht normale Kinder um sich – Kinder wie Elizabeth. Elizabeth kommt doch wunderbar klar mit ihr...«
Rose nickte. »Das weiß ich auch – aber glaubst du, alle Kinder sind wie Elizabeth? Wieviele Kinder brächten diese Geduld auf? Kinder können sehr grausam sein, Jack. Was, glaubst du, würde Sarah passieren, wenn sie wieder in eine normale Schule käme? Ich werde es dir sagen: die Kinder würden mit ihr spielen – aber nicht wie mit einem Spielkameraden, sondern wie mit einem Spielzeug! Es würde ihren Zustand nur verschlimmern, Jack!«
Er trank sein Glas aus und stand auf, um es erneut zu füllen. Rose sah ihm zu, wie er zur Bar hinüber ging, und eine Welle von Mitleid überkam sie: er schien plötzlich so unsicher, seine Schritte waren so vorsichtig, als fürchte er, auf eine Mine zu treten. Als er sich daran machte, sich einen Drink einzugießen, sagte sie:
»Findest du das gut?«
»Ob ich es gut finde?« Er sah sie über die Schulter an. »Nein, ich finde es nicht gut – aber ich tue es trotzdem. Das ist etwas anderes, weißt du.«
Der Schrei ertönte, bevor Rose antworten konnte. Jack erstarrte und der Whisky floß in das Glas bis es überlief, während der gellende Schrei durch das ganze Haus hallte. Erst als er schließlich verebbte, gelang es Jack, die Flasche

loszulassen. Rose war schon in der Halle, als die Flasche am Boden zerschellte, und auch wenn sie es gehört hatte, drehte sie sich nicht mehr um. Jack starrte einen Augenblick auf die Scherben zu seinen Füßen, dann lief auch er hinaus.
Der furchtbare Laut war von oben gekommen. Rose und Mrs. Goodrich trafen am Fuß der Treppe zusammen und hätten einander beinahe umgerannt. Rose fing sich als erste und stürzte die Stufen hinauf, während Mrs. Goodrich einen Augenblick brauchte, bevor sie, so schnell es ihr Alter und ihre Arthritis erlaubten, nach oben folgte. Jack überholte sie auf halber Höhe.
»Was war das?« fragte er im Vorbeihasten.
»Sarah«, keuchte Mrs. Goodrich. »Es war Miss Sarahs Stimme. Beeilen Sie sich, um Himmelswillen!«
Jack erreichte den ersten Stock gerade rechtzeitig, um seine Frau im Spielzimmer verschwinden zu sehen. Als er zur Tür kam, erkannte er, was auch immer geschehen sein mochte – es war vorüber.
Rose stand mit leicht benommenem Gesichtsausdruck in der Nähe der Tür und sah zu Sarah hinüber. Diese saß in einer Ecke des Zimmers, hatte die Knie bis zum Kinn hochgezogen und die Arme darum geschlungen, starrte mit unnatürlich weit aufgerissenen Augen mit leerem Blick vor sich hin und wimmerte leise. In der Mitte des Zimmers saß Elizabeth mit festgeschlossenen Augen im Schneidersitz auf dem Fußboden und hatte die Finger auf dem Zeiger einer Alphabet-Tafel für spiritistische Sitzungen. Ihr entrückter Gesichtsausdruck ließ die Vermutung aufkommen, daß sie den markerschütternden Schrei ihrer Schwester gar nicht gehört hatte. Als Jack in den Raum trat, öffnete sie die Augen und lächelte ihre Eltern an.

»Stimmt etwas nicht?« fragte sie.
»Hast du denn nichts gehört?« fragte Jack entgeistert.
Langsam dämmerte Begreifen in Elizabeths Augen. »Ach – du meinst den Schrei?«
Rose schluckte. »Elizabeth – was ist vorgefallen?«
»Überhaupt nichts«, antwortete Elizabeth gelassen. »Wir haben nur mit der Alphabet-Tafel gespielt.«
»Wo hast du die denn ge...« begann Jack, aber Rose unterbrach ihn: »Das ist doch jetzt ganz unwichtig! Was ist passiert?«
»Nichts, Mutter – wirklich. Wir spielten ganz friedlich mit der Alphabet-Tafel – und dann sprang Cecil auf Sarahs Schoß, und sie schrie.«
»Und das war alles?« fragte Jack ungläubig. »Aber sie ist doch völlig verstört!« Rose ging auf Sarah zu, worauf das kleine Mädchen noch mehr in sich zusammenkroch.
»Natürlich ist sie verstört«, sagte Rose. »Wenn mir die Katze unerwartet auf den Schoß springen würde, bekäme ich auch einen Heidenschreck.«
»Aber der Schrei...« sagte Jack.
»Er war ziemlich laut«, gab Elizabeth zu. »Aber Sarah ist eben so.«
»Sie hat recht«, sagte Rose und beugte sich über Sarah. »Mrs. Montgomery hat es mir erklärt: Sarah reagiert kaum jemals auf etwas – aber wenn, dann neigt sie zu Überreaktionen. Mrs. Montgomery meint, daß man solche Vorfälle einfach übergehen sollte – und damit hat sie sicher recht: je mehr Theater wir machen, umso ängstlicher wird Sarah.«
»Kannst du es?« fragte Jack. »Kannst du dich daran gewöhnen, daß sie so ist wie sie ist?«
»An Schreie wie den von gerade eben werde ich mich

sicherlich nie gewöhnen«, sagte Rose leise und nahm Sarah behutsam in die Arme. Einen Augenblick schreckte das Kind zurück, aber dann, als würde ihm plötzlich klar, wo es sich befand, schlang es die Arme um den Hals der Mutter und vergrub sein Gesicht an ihrer Brust. Rose hob es hoch und trug es aus dem Zimmer.
Jack hob zögernd die Hand, um Sarah tröstend über den Kopf zu streichen, aber seine Frau war an ihm vorbei, bevor er die Bewegung beenden konnte. Seine Hand fuhr einen Moment lang unsicher durch die Luft und verschwand dann in der Hosentasche. Er starrte auf die Tafel.
»Wo hast du das Ding her?« fragte er.
»Vom Speicher«, sagte Elizabeth. »Aus dem gleichen Raum, in dem wir das Bild gefunden haben. Wie alt es wohl ist?«
»Noch nicht sehr alt – vielleicht dreißig, vierzig Jahre. Diese Dinger waren in den Zwanziger Jahren große Mode – alle und jeder hielten Séancen ab. Ich glaube, meine Eltern und ihre Freunde haben auch damit gespielt – wahrscheinlich haben sie dazu sogar diese Tafel benutzt.«
»Willst du es mal mit mir versuchen?« fragte Elizabeth eifrig. »Vielleicht können wir so herausfinden, wer das Mädchen auf dem Bild ist.«
Jack lächelte auf sie hinunter. »Wir wissen doch, wer es ist«, sagte er. »Ganz offensichtlich bis du es. Die gleichen Augen, die gleichen Haare – ich verstehe nur nicht, warum du das hübsche Kleid nicht mehr anziehst.«
»Ach, es ist doch schon so alt«, ging Elizabeth auf das Spiel ein. »Ich habe es schon seit mindestens hundert Jahren. Es ist wirklich nur noch ein Fetzen.« Sie seufzte. »Ich schätze, ich werde es wegwerfen müssen.«
»Tu das ja nicht – ich kann es mir nicht leisten, dir ein

neues zu kaufen. Vielleicht kann die Alphabet-Tafel mir sagen, wo das Geld immer so schnell hinverschwindet.«
»Vielleicht«, nickte Elizabeth fast eifrig. »Wollen wir es versuchen?«
Jack wollte schon zusagen, als ihm Sarah wieder einfiel, und so schüttelte er den Kopf. »Heute nicht – ich werde lieber mal sehen, ob ich deiner Mutter nicht helfen kann.«
»Okay – ich komme auch bald.« Ihr Vater verließ den Raum, und Elizabeth wollte gerade zu ihrem Spiel mit der Alphabet-Tafel zurückkehren, als ihr plötzlich Cecil wieder einfiel.
»Cecil!« rief sie. »Cecil, wo bist du?« Sie horchte eine Weile und rief dann noch einmal. »Cecil? Ich finde dich bestimmt – du kannst genausogut gleich herauskommen.«
Nirgends war ein Laut zu hören, der ihr das Versteck des Tieres verraten hätte – also begann sie, das Zimmer systematisch zu durchsuchen. Endlich entdeckte sie den Kater: er hing auf halber Höhe zwischen Boden und Decke im Vorhang. Sie zog einen Stuhl heran, stieg hinauf und verbrachte eine ganze Weile damit, Cecils Krallen aus dem dicken Stoff zu lösen.
»Hat Sarah dich erschreckt?« fragte sie sanft. »Nun – zuerst hast du sie erschreckt. Wenn du nicht willst, daß sie schreit, darfst du nicht einfach auf ihren Schoß springen. Aber es ist nicht deine Schuld – schließlich konntest du ja nicht wissen, daß sie so erschrecken würde. Jetzt laß den Vorhang los und komm 'runter – es ist alles gut.«
Sie löste die letzte Kralle, nahm den Kater fest in die Arme und stieg vom Stuhl. Dann ließ sie sich, Cecil auf dem Schoß, wieder im Schneidersitz vor der Alphabet-Tafel nieder. So saß sie eine ganze Weile, streichelte den Kater und sprach leise und beruhigend auf ihn ein. Als er

schließlich die Augen schloß und zu schnurren anfing, hörte sie auf, ihn zu streicheln und legte ihre Finger wieder auf den Zeiger der Tafel.
Eine Stunde später kam Elizabeth mit dem fest schlafenden Tier auf dem Arm zum Abendessen hinunter.

3

Sie beobachtete, wie der Mond am Horizont aufstieg, beobachtete, wie sich ein silbernes Band über das Meer zum Fuß der Klippe schlängelte, auf der hoch über der Brandung ihr Haus thronte. Sie lauschte einen Moment, als ob sie darauf wartete, daß das dunkle Rollen der See im Lichte des Neumonds leiser würde. Aber der Lärm verebbte nicht. Das Ende des silbernen Bandes wurde kurz vor dem Horizont sichtbar und sie fühlte sich niedergeschlagen, als der Abstand zwischen dem Mond und seinem Widerschein sich vergrößerte. Je weiter der Mond aus dem Wasser stieg, desto mehr schien er zusammenzuschrumpfen.
»Er scheint immer kleiner zu werden – je höher er steigt«, sagte Rose, mehr zu sich selbst als zu Jack. Er sah von seinem Buch auf: »Was wird kleiner?«
»Der Mond. Er sieht immer so riesig aus, wenn er aufgeht – und dann wird er immer kleiner.«
»Nur eine optische Täuschung«, erklärte Jack. »Es hat irgendetwas mit der Entfernung vom Horizont zu tun.«
Sie glitt ins Bett und kuschelte sich an ihren Mann, wobei

sie sein kaum merkliches Abrücken von ihr zu übersehen versuchte. »Typisch mein Jack«, lächelte sie. »Sachlich bis ins Mark. Kannst du nicht wenigstens versuchen, dir vorzustellen, daß er schrumpft – wie ein Ballon, aus dem man die Luft herausläßt?« Spielerisch fuhren ihre Finger durch die Haare auf seiner Brust. Dann streckte sie die Hand aus und entwendete ihm das Buch.
»He«, sagte er ärgerlich, »ich war gerade beim Lesen.«
»Damit ist jetzt Schluß – ich will spielen.« Sie setzte sich auf und legte das Buch hinter sich.
»Na gut – dann spielen wir eben: ich zähle bis zehn, und dann gibst du mir das Buch wieder.« Als er bei neun angekommen war, ließ Rose das Buch in den Ausschnitt ihres Nachthemdes gleiten. Jack hob die Brauen. »Also das willst du spielen . . .«
Rose legte sich zurück und nahm eine filmreif-verführerische Pose ein. »Wenn du es haben willst, mußt du es dir schon holen«, ihre Augen blitzten vor Vergnügen.
Jacks Hand schoß vor, um das Buch zu packen, aber Rose zog es blitzschnell aus ihrem Nachthemd und schlang die Arme um den Hals ihres Mannes. Seine Hand war gefangen.
»Streichel mich, Liebling«, flüsterte sie ihm ins Ohr. »Bitte streichel mich!« Jack zögerte einen Augenblick, doch dann begann er, die Brust seiner Frau zu streicheln und spürte, wie die Spitze unter seinen Fingern hart wurde. Rose wandte sich ihm zu und suchte seinen Mund. Ihre Zunge drängte sich zwischen seine Lippen und stieß gegen seine festgeschlossenen Zähne. Sie zog ihn auf sich herunter, und ihre Hände begannen, seinen Rücken zu liebkosen. Einen Moment – einen winzigen Moment – glaubte sie, er würde reagieren. Doch dann wurde sein

Körper schwer. Regungslos lag er auf ihr. Roses wütende Fingernägel hinterließen blutrote Striemen auf seinem Rücken. Der Schmerz riß Jack buchstäblich aus dem Bett.
»Zum Teufel mit dir!« fauchte Rose. »Zum Teufel mit dir, du elender Schlappschwanz!« Das Lachen war aus ihren Augen verschwunden, sie zeigten nur noch einen blinden Haß, der Jack erschreckte.
»Rose...« begann Jack, aber sie schnitt ihm das Wort ab, indem sie ebenfalls aus dem Bett sprang und sich ihm gegenüber aufbaute.
»Verschone mich bloß mit deinem ›Rose‹, du Mistkerl. Glaubst du vielleicht, das nützt mir was?«
»Es tut mir leid«, sagte Jack leise.
»Das tut es dir jedesmal. Seit einem Jahr! Seit damals bist du kein Mann mehr!«
»Hör' auf, Rose. Bitte!«
»Ich denke gar nicht daran! Ich werde erst Ruhe geben, wenn ich dahintergekommen bin, was mit dir los ist. Sieh mich an! Bin ich nicht mehr attraktiv?« Sie riß sich das Nachthemd herunter. Das Mondlicht verlieh ihrem nackten Körper einen metallischen Glanz. Die Brüste standen hoch über der schmalen Taille, die vollen Hüften gingen in lange, schlanke Beine über. »Na?« sagte sie, während Jack stumm dastand und sie anstarrte. »Was ist? Habe ich mich in ein Monster verwandelt?« Jack schüttelte den Kopf, sagte jedoch immer noch nichts. »Was ist es dann? Wenn es nicht an mir liegt, muß es an dir liegen. Was ist los mit dir, Jack?«
Wieder schüttelte er den Kopf. »Ich... ich weiß es nicht, Rose«, sagte er stockend. »Jedenfalls nicht sicher.«
»Dann kann ich es dir vielleicht sagen!« Ihre Stimme hatte jetzt einen tückischen Unterton, und er versuchte zu über-

legen, aus welcher Richtung der Angriff wohl kommen würde.

»Es ist das Geld, nicht wahr?« Gerettet, dachte er und ließ sich erleichtert in einen Sessel fallen.

»Du erträgst einfach den Gedanken nicht, daß das Conger-Vermögen weg ist, stimmt's? Du kannst dich nicht damit abfinden, daß du wirklich und wahrhaftig arbeiten mußt, um Geld zu verdienen, anstatt dich aus Spaß an der Freude mit deiner Zeitung zu beschäftigen.« Sie wartete auf eine Bestätigung. Als keine Antwort erfolgte, fuhr sie fort: »Wann wirst du endlich begreifen, daß das gleichgültig ist? Wir haben genügend Geld, um dieses Haus zu halten – obwohl nur Gott allein weiß, wozu wir diesen Riesenkasten brauchen – und wir verdienen beide genug, um uns alles kaufen zu können, was wir brauchen. Schließlich sind wir nicht arm, verdammt nochmal! Und selbst, wenn wir es wären – was würde das ausmachen? Man muß doch nicht reich sein, um ein Mann zu sein!«

Er wußte, was als nächstes kommen würde. Und Rose enttäuschte ihn nicht.

»Oder liegt es an mir? Fühlst du dich von mir kastriert, weil ich mehr verdiene als du? Du solltest eigentlich stolz darauf sein, daß ich Erfolg habe – aber das bist du nicht! Oh nein! Du betrachtest es als Angriff auf deine Männlichkeit! Ich will dir mal eins sagen, Jack: weißt du, warum ich seinerzeit anfing zu arbeiten? Weil ich mich tödlich gelangweilt habe!«

»Rose – das haben wir alles doch schon so oft durchge...«

»Und wir werden es noch einmal durchkauen.« Sie sank plötzlich erschöpft auf die Bettkante – ihre Wut war verraucht. »Wir werden solange darüber sprechen, bis wir der

Sache auf den Grund gekommen sind.« Und dann kamen die Tränen. Rose verbarg ihr Gesicht in den Händen. »Ich weiß nicht, wieviel ich noch aushalten kann, Jack. Ich weiß es wirklich nicht. Es tut mir leid, daß ich gesagt habe, ich hätte aus Langeweile angefangen zu arbeiten. Das stimmt nicht. Ich war einfach frustriert.« Sie sah ihn an, und jetzt stand Verzweiflung in ihren Augen. »Es ist schrecklich, einen Mann zu lieben, der dieses Gefühl nicht erwidert.«

»Aber das stimmt doch gar nicht, Rose«, widersprach Jack sanft. »Ich habe dich immer geliebt – und ich tue es noch.«
Sie seufzte. »Wenn das stimmt, dann hast du gelinde gesagt eine recht seltsame Art, es mir zu zeigen. Manchmal überlege ich mir, ob ich den Beruf im Interesse unserer Ehe wieder an den Nagel hängen sollte. Aber dazu ist es jetzt zu spät: ich habe Blut geleckt. Erfolg ist wie eine Droge: man will mehr und mehr. Und ich werde mehr bekommen! Bei dir finde ich keine Erfüllung mehr – also muß ich sie mir woanders suchen.«

»Wenn es so schlimm ist«, sagte Jack düster, »warum bist du dann überhaupt noch hier?«

Sie starrte ihn an, und die Härte in ihrem Blick erschreckte ihn. »Irgendjemand«, sagte sie langsam, »muß schließlich auf die Kinder aufpassen. Und da *du* dazu ja offensichtlich nicht geeignet bist, bleibe nur noch ich übrig, oder?«

Der Schlag kam so schnell, daß sie keine Zeit hatte, auszuweichen. Die Wucht des Fausthiebes warf sie flach auf das Bett, aber sie schrie nicht. Stattdessen legte sie die Hand auf die Stelle, wo er sie getroffen hatte und starrte zu ihm hoch. »Wie gut, daß ich nicht kleiner bin – wer weiß, wo du mich sonst getroffen hättest«, sagte sie sanft.

Er starrte auf sie hinunter, dann wanderte sein Blick zu

seiner immer noch geballten Faust, und es schien eine Ewigkeit zu dauern, bis er begriff, was er getan hatte. »Mein Gott!« stieß er hervor und stürzte ins Bad. Er ließ das Wasser laufen, bis es eiskalt aus dem Hahn kam, machte einen Waschlappen naß und brachte ihn ihr, damit sie ihn auf ihre Wange legen konnte. Er tat es nicht selbst, denn er wußte genau, daß er es jetzt nicht wagen durfte, sie zu berühren.
»Das wollte ich nicht.«
»Wirklich nicht?« sagte sie sarkastisch. »Mir scheint, du tust viele Dinge, die du eigentlich nicht tun willst.«
»Rose – das ist nicht fair.«
»Das ganze Leben ist nicht fair, Jack. Laß' mich jetzt bitte allein.«
Er stand auf, um den Raum zu verlassen. »Vielleicht ist es der Fluch«, sagte er mit gespielter Leichtigkeit. »Vielleicht liegt der alte Familienfluch jetzt auf mir.«
»Vielleicht liegt er auf uns beiden«, sagte Rose traurig. Sie sah, wie sich die Schlafzimmertür hinter ihm schloß und wollte ihn zurückrufen – wollte, daß er sie in die Arme nahm, wollte ganz nah bei ihm sein. Aber sie brachte es nicht fertig. Sie machte das Licht aus, drehte sich auf die Seite und versuchte einzuschlafen.

Jack ließ sich in seinem Arbeitszimmer in seinen Sessel sinken und nippte an dem Glas in seiner Hand. Er starrte aus dem Fenster und beobachtete die Lichteffekte des Mondscheins in den Ästen der Ahornbäume, die verstreut auf dem gepflegten Rasen standen, der sich bis zum Rand der Klippe hinzog. Die Klippe zog ihn an, und Jack wußte, daß dieses Gefühl nicht vom Alkohol herrührte. Manchmal wünschte er, es wäre so.

Die Erinnerung war immer noch nicht klar. Vielleicht würde sie es auch nie mehr werden, verschwommen wie alles im Alkoholnebel lag.

Rose hatte recht: es war ungefähr ein Jahr her. Ein Sonntag. Rose war beim Golfspielen. Mit wem? Er erinnerte sich nicht. Es gab so vieles an diesem Tag, an das er sich nicht erinnern konnte. Er hatte getrunken, was an einem Sonntag nicht ungewöhnlich war, und am Nachmittag hatte er beschlossen, einen Spaziergang zu machen. Mit Sarah.
Und hier zogen die ersten Nebelschwaden in der Erinnerung auf. Er und Sarah gingen über die Wiese, und dann rannte Sarah voraus und rief ihm zu, er solle sich beeilen. Aber er ging langsam weiter, und sie wartete auf ihn. Sie unterhielten sich, aber er wußte nicht mehr, worüber. Und dann bat Sarah ihn, mit ihr in den Wald zu gehen. Es gab dort so vieles, was sie gerne sehen wollte. Und so gingen sie in den Wald.
Und dann wurde der Nebel undurchdringlich: das nächste, woran er sich erinnerte, war, daß er sie aus dem Wald nach Hause trug.
Er hörte die Uhr schlagen und beobachtete die Schatten, die auf der Fensterscheibe tanzten. Es war ein häßlicher Tanz und er wollte ihn nicht sehen. Dann blickte er in sein leeres Glas und versuchte, den Wunsch niederzukämpfen, es neu zu füllen.

Sarah schlief unruhig. Der Traum war wieder da – wie jede Nacht. Sie war in einem Zimmer – einem großen Zimmer. Und in dem Zimmer war nichts außer Sarah und ihren Spielsachen. Aber sie wollte nicht damit spielen.

Dann war plötzlich ihr Daddy da, und sie gingen auf die Wiese hinaus. Sie rannte voraus und blieb stehen, um eine Blume zu betrachten. Auf der Blume saß eine Ameise, und sie pflückte die Blume, um sie ihrem Daddy zu zeigen. Aber sie wußte, daß die Ameise von der Blume fallen würde, wenn sie zu sehr geschüttelt wurde. Also rief sie ihren Vater. »Daddy! Komm schnell!«
Aber er hatte sich nicht beeilt und sie hatte auf ihn gewartet. Als er endlich bei ihr ankam, war die Ameise weg, und die Blume auch – ein Windstoß hatte sie ihr aus der Hand gerissen und zum Wald hinübergetragen. Sie wollte sie unbedingt wiederfinden.
»Die Blume ist im Wald, Daddy! Geh' mit mir in den Wald, Daddy! Bitte!«
Also gingen sie in den Wald. Ihr Daddy hielt sie an der Hand, und sie fühlte sich sicher.
Sie traten aus dem hellen Sonnenschein in das Dämmerlicht des Waldes, und Sarah hielt sich dichter an ihren Vater. Sie sah sich nach der Blume um – und dann entdeckte sie den Busch. Sie war sicher, daß die Blume in dem Busch war – und die Ameise auch. Sie zog ihren Vater darauf zu.
»Komm, Daddy, wir sind gleich da!«
Und dann hatten sie ihn erreicht. Sarah ließ die Hand ihres Vaters los und kroch unter den Busch. Ihre Haare verfingen sich in den Zweigen, Dornen fuhren kratzend über ihre Haut. Und dann spürte sie plötzlich, wie sich etwas um ihren Knöchel legte. Eine Ranke. Es mußte eine Ranke sein. Sie versuchte, sie abzuschütteln, aber das Ding umklammerte ihren Fuß noch fester und begann, an ihr zu zerren. Sie konnte die Blume nicht finden. Halt – da war sie doch! Wenn sie sie nur zu fassen bekäme! Aber

es gelang ihr nicht – das Ding zog sie aus dem Busch!
»Daddy! Hilf mir! Mach' das Ding von meinem Fuß ab!«
Sie drehte sich um – und das Ding war ihr Daddy! Aber es war nicht ihr Daddy – es war jemand anderer. Er sah aus wie ihr Daddy, aber er konnte es nicht sein – nicht dieser Mann mit dem wilden Gesichtsausdruck! Dieser Mann, der die Faust hob, um sie zu schlagen.
Sie spürte den Schlag und versuchte, ihren Vater zu rufen, damit er ihr half, aber sie brachte keinen Ton heraus. Ihr Vater würde ihr helfen.
Ihr Vater schlug sie.
Sie wollte, daß ihr Vater den Mann von ihr wegzerrte.
Sie wollte, daß ihr Vater aufhörte, sie zu schlagen.
Sie wollte, daß ihr Vater käme.
Immer wieder sauste die Faust auf sie nieder. Und dann konnte sie auf einmal nichts mehr hören. Sie schien neben sich zu stehen und zuzusehen, wie sie geschlagen wurde. Sie spürte keinen Schmerz. Und während ihr Daddy immer weiter auf sie einschlug, merkte sie, wie sie ohnmächtig wurde. Und dann war da nur noch das Grau – das Grau, in dem sie lebte. Und am Rande dieser grauen Welt gab es ein Mädchen – ein blondes, blauäugiges Mädchen, das sich um sie kümmern würde.
Elizabeth. Elizabeth wußte, was geschehen war. Als das Grau sich um sie schloß, streckte sie die Hand nach Elizabeth aus.
Sarah wachte auf. Ihre Arme waren weit ausgestreckt. Sie ließ sie langsam sinken und schlang sie um ihren schmalen Körper.
Dann schlief sie wieder ein – und sie träumte den Traum von vorn.
Elizabeth lag in ihrem Bett, starrte zur Decke hinauf und

beobachtete den Mondlichtstreifen, der langsam auf die gegenüberliegende Wand zu wanderte.
Sie hatte versucht, es nicht zu hören. Sie hatte ihren Kopf unter dem Kissen vergraben, aber die lauten Stimmen ihrer Eltern waren durch die Wand gekommen, unter der Tür hindurch in ihr Bett geglitten, und sie hatte gelauscht. Schließlich hörte sie, daß ihr Vater die Treppe hinunterging. Sie würde warten, bis sie ihn wieder heraufkommen hörte, bis sie das Klicken der Tür des Elternschlafzimmers hörte, die sich für diese Nacht dann endgültig schließen würde. Dann würde sie einschlafen.
Ahnte ihre Mutter denn nicht, was damals im Wald geschehen war? Elizabeth wußte, daß sie es ihrer Mutter erzählen könnte, daß sie es aber nicht tun würde. Elizabeth wußte, daß sie nicht wissen dürfte, was passiert war. Und sie wußte auch, daß sie es nicht vergessen würde.
Sie hatte die beiden aus dem Haus gehen sehen und beschlossen, sich ihnen anzuschließen. Sie hatte ihnen nachgerufen, aber der Wind hatte ihre Worte weggeweht. Also war sie ihnen über die Wiese gefolgt. Aber dann, als sie sie beinahe eingeholt hatte, hatte sie sich anders besonnen.
Sie war nach rechts abgeschwenkt – in Richtung Straße – und ungefähr fünfzehn Meter von ihnen entfernt im Wald verschwunden. Sie hatte vor, unmittelbar vor ihnen hinter einem Baum hervorzuspringen und sie zu erschrecken.
Dann hatte sie plötzlich ein Rascheln gehört und, als sie hinter dem Baum hervorspähte, Sarah unter einem Busch verschwinden sehen. Sie nutzte die Gelegenheit, um mit einem Satz hinter einem entwurzelten Baum in Deckung zu gehen. Durch das Gewirr der in die Luft ragenden Wurzeln beobachtete sie, wie ihr Vater scheinbar Anstalten machte, hinter Sarah herzukriechen – aber dann be-

griff sie, daß er sie brutal am Fuß herauszuziehen begann. Sarah schrie irgendetwas. Der Vater zerrte sie vollends unter dem Busch hervor. Und dann ließ er seine Faust auf sie niedersausen. Sarah drehte sich um und starrte fassungslos zu ihrem Vater hinauf.
Elizabeth beobachtete die Szene, die sich vor ihren Augen abspielte, und eine seltsame Entrücktheit ergriff von ihr Besitz. Sie sah plötzlich nicht mehr ihren Vater und ihre Schwester, sondern zwei Fremde: einen Mann und ein kleines Mädchen, und der Mann schlug das Mädchen. Elizabeth kauerte still hinter ihrem Baumstamm und ließ das Geschehen offensichtlich völlig unbeteiligt vor sich abrollen.
Als Sarah schließlich wie tot dalag und ihr Vater sich aufrichtete, kehrte Elizabeth in die Realität zurück. Sie erkannte ihn kaum wieder. Seine Augen waren seltsam leer, und seine sonst so tadellos frisierten, schwarzen Haare hingen ihm in wirren, verschwitzten Strähnen ins Gesicht. Ein qualvolles Schluchzen brach aus seiner Brust hervor, als er auf das reglose Bündel zu seinen Füßen hinuntersah. Schließlich bückte er sich, nahm Sarah auf die Arme und trug sie über die Wiese auf das Haus zu. Elizabeth blieb in ihrem Versteck, bis die Vordertür sich hinter den beiden geschlossen hatte, dann stand sie auf und schlich vorsichtig zu der Stelle, wo ihre Schwester gelegen hatte. Sie schaute noch einmal zum Haus hinüber, drehte sich um und ging in Richtung Steilküste.
Als sie eine Stunde später nach Hause kam, war Sarah bereits von einem Krankenwagen abgeholt worden. Ihr Vater war nirgends zu sehen, und ihre Mutter hatte einen Nervenzusammenbruch. Schließlich bemerkte Mrs. Goodrich sie und fragte, wo sie gewesen sei. Elizabeth

antwortete, sie habe einen Spaziergang gemacht. Zum Steinbruch. Es war das einzige, was sie je über jenen Nachmittag erzählt hatte, und es war das einzige, was sie je darüber erzählen würde.
Endlich klickte die Schlafzimmertür. Elizabeth löste ihren Blick von der Zimmerdecke und schlief ein.

Jack lag im Bett, aber er schlief nicht. Er versuchte, sich zu erinnern.
Er erinnerte sich daran, daß der Arzt gekommen und Sarah mit einem Krankenwagen fortgebracht worden war. Er erinnerte sich, wie Rose nach Hause gekommen war, und er erinnerte sich daran, daß jemand ihm eine Spritze gegeben hatte.
Man hatte Sarah in ein Krankenhaus geflogen, das weit genug von Port Arbello entfernt lag, um niemanden je erfahren zu lassen, was Sarah zugestoßen war. Sie war drei Monate dortgeblieben, und es war den Ärzten gelungen, ihre körperlichen Verletzungen zu heilen – aber nicht die seelischen. Als sie nach Hause zurückkam, war Sarah verändert. Sie war nicht mehr das fröhliche Elfenkind, sie lachte nicht mehr und sie tobte auch nicht mehr durchs Haus.
Sie war still. Sie sprach nicht mehr, und wenn sie sich bewegte, dann wie eine Marionette.
Und ab und zu schrie sie durchdringend auf.
Sie schien völlig verängstigt – aber mit der Zeit gewöhnte sie sich wenigstens an die Gegenwart ihrer Mutter. Nie ließ man sie mit ihrem Vater allein.
Sie reagierte ausschließlich auf Elizabeth. Ihr folgte sie auf Schritt und Tritt – und wenn Elizabeth nicht da war, dann saß sie still irgendwo herum und wartete. Aber das war

nicht oft der Fall. Abgesehen von der Zeit, die sie notwendigerweise in der Schule zubrachte, war Elizabeth fast immer mit ihr zusammen. Sie las ihr vor, sprach mit ihr, und schien gar nicht zu bemerken, das Sarah niemals antwortete.

Die Ärzte meinten, daß Sarah sich irgendwann erholen würde, doch sie wußten nicht, wann. Aber sie waren überzeugt, daß Sarah sich eines Tages erinnern und auch in der Lage sein würde, diese Erinnerung zu verkraften – und dann würde sie wieder gesund sein. Aber bis zu diesem Tage war Sarah alles zuzutrauen – Schizophrenie, so sagten sie, sei unberechenbar.

4

Rose Conger sah über den Frühstückstisch hinweg ihren Mann an und fragte sich zum hundertsten Mal, wie er soviel trinken konnte, ohne daß man ihm am nächsten Tag etwas ansah.

Wäre er nicht so vertieft in seine Morgenzeitung gewesen, hätte Jack Roses Verärgerung bemerkt: er war jetzt vierzig, sah zehn Jahre jünger aus und hatte ein völlig faltenloses Gesicht. Weder seine alkoholischen Exzesse noch sein Alter hatten irgendwelche Spuren darauf hinterlassen. Das ist nicht gerecht, dachte Rose. Jeder andere Mann hätte unter den gegebenen Umständen eine blaurote Nase und eine ungesunde Gesichtsfarbe – aber nicht ihr Jack!

»Wann bist du ins Bett gegangen?« fragte sie.

»Weiß nicht – so gegen halb zwei.«
»Möchtest du noch Kaffee?«
Er ließ die Zeitung sinken und grinste schief.
»Sehe ich aus, als brauchte ich noch einen?«
»Ich wünschte, es wäre so«, sagte Rose bitter. »Wenn man es dir ansähe, würdest du vielleicht nicht soviel trinken.«
»Rose – lassen wir das Thema, okay? Die Kinder werden jeden Moment herunterkommen.« Er sah auf seine Uhr, als könnte er die beiden Mädchen damit herbeizaubern, damit sie ihn vor dem bewahrten, was er unweigerlich auf sich zukommen sah.
»Erst in zehn Minuten«, erklärte Rose. »Jack – um auf unser Gespräch von gestern abend zurückzukommen . . .«
»Kommt jetzt wieder das Trinken dran? Kannst du mir mal sagen, warum wir abends immer über Geld und morgens immer über meinen Alkoholkonsum sprechen müssen? Warum drehst du die Geschichte nicht einmal um – nur wegen der Abwechslung, weißt du. Vielleicht würde uns dann beiden etwas neues zu diesen Themen einfallen . . .«
Rose starrte wütend auf ihren Teller und bemühte sich, gelassen zu erscheinen. »Wahrscheinlich bin ich eines Tages zu dieser Aufteilung gekommen, weil ich die Hoffnung hegte, daß du abends nicht trinken würdest, wenn ich nicht darüber spreche. Aber eigentlich müßte ich es inzwischen besser wissen, nicht wahr?«
»Ja«, nickte Jack, »das sollte man meinen.« Er blätterte mit unnötigem Geräuschaufwand eine Zeitungsseite um und kehrte zu seiner Lektüre zurück. Er las einen Absatz, bemerkte, daß er überhaupt nicht begriffen hatte, was da stand und las ihn noch einmal. Er war gerade beim dritten Durchgang, als Rose wieder zu sprechen anfing.

»Wie lange soll das noch so weitergehen?«
Er legte die Zeitung weg und starrte sie eine ganze Weile schweigend an. Als er schließlich sprach, lag Härte in seiner Stimme.
»Was meinst du mit ›so‹? Wenn du wissen willst, wie lange es noch dauert, bis ich wieder mit dir schlafen kann, dann kann ich nur sagen, ich weiß es nicht. Wenn du wissen willst, wann ich endlich aufhören werde zu trinken, ich weiß es nicht. Wenn du wissen willst, wann du endlich aufhörst, ständig auf mir herumzuhacken, das liegt an dir. Ich habe die unbestimmte Ahnung, daß sich unser Verhältnis zueinander und mein Verhältnis zum Alkohol sehr bald ändern würden, wenn du mich ein wenig in Ruhe ließest. Es gibt Gründe für meine Probleme, verstehst du, und dein Genörgel löst sie bestimmt nicht. Warum läßt du mich also nicht einfach in Ruhe, Rose? Laß mich in Ruhe!«
Er stand auf, ging hinaus, und Rose hörte verblüfft, mit welcher Wärme er draußen seine Töchter begrüßte, bevor er das Haus verließ. Die Tatsache, daß er nicht einmal die Tür zugeknallt hatte, vergrößerte ihren Unmut. Aber als ihre Töchter hereinkamen, bemühte sie sich, ebenso herzlich zu erscheinen wie vorher ihr Mann.
»Ihr habt heute die Wahl«, sagte sie. »Mrs. Goodrich hat gesagt, Waffeln und Pfannkuchen sind gleich unproblematisch in der Herstellung – also könnt ihr es euch aussuchen.«
»Wir nehmen Waffeln«, sagte Elizabeth. Sie gab ihrer Mutter einen Guten-Morgen-Kuß und setzte sich an den Tisch. Sarah zog den Stuhl ihres Vaters neben Elizabeth und setzte sich ebenfalls.
»Sarah – willst du denn nicht auf deinem Stuhl sitzen?«
Sie antwortete nicht – saß nur still und mit im Schoß

gefalteten Händen da und wartete, bis Elizabeth ihr Orangensaft eingegossen hatte. Dann nahm sie das Glas, trank es leer, stellte es wieder auf den Tisch und faltete sofort wieder die Hände im Schoß. Rose beobachtete sie schweigend. Ein Gefühl grenzenloser Hilflosigkeit überkam sie.
»Sarah«, versuchte sie es noch einmal, »willst du wirklich nicht auf deinem eigenen Stuhl sitzen?«
Sarah wandte Rose ihr Gesicht zu und starrte ihre Mutter einen Moment lang an. Rose sah forschend in das kleine Gesicht – es war, als wollte man die Mimik einer Maske entschlüsseln. Nach ein paar Sekunden senkte Sarah den Kopf wieder. In Roses Magen ballte sich ein Klumpen zusammen.
»Vielleicht hätte sie lieber Pfannkuchen«, meinte sie. »Aber woher soll ich das wissen?«
Elizabeth lächelte ihre Mutter beruhigend an. »Sie mag Waffeln«, versicherte sie. »Warum ist Daddy denn heute schon so früh losgefahren?«
»Ich nehme an, er hat eine Menge zu tun«, sagte Rose geistesabwesend. Ihre Augen waren noch immer auf ihre jüngere Tochter gerichtet. Sie hatte das Gefühl, irgendetwas für Sarah tun oder zu ihr sagen zu müssen, aber sie wußte nicht was. Hastig faltete sie die Serviette zusammen und stand auf.
»Ich habe selbst eine Menge zu tun«, erklärte sie. »Kommst du allein zurecht, Elizabeth?«
»Natürlich. Wenn ich gehen muß, bevor der Schulbus da war – soll ich Sarah dann bei Mrs. Goodrich lassen?«
»Ja – tu das«, nickte Rose. »Ich bin in meinem Arbeitszimmer. Komm noch 'rein, bevor du gehst.«
Sie wollte das Zimmer schon verlassen, beugte sich dann jedoch, einem plötzlichen Impuls folgend, zu Sarah hin-

unter und drückte ihre Lippen auf die dunklen Haare.
Sarah reagierte nicht, und der Klumpen in Roses Magen
wurde noch schwerer. Auf dem Weg zu ihrem kleinen
Arbeitszimmer, das an der Vorderseite des Hauses lag,
hörte sie hinter sich Elizabeth fröhlich auf Sarah einreden.
Rose schloß die Tür hinter sich, setzte sich an ihren
Schreibtisch und beschloß, sich ganz auf ihre Arbeit zu
konzentrieren.
Sie nahm sich die Unterlagen vor, an denen sie am Vortag
gearbeitet hatte und rechnete alles noch einmal durch. Sie
fand zwei Fehler und korrigierte sie. Seit ihrem ersten Tag
in der Immobilienbranche hatte sie nie Unterlagen einge-
reicht, die nicht absolut einwandfrei waren – und sie
wußte, daß ihre Kollegen ihr das übelnahmen. Sie machten seit einiger Zeit einen regelrechten Sport daraus, ihr
falsche Zahlen anzugeben und zu warten, wie lange es
dauerte, bis sie es merkte. Rose nahm es mit Humor.
Sie war gerade mit der Durchsicht der Unterlagen fertig,
als Elizabeth hereinkam.
»Ist es denn schon so spät?« fragte sie.
»Ich habe Kathy Burton versprochen, mich vor Schulbe-
ginn mit ihr zu treffen. Sarah ist bei Mrs. Goodrich in der
Küche.«
»Kommst du nach der Schule gleich nach Hause?«
»Tue ich das nicht immer?«
Rose lächelte ihre Tochter an und breitete die Arme aus.
Einen Augenblick kuschelte sich Elizabeth ganz fest hin-
ein.
»Du bist eine große Hilfe für mich«, flüsterte Rose.
Elizabeth nickte kurz und machte sich aus der Umarmung
frei. »Bis heute abend«, sagte sie. Rose sah zu, wie die Tür
sich hinter ihr schloß und wandte sich dann wieder dem

Fenster zu. Einen Augenblick später wurde die Vordertür geöffnet und wieder geschlossen, und gleich darauf hüpfte Elizabeth, die ihren Mantel erst zur Hälfte anhatte, die Stufen hinunter.

Rose kehrte zu ihrer Arbeit zurück. Sie blätterte ihre Listen durch und ordnete in Gedanken die Häuser bestimmten Klienten zu. Sie hatte es sich zur Gewohnheit gemacht, mit jedem Kunden mehrere Stunden zu verbringen, und in dieser Zeit sprach sie mit ihm über alles mögliche – nur nicht über Häuser. Wenn sie schließlich das Gefühl hatte, genug über ihn zu wissen, legte sie ihm eine Auswahl vor. Und am Ende kam sie dann mit dem ihrer Meinung nach idealen Vorschlag heraus – und meistens hatte sie recht. In letzter Zeit kamen immer mehr Leute zu ihr, die weniger an ihrem allgemeinen Angebot als vielmehr an ihrem persönlichen Rat interessiert waren. Noch ein Jahr, dachte sie, dann kann ich mich selbständig machen. Und dann paß auf, Port Arbello – ein neuer Conger ist im Kommen!

Sie bekam nur im Unterbewußtsein mit, daß der Ford-Kombi, der als Schulbus diente, vorgefahren war, um Sarah zur White-Oaks-School abzuholen, und sie sah nicht von ihrer Arbeit auf, bis es an der Tür klopfte.

»Herein«, sagte sie.

Mrs. Goodrich erschien, und man sah ihr deutlich an, wie sehr es ihr gegen den Strich ging, Rose zu stören.

»Tut mir leid – aber Mr. Diller möchte Sie gerne einen Augenblick sprechen. Ich habe ihm gesagt, daß Sie beschäftigt sind, aber er besteht darauf.«

Ihr Tonfall zeigte deutlich, daß sie Mr. Diller für einen unglaublichen Flegel hielt. Rose unterdrückte ein Lächeln und gab sich alle Mühe, die Grande Dame darzustellen, als die Mrs. Goodrich sie so gerne sah. In ihrer ersten Zeit als Mrs. Conger hatte Rose Mrs. Goodrich gegenüber die größten Komplexe gehabt, denn sie wußte genau, daß sie in keiner Weise der Vorstellung entsprach, die die Haushälterin vom weiblichen Familienoberhaupt der Congers hatte. Aber mit der Zeit war sie dazu übergegangen, in Mrs. Goodrichs Gegenwart die ihr zugedachte Rolle so gut wie möglich zu spielen – und inzwischen machte es ihr sogar Spaß.

Sie stand also der alten Haushälterin zuliebe auf, nahm eine gekonnt-königliche Haltung ein und versuchte, herrisch zu klingen.

»Eigentlich hätte er sich vorher anmelden sollen, finden Sie nicht?«

Mrs. Goodrich nickte heftig.

»Aber ich nehme an, es wäre sinnlos, den Versuch zu machen, ihn wegzuschicken.«

Mrs. Goodrich nickte noch einmal.

»Dann werde ich ihn wohl empfangen müssen.«

Die Tür wurde geschlossen und öffnete sich einen Augenblick später wieder – für Mr. Diller. Rose entspannte sich – die kerzengerade Haltung war auf die Dauer doch etwas anstrengend – und lächelte ihm entgegen. Er war ein wenig jünger als sie und trug einen eindrucksvollen Vollbart. Er war zwar einer der Lehrer der White-Oaks-School, aber da er eine besondere Beziehung zu den Kindern zu haben schien, die er unterrichtete, fuhr er auch den Schulbus. Die Schule hatte es auch mit anderen Fahrern versucht, aber bei George Diller klappte es am besten – als versuchten die Kinder, sich ihm zuliebe besonders gut zu benehmen.

»Was sollte das denn?« fragte er mit einem Blick auf die geschlossene Tür.

»Sie haben es gehört?« fragte Rose amüsiert.
»Sie klangen wie meine Tante Agatha aus Boston. Sie hätte einem Dienstboten befehlen können, sich auf der Stelle umzubringen, und er hätte es niemals gewagt, sich diesem Ansinnen zu widersetzen. Zum Glück kam sie jedoch nie auf diese Idee.«
»Mrs. Goodrich hätte Ihre Tante Agatha sicherlich vergöttert. Sie ist überzeugt, daß eine echte Lady sich so verhalten muß, wie Sie es gerade bei mir erlebt haben – also tue ich ihr eben den Gefallen.«
»Um ein Haar wäre es Ihnen gelungen, mich einzuschüchtern – aber eben nur um ein Haar.«
»Gottseidank! Möchten Sie einen Kaffee?«
»Danke, nein. Dazu reicht die Zeit leider nicht – ich kann die Kinder nicht solange sich selbst überlassen.«
Rose warf einen Blick aus dem Fenster und sah, wie Sarah auf den Beifahrersitz kletterte. Sechs oder sieben Augenpaare sahen zu ihr herüber, und sie merkte, daß einige der Kinder bereits unruhig wurden.
»Was kann ich für Sie tun?« fragte sie.
»Für mich nichts. Für Sarah. Die Lehrer möchten Sie und Ihren Mann zu einem Gespräch in die Schule bitten.«
»Warum denn das?« fragte Rose besorgt.
»Kein Grund zur Beunruhigung. Ich glaube, sie wollen nur Sarahs Programm ein wenig umstellen und sich vorher mit Ihnen unterhalten.«
»Natürlich kommen wir«, sagte Rose. »Wann wäre es denn am günstigsten?« Sie trat zu ihrem Schreibtisch und schlug ihren Terminkalender auf.
»Am besten wäre es wohl nachmittags«, meinte George. »Dann sind alle Kinder weg, und man hat Ruhe. Aber wenn Ihnen das zeitlich nicht paßt, wird sich sicherlich

auch eine andere Möglichkeit, vielleicht vormittags, finden.«
»Nein, nein – das läßt sich schon einrichten. Wir wär's mit Donnerstag? Ich muß natürlich noch mit meinem Mann sprechen, aber ich bin sicher, daß er sich freimachen kann.«
»Sehr gut«, sagte George. »Gegen vier?«
»Ich schreibe es mir sofort –« Ein leiser Aufschrei unterbrach sie und ließ sie aufblicken. Im ersten Moment sah sie nichts Ungewöhnliches, aber dann bemerkte sie, daß der Kombi zu rollen begann.
»George!« schrie sie. »Der Wagen!«
Der Lehrer stürzte zur Tür, aber sie ging nicht auf. Rose starrte immer noch wie paralysiert aus dem Fenster: der Wagen rollte zwar langsam, aber er gewann allmählich an Geschwindigkeit, denn der Weg zur Garage war leicht abschüssig. Wenn der Kombi durch die Garage zum Halten gebracht wurde, würde den Kindern kaum etwas passieren, aber wenn er sie verfehlte ...
Ihr Blick glitt über die weite Rasenfläche und den Weg, der schnurstracks auf den Rand der Klippe zuführte.
»Die Tür klemmt!« schrie George.
»Runterdrücken!« befahl Rose knapp. Der Wagen scherte leicht nach links aus – er würde an der Garage vorbeirollen ...
Sie hörte George vor Anstrengung stöhnen, drehte sich zu ihm um und sah, daß er immer noch mit der verklemmten Tür kämpfte. Hinter sich hörte sie die schrillen Schreie der Kinder, die jetzt begriffen hatten, was vorging.
»Lassen Sie mich das machen!« Rose schob George beiseite. Ein geübter Griff – und die Tür flog auf. George stürmte hinaus. Mitten im Flur stand Mrs. Goodrich. Sie hatte eine Hand vor dem Mund, als wolle sie einen Schrei

zurückdrängen. George stieß sie beiseite, und sie wäre hingefallen, wenn Rose sie nicht rechtzeitig gestützt hätte. »Schon gut«, keuchte Mrs. Goodrich, »helfen Sie lieber Mr. Diller!«
Aber Rose konnte gar nichts tun. Sie sah George von der Haustür aus hinter dem Kombi herrennen, der geradewegs auf den Rand des Abgrunds zusteuerte.
Die Tür auf der Fahrerseite schlug wild hin und her. Er erreichte sie, schwang sich auf den Fahrersitz und zog mit der linken Hand die Handbremse während er mit der rechten das Lenkrad packte. Die Hinterräder blockierten, und der Wagen begann, nach links wegzurutschen. George hielt den Atem an. Hinter ihm schrien die Kinder hysterisch durcheinander – nur Sarah saß schweigend neben ihm und schaute seelenruhig aus dem Vorderfenster.
Zentimeter vor dem Abgrund kam der Wagen endlich zum Stehen. Wenn die Tür nicht offen gewesen wäre, dachte George – doch dann kam er zu dem Schluß, daß es keinen Sinn hatte, sich über die vielen »Wenns« den Kopf zu zerbrechen. Er sank hinter dem Lenkrad in sich zusammen und wartete darauf, daß seine Nerven aufhörten zu flattern. Als er schließlich mit noch immer leicht zitternden Knien ausstieg, um die Kinder aus dem Wagen zu holen, stand Rose neben ihm. Gemeinsam halfen sie den Kindern beim Aussteigen, und Rose brachte sie zum Haus.
Nachdem Mrs. Goodrich gesehen hatte, daß der Kombi nicht abgestürzt war, hatte sie sich augenblicklich in die Küche begeben – und als alle Kinder glücklich im Haus waren, brachte sie eine große Kanne mit dampfender Schokolade.

Rose ließ die Kinder in der Obhut ihrer Haushälterin und kehrte zu dem Wagen zurück. George war gerade dabei, vorsichtig zurückzusetzen. Als er weit genug vom Rand der Klippe entfernt war, wendete er, ließ Rose einsteigen und fuhr mit ihr zum Haus zurück. Bevor er ausstieg, legte er den ersten Gang ein und vergewisserte sich zweimal, daß die Handbremse auch wirklich fest angezogen war.
»Wie ist das passiert?« fragte Rose.
George schüttelte den Kopf. »Ich weiß es nicht. Ich muß vergessen haben, die Handbremse anzuziehen. Dabei tue ich das ganz automatisch.« Und er schüttelte noch einmal nachdenklich den Kopf. »Ich bin eigentlich sicher, daß ich sie angezogen habe, aber offensichtlich habe ich es nicht getan.«

Eine Stunde später hatten die Kinder den Schreck vergessen, und George verfrachtete sie wieder in den Kombi. Falls Rose bemerkte, daß George jetzt darauf achtete, Sarah nach hinten zu setzen, so sagte sie jedenfalls nichts dazu. Sie sah dem Wagen nach, bis er hinter einer Biegung verschwand. Dann kehrte sie in ihr Arbeitszimmer zurück und versuchte, sich wieder auf ihre Arbeit zu konzentrieren. Es war nicht leicht.

George Diller fuhr den Weg zur Schule diesmal noch vorsichtiger als sonst. Und er ließ den Rückspiegel nicht aus den Augen. Aber seine Aufmerksamkeit galt nicht der Straße hinter ihm, sondern den Kindern – und vor allem Sarah Conger.
Als sie die Conger's Point Road entlang fuhren, bemerkte er, daß Sarah nach etwas Ausschau hielt. Und dann erinnerte er sich: jeden Morgen, wenn sie die Point Road

hinunter fuhren, überholten sie Elizabeth Conger, die auf dem Weg zur Schule war – und jeden Morgen winkte sie Sarah zu. Aber heute waren sie zu spät dran. Es war niemand da, der Sarah zuwinken konnte.

Am Ende dieses Tages schrieb Mrs. Montgomery in ihr Berichtsheft, daß Sarah Conger heute viel schwieriger gewesen war als gewöhnlich. Auch darüber würde sie mit Sarahs Eltern sprechen müssen.

5

Beim Verlassen des Hauses sah Rose auf die Uhr: es blieb ihr vor ihrer Verabredung sogar noch Zeit, bei Jack hineinzuschauen. Auf dem Weg zur Garage ließ sie den Blick schaudernd über die Reifenspuren wandern, die der Kombi in den Rasen gegraben hatte, als er auf den Abgrund zurollte. Sie fragte sich, ob sie Sarah nicht lieber hätte zuhause behalten sollen und spürte ein nagendes Schuldgefühl bei der Erinnerung daran, wie erleichtert sie gewesen war, als George darauf bestanden hatte, den Tag so ablaufen zu lassen, als sei überhaupt nichts geschehen. Sie nahm sich vor, sich an diesem Abend besonders intensiv um Sarah zu kümmern.

Als sie eine Viertelmeile in Richtung Stadt gefahren war und an dem alten Barnes-Besitz vorbeikam, lächelte sie. Sie hatte so eine Ahnung, daß sie das Schild »Zu verkaufen«, das nun schon seit Monaten am Zaun hing, abends auf dem Heimweg würde abmachen können. Und das ist

gut so, dachte sie. Das Haus war schon zu lange unbewohnt und in ein paar Monaten hätte es das Flair eines Geisterhauses und wäre absolut unverkäuflich. Aber sie war ziemlich sicher, jetzt endlich die richtigen Käufer gefunden zu haben.
Sie parkte den Wagen hinter der »Port Arbello Realty Company« und betrat die Firma durch den Vordereingang.
»Sie haben in fünfzehn Minuten einen Termin«, erinnerte sie das Mädchen am Empfang. Rose lächelte.
»Das ist ja noch lange hin. Ich geh' bloß mal schnell 'rüber und sage Jack guten Tag.« Sie hätte ihn auch anrufen können, aber sie legte Wert darauf, die Rolle der liebevollen Ehefrau weiterzuspielen: in Port Arbello waren gute Ehen wichtig für's Geschäft.
Auf dem Weg über den Platz warf sie einen schnellen Blick auf das alte Zeughaus, das gleich neben dem Gerichtsgebäude die Ecke verunzierte. Noch ein Jahr, dachte sie, und ich werde einen Weg gefunden haben, das Monstrum zu kaufen. Sie hatte auch schon eine ganz präzise Vorstellung davon, was sie daraus machen wollte: ein paar kleine Läden sollten hinein, Boutiquen, ein gutes Restaurant und eine Bar. Auf diese Weise konnte sie den Wert des Objektes steigern, ohne den anderen Geschäften am Platz Konkurrenz zu machen. Im Geiste sah sie das Zeughaus bereits in seiner zukünftigen Form vor sich: mit Sandstrahlgebläse von dem Belag befreit, der sich im Lauf der vielen Jahre auf die Ziegel gelegt hatte, die Holzteile weiß gestrichen und hier und da kleine Veränderungen an der Fassade, um den grimmigen Eindruck zu mildern den das Gebäude vermittelte.
Sie betrat den Verlag.
»Hallo, Sylvia«, lächelte sie. »Ist mein Mann da?«

Jacks Sekretärin erwiderte das Lächeln. »Da ist er schon – aber mit Vorsicht zu genießen. Was haben Sie bloß gemacht mit ihm, heute morgen?«
»Nur das Übliche«, grinste Rose. »Gefesselt und ausgepeitscht. Er jammert zwar jedesmal, aber es gefällt ihm.«
Ohne anzuklopfen trat Rose in das Büro ihres Mannes, schloß die Tür hinter sich und gab ihm einen herzlichen Kuß.
»Hallo Liebling«, sagte sie fröhlich – sie hatte sofort bemerkt, daß die Gegensprechanlage eingeschaltet war. »Ich höre, du hast heute einen schlechten Tag.« Jack sah sie völlig verwirrt an. Sie deutete auf die Sprechanlage auf seinem Schreibtisch. Er nickte verstehend und schaltete sie ab.
»Du scheinst ja genügend Frohsinn für uns beide aufzubringen«, sagte er säuerlich.
»Jetzt schon – aber heute früh hätte es fast eine Katastrophe gegeben.« Und sie berichtete über den Vorfall mit dem Schulbus.
»Ist George wirklich sicher, daß er die Handbremse angezogen hat?« fragte Jack, nachdem sie geendet hatte.
Rose nickte. »Aber er muß sich irren. Falls nicht, gibt es nur eine Erklärung: Sarah.« Jack wurde blaß.
»Und am Donnerstag sollen wir in die Schule kommen?« Er schrieb den Termin in seinen Kalender.
»Nicht wegen heute früh«, sagte Rose hastig. »Obwohl das sicherlich auch zur Sprache kommen wird. Mein Gott, Jack – sie wären alle tot gewesen ...«
»Und du hältst es wirklich für möglich, daß Sarah die Handbremse gelöst hat?«
»Ich weiß nicht, was ich denken soll«, sagte Rose unsicher.
»Ich könnte für den Rest des Tages freinehmen«, erbot

sich Jack. »Wir könnten vielleicht zum Golfspielen gehen.« Rose schüttelte lächelnd den Kopf: »Ich kann nicht. Ich habe gleich eine Verabredung – und ich glaube, sie wird sich lohnen. Ich will versuchen, das alte Barnes-Haus zu verkaufen – und wenn es mir gelingt, wird mich das viel mehr aufmuntern als eine Runde Golf.« Sie ging auf die Tür zu. »Irgendwie wirkt Arbeit entspannend auf mich.« »Ich wünschte, mir ginge es auch so«, sagte Jack. Er machte keine Anstalten, sie zur Tür zu begleiten, und Rose fühlte Ärger darüber in sich aufsteigen, daß er nicht bereit war, das Spiel von dem glücklichen Ehepaar mitzuspielen. »Schick mir doch bitte Sylvia 'rein, wenn du 'rausgehst.« Rose wollte etwas sagen, überlegte es sich jedoch anders. Schweigend verließ sie das Büro und zwang sich zu einem fröhlichen Gesicht, als sie zu Sylvia sagte: »Sie hatten recht – es ist heute wirklich nicht einfach mit ihm. Ich wünsche Ihnen viel Glück – Sie sollen nämlich 'reinkommen. Wiedersehen – ich muß mich beeilen.« Ohne eine Antwort abzuwarten verließ sie den Verlag und lief über den Platz. Als sie ihr Büro betrat, hatte sie ihr Privatleben wieder in die dafür vorgesehene Schublade gepackt und war bereit, ihre Kunden zu begrüßen.

»Das wär's dann«, sagte sie ein paar Stunden später. »Soweit ich es beurteilen kann, gibt es in Port Arbello nur diese drei Häuser, die Ihren Wünschen in etwa entsprechen. Ich könnte Ihnen auch mehr zeigen, aber damit würde ich Ihnen nur Ihre Zeit stehlen. Fangen wir am besten mit diesen beiden an und heben uns das da für den Schluß auf.« Sie nahm die Unterlagen für das Barnes-Haus, steckte sie unter die beiden anderen und stand auf. »Passen wir alle in Ihren Wagen oder sollen wir in unse-

rem Auto hinter Ihnen her fahren?« fragte Carl Stevens.
»Nehmen wir meinen – dann kann ich Ihnen auf der Fahrt gleich etwas über die Stadt erzählen. Wenn Sie an Klatsch interessiert sind, muß ich Sie allerdings an meinen Mann verweisen – ich bin erst zwanzig Jahre hier, und die Leute vertrauen mir noch nicht so recht.«
Barbara Stevens grinste. »Das ist der Grund, warum ich Städte wie diese so liebe: wenn man nicht am Ort geboren ist, lassen einen die Leute zufrieden – und man kann nicht malen, wenn man keine Ruhe hat.«
Sie verließen das Büro, und Rose begann mit ihrer Beschreibung. Es stimmte natürlich nicht, daß sie keinen Klatsch kannte: jedesmal, wenn sie ein Haus zum Wiederverkauf erwarb, gaben die Eigentümer ihr eine detaillierte Beschreibung der Geschichte des Hauses und der unmittelbaren Nachbarschaft. Rose wußte, wer in den letzten fünfzig Jahren wann mit wem geschlafen hatte, wer verrückt geworden war und wer sich »merkwürdig verhalten« hatte. Aber sie gab ihre Informationen niemals an ihre Kunden weiter. Operierten andere Immobilienmakler damit, daß sich in dem Verkaufsobjekt seinerzeit ein gewisser Mr. Crocket auf dem Speicher erhängt hatte, brachte Rose den Gesichtspunkt zur Sprache, daß die Schule nur zwei Blocks von dem fraglichen Haus entfernt lag – und ihre Methode hatte sich bewährt.
Sie scheuchte die Stevenses zwar nicht gerade durch die ersten beiden Häuser, aber sie ließ sich auch nicht übermäßig viel Zeit mit der Besichtigung. Das Ehepaar zeigte keine Begeisterung, und Rose versuchte auch nicht, ihm die Objekte schmackhaft zu machen. Schließlich bogen sie in die Conger's Point Road ein.
»Gibt es da vielleicht eine Verbindung zu Ihrem Namen?«

fragte Carl Stevens neugierig, als er das Straßenschild las.
»Wir sind die letzten Congers«, sagte Rose. »Wenn es mir nicht gelingen sollte, einen Sohn in die Welt zu setzen jedenfalls.«
»Es muß wundervoll sein, in einer Straße zu leben, die nach einem benannt ist«, schwärmte Barbara Stevens.
»Es hat schon seinen Reiz«, gab Rose zu. »Früher war diese Straße mal eine Privatzufahrt. Damals gehörte der Familie meines Mannes praktisch alles zwischen Port Arbello und dem Point – aber das ist hundert Jahre her. Wir leben zwar noch da draußen, aber die Straße führt jetzt weiter – an unserem Haus vorbei.«
»Auf welcher Seite vom Point liegt das Haus, das wir uns jetzt ansehen wollen?« fragte Carl Stevens.
»Auf dieser. Wenn ich es Ihnen verkaufen kann, werden wir Nachbarn sein – das Barnes-Anwesen grenzt an unseres. Aber keine Sorge: die Häuser liegen eine Viertelmeile voneinander entfernt, und es ist ein Waldstreifen, eine große Wiese und ein kleiner See dazwischen. Das Barnes-Haus liegt auf dem Festland, während wir draußen auf dem Point sitzen. Da sind wir schon«, endete sie und bog in die lange Zufahrt ein, die zu dem alten Haus führte.
»Mein Gott«, sagte Carl, »das ist ja ein Riesending!«
»Nicht so groß wie es aussieht«, beruhigte ihn Rose. »Es ist ein bißchen merkwürdig, aber ich glaube, es wird Ihnen gefallen – und wenn nicht, dann können Sie es ja jederzeit umbauen. Als ich es das erste Mal sah, dachte ich, daß man es eigentlich an einen Architekten verkaufen müßte.«
»Warum? Was ist denn los damit?« fragte Barbara.
»Eigentlich nichts«, sagte Rose. Sie hielt vor dem Haus und deutete auf zwei Galerien, die – übereinander – die ganze Länge des Gebäudes entlangliefen. »Sehen Sie das?«

»Lassen Sie mich raten«, grinste Carl. »Man kommt ins Haus und steht in einer Halle, von der nach links und rechts je ein Flur abgeht. Auf beiden Seiten der Halle gibt es eine Treppe, und beide Treppen treffen über der Eingangstür zusammen. Und oben ist dann die gleiche Flursituation wie unten.«
»Präziser hätte ich es auch nicht beschreiben können«, nickte Rose. »Man kommt sich gewissermaßen vor wie in einem riesigen Salonwagen. Übrigens hat man eine unglaublich schöne Aussicht auf das Meer – aber leider nur von der Rückseite des Hauses aus. Und ich habe keine Ahnung, wie man das ändern könnte. Das ist einer der Gründe dafür, daß ich Sie hierher gebracht habe: wenn sie das Haus nicht kaufen, können Sie mir vielleicht wenigstens ein paar Änderungsvorschläge machen, die ich dann an einen etwaigen Interessenten weitergeben kann.«
Sie gingen ins Haus und nahmen es Stockwerk für Stockwerk und Zimmer für Zimmer sorgfältig unter die Lupe. Rose gehorchte ihrem Instinkt und gab nur insoweit Erläuterungen als sie erklärte, welches Zimmer die Familie Barnes zu welchem Zweck benutzt hatte. Schließlich standen sie wieder in der Eingangshalle.
»Nun?« fragte Rose. Carl und Barbara Stevens sahen einander an.
»Es hat so seine Probleme . . .« sagte Carl gedehnt.
»Und es wäre teuer, sie zu lösen«, ergänzte Barbara.
»Nicht teuer«, berichtigte Rose. »Sehr teuer! Sie müssen damit rechnen, noch einmal den halben Kaufpreis hineinzustecken – und darin wäre die Installation noch nicht inbegriffen! Außerdem wird in spätestens fünf Jahren eine neue Verkabelung fällig – und ein neues Dach in zwei.«
»Sie können einem so richtig Mut machen«, grinste Carl.

Rose zuckte die Achseln. »Wenn ich es Ihnen jetzt nicht sage, halten Sie es mir später vor – und ich hätte nicht gerne meine nächsten Nachbarn zu Feinden.«
»Wieviel soll es denn kosten?« fragte Carl.
»Zweiundfünfzigfünf. Wenn der Grundriß nicht so seltsam wäre, könnte man leicht das Doppelte verlangen.«
»Okay«, sagte Carl.
»Okay?« echote Rose. »Was heißt das?«
Barbara lachte. »Daß wir es kaufen.«
»Zum verlangten Preis?«
»Zum verlangten Preis.«
»Aha«, sagte Rose und schaute etwas einfältig drein. »Wenn ich ehrlich sein soll – Sie nehmen mir den ganzen Spaß an meiner Arbeit. Ich werde dafür bezahlt, daß ich Angebote und Gegenangebote verfasse und beiden Parteien den Eindruck vermittle, ein gutes Geschäft zu machen. Ich habe noch nie gehört, daß jemand widerspruchslos ein Haus zu dem geforderten Preis gekauft hätte. Um die Wahrheit zu sagen: ich weiß ganz genau, daß Sie es für weniger bekommen könnten.«
Barbara nickte. »Daß ist uns auch klar. Aber das würde Zeit kosten – und wir wollen nicht warten. Wir zahlen bar und wollen am Wochenende einziehen. Ist das möglich?«
Rose nickte wie betäubt. »Ich denke schon. Es ist keine Hypothek drauf – also müßte die Abwicklung ganz einfach vonstatten gehen.«
Carl lachte. »Sie sehen wirklich aus, als hätten wir Ihnen den ganzen Tag verdorben. Fahren wir in Ihr Büro zurück und machen die Sache perfekt. Danach holen wir dann Jeff zuhause ab. Er wird das Haus herrlich finden. Und er liebt das Meer und klettert für sein Leben gern in Felsen herum. Diese Steilküste wird ein wahres Paradies für ihn sein.«

»Ich bin irritiert«, gestand Rose. »Ein Haus wie dieses dürfte nicht so leicht zu verkaufen sein. Warum haben Sie es so eilig, hier einzuziehen?«
»Weil wir schon seit einem Jahr ein Haus suchen«, erklärte Barbara. »Wir wissen genau, was wir wollen, und wir haben das Geld, um es zu bezahlen. Und wir wollen nun mal ausgerechnet dieses Haus. Außerdem ist Jeff vierzehn Jahre alt, und er soll in die neue Schule kommen, bevor das Schuljahr zu weit fortgeschritten ist. Noch ein Monat, und die Cliquen für dieses Jahr sind fest – dann steht Jeff bis nächsten Herbst als Außenseiter da. Wenn wir also nicht am Wochenende einziehen können, werden wir wahrscheinlich überhaupt nicht einziehen. Können Sie es arrangieren oder nicht?«
»Natürlich«, nickte Rose. »Es gibt ja gar nichts zu arrangieren. Wie ich schon sagte: Sie haben mir meine ganze Arbeit vermiest.«
Auf dem Rückweg zur Stadt kam Rose zu dem Schluß, daß sie ihre neuen Nachbarn mochte.

Martin Forager stand vor Jack Congers Schreibtisch. Er hatte die Hände tief in den Taschen seiner karierten Jacke vergraben, und seine Augen waren dunkel vor Zorn.
»Ich sage Ihnen, Conger – es ist eine Schweinerei! Zwei Tage ist es jetzt her – und nichts ist geschehen!« Er drehte sich um und starrte aus dem Fenster. »Nichts!« wiederholte er.
»Ich bin überzeugt, Ray tut sein bestes«, versicherte Jack. Forager fuhr zu ihm herum: »Sein bestes ist aber offensichtlich nicht gut genug! Ich weiß nicht, was meiner Tochter passiert ist, aber ich will es wissen!«

Jack sah ihn hilflos an. Martin Forager war ein bulliger Mann. Er stützte seine Riesenfäuste jetzt auf Jacks Schreibtisch und beugte sich vor.
»Ich weiß nicht, was ich tun könnte«, sagte Jack leise.
»Sie könnten Ihre Zeitung einsetzen!« schnaubte Forager. »Ihm Feuer unter seinem faulen Hintern machen! Schreiben Sie, daß sich die Leute in der Stadt alle einig sind: wenn er nicht bald was unternimmt, kann er sich woanders einen Job suchen!«
»Ich glaube kaum . . .« begann Jack.
»Das kann ich mir denken«, unterbrach ihn Forager wütend. »Es ist ja auch nicht Ihrer Tochter passiert!«
Jack hatte Mühe, die Beherrschung zu wahren.
»Was genau glauben Sie, ist Anne zugestoßen?« fragte er.
»Irgendjemand . . .« Martin Forager zögerte. »Irgendjemand hat ihr was getan«, endete er lahm.
»Und was?«
Forager sah zunehmend unbehaglich drein. »Das weiß ich nicht genau. Aber der Doktor hat gesagt . . .«
»Der Doktor hat gesagt, daß ihr nicht viel passiert ist«, sagte Jack entschieden. »Das hat er mir selbst mitgeteilt – auf Ihre Aufforderung hin! Er hat Anne gründlich untersucht, und abgesehen von ein paar Abschürfungen, die sie sich auf alle möglichen Arten zugezogen haben kann, fehlt ihr überhaupt nichts. Und ganz sicher ist sie nicht sexuell mißbraucht worden.« Er sah, wie das Blut aus Martin Foragers Gesicht wich und fuhr hastig fort: »Ich weiß, daß Sie das auch nie behauptet haben – aber vermutet haben Sie es.« Er legte die Hände in den Schoß und lehnte sich in seinem Stuhl zurück. »Zum Teufel, Marty – wir haben es alle vermutet. Aber es ist nicht passiert! Die Diagnose des Arztes war eindeutig. Wir können im Augenblick gar

nichts tun – außer warten, das Anne selbst erzählt, was geschehen ist.«
Forager starrte Jack feindselig an: »So wie Ihre Sarah, was?« Er drehte sich auf dem Absatz um und hatte das Büro verlassen, bevor er die Wirkung seiner Worte sehen konnte. Jack saß in seinem Sessel und versuchte, das Zittern, das ihn jäh überfallen hatte, unter Kontrolle zu bringen.
Als Sylvia Bannister ein paar Minuten später ins Zimmer kam, starrte er immer noch vor sich hin. Sylvia hatte ihm eigentlich ein paar Briefe zur Unterschrift vorlegen wollen, hielt jedoch inne, als sie sein Gesicht sah.
»Jack«, sagte sie. »Jack – bist du okay?«
»Ich weiß es nicht, Syl«, antwortete Jack tonlos. »Mach' die Tür zu und setz' dich.«
Er hob den Kopf und sah sie an: »Oder hast du keine Zeit?«
»Ich habe immer Zeit«, entgegnete sie und machte die Tür zu. Sie setzte sich ihm gegenüber und zündete sich eine Zigarette an.
Der Schimmer eines Lächelns stahl sich auf Jacks Gesicht. »Das machst du fast automatisch nicht wahr«, sagte er.
»Was denn?« fragte sie.
»Die Zigarette. Ist dir noch nie aufgefallen, daß du dir hier drin niemals eine Zigarette anzündest, wenn es ums Geschäft geht, aber immer rauchst, wenn du weißt, daß wir uns privat unterhalten werden? Es ist, als ob die Zigarette für dich ein Mittel ist, die Rolle von der Sekretärin zur Freundin zu wechseln.
»Stört es dich, wenn ich rauche?« fragte Sylvia verwundert.
»Überhaupt nicht – ich freue mich sogar darüber: es zeigt

mir, daß ich offensichtlich ein offenes Buch für dich bin.«
Sylvia entspannte sich wieder. »Dann werde ich versuchen, nicht jedesmal daran zu denken, wenn ich es tue. Du hättest es nicht erwähnen sollen; jetzt werde ich jedes Mal Hemmungen dabei haben.«
»Du nicht.« Jack grinste. »Du gehörst zu den unbefangendsten Leuten, die ich kenne.«
»Also«, sagte Sylvia kurz, weil sie merkte, daß Jack von dem ablenkte, worüber er eigentlich reden wollte. »Statt über meine vielen verschiedenen und zweifelhaften Tugenden zu sprechen, sollten wir lieber über dich sprechen. Was war los?«
»Martin Forager hat etwas gesagt, das mich regelrecht geschockt hat. Etwas über Sarah.«
Sylvia zog an ihrer Zigarette und blies den Rauch bedächtig in den Raum. »Was hat er denn gesagt?« fragte sie vorsichtig. Jack rekapitulierte das Gespräch Wort für Wort. Als er geendet hatte, dachte Sylvia sorgfältig nach, bevor sie sich äußerte. Endlich sagte sie:
»Ich glaube, das war so etwas wie ein blinder Versuch. Er wußte gar nicht, was er gesagt hat«, fuhr sie fort, als sie seinen zweifelnden Gesichtsausdruck sah. »Jack, keiner in dieser Stadt, du, deine Frau und ich eingeschlossen, weiß, was Sarah zugestoßen ist. *Niemand* weiß das. Aber du mußt dich damit abfinden. Sarah spricht nicht mehr und sie geht nach White Oaks und jeder hier weiß, was für eine Schule das ist. Da muß es ja Vermutungen geben, und einige Vermutungen betreffen eben auch dich.«
Jack nickte langsam. »Ich weiß. Nur ein Problem mehr, das mir Sorgen macht.«
»Eins mehr? Was bedrückt dich noch?«
»Na ja, da ist das Verhältnis zwischen Rose und mir.«

Sylvia war gar nicht sicher, ob sie noch mehr hören wollte, aber sie wußte, es würde noch weitergehen. Wenn ich ihn nur nicht so sehr – mögen – würde, dachte sie. Beinahe hätte sie das Wort »lieben« gebraucht, war aber davor zurückgeschreckt. Dabei wußte sie, daß das gar keinen Zweck hatte. Sie liebte Jack Conger, und sie wußte es. Aber sie hatte diese Liebe zu ihrem Chef schon vor langer Zeit in den Griff bekommen und es half ihr zu wissen, daß auch er sie in gewisser Weise liebte. Nicht sexuell. Da war er Rose immer treu gewesen – zu Sylvias Erleichterung. Sie war sich nicht sicher, ob sie mit einem Verhältnis zu ihm zurecht gekommen wäre und sie war sich sehr sicher, daß sie es nicht versuchen wollte. Sie war mit der jetzigen Lage ganz zufrieden. Im Büro waren sie und Jack sehr eng miteinander verbunden. Jeden Tag wechselten sie häufig von geschäftlichen zu persönlichen Gesprächen und umgekehrt, und jeder paßte sich völlig der jeweiligen Stimmung des anderen an. Es war wie eine Art von Ehe, nur war sie auf täglich acht Stunden begrenzt. Das genügte ihr normalerweise auch, aber manchmal, wie zum Beispiel jetzt, wünschte sie sich, daß er ihr nicht alles erzählen, ihr manches ersparen würde. Andererseits wußte sie, daß er seit einem Jahr außer ihr niemanden mehr hatte, dem er sich anvertrauen konnte. Nicht seit dem Tag, an dem er Sarah aus dem Wald nach Hause gebracht hatte.
»Ist euer Verhältnis denn schlechter geworden?«
»Ich weiß nicht, ob ›schlechter‹ der richtige Ausdruck ist. Sie fängt an, mich zu hassen – aber das ist ja auch verständlich: Ich trinke zuviel – und dann ist da natürlich Sarah. Sylvia«, sagte er, und die Verzweiflung in seiner Stimme trieb ihr die Tränen in die Augen, »warum kann ich mich nur nicht erinnern, was an jenem Nachmittag passiert ist?«

»Weil du betrunken warst«, antwortete Sylvia hart. »So etwas nennt man ›Filmriß‹.« Die Wärme in ihrer Stimme paßte nicht so recht zu ihrer kaltschnäuzigen Aussage.
»Aber das hatte ich vorher noch nie! Wirklich nicht! Was habe ich getan, das so schrecklich ist, daß ich mich weigere, mich daran zu erinnern?«
Sylvia zündete sich eine neue Zigarette an, und als sie sprach, war ihre Stimme ganz sanft. »Jack – was hat es für einen Sinn, wenn du dir deshalb den Kopf zermarterst. Wenn du getan hättest, was du glaubst, hätten die Ärzte es festgestellt. Du hast sie nicht vergewaltigt, Jack!«
Das Wort traf ihn wie ein körperlicher Schlag. »Ich habe niemals auch nur im entferntesten daran gedacht . . .«
»Doch – das hast du allerdings«, unterbrach sie ihn. »Und wenn du mich fragst, dann ist dort auch die Wurzel deiner Schwierigkeiten zu suchen. Mag Rose hundertmal denken, daß sie mit dem Geld oder dem Alkohol zusammenhängen – das ist mir gleichgültig. Mich interessiert nur, was du denkst. Und du denkst, daß du Sarah vergewaltigt hast. Aber du hast es nicht! Du mußt dich endlich von dieser Zwangsvorstellung befreien – dann kannst du sicher auch wieder aufhören zu trinken.«
Jack vermied es, ihr ins Gesicht zu sehen – er starrte unverwandt auf die Schreibunterlage vor sich.
»Ich werde mit der Sache nicht fertig«, sagte er mutlos.
»Wie sollst du auch – wenn du Sarah täglich siehst? Die Ärzte haben damals nicht umsonst vorgeschlagen, Sarah für eine Weile stationär in das Heim aufzunehmen – sie haben dabei auch an dich gedacht.«
»Ich kann sie nicht weggeben – nicht nach dem, was ich ihr angetan habe.«
Sylvia stand auf, trat hinter ihn und legte die Hände auf

seine Schultern. Sie spürte die Muskelverspannungen und begann, ihn behutsam zu massieren.
»Du bist zu hart mit dir, Jack«, sagte sie. »Viel zu hart. Quäl' dich nicht mehr – laß' die Sache auf sich beruhen.«
Aber sie wußte genau, daß er das nicht tun würde ...

6

Rose bog in die Zufahrt ein, die zwischen weiten Rasenflächen zur White-Oaks-School führte. Die riesigen, uralten Ahornbäume auf dem Gelände hatten das gepflegte Grün mit einem dicken Teppich aus Herbstlaub bedeckt. Ein Gärtner fuhr mit einer Motorkehrmaschine hin und her und legte den Rasen wieder frei. Hier und dort türmten sich ordentliche Blätterhaufen, andere waren von herumtobenden Kindern breitgetreten worden. Der Gärtner zog unbeirrt seine Bahnen. Rose lächelte über diesen Anblick, aber Jack fühlte sich dadurch nur deprimiert.
»Es ist einfach herrlich hier«, sagte Rose. »Ganz gleich zu welcher Jahreszeit.« Es war das erste, was sie sagte, seit sie Jack vom Verlag abgeholt hatte. Als keine Antwort von ihrem Mann erfolgte, fuhr sie fort: »Ich bin sicher, daß die Kinder sich in dieser Umgebung wohlfühlen.«
»Falls sie sie überhaupt wahrnehmen«, antwortete Jack sarkastisch. »Eigentlich müßte der Gärtner sauwütend auf sie sein.«
»Ich nehme an, man hat ihn unter anderem engagiert, weil er es nicht ist«, lächelte Rose. »Es gehört allerhand dazu,

hier zu arbeiten – ich bewundere die Menschen, die das können.«
»Ich könnte es jedenfalls nicht«, sagte Jack. »Ich verstehe nicht, wie man es hier aushalten kann. Schau bloß mal da hinüber!«
Ein kleiner Junge von etwa sechs Jahren saß unter einem Baum. Er hatte einen Stock in der Hand und schlug mechanisch damit gegen den Stamm – mit der Gleichmäßigkeit eines Metronoms.
Rose hielt an, und sie beobachteten ihn.
»Der arme, kleine Kerl«, flüsterte Rose, nachdem ein paar Minuten in Schweigen verstrichen waren. »Was hat ihn wohl so gemacht?«
»Keine Ahnung«, entgegnete Jack brüsk. Doch dann wurden seine Gesichtszüge plötzlich weicher: »Es tut mir leid. Natürlich ist es nicht gräßlich hier. Nur so – so fremd. All diese Kinder scheinen zu einer anderen Welt zu gehören, einer Welt, zu der ich keinen Zugang habe. Und es zerreißt mir das Herz, wenn ich daran denke, daß meine eigene Tochter Teil dieser anderen Welt ist.«
Rose streckte die Hand aus und legte sie behutsam auf seine. Dann fuhr sie langsam wieder an. Hinter ihnen saß der Junge immer noch unter dem Baum und schlug rhythmisch gegen den Stamm.
Als sie sein Büro betraten, kam Dr. Belter mit ausgestreckten Händen hinter seinem Schreibtisch hervor.
»Mr. Conger«, sagte er herzlich. »Mrs. Conger. Ich freue mich, daß Sie beide gekommen sind. Sie glauben gar nicht, was für Schwierigkeiten wir oft haben, wenigstens einen Elternteil dazu zu bewegen, hierher zu kommen – geschweige denn alle beide.« Er sah Rose und Jack aufmerksam an. Und Sie, Mr. Conger, dachte er, sind auch nicht

gerne mitgekommen. Er bot ihnen Platz an und teilte ihnen mit, daß Sarahs Lehrerin in ein paar Minuten käme. Charles Belter war Ende fünfzig und hatte einen Gesichtsausdruck, wie man ihn von einem Psychiater erwartete. Er trug einen immensen Vollbart, einen Walroßschnauzbart und eine bereits sehr graue, üppige Mähne. Durch die Hornbrille blitzten gutmütige blaue Augen, die es ihm immer leicht machten, eine Beziehung zu den Kindern herzustellen, mit denen er arbeitete. Genaugenommen sah er aus wie der Nikolaus – aber die Ähnlichkeit kam nur einmal im Jahr voll zum Tragen. Die übrige Zeit begnügte er sich damit, statt mit Mantel und Glöckchen aufzutreten, einen roten Blazer zu tragen.

Die White-Oaks-Schule war sein Traum gewesen vom ersten Tag an, als er das Gebäude damals, zur Zeit des Lungen-Sanatoriums, gesehen hatte. Wie so viele ähnliche Einrichtungen mußte das Sanatorium wegen Patientenmangel schließen. Dr. Charles Belters jetziger Wunschtraum war, daß auch ihm irgendwann die Patienten fehlen würden. Aber die Aussicht darauf war schlecht und er stellte sich darauf ein, den Rest seines Lebens in White-Oaks zu verbringen. Und das war, so überlegte er, nicht die schlechteste Aussicht.

Nach einem leisen Klopfen trat Marie Montgomery in das Büro. Obwohl erst in den Dreißigern, vermittelte ihr steifes Auftreten und ihr konservatives Äußere den Eindruck einer altjungferlichen Gouvernante Anfang des Jahrhunderts. Leute, die sie noch nicht bei ihrer Arbeit gesehen hatten, waren ihr gegenüber immer recht reserviert; Leute, die sich genügend Zeit nahmen, sie in Aktion zu beobachten, waren völlig von Marie Montgomerys Fähigkeiten überzeugt. Stellte man sie in eine Klasse mit

gestörten Kindern, fiel alle Zurückhaltung von ihr ab. Sie schien die Absonderlichkeiten ihrer Schüler nie zu bemerken und arbeitete, ohne müde zu werden mit ihren zehn Schülern. Sie sah Fortschritte, die anderen nicht auffielen, erfand Techniken, wo es vorher keine gab. Es war fast so, als ob sie die Grenzen ihrer Schüler durchbrach, indem sie diese Grenzen einfach übersah. Und tatsächlich schienen ihre Schüler mehr Fortschritte zu machen als andere. Aber jetzt, als sie sich auf den leeren Stuhl zwischen Dr. Belter und Rose Conger quetschte, machte sie eine besorgte Miene, die über das normale Maß ihrer Reserviertheit hinausging.
»Marie«, sagte Dr. Belter, »wir haben schon auf Sie gewartet.«
Sie lächelte andeutungsweise. »Es tut mir leid – ich wurde aufgehalten. Oh – nichts Ernstes«, versicherte sie rasch, als sie sah, daß Dr. Belter fragend die Brauen hochzog. »Nur ein kleiner Kompetenzstreit zwischen zwei Kindern. Jetzt vertragen sie sich wieder.«
»Ihre Arbeit muß sehr schwierig sein«, sagte Jack.
»Aber überhaupt nicht«, widersprach Mrs. Montgomery energisch aber nicht unfreundlich. »Man muß die Kinder nur behandeln, als seien sie völlig in Ordnung. Den meisten ist ohnehin nicht bewußt, daß ihnen etwas fehlt. Sie haben einfach einen anderen Normalitätsbegriff – und wenn ich mir die Welt so anschaue, frage ich mich sowieso oft, ob sie wirklich Unrecht haben. Manchmal sehe ich Jerry zu, wie er da draußen unter seinem Baum sitzt und mit dem Stock gegen den Stamm schlägt – und dann beneide ich ihn sogar: ich wünschte, ich hätte seine enorme Konzentrationsfähigkeit. Wissen Sie, daß er jetzt schon seit fünf Monaten denselben Baum bearbeitet?«

»Und warum tut er das?« fragte Jack.
Mrs. Montgomery zuckte die Achseln. »Wenn Sie das herausfinden können, schaffen Sie mehr als ich. Aber eines Tages werde ich dahinterkommen. Eines Tages wird er es mir erzählen – wenn er fertig ist. Und bis dahin habe ich genug anderes zu tun.«
»Zum Beispiel mit Sarah«, sagte Rose.
Die jüngere Frau nickte. »Ja – zum Beispiel. Ich hoffe, Sie haben sich keine zu großen Sorgen gemacht. Ich hatte George gebeten, Ihnen auf jeden Fall klar zu machen, daß es sich nicht um etwas besonders Ernstes handelt. Ich hoffe, es ist ihm gelungen.«
Rose lächelte. »Ja – aber dafür ist bei uns draußen etwas Ernstes vorgefallen. Ich nehme an, George hat Ihnen davon erzählt.«
»Ja, das hat er«, nickte Dr. Belter. »Aber das war natürlich nicht der Grund, weshalb wir Sie sprechen wollten, denn als wir uns zu diesem Gespräch entschlossen, war diese Sache ja noch gar nicht passiert. Aber irgendwie...«
»Wollen Sie etwa andeuten, daß Sarah etwas damit zu tun hatte?« fragte Jack kalt. »Sollte das nämlich der Fall sein...«
»Ich will überhaupt nichts dergleichen andeuten«, unterbrach ihn Dr. Belter. »Ich bezweifle sehr, daß wir jemals herausfinden werden, was wirklich passiert ist. George Diller ist sicher, daß er die Handbremse angezogen hat – aber er kann sich auch irren.
Und Sarah kann uns über die ganze Angelegenheit natürlich überhaupt nichts sagen. Aber soweit wir Ihre Tochter beurteilen können, ist es ziemlich unwahrscheinlich, daß sie die Handbremse gelöst hat. Zumindest nicht absichtlich. Das würde nämlich voraussetzen, daß sie sich der

Konsequenzen bewußt gewesen wäre – und das ist unserer Ansicht nach ausgeschlossen. Außerdem wäre es ein selbstzerstörerischer Akt gewesen – denn möglicherweise hätten ja alle Kinder den Tod gefunden – und Sarah ist nicht suizidgefährdet.«
»Sie glauben also nicht, daß Sarah die Handbremse gelöst hat«, fragte Rose hoffnungsvoll.
»Ich wünschte, es wäre so einfach.« Dr. Belter lächelte gequält. »Es ist durchaus möglich, daß sie die Handbremse gelöst hat – aus einem plötzlichen Interesse an gerade diesem Hebel heraus. Ich fürchte, das läge durchaus auf der Linie ihres momentanen Verhaltens.«
Rose und Jack schwiegen eine Weile betroffen. Jack rutschte unbehaglich auf seinem Stuhl hin und her, und Rose spielte mit einem ihrer Handschuhe.
»Wenn ich sie richtig verstanden habe«, brachte Jack schließlich mühsam hervor, »ist Sarah also eine Gefahr für die Allgemeinheit.«
Dr. Belter seufzte. »Nicht unbedingt.«
»Nicht unbedingt«, hakte Jack ein, »aber es kommt der Wahrheit ziemlich nahe, nicht wahr?«
Dr. Belter nickte. »Wenn Sie so wollen – ja. Das richtige Wort für Sarahs Zustand wäre wohl ›unverantwortlich‹. Mit anderen Worten: sie handelt ohne zu denken. Das kann für jeden gefährlich sein. Für sie selbst mit ihren enormen inneren Kämpfen kann es verheerende Folgen haben. Ich gebe zu, der Vorfall mit dem Bus ist ein extremes Beispiel, aber es zeigt sehr deutlich, was passieren könnte.«
»Wenn sie die Handbremse tatsächlich gelöst hat«, sagte Jack.
»Ich wäre glücklich, wenn wir beweisen könnten, daß das

Ganze auf eine Unachtsamkeit von George zurückzuführen ist«, sagte Dr. Belter. »Aber wir haben keine Möglichkeiten dazu.«
»Sie sagten, daß es noch mehr Punkte zu besprechen gibt«, sagte Rose sanft. »Welche sind das?«
Er wandte sich an die Lehrerin: »Marie – fangen Sie an.«
Marie Montgomery nahm eine Akte vom Schreibtisch und öffnete sie. »Es sind alles nur Kleinigkeiten«, sagte sie. »Aber wenn man sie zusammennimmt, verdienen sie doch Beachtung. Erstens scheint Sarah sich immer weiter in sich selbst zurückzuziehen. Noch vor ein paar Monaten reagierte sie auf ihren Namen schon beim ersten Mal. Jetzt reagiert sie erst beim zweiten Mal – oder sie läßt nicht erkennen, daß sie ihn schon beim ersten Mal gehört hat. Dann ist da die Sache mit ihrer Konzentration. Sie scheint schlechter zu werden. Das allein würde mich noch nicht beunruhigen – die Aufmerksamkeit unserer Kinder steigt und sinkt recht willkürlich – aber bei Sarah hat man nicht das Gefühl, daß sie etwas plötzlich langweilt, es macht eher den Eindruck, als fände sie sich selbst interessanter als die Welt um sie herum. Es wird immer schwerer, sie auf die Realität zu konzentrieren. Und das macht mir Sorge. Es sieht so aus, als ob wir den Kontakt zu ihr immer mehr verlieren anstatt näher an sie heranzukommen.« Marie Montgomery sah den Schmerz in Jacks Augen und sprach hastig weiter: »Und damit komme ich zum Hauptgrund für dieses Gespräch: wir möchten wissen, ob Sie zuhause denselben Eindruck haben.«
Rose schüttelte den Kopf. »Ich fürchte, ich kann Ihnen da keine große Hilfe sein: Ich bin nicht in der Lage, Sarah objektiv zu sehen – ich neige dazu, mir Fortschritte einzubilden, wo gar keine sind.«

»Doch – es gibt sie«, widersprach Jack heftig, aber es war mehr ein verzweifelter Wunsch als die Feststellung einer Tatsache.

»Jack«, sagte Rose so sanft sie konnte, »welchen Fortschritt hast du wirklich bemerkt?« Sie wandte sich wieder an Mrs. Montgomery. »Ich wünschte, ich wäre dazu in der Lage Ihnen zu sagen, ob oder ob nicht tatsächlich eine Veränderung bei Sarah stattgefunden hat. Aber ich kann es nicht.«

»Wir erwarten auch nicht, daß Sie uns heute irgend etwas sagen«, warf Dr. Belter ein. »Wir haben schon versucht klarzustellen, daß gar nichts Besonderes vorgefallen ist. Dieses Gespräch dient nur dazu, Sie um Aufmerksamkeit zu bitten, Aufmerksamkeit für eine Entwicklung, die möglicherweise gerade beginnt. Wir sind uns nicht sicher und bitten um Ihre Hilfe. Es wäre für uns und für Sarah von großem Nutzen, wenn Sie einfach darauf achten würden, ob irgend etwas ungewöhnliches geschieht, oder ob Sarah sich irgendwie anders benimmt.«

»Na ja«, meinte Jack vorsichtig, »da war neulich die Sache mit der Alphabet-Tafel.«

Dr. Belter horchte auf. »Eine Alphabet-Tafel? Ich habe schon seit Jahren kein solches Ding mehr gesehen. Werden sie denn überhaupt noch hergestellt?«

»Es ist keine neue«, erklärte Rose. »Elizabeth hat sie irgendwo auf dem Speicher gefunden. Und die Tafel hatte eigentlich nichts mit dem Vorfall zu tun.«

Sie berichtete von Sarahs Reaktion, als der Kater ihr auf den Schoß sprang. Dr. Belter machte sich einige Notizen während sie sprach.

»Sie sehen – es war gar nichts«, endete Rose schließlich.

»Und die beiden spielten mit der Alphabet-Tafel?« fragte

Dr. Belter. »Hmm.« Er machte eine abschließende Notiz und sah auf. »Verbringt Sarah viel Zeit mit ihrer Schwester?«

»Das ist stark untertrieben«, antwortete Jack. »Die schlimmste Zeit des Tages ist die zwischen Elizabeths Aufbruch zur Schule und der Ankunft des Schulbusses, der Sarah hierher bringt. Die beiden sind praktisch unzertrennlich.«

»Und wie behandelt Elizabeth Sarah?« fragte der Arzt.

»Wenn man ihr Alter in Betracht zieht – geradezu erstaunlich«, sagte Rose. »Schließlich ist sie selbst erst dreizehn – aber nach der Art zu urteilen, wie sie mit Sarah umgeht, könnte man sie für fünf Jahre älter halten. Sie spielt stundenlang mit ihr, liest ihr vor – und es stört sie nicht im mindesten, wenn Sarah ein Spiel kaputt macht, das sie gerade gespielt haben oder ihr das Buch aus der Hand reißt, aus dem sie gerade vorgelesen hat. Und neulich abends, als Sarah so entsetzlich schrie, schien Elizabeth es gar nicht gehört zu haben. Der Schrei hat Jack und mich viel mehr erschreckt als die Mädchen.«

»Es ist wirklich seltsam«, nahm Jack den Faden auf. »Elizabeth spricht mit Sarah und scheint überhaupt nicht zu bemerken, daß ihre Schwester ihr niemals antwortet. Die beiden scheinen eine andere Kommunikationsebene zu haben. Manchmal gibt Elizabeth mir das Gefühl absoluter Unzulänglichkeit. Ich weiß nicht, wie oft ich schon versucht habe, mit Sarah zu sprechen – aber sobald ich sie auf meinen Schoß ziehe, macht sie sich mit Gewalt los und rennt hinaus, um Elizabeth zu suchen.«

»Hat sie zuhause irgendwelche Anzeichen von Gewalttätigkeit gezeigt?« fragte Dr. Belter ruhig.

»Sarah? Nicht, daß ich wüßte«, sagte Rose. »Warum?«

»Wieder nur eine Kleinigkeit«, erklärte Dr. Belter. »Ihr Schrei, als die Katze ihr auf den Schoß sprang, erinnerte mich daran: eines Tages letzte Woche trat eines der Kinder von hinten an Sarah heran und berührte sie an der Schulter. Sarah schrie auf – was durchaus nicht ungewöhnlich für sie ist – aber sie fuhr auch herum und schlug das Kind. Das hat sie vorher noch nie getan – und wir wissen immer noch nicht, ob es Zufall oder Absicht war. Hat sie je versucht, einen von Ihnen beiden zu schlagen – oder Elizabeth?«

Jack und Rose schüttelten den Kopf. »Uns beide nicht. Und wenn sie es bei Elizabeth versucht hätte, hätten wir es mit Sicherheit erfahren.« Rose überlegte einen Augenblick und fuhr dann fort: »Ich fürchte, wir kümmern uns nicht genügend um Elizabeth. Sarah beansprucht uns in einem solchen Maße ... Aber Elizabeth scheint es uns nicht übel zu nehmen.«

»Da haben Sie aber großes Glück«, lächelte Dr. Belter. »Viele Eltern machen die Feststellung, daß sie mit ihrem gesunden Kind bedeutend mehr Schwierigkeiten haben als mit ihrem gestörten. Aber das ist ja auch verständlich: alle Kinder wollen Aufmerksamkeit, und wenn eines von ihnen gestört ist, dann hat das sogenannt normale Kind das Gefühl, es müsse sich mit Gewalt in den Vordergrund spielen, um nicht übergangen zu werden. Ihre Elizabeth scheint ein ganz außergewöhnliches Mädchen zu sein.« Er stand auf. »Ich danke Ihnen, daß Sie gekommen sind«, sagte er lächelnd. »Wir werden morgen in der Lehrerkonferenz über Sarah sprechen und vielleicht die Medikation etwas abändern. Ansonsten können wir im Moment nur die Augen offenhalten.«

Auch Jack stand auf. »Das wär's ja dann wohl.«

Dr. Belter nickte. »Ja – das wäre für heute alles. Ich möchte nicht, daß Sie übermäßig besorgt von hier weggehen – im Augenblick haben wir mit Sarah nicht mehr Probleme als mit unseren anderen Kindern.«
»Können wir sie mit nach Hause nehmen?« fragte Rose. »Oder ist sie schon mit dem Schulbus weg?«
»Sie wartet in meinem Zimmer«, sagte Mrs. Montgomery. »Einer der Assistenten ist bei ihr. Ich bin sicher, sie wird sich freuen, Sie zu sehen.«
Aber Sarah war nicht in Marie Montgomerys Zimmer.

Draußen im Haus am Conger's Point goß Elizabeth den Rest aus ihrem Milchglas in die Katzenschüssel und schaute zu, wie Cecil ihn aufschleckte. Dann nahm sie den Kater auf den Arm und drückte ihn an sich. Er schnurrte zufrieden. »Komm«, sagte sie, »wir machen einen Spaziergang.«
Auf dem Weg über die große Wiese zog sie das Gummiband aus ihrem Pferdeschwanz und schüttelte die Haare, bis sie in weichen Wellen über ihre Schultern herabfielen. Ihre Schritte wurden schneller.
Niemand sah sie im Wald verschwinden.

7

Das Klassenzimmer war ein einziges Chaos: der Schreibtisch und alle Stühle waren umgekippt, Papiere, Hefte, Scherben einer Vase und Blumen lagen in wüstem Durcheinander auf dem Boden.

»Großer Gott!« stieß Jack hervor. Bevor irgendjemand noch mehr sagen konnte, hörten sie die Geräusche aus dem Garderobenraum – scharrende Geräusche, als ob der Kampf, der offensichtlich im Klassenzimmer stattgefunden hatte, jetzt in dem kleinen Raum hinter der Tafel fortgesetzt würde. Man hörte keine Stimmen, kein Schreien, und dennoch wirkten die Laute verzweifelt.
Angeführt von Mrs. Montgomery stürmten alle durch den Raum.
In einer Ecke der Garderobe vollführten Sarah und der Assistent einen erbitterten Ringkampf. Beide keuchten vor Anstrengung.
Mrs. Montgomerys Stimme war sehr leise und beherrscht, aber der autoritäre Unterton setzte dem Kampf abrupt ein Ende: Sarah und der junge Mann erstarrten mitten in der Bewegung.
»Philip«, sagte Mrs. Montgomery, »was geht hier vor?«
Der Assistent – er konnte kaum älter als zwanzig sein – richtete sich auf und ließ Sarah los.
Sie sah schrecklich aus: ihr Hemd war an mehreren Stellen zerrissen, und sie war über und über mit einer gelblichen Substanz bekleckert. Sobald der Assistent sie freigab, fuhr Sarahs Hand zu ihrem Mund, und sie begann zu kauen. Rose starrte sie an und brauchte mehrere Sekunden, um zu begreifen, was ihre Tochter tat: das gelbe Zeug war Kreide – und Sarah aß sie! Rose wollte sofort auf Sarah zustürzen, aber Marie Montgomery hielt sie zurück: »Lassen Sie sie – das bißchen Kreide wird ihr sicher nicht schaden.«
»Es ist kein Bißchen«, berichtete Philip, noch immer etwas außer Atem. »Sie hat sich gleich über die Schachtel

hergemacht, nachdem Sie gegangen waren. Inzwischen muß sie fast alles aufgegessen haben.«

»Und Sie haben versucht, sie davon abzuhalten«, konstatierte Marie.

Der junge Mann nickte. Er wirkte zerknirscht. »Aber ich habe es nicht geschafft – ich hatte Angst, ihr weh zu tun, wenn ich zu fest zupackte.«

»Auf jeden Fall ist es Ihnen aber offensichtlich gelungen, das Kind zutode zu erschrecken«, stellte Mrs. Montgomery trocken fest. »Wenn Sie sie in Ruhe gelassen hätten, hätte sie vielleicht von selber aufgehört. Ein bißchen Kreide macht niemanden krank.«

»Aber eine ganze Schachtel?« Jack sah sie zweifelnd an. Er machte einen Schritt auf Sarah zu, worauf das Kind sich noch weiter in die Ecke zurückzog und wieder von der Kreidestange abbiß, die es in der Hand hielt. Einen Augenblick lang war nur das mahlende Geräusch der Zähne zu hören. Einen Teil der Kreide schluckte sie hinunter, aber das meiste tropfte – mit Speichel vermischt – auf ihren Schoß. Jacks Magen begann zu revoltieren.

Rose machte sich aus Mrs. Montgomerys Griff los und lief an ihrem Mann vorbei, um ihre Tochter in den Arm zu nehmen. Sarah ließ sich zwar hochheben, weigerte sich jedoch, die Kreidestange loszulassen. Rose schien drauf und dran, nun ihrerseits einen Ringkampf mit Sarah anzufangen, als Mrs. Montgomery wieder zu sprechen anfing.

»Lassen Sie sie ihr doch, Mrs. Conger«, sagte sie – und auch Rose konnte sich der Autorität der Lehrerin nicht entziehen. »Ich versichere Ihnen – es wird ihr nicht schaden. Wenn sie zuviel erwischt hat, wird sie sich vielleicht übergeben, ansonsten wird sie sie einfach verdauen. Wenn die Kreide schädlich wäre, würden wir sie hier nicht verwenden – unsere Kinder essen sie nämlich mit Vorliebe!« Sie warf dem Assistenten einen vorwurfsvollen Blick zu, der darunter buchstäblich zusammenzuschrumpfen schien.

»Ich dachte ja nur, es würde vielleicht zuviel...« versuchte er seine Handlungsweise zu rechtfertigen.

»Und deshalb gingen sie auf das Kind los und verwandelten das Zimmer in ein Schlachtfeld?« fragte Mrs. Montgomery sarkastisch. »Finden Sie nicht auch, daß der Heilungsversuch mehr Schaden angerichtet hat als die Krankheit?«

»Ich... ich habe wohl nicht nachgedacht«, erklärte der Assistent lahm.

»Nein, das haben Sie wohl nicht«, nickte Mrs. Montgomery, aber die Schärfe war aus ihrer Stimme verschwunden, und sie lächelte wieder. »Nun – merken Sie sich für's nächste Mal, daß Kreide für Kinder unschädlich ist – und daß Möbel Geld kosten. Sie können ja darüber nachdenken, während Sie dieses Tohuwabohu wieder in ein brauchbares Klassenzimmer verwandeln.« Sie drehte sich um und ging mit den Congers den Flur hinunter und zum Wagen hinaus.

»Sind Sie wirklich sicher, daß Sarah davon nicht krank wird?« fragte Jack am Auto noch einmal.

Mrs. Montgomery nickte. »Wie gesagt: sie wird sich vielleicht übergeben – aber das ist auch schon alles.« Sie winkte dem Wagen nach und kehrte dann ins Haus zurück: sie hatte beschlossen, Philip beim Aufräumen zu helfen.

Rose – die jetzt absolut passive Sarah auf dem Schoß – dachte immer noch über die gerade durchlebte Szene nach,

als es begann. Zuerst begriff sie gar nicht, was vorging – sie spürte nur ein paar unkontrollierte Zuckungen ihrer Tochter. Und dann ging es los: ein gelblicher Strahl schoß aus Sarahs Mund und überschwemmte ihren Schoß. Rose spürte die Hitze des Erbrochenen durch ihre Jerseyhose. Sie fühlte Jacks Seitenblick mehr, als daß sie ihn sah.
»Schau nicht her«, sagte sie gepreßt. »Behalte die Straße im Auge und bring uns so schnell wie möglich nach Hause. Mrs. Montgomery hat ja gesagt, daß es passieren könnte.«
Sie war gerade dabei, eine Packung Papiertaschentücher aus ihrer Handtasche zu fischen, als ein zweiter Schub kam – und als sie den Strom des Erbrochenen an ihren Beinen hinunterlaufen spürte, wurde ihr klar, daß sie hier mit Papiertaschentüchern ohnehin nichts würde ausrichten können. Also drehte sie mit der freien Hand das Fenster herunter.
Die kalte Luft milderte den intensiv-säuerlichen Geruch des Erbrochenen, und Rose fühlte sich augenblicklich besser. Auch Jack kurbelte sein Fenster herunter, aber die Erleichterung war nur von kurzer Dauer.
Sarah sah das offene Fenster und versuchte krampfhaft, es zu erreichen.
»Mein Gott, das darf nicht wahr sein«, schoß es Rose durch den Kopf, als eine Mischung aus eiskalter Luft und Erbrochenem ihr ins Gesicht klatschte. Sie war sicher, daß sie ihren eigenen Kampf mit der Übelkeit verlieren würde und versuchte krampfhaft, Sarahs Gesicht aus dem Fahrtwind herauszubringen.
Das Mädchen weinte jetzt, und Rose geriet fast in Panik bei dem Gedanken, was mit Sarah passieren könnte, falls sie selbst auch noch brechen müßte. »Jack«, brachte sie mühsam hervor, »bitte halt' an! Schau nicht her. Halte nur an.«

»Da vorn ist ein Rastplatz. Schaffst du es noch bis dahin?«
Rose konnte nur nicken.
Sie hatte die Tür schon offen, bevor der Wagen noch ganz zum Stehen gekommen war, stellte sie Sarah auf den Boden und erreichte gerade noch den Grasstreifen am Rand des Parkplatzes, bevor das erste Würgen begann. Sterbenselend lehnte sie sich mit der Stirn an den Stamm eines Baumes, und ihr Erbrochenes vermischte sich mit Sarahs, als es vom Boden hoch gegen ihre Hosenbeine spritzte. Ein paar Minuten später war alles vorbei.
Sie kehrte zum Wagen zurück, und ihre tränenden Augen erkannten, daß die Sache für ihre Tochter noch nicht ausgestanden war: Sarah saß wie ein Häufchen Elend an der Stelle, wo Rose sie zurückgelassen hatte, und die krampfartigen Zuckungen begannen erneut. Verzweifelt sah sich Rose nach Jack um. Er kam aus der Herrentoilette, ein nasses Papiertuch in der Hand. Ohne sie anzusehen ging er an ihr vorbei, direkt auf Sarah zu, kniete sich neben sie und begann, ihr Gesicht zu säubern. Rose beobachtete die Szene eine Weile und machte sich dann auf den Weg zur Damentoilette.
Immer und immer wieder schöpfte sie sich mit den Händen eiskaltes Wasser ins Gesicht, als könne sie das vorangegangene Erlebnis auf diese Weise wegwaschen.
Schließlich kehrte sie zum Auto zurück.

Als sie in die Zufahrt einbogen, sahen sie Mrs. Goodrich auf der Veranda stehen. Die Congers sahen einander an – und plötzlich war eine Vertrautheit zwischen ihnen wie schon seit einem Jahr nicht mehr. Als Rose sprach, tat sie es nicht, um sich darüber zu wundern, was Mrs. Goodrich

wohl um diese Zeit auf der Veranda zu suchen hatte.
»Es tut mir leid«, sagte Rose leise.
»Schon gut«, antwortete Jack leichthin. »Es ist schön zu wissen, daß man noch zu etwas gut ist – und wenn auch nur dazu, sich um das kranke Weibervolk zu kümmern.«
Rose sah Kummer und Zärtlichkeit in seinen Augen. Sie schaute auf Sarah hinunter, die in ihren Armen eingeschlafen war.
»Meinst du, wir sollten den Arzt rufen?« fragte sie und rückte Sarah so zurecht, daß der Kopf des Mädchens an ihrer Schulter ruhte.
»Wenn du dann beruhigter bist . . . aber ich glaube, sie hat es überstanden. Sie hat bestimmt alles 'rausgespuckt. Ich glaube, wir können zumindest warten, bis sie aufwacht – dann werden wir weitersehen.« Er hielt vor dem Haus, stieg aus und ging um das Auto herum, um für Rose und Sarah die Tür zu öffnen. Mrs. Goodrich verließ die Veranda und kam, so schnell es ihre Korpulenz und ihr Alter zuließen, auf den Wagen zu. Als Jack die Beifahrertür aufmachte, blieb sie abrupt stehen.
»Großer Gott!« stieß sie hervor und trat unwillkürlich ein paar Schritte zurück.
»Es ist alles in Ordnung«, versicherte Rose, als sie vorsichtig ausstieg, um Sarah nicht zu wecken. »Wir hatten nur ein kleines Problem auf der Fahrt.«
Mrs. Goodrich ließ ihren Blick über das genannte »Problem« wandern.
»Um den Wagen sauberzukriegen, werde ich wohl den Gartenschlauch nehmen müssen«, erklärte sie trocken.
»Ich kümmere mich schon selbst darum, Mrs. Goodrich«, sagte Jack. »Wir können Ihnen wirklich nicht zumuten . . .«

»Ich habe in meinem Leben schon größere Schweinereien beseitigt«, unterbrach ihn die Haushälterin in einem Ton, der keinen weiteren Widerspruch gestattete. »Und außerdem haben Sie etwas anderes zu tun.« Etwas in ihrer Stimme ließ Jack aufhorchen. Rose war bereits mit Sarah im Haus verschwunden.
»Etwas anderes?« fragte er.
»Es geht um Miss Elizabeth«, erklärte Mrs. Goodrich. »Ich glaube, sie spielt an Plätzen, an denen sie nicht spielen sollte.« Jack wartete, daß sie fortfuhr, mußte sie aber schließlich regelrecht dazu auffordern.
»Nun . . .« sagte die Haushälterin gedehnt, »ich sah sie erst vor kurzem aus dem Wald kommen. Ich weiß nicht, warum – aber ich bin sicher, daß sie an der Steilküste herumgeklettert ist. Sie hat es natürlich geleugnet.« Der letzte Satz war mit aller Überzeugung eines Menschen gesprochen, der daran gewöhnt ist, daß Kinder grundsätzlich leugnen, etwas Verbotenes getan zu haben – selbst wenn man sie auf frischer Tat ertappt.'
»Elizabeth ist doch eigentlich sehr ehrlich«, gab Jack zu bedenken. Mrs. Goodrich sah ihn über den Rand ihrer Brille hinweg an.
»Das weiß ich auch, junger Mann«, sagte sie mißbilligend ob seines Einwandes – wahrscheinlich würde das Abendessen wieder einmal einen leicht angebrannten Beigeschmack haben – und Jack mußte innerlich lächeln: er wußte seit seiner Kinderzeit, daß er keine Chance zu einer Widerrede hatte, sobald Mrs. Goodrich ihn mit »junger Mann« ansprach.
»Trotzdem«, fuhr sie fort, »bin ich der Ansicht, daß Sie mit ihr sprechen sollten. Sie weiß genau, daß sie nicht in den Wald gehen darf – geschweige denn zur Steilküste.

Aber ich weiß genau, daß sie im Wald war, denn ich habe sie selbst herauskommen sehen.«
»In Ordnung«, gab Jack nach. »Ich werde sofort mit ihr sprechen. Wo ist sie?«
»Auf der Wiese«, sagte Mrs. Goodrich, und es war ihr deutlich anzumerken, daß sie auch diesen Aufenthaltsort für Kinder völlig ungeeignet hielt.
Jack schaute in die angegebene Richtung und entdeckte seine älteste Tochter schließlich ganz hinten am Waldrand. Sie bückte sich gerade – offensichtlich hatte irgendetwas am Boden ihr Interesse geweckt.
Mrs. Goodrichs Blick war eindeutig: sie duldete keinen Aufschub. »Keine Zeit ist so gut wie die Gegenwart, wenn man etwas zu erledigen hat«, erklärte sie.
Elizabeth bemerkte ihn erst, als er bis auf wenige Meter an sie herangekommen war. Sie blickte auf, obwohl Jack überzeugt war, daß er kein Geräusch gemacht hatte – sie mußte gespürt haben, daß er kam. Als sie ihn sah, erschien ein Lächeln auf ihrem Gesicht, und Jacks Gemütsverfassung besserte sich augenblicklich. Er blieb stehen, und eine Weile sahen sie einander schweigend an. Mit den offenen Haaren ähnelte Elizabeth dem Mädchen auf dem Bild mehr denn je.
»Na – wie geht's meiner Lieblingstochter?« fragte er schließlich lächelnd.
»Bin ich das denn?« Ihr Lächeln wurde noch strahlender.
»Wenn das stimmt, dann hast du dir eine Belohnung dafür verdient, daß du es mir gesagt hast.«
Sie bückte sich, pflückte eine Butterblume und hielt sie ihm unter das Kinn.
»Habt Ihr Sarah mitgebracht?« fragte sie. Jack nickte, und Elizabeth machte sofort Anstalten, zum Haus zurückzu-

kehren. Jack hielt sie auf. »Bleib hier. Kannst du denn nicht auch mal ein paar Minuten für deinen Lieblingsvater erübrigen?«

Elizabeth sah ihn an: »Ich dachte nur ...«

»Schon gut«, sagte Jack. »Sarah hatte eine kleine Magenverstimmung auf der Heimfahrt, und Ma badet sie gerade. Es ist nichts ernstes«, versicherte er sofort, als er Elizabeths besorgten Blick sah.

»Puh!« sagte sie. »Der Wagen muß ja schön stinken!«

»Mrs. Goodrich macht ihn sauber. Sie wollte übrigens, daß ich mit dir spreche.«

»Das dachte ich mir schon – sie ist überzeugt, daß ich an der Steilküste gespielt habe.«

»Und – warst du dort?« Jack versuchte, die Frage möglichst unbesorgt klingen zu lassen.

»Nein – war ich nicht! Ich weiß auch überhaupt nicht, wie Mrs. Goodrich auf diese Idee kommt.«

»Sie hat dich aus dem Wald kommen sehen.«

»Ich weiß – und das verstehe ich auch nicht. Ich war nämlich gar nicht dort!«

»Aber vielleicht in der Nähe?«

Jetzt nickte Elizabeth. »Ich hatte geglaubt, Cecil zu sehen und wollte hinter ihm her. Aber dann machte das Tier plötzlich einen Satz, und ich sah, daß es ein Kaninchen war – und dem bin ich natürlich nicht nachgelaufen.«

»Wie konntest du Cecil denn mit einem Kaninchen verwechseln«, wunderte sich Jack. »Er ist einem Kaninchen unähnlicher als irgend ein anderer Kater, den ich je gesehen habe.«

»Schon möglich. Aber es sah wirklich aus wie Cecil – bis es sprang.«

»Ich bin froh, daß es gesprungen ist – sonst wärst du ihm

vielleicht am Ende doch noch in den Wald hinterhergerannt.«

»Nein, das hätte ich bestimmt rechtzeitig bemerkt«, sagte Elizabeth. Und nach einer kurzen Pause fuhr sie fort: »Daddy – warum dürfen wir eigentlich nicht in den Wald oder an die Steilküste?«

»Weil es gefährlich ist«, erklärte Jack in einem Ton, der deutlich erkennen ließ, daß er keine Lust hatte, dieses Thema weiter zu diskutieren – aber Elizabeth ließ nicht locker.

»Aber Daddy! Ich bin jetzt schon dreizehn – und ich kann wirklich auf mich aufpassen. Ich sehe nicht ein, was an der Steilküste gefährlicher sein soll als am Steinbruch-See – und dort darf ich hin sooft ich will.«

»Es wäre mir lieber, wenn du dort auch nicht mehr hingehen würdest«, sagte Jack.

»Und warum das auf einmal?« fragte Elizabeth. Als keine Antwort erfolgte, hakte sie nach: »Es ist wegen Anne Forager, nicht wahr?«

»Anne Forager?« wiederholte Jack wachsam.

»Es sprechen doch alle Kinder davon: es soll ihr etwas schreckliches passiert sein – und zwar hier in der Nähe. Stimmt das denn?«

»Ich weiß es nicht«, antwortete Jack wahrheitsgemäß. »Ich glaube überhaupt nicht, daß ihr etwas passiert ist – und wenn, dann bezweifle ich sehr stark, daß es hier draußen war. Wie auch immer, das hat überhaupt nichts mit dir zu tun. Die Steilküste ist einfach zu gefährlich.«

»Nicht gefährlicher als der Steinbruch-See«, beharrte Elizabeth störrisch.

»Doch – allerdings! Wenn du in den See fällst, hast du wenigstens eine Chance. Du fällst in tiefes Wasser – aber du kannst schwimmen. Wenn du dagegen an der Steilküste ausrutschst, landest du unten auf Felsen. Das ist doch wohl ein kleiner Unterschied, oder?«

»Ja – da hast du wahrscheinlich recht«, gab sie endlich nach. Doch dann trat ein schelmisch-listiger Ausdruck in ihre Augen: »Aber in fünf Jahren bin ich achtzehn – und dann kann ich sooft an der Steilküste herumklettern wie ich will!«

»In fünf Jahren hast du vielleicht gar kein Interesse mehr daran«, gab Jack zu bedenken.

»Oh doch – ganz bestimmt!« widersprach Elizabeth energisch. Dann nahm sie seine Hand, und gemeinsam gingen sie zum Haus zurück.

Zu Beginn des Essens war es sehr still am Abendbrottisch. Wegen der Magenverstimmung von Rose und Sarah hatte Mrs. Goodrich ein leichtes Omelette gemacht – und sie hatte es sich sogar verkniffen, es anbrennen zu lassen.

Sarah starrte unverwandt auf ihren Teller, stopfte sich einen Bissen nach dem anderen in den Mund, kaute und schluckte. Elizabeth konnte durchaus nichts ungewöhnliches daran finden, aber die Eltern beobachteten ihre jüngere Schwester mit Besorgnis.

Mrs. Goodrich räumte die Teller ab und brachte den Nachtisch.

»Schon wieder!« sagte Elizabeth.

»Hmm?« Rose wandte ihre Aufmerksamkeit ihrer älteren Tochter zu. Elizabeth grinste sie an.

»Ich sagte ›schon wieder‹ – heute mittag gab es in der Schule nämlich den gleichen Pudding! Nur schmeckt dieser hier bedeutend besser.«

»Ach ja?«

Roses Aufmerksamkeit war eigentlich schon wieder bei

Sarah, doch sie fragte: »Wie war's denn in der Schule?«
»Ach – nicht schlecht. Wir haben die Geschichtsarbeit 'rausbekommen. Ich glaube, Mr. Friedman hat sich geirrt: er hat mir eine Eins gegeben.«
Jetzt wandten sich sowohl Jack als auch Rose Elizabeth zu, und sie sah den erfreuten Ausdruck in den Augen ihrer Eltern. Aber bevor sie etwas sagen konnten, duckte Elizabeth sich plötzlich und entkam um Haaresbreite der Puddingschüssel, die Sarah nach ihr geworfen hatte. Die Glasschüssel zerschellte an der Wand hinter ihr, aber das Klirren des Glases ging in dem mißtönenden Jaulen unter, das Sarah ausstieß.
Mit wutverzerrtem Gesicht griff sie sich alles Besteck in ihrer Reichweite und warf es wild um sich. Eines der massiven Silbermesser durchschlug eine Glasscheibe der Fenstertür und blieb draußen auf der Veranda liegen. Mit immer lauterem Heulen fuhr Sarah mit ausgestreckten Händen suchend über den Tisch, um noch etwas zu finden, womit sie werfen konnte.
Rose saß, zu keiner Bewegung fähig, auf ihrem Stuhl. Sie war doch die ganze Zeit so still gewesen ... Sarah packte den Rand des Tischtuches, und Rose sah der kommenden Katastrophe wie versteinert entgegen.
Doch plötzlich wurde sie aus ihrer Erstarrung gerissen: »Verdammt noch mal, schaff' sie raus!« brüllte Jack. »Schaff sie sofort hier 'raus!«
Rose starrte ihn fassungslos an, aber die Macht seiner Worte schienen sie endlich von ihrem Stuhl zu lösen. Irgendwie gelang es ihr, Sarahs Klammergriff vom Tischtuch zu lösen und wortlos trug sie sie hinaus. Als sie an Jack vorbeikam, fühlte sie mehr, als daß sie es sah, wie er kraftlos in den Sessel sank.

Plötzlich war es sehr still im Eßzimmer: Jack saß in sich zusammengesunken auf seinem Stuhl und starrte schweigend vor sich hin, und Elizabeth wußte nicht, was sie sagen sollte. Doch dann richtete sich ihr Vater gewaltsam auf.
»Es tut mir leid.« Seine Stimme zitterte. »Jedesmal, wenn sie so etwas tut, drehe ich fast durch. Ich habe dann immer das Gefühl, daß ich sie verrückt gemacht habe. Er begann lautlos zu schluchzen.
»Und so wird es auch sein«, murmelte er schließlich erstickt. Dann verließ auch er den Raum, und Elizabeth blieb allein zurück. Sie saß eine Weile ganz still, dann stand sie auf und machte sich daran, das Eßzimmer aufzuräumen. Ihre Bewegungen waren langsam und mechanisch – als sei sie mit ihren Gedanken ganz weit weg. Als sie ihre Arbeit beendet hatte, ließ sie ihren Blick geistesabwesend durch den Raum wandern.
»Ich hätte schwören können, daß es Cecil war«, sagte sie in das leere Zimmer hinein. »Aber er kann es wohl nicht gewesen sein.« Und nach einer Weile: »Ich wünschte, er würde nach Hause kommen.«
Dann verließ auch Elizabeth das Eßzimmer.

8

Für einen unvoreingenommenen Betrachter saß da eine ganz durchschnittliche Familie am Frühstückstisch. Eines der beiden Mädchen – das jüngere – war vielleicht etwas ruhiger als das andere, aber das gibt es schließlich in jeder Familie. Nur ein besonders aufmerksamer Beobachter hätte die Spannung registriert, die in der Luft lag.

Rose Conger verbreitete eine fast verbissene gute Laune. Sie tat ihr Bestes, um zu verhindern, daß das Schweigen, wie es für Sarah normal war, für sie alle zur Norm wurde. Aber sie wußte, daß niemand ihr wirklich aufmerksam zuhörte. Sie konnte sehen, wie Jack, mit dem Gesicht hinter der Zeitung, verzweifelt versuchte, sich auf die Artikel zu konzentrieren. Und sie wußte, daß Elizabeth mehr Energie aufwandte, um Sarah zum Essen zu bewegen, als um ihrer Mutter zuzuhören.

»Und sie haben einen Sohn«, berichtete Rose. Als keine Reaktion erfolgte, wiederholte sie lauter: »Einen vierzehnjährigen Sohn.« Damit hatte sie wenigstens die Aufmerksamkeit ihrer älteren Tochter geweckt.

»Wer?« fragte Elizabeth und legte das Messer weg, mit dem sie die Würstchen für Sarah kleingeschnitten hatte.

»Du hast mir offensichtlich überhaupt nicht zugehört«, tadelte Rose. »Ich erzähle schon die ganze Zeit von unseren neuen Nachbarn.«

»Tut mir leid«, sagte Elizabeth, aber man merkte ihr an, daß sie sich eher der Form halber entschuldigte als aus Überzeugung. »Du hast doch nicht etwa tatsächlich den alten Barnes-Kasten verkauft?« Sie schnitt eine Grimasse. »Ich hasse diesen Schuppen. Wer ist denn auf die Wahnsinnsidee verfallen, in diesem schauerlichen Ding wohnen zu wollen?«

»Eine Familie«, erklärte Rose, wobei sie unbewußt das Tischtuch glattstrich. »Ein Architekt und eine Malerin – und ihr Sohn Jeff«.

»Ein Junge? Ein richtiger, echter, lebendiger Junge?«

sagte Elizabeth fast schnoddrig. »Wie sieht er denn aus?«
»Bestimmt ganz fabelhaft«, antwortete Rose. »Das tun doch schließlich alle Nachbarsjungen, oder?«
Sie bemerkte irritiert, daß Elizabeths Wangen sich unvermittelt leicht röteten – und dann wurde ihr plötzlich klar, daß sie Elizabeth immer viel älter sah als sie wirklich war: Elizabeth war erst dreizehn – und Mädchen in diesem Alter neigten nun einmal dazu, zu erröten, wenn von Jungen die Rede war.
»Um die Wahrheit zu sagen: ich habe keine Ahnung, wie er aussieht – aber wir werden es noch an diesem Wochenende erfahren! Carl und Barbara – so heißen unsere neuen Nachbarn«, erklärte sie Jack, der nun doch endlich die Zeitung hatte sinken lassen, »Carl und Barbara Stevens kommen heute vormittag hier an, und ich werde wohl den größten Teil des Tages mit ihnen verbringen«.
Jack zog fragend die Brauen hoch.
»Naja«, meinte Rose etwas unbehaglich. »Es muß ihnen doch schließlich jemand zeigen, wie alles im Haus funktioniert – soweit es überhaupt funktioniert«. Ein zweifelnder Ausdruck erschien auf Jacks Gesicht.
»Okay«, gab sie zu und legte die Serviette weg, »und außerdem möchte ich eine aufdringliche Nachbarin sein und soviel wie möglich über die Leute erfahren. Bis jetzt scheinen sie eine wahre Wonne zu sein – und ich fände es nett, Nachbarn zu haben, mit denen man sich anfreunden könnte. Schließlich ist es recht einsam hier draußen«.
»Also – wenn du mich fragst«, sagte Jack, und sein Gesicht verdüsterte sich. »Ich halte das für keine besonders gute Idee«. Rose sah den blitzschnellen Blick in Sarahs Richtung, aber sie war nicht sicher, ob er sich dessen überhaupt bewußt geworden geschweige denn, daß er

Absicht gewesen war. Sie beschloß, den Stier bei den Hörnern zu packen. Sorgfältig faltete sie ihre Serviette in immer kleinere Quadrate zusammen.

»Ich sehe keinen Grund, weshalb wir uns wie die Eremiten aufführen sollen«, sagte sie langsam. »Aber falls du mir einen nennen kannst, so möchte ich dich bitten, dies zu tun«.

Jacks Gesicht verlor alle Farbe, und er starrte seine Frau an.

»Ich . . . ich denke . . . ich meinte nur . . .« Er verfiel in ein unbehagliches Schweigen.

»Solltest du die Tatsache als Grund ansehen, daß eine unserer Töchter die White-Oaks-Schule besucht, dann bist du ein schwererer Fall als Sarah«, sagte Rose scharf. Sie wollte noch etwas hinzufügen, hielt jedoch inne, als sie Jacks Blick in Richtung Elizabeth sah, die ihren Eltern aufmerksam zuhörte.

»Was meinst du, Elizabeth?« wandte Rose sich an ihre ältere Tochter.

»Wozu?« fragte Elizabeth vorsichtig, da sie nicht ganz sicher war, welchen Kurs dieses Gespräch nehmen würde.

»Nun – zu Sarah«.

Elizabeth sah ihre Mutter anklagend an. Tränen standen in ihren Augen. »Ich meine«, sagte sie erstickt, und die ersten Tränen rollten über ihre Wangen, »daß wir vor allem nicht vergessen sollten, daß Sarah nicht taub ist! Sie spricht zwar nicht, aber hören kann sie ausgezeichnet!« Sie sah ihre Mutter einige Sekunden beschwörend an, dann wandte sie sich wieder ihrer Schwester zu. Sie wischte sich mit der Hand die Tränen vom Gesicht und sagte munter: »Komm, Sarah – wir müssen uns für die Schule fertig machen«. Sie nahm Sarah an der Hand und ging mit ihr hinaus.

Schweigend sahen Jack und Rose den beiden Mädchen nach.
»Kindermund . . .« sagte Jack schließlich leise. Als er sich seiner Frau zuwandte, sah er, daß ihr Gesicht tränenüberstömt war. Er stand auf und kniete sich neben sie. Sie legte den Kopf an seine Schulter. Ihr Körper wurde von Schluchzen geschüttelt.
»Sie beschämt mich so«, brachte sie mühsam hervor. »Manchmal beschämt sie mich so! Und sie ist erst dreizehn!«
Jack strich ihr beruhigend über die Haare. »Ich weiß, Liebling«, sagte er. »Ich weiß. Aber ich glaube, Kinder haben es da leichter: sie sind eher in der Lage, Dinge zu akzeptieren, wie sie sind. Wir müssen erst darum kämpfen. Rose sah auf, ihre Blicke trafen sich – und plötzlich waren sie einander so nahe wie seit den ersten Jahren ihrer Ehe nicht mehr.
»Wäre es nicht schön, wenn wir aufhören könnten zu kämpfen«, sagte Jack leise.
Rose nickte. »Aber wir können es nicht, nicht wahr?« Jack antwortete nicht – aber sie hatte auch keine Antwort erwartet.

Ein paar Minuten später ging Rose in das Zimmer ihrer Töchter. Elizabeth war schon fertig und gerade damit beschäftigt, Sarahs dunkles Haar zu bürsten. Sarah saß regungslos vor dem Spiegel, aber Rose konnte nicht erkennen, ob sie wahrnahm, was mit ihr geschah oder ob sie mit ihren Gedanken in jener fernen Welt war, die nichts mit ihrer Familie und ihrem Zuhause zu tun hatte.
»Brauchst du noch etwas – ich muß jetzt nämlich weg«, sagte Rose.

Elizabeth blickte auf und lächelte: »Wie wär's mit einem Extra-Quarter für die Pause?« Rose schüttelte den Kopf. Elizabeth richtete sich auf. »Na – wie findest du das?« fragte sie. Rose bemerkte zwar, daß die beiden Haarspangen, die Elizabeth in dem glänzenden Haar ihrer Schwester befestigt hatte, nicht zusammenpaßten und daß auch der Scheitel nicht ganz gerade war, aber sie beschloß, nichts dazu zu sagen.
»Was meint denn Sarah dazu?« antwortete sie mit einer Gegenfrage.
»Oh – sie ist begeistert«, sagte Elizabeth. »So fallen ihr nämlich die Haare nicht immer in die Augen.«
»Das ist allerdings ein einleuchtender Grund für diese Neuerung«, lächelte Rose. »Könntest du mich auch so frisieren?«
»Natürlich«, sagte Elizabeth eifrig. »Jetzt gleich?«
Rose lachte. »Nein – jetzt habe ich keine Zeit. Und ihr müßt euch ja auch beeilen. Aber vielleicht morgen«, fügte sie eilig hinzu, als sie sah, wie das Leuchten in Elizabeths Augen erlosch. »Bekomme ich einen Abschiedskuß?«
Elizabeth streifte die Wange ihrer Mutter mit den Lippen, Rose drückte sie kurz an sich und trat dann zu der Frisierkommode, vor der Sarah noch immer regungslos saß und anscheinend in den Anblick ihrer neuen Frisur vertieft war. Rose kniete sich neben sie und nahm sie in die Arme. »Ich wünsche dir einen schönen Tag, mein Schatz«, sagte sie. Dann küßte sie das kleine Mädchen ein paarmal und drückte es noch einmal fest an sich. »Bis heute nachmittag«.
Als sie in die Küche kam, blickte Mrs. Goodrich ihr fragend entgegen.
»Ist Cecil schon wieder aufgetaucht?« fragte Rose.
Mrs. Goodrich schüttelte den Kopf.

»Tun Sie mir den Gefallen und suchen Sie ihn, ja?«
»Katzen streunen gern – er wird schon zurückkommen, wenn er Lust hat.«
»Das wird er sicher«, nickte Rose, »aber ich wäre Ihnen dankbar, wenn Sie sich nach ihm umschauen würden. Die Kinder vermissen ihn. Vielleicht ist er versehentlich irgendwo eingesperrt worden.«
»Also gut«, bequemte sich Mrs. Goodrich, »ich werde sehen, ob ich ihn finden kann«.
Rose verabschiedete sich von ihr und machte sich auf die Suche nach ihrem Mann – aber Jack war schon weg.
In der Küche machte sich Mrs. Goodrich wieder daran, Geschirr in den Geschirrspüler zu schichten. Es war zwar vollkommen sauber, denn sie traute diesem neumodischen Gerät nicht und hatte vorher alles abgewaschen, aber da das Ding nun schon einmal da war, konnte man es ebenso gut auch benutzen – und wenn nur dazu, das gewaschene Geschirr noch einmal abzuspülen . . . Sie schloß die Tür und drückte auf den Knopf, der die Maschine in Gang setzte. Dieser Krawall, dachte sie. Ein Wunder, daß da drin nicht alles zu Bruch geht. Doch dann übertönten plötzlich andere Geräusche das Rauschen und Gurgeln des Geschirrspülers. Mrs. Goodrich öffnete die Küchentür und horchte in die Halle hinaus.
»Nein, Sarah«, hörte sie Elizabeth sagen, »du kannst nicht mitkommen. Du mußt hier auf den Schulbus warten«.
Sarah stieß ein Protestgeheul aus, und Mrs. Goodrich trat aus der Küche.
»Oh Sarah!« sagte Elizabeth – jetzt schon ein bißchen lauter.
»Ich wünschte wirklich, du könntest mit mir kommen – aber es geht nicht! Der Bus wird ja gleich da sein«. Die

Antwort bestand in einem noch lauteren Geheul. »Sarah – laß mich los! Ich komme zu spät, wenn ich jetzt nicht gehe!«
Als Mrs. Goodrich die Halle erreichte, war Elizabeth immer noch damit beschäftigt, sich aus Sarahs Klammergriff zu befreien, aber es war ein ziemlich aussichtsloser Kampf: das kleine Mädchen hielt Elizabeths Handgelenke umklammert, und sobald sie es geschafft hatte, eine Hand freizubekommen, packte es sofort wieder zu.
»Bitte helfen sie mir!« bat Elizabeth Mrs. Goodrich. »Halten Sie sie nur fest, bis ich außer Sicht bin – dann wird sie sich sicher beruhigen«.
Mrs. Goodrich löste Sarahs Finger von Elizabeths Handgelenken und hielt das Kind fest, während Elizabeth ihren Mantel anzog. »Mach schnell«, sagte die Haushälterin. »Je eher du weg bist, desto leichter habe ich es – womit ich natürlich nicht meine, daß ich dich nicht gern hier habe«.
»Ich weiß«, lächelte Elizabeth. »Bis heute nachmittag«.
An der Haustür drehte sie sich noch einmal um, winkte Sarah zu und zog dann die Tür hinter sich ins Schloß. Sie versuchte, Sarahs herzzerreißendes Jaulen zu überhören – und als sie die Straße erreicht hatte, hatte sie es schon beinahe geschafft, sich einzureden, daß Sarah aufgehört hätte zu schreien.
Aber das war ganz und gar nicht der Fall: Sarahs Schreie gellten durch das ganze Haus, und sie versuchte sich mit aller Gewalt aus Mrs. Goodrichs Griff zu befreien. Man sah dem Gesicht der Haushälterin an, welche körperliche Anstrengung es sie kostete, das tobende Kind festzuhalten. Mrs. Goodrich sah jedoch keinen Sinn darin, es mit gutem Zureden zu versuchen – jedes ihrer Worte würde mit Sicherheit in Sarahs Schreien untergehen. Also hielt

sie sie nur grimmig entschlossen fest. Und dann biß Sarah plötzlich zu. Die Haushälterin spürte, wie sich die scharfen Kinderzähne in den Ansatz ihres Daumens gruben. Sie unterdrückte den Schmerz, hob Sarah hoch und trug sie zum Fenster, damit sie hinausschauen konnte: Von einer Sekunde auf die andere herrschte absolute Stille im Haus. Mrs. Goodrich stellte Sarah auf den Boden zurück und untersuchte ihren Daumen: er blutete zwar, aber nicht stark.

»Es ist schon lange her, daß mich ein Kind gebissen hat«, sagte sie. Sarah löste ihren Blick von der verlassen daliegenden Zufahrt und wandte sich der Haushälterin zu. Als diese in die riesengroßen, leeren braunen Augen hinunterblickte, überschwemmte eine Welle von Mitleid das Herz der alten Frau. Sie kniete sich vor Sarah hin und nahm sie in die Arme. »Aber ich bin sicher, daß du es nicht böse gemeint hast – und da du auch keine Tollwut hast, wird mir wohl auch nichts passieren«. Sie hielt Sarah fest an sich gedrückt und sprach beruhigend auf sie ein, bis sie den Schulbus kommen hörte. Dann richtete sie sich auf, nahm das kleine Mädchen an der Hand und ging mit ihm zur Haustür. Sarah ließ sich widerstandslos den Mantel anziehen, und sie protestierte auch nicht, als George Diller sie zum Bus brachte. Mrs. Goodrich blieb an der Tür stehen, bis der Schulbus außer Sicht war. Sie winkte nicht – sie war zu erschöpft von dem Kampf, und außerdem glaubte sie auch nicht, daß Sarah es überhaupt sehen würde.

Schließlich kehrte sie in die Küche zurück, wo sie ihren Daumen verarztete. Und dann fiel ihr der Kater wieder ein.

Sie war überzeugt, daß sie damit nur ihre Zeit vergeudete – aber sie hatte versprochen, Cecil zu suchen, und so würde sie es auch tun. Sie beschloß, den beschwerlichen Weg zum Speicher hinauf als erstes hinter sich zu bringen und sich dann von dort nach unten durchzuarbeiten. Zum zweiten Stock hinaufzukommen, war kein Problem – daran war sie gewöhnt. Sie hatte den Speicherschlüssel in der Tasche, drehte aber instinktiv erst an dem Türknopf, bevor sie ihn ins Schloß steckte: die Tür öffnete sich. »Sollte eigentlich abgesperrt sein«, murmelte sie und blieb einen Augenblick stehen, um Energie für den steilen Aufstieg zu sammeln. Als sie die engen Stufen hinaufstieg, erinnerte sie sich daran, wann zum letzten Mal jemand hier oben gewesen war: vor einem Monat, als sie das Bild heruntergebracht hatten, das jetzt über dem Kamin hing. Sie betrat den Speicher und schloß die Tür hinter sich. »Cecil!« rief sie. »Kater, wo bist du? Miez, Miez, Miez . . .«

Elizabeth hatte schon die Hälfte ihres Schulwegs hinter sich, als sie vor sich plötzlich Kathy Burton sah.

»Kathy!« rief sie. Das Mädchen blieb stehen und drehte sich um. »Wart' auf mich!« rief Elizabeth und rannte los. »Was machst du denn hier draußen?« fragte sie, als sie die Freundin erreicht hatte.

»Ich war Babysitten«, erklärte Kathy. »Bei den Nortons«.

Elizabeth verdrehte die Augen. »Bei diesen komischen Leuten?«

»Was meinst du damit?« fragte Kathy.

»Naja – er ist soviel älter als sie . . .« Dann beschloß sie, das Thema zu wechseln: »Und deine Mutter erlaubt dir, daß du dort sitzest?«

»Natürlich«, antwortete Kathy irritiert. »Warum sollte sie nicht?«

»Ich meine nur – nach der Sache mir Anne Forager...«
Ach das...« Kathy zuckte die Achseln. »Meine Mutter sagt, Anne ist überhaupt nichts passiert – daß sie sich das alles nur ausgedacht hat.«
Elizabeth nickte. »Das sagt mein Vater auch – aber ich bin nicht sicher, ob er es auch meint.«
»Warum nicht?«
»Ich weiß nicht – er ist so seltsam«. Sie sah sich um und deutete auf einen Vogel, der von einem Baum in der Nähe aufflog: »Schau mal, ein Eichelhäher!«
Aber Kathy reagierte zu langsam – der Vogel war schon weg. »Du hast es wirklich gut«, sagte sie. »Ich fände es herrlich, hier draußen zu wohnen. Deshalb gehe ich auch so gern zu den Nortons: ich kann über nacht bleiben und morgens zurückgehen.«
»Ich wünschte, es gäbe einen Bus«, sagte Elizabeth. »Wenn du den Weg jeden Morgen gehen mußt, wird er mit der Zeit langweilig«.
»Für mich würde er bestimmt nie langweilig«, widersprach Kathy. »Es muß doch großartig sein, wenn man jederzeit auf Entdeckungsreise gehen kann.«
Elizabeth nickte – aber ihre Aufmerksamkeit war jäh von Kathy abgezogen worden: ein Kaninchen war wie der Blitz über die Straße geschossen – und bei seinem Anblick trat ein seltsamer Ausdruck in Elizabeths Augen. Sie blieb stehen und versuchte krampfhaft, sich an etwas zu erinnern.
»Ich kenne einen Ort«, flüsterte sie.
»Was?« fragte Kathy verwirrt.
»Einen geheimen Platz«, erklärte Elizabeth. Sie wandte ihr Gesicht Kathy zu und sah ihr intensiv in die Augen. »Würdest du gerne mal mit hinkommen?«

Kathys Augen weiteten sich. »Was für ein Ort ist das?« fragte sie gespannt.
»Wenn ich dir das sagen würde, dann wäre es ja nicht mehr geheim, oder? Wenn ich dich mit hinnehme, mußt du versprechen, niemals jemandem davon zu erzählen!«
»Oh – ich würde bestimmt keiner Menschenseele etwas verraten«, beteuerte Kathy mit vor Aufregung zitternder Stimme. »Es wäre unser Geheimnis – deins und meins«.
Elizabeth schien noch etwas hinzufügen zu wollen, als sie einen Wagen kommen hörten. Sie zog Kathy an den Straßenrand, und dort blieben sie stehen, bis der Bus der White-Oaks-School vorbei war. George Diller winkte und hupte, und Sarah drückte sich die Nase an der Heckscheibe platt, bis der Schulbus außer Sicht war. Elizabeth ließ die Hand sinken, mit der sie gewinkt hatte, und die beiden Mädchen gingen weiter.
»Was ist los mit ihr?« fragte Kathy.
»Mit wem?«
»Mit Sarah.«
»Wer sagt denn, daß etwas mir ihr los ist?« fragte Elizabeth angriffslustig. Sie haßte es, wenn man sie wegen ihrer Schwester ansprach.
»Meine Mutter«, sagte Kathy. »Sie sagt, Sarah sei verrückt.« Elizabeth starrte eine Weile schweigend vor sich auf den Weg.
»Ich finde, du solltest nicht so über Sarah reden«, sagte sie schließlich.
»Na – ist sie nun verrückt oder nicht?« fragte Kathy.
»Nein!« antwortete Elizabeth.
»Warum geht sie dann in White Oaks zur Schule? Das ist doch eine Schule für verrückte Kinder, oder? Sie kommen aus dem ganzen Land da hin.«

»Aber die anderen wohnen auch dort«, sagte Elizabeth. »Wenn Sarah verrückt wäre, müßte sie ja auch dort wohnen, oder?«
Kathy dachte darüber nach. »Aber wenn sie nicht verrückt ist – warum geht sie dann überhaupt dorthin?«
Elizabeth zuckte die Achseln. »Ich weiß es nicht. Vor einem Jahr ist ihr irgendetwas zugestoßen. Sie war im Wald und stürzte oder sowas – und seitdem spricht sie nicht mehr. Wenn sie in unsere Schule ginge, würden die Kinder sie nur auslachen. Aber wenn sie wieder zu sprechen anfängt, ist sie wieder gesund.«
Die beiden Mädchen gingen eine Weile schweigend nebeneinander her, und sie waren schon in der Stadt, als Kathy unvermittelt fragte: »Kennt Sarah den geheimen Platz?«
Elizabeth schüttelte den Kopf. »Und du wirst ihn auch nicht kennenlernen, wenn du nicht aufhörst, mich zu löchern. Es ist ein Ort, den man sehen muß – man kann nicht über ihn sprechen.«
»Wirst du ihn mir zeigen?« fragte Kathy eingeschüchtert.
»Wenn du endlich Ruhe gibst«, erklärte Elizabeth energisch.
»Es ist ein ganz besonderer Ort – und er gehört mir allein. Aber ich denke, ich kann dich mit hinnehmen – schließlich bist du ja meine Freundin.«
»Wann?«
Aber Elizabeth antwortete nicht. Sie sah Kathy geheimnisvoll an und verschwand im Schulhaus.

Mrs. Goodrich verbrachte fast eine ganze Stunde auf dem Speicher – aber sie verwendete nur einen sehr kleinen Teil dieser Zeit darauf, Cecil zu suchen. Sie hatte sehr schnell festgestellt, daß der Kater nicht hier oben war, und wollte schon wieder die Treppe hinuntersteigen, als ihr etwas auffiel. Sie war sich nicht sicher, was es war – irgendetwas am falschen Platz, etwas, das fehlte oder etwas, das nicht dort hin gehörte. Sie blickte sich um. Lange Zeit fand sie nichts Greifbares. Es war mehr ein Gefühl. Als ob jemand hier gewesen wäre und hier und dort Gegenstände verrückt hätte, um sie anschließend wieder an ihren alten Platz zu rücken. Allerdings war noch immer eine Bewegung der Luft hier oben zu spüren. Eine Bewegung, als hätte jemand die Ruhe im Speicher gestört.

Die alte Frau begann, sich sorgfältig umzusehen und stellte fest, daß der Speicher mehr ein Lagerhaus ihrer Erinnerungen war als der Abstellraum für die Dinge, die die Congers nicht mehr gebraucht und deshalb hier heraufgeschafft hatten. Ihre Hand fuhr streichelnd über die Wiege, in der soviele Conger-Babies gelegen hatten. Wieviele Generationen waren es wohl gewesen? Zuletzt hatte Sarah darin geschlafen. Und dann stellte sie plötzlich fest, daß die kunstvolle Handschnitzerei der Wiege kein einziges Staubpartikelchen aufwies. Und nun wurde ihr auch bewußt, was sie so befremdet hatte: in dem ganzen Speicherraum gab es keinen Staub – alles war makellos sauber. Die nächste Zeit verbrachte sie damit, irgendwo den Schmutz zu finden, der hätte da sein müssen – aber sie fand keinen. Und auch Cecil fand sie nicht.

Am frühen Nachmittag kam sie nach sorgfältiger Suche zu dem Schluß, daß der Kater überall sein konnte – außer im Haus.

Er wird schon zurückkommen, dachte sie – wenn ihm danach ist.

9

»Tut es Ihnen schon leid?« fragte Rose über den Rand ihres Glases hinweg. Ihr spontanes Urteil hatte sich bestätigt: die Stevenses waren wirklich nette Leute – und Rose freute sich auf Jahre freundschaftlicher Nachbarschaft. Barbara Stevens saß ihr gegenüber, neben ihrem Mann, und sah sie verwundert an.
»Was soll uns leid tun – das Haus gekauft zu haben?«
»Naja...« sagte Rose gedehnt und ließ den Blick durch das häßliche, quadratische Zimmer wandern, das jetzt mit Kisten, Kartons und zunächst willkürlich abgestellten Möbeln vollstand. »Ich habe Ihnen ja gesagt, daß es ein ziemlicher Gammelschuppen ist.«
»So schlimm ist es nun auch wieder nicht«, widersprach Barbara, und ihr Lachen ließ den Raum tatsächlich weniger häßlich erscheinen. »Es gibt viele Möglichkeiten.«
Rose war sicher, einen unsicheren Unterton zu hören.
»Zum Beispiel?« fragte sie herausfordernd.
»Carl hat diesbezüglich schon jede Menge Ideen«, wich Barbara geschickt aus. »Ich halte mich da ganz 'raus, bis die gröbsten Umbauarbeiten gemacht sind.«
»Das heißt, sie kümmert sich um nichts«, grinste Carl. »Barbara ist davon überzeugt, daß zu den ›gröbsten Umbauarbeiten‹ auch Malen, Tapezieren und eine neue Möblierung gehören. Und dann, wenn alles fertig ist, kommt sie aus ihrem Atelier, sieht sich um und sagt: ›Da haben wir aber wirklich ein wahres Wunder vollbracht, nicht wahr?‹«
»Das kann dir doch nur recht sein«, neckte Barbara. »Du vertrittst doch die Ansicht, daß der Architekt vom ersten Spatenstich bis zu dem Zeitpunkt, an dem das Gebäude

wieder abgerissen wird, die alleinige Kontrolle über alles haben sollte.« Sie blinzelte Rose zu. »Er hat sogar die Klausel in seinen Verträgen, daß seine Anordnungen bis in die vierte Generation befolgt werden müssen. Jaja – die Sünden der Väter . . .«

»Jetzt reicht's aber«, blockte Carl gutmütig ab und hob die Flasche, die sie zu dritt fast zur Hälfte geleert hatten. »Möchte noch jemand einen Schluck, oder machen wir Schluß für heute?«

Rose schaute auf ihre Uhr und stellte erschrocken fest, daß sie schon viel länger da war als geplant. Aber es hatte Spaß gemacht. Sie hatten den größten Teil des Tages damit verbracht, das Haus vom Keller bis zum Boden zu erforschen, und die Stevenses waren jetzt immerhin schon ziemlich vertraut mit dem etwas verzwickten Beleuchtungssystem – die Betätigung manches Lichtschalters hatte nämlich zur Folge, daß in einem ganz anderen Zimmer das Licht anging, und in den Räumen, die die Barneses als Kinderzimmer benutzt hatten, gab es überhaupt keine Möglichkeit, Licht zu machen. Der Tag war wie im Flug vergangen – und jetzt war es fast vier.

Rose stand auf. Nach kurzem Nachdenken sagte sie: »Eigentlich ist es höchste Zeit, daß ich nach Hause komme, aber eines möchte ich Ihnen doch noch zeigen.«

»Hört sich wichtig an«, sagte Carl neugierig.

»Vielleicht ist es wichtig – vielleicht auch nicht. Sie werden das besser beurteilen können, denn ich kenne Jeff ja noch nicht.«

»Jeff?« Barbara sah sie verständnislos an. »Was hat denn der damit zu tun?«

»Hoffentlich nichts«, sagte Rose. »Kommen Sie mit.«

Sie trat vor Carl und Barbara aus der Tür, die auf der

Seeseite lag, und ging etwa dreißig Meter den schmalen Pfad hinunter, der entlang der Klippe nach Süden führte.
»Da müßten eigentlich Primeln wachsen«, bemerkte Carl. Barbara lächelte ihm zustimmend zu, während Rose den Hinweis scheinbar nicht gehört hatte. Sie ging schnell weiter und hielt erst nach etwa fünfzig Metern an.
»Da!« sagte sie und streckte den Arm aus.
Carl und Barbara sahen auf das Meer hinaus, das in der Ferne mit dem Horizont zu verschmelzen schien. Etwa weitere hundert Meter südlich ragte Conger's Point ins Meer.
»Es ist wunderschön«, sagte Barbara andächtig. »Aber was genau sollen wir uns anschauen?«
»Den Point«, erklärte Rose. »Von hier aus haben Sie einen guten Blick auf die Nordseite. Hinter dem Wald liegt eine große Wiese, und dahinter unser Haus – wenn der Wald nicht wäre, könnten sie geradewegs daraufschauen.«
»Und?« fragte Carl.
»Es geht um die Steilküste«, sagte Rose. »Ich halte es für meine Pflicht, Sie darüber aufzuklären, daß sie sehr gefährlich ist: Der Wind peitscht den Gischt manchmal ganz weit hinauf, und die Felsen sind dann so glitschig, als seien sie mit Schmierseife überzogen. Es hat schon einige Unfälle gegeben . . .« Ihre Stimme wirkte abwesend. Als sie den besorgten Ausdruck auf Barbaras Gesicht sah, setzte sie hastig hinzu: »Aber das ist schon sehr lange her – Ende des letzten Jahrhunderts. Den Conger-Kindern ist es seit Generationen streng verboten, im Wald oder an der Steilküste zu spielen. Das Gelände ist nicht nur gefährlich, es ist praktisch nicht einsehbar.
Man kann die Steilküste nirgendwo von unserer Seite aus sehen, und auch auf dieser Seite gibt es nur sehr wenige

Punkte, von denen aus es möglich ist. Der Wald verdeckt alles.«
»Warum haben Sie ihn dann nicht schon längst abholzen lassen?« fragte Barbara. »Die Kinder könnten doch dann überall dort oben spielen.«
Rose lächelte etwas verkrampft. »Ich habe den Vorschlag einmal gemacht. Aber da ist erstens der ästhetische Aspekt – und zweitens ein praktischer: wenn im Winter der Wind von Norden kommt, wird er zum größten Teil von dem Wald abgefangen. Und drittens und letztens geht es dann auch noch um die Privatsphäre: die Congers legten immer Wert darauf, daß ihr Grundstück von den Nachbarn nicht eingesehen werden konnte.«
»Es ist schön, wenn man sich einen solchen Luxus leisten kann«, murmelte Carl.
Rose nickte. »Sehr schön – wenn man ihn sich leisten kann! Noch ein paar Steuererhöhungen, und wir können uns überhaupt nichts mehr leisten.« Es wurde ihr bewußt, daß sie mehr erzählte, als sie sollte, aber gleichzeitig stellte sie fest, daß es ihr egal war. Es tat wohl, endlich einmal jemandem gegenüber zuzugeben, daß die Glanzzeit der Congers vorbei war.
»So«, kehrte sie zum Thema zurück, »das wollte ich Ihnen zeigen. Ich würde Ihnen raten, Jeff von der Steilküste fernzuhalten.«
»Schon der bloße Versuch würde ihn zu einem sofortigen Aufbruch dorthin veranlassen«, sagte Barbara. »Ich glaube, wir müssen uns in diesem Fall auf seinen gesunden Menschenverstand verlassen.« Sie sah den Ausdruck auf Roses Gesicht und ihr Lächeln verschwand. »Gibt es noch etwas, das wir wissen sollten?«
Rose zögerte einen Augenblick, faßte sich dann jedoch ein

Herz: »Ja.« Doch nach einem neuerlichen Blick auf ihre Uhr machte sie einen Rückzieher: »Ich habe keine Zeit mehr, Ihnen die Sache ausführlich zu erzählen, aber es gibt da so eine Geschichte über eine unheimliche Höhle in der Steilküste...« Rose lächelte unsicher. »Ich muß mich jetzt wirklich beeilen«, entschuldigte sie sich. »Die beiden Mädchen sind schon zuhause, und ich lasse sie nicht gern so lange mit Mrs. Goodrich allein.«
»Mrs. Goodrich?«
»Das ist unsere Haushälterin. Sie wird allmählich alt und wunderlich – sie muß fast siebzig sein – aber sie ist schon lange vor Jacks Geburt zu den Congers gekommen, und so behalten wir sie natürlich.«
Sie machten sich auf den Rückweg zu dem neuen Heim der Stevenses. Ein paar Minuten später ging Rose mit schnellen Schritten die Point Road entlang. Plötzlich hatte sie es ungeheuer eilig, nach Hause zu kommen.
In einem der Bäume am Westrand des Waldes tollte ein Eichhörnchen herum. Normalerweise wäre sie stehengeblieben, um es zu beobachten, aber heute ließ sie sich nicht einmal dafür Zeit, ein zweites Mal hinzuschauen. Als sie den Wald hinter sich gelassen hatte und am Rand der Wiese entlang ging, blieb sie jedoch abrupt stehen: etwa hundertfünfzig Meter von ihr entfernt kam plötzlich Elizabeth aus dem Wald – dicht gefolgt von Sarah! Roses Magen krampfte sich zusammen. Sie sah den Kindern nach, die über die Wiese auf das Haus zugingen, und sie rührte sich nicht von der Stelle, bis die beiden darin verschwunden waren. Dann setzte sie ihren Weg fort – jetzt allerdings mit so langsamen, schweren Schritten, als bereite das Gehen ihr Mühe. In ihrem Kopf wirbelten die Gedanken durcheinander – und keiner davon war angenehm.

Als sie nach Hause kam, ging sie, ohne sich bemerkbar zu machen, geradewegs in das hintere Arbeitszimmer, goß sich einen Drink ein und ließ sich in den Ohrensessel sinken. Während sie darauf wartete, daß ihr Mann nach Hause käme, betrachtete sie versunken das Bild über dem Kamin: das Mädchen sah wirklich aus wie Elizabeth. Genau wie Elizabeth.

Als Jack eine Stunde später kam, saß Rose immer noch regungslos in dem Ohrensessel. Sie hörte ihn rufen, als er die Haustür öffnete, Elizabeths Antwort von oben und dann seine Schritte, die sich dem Arbeitszimmer näherten. Sie beobachtete die Tür, als er hereinkam. Er hob überrascht die Brauen; dann grinste er sie an.
»Nanu – was ist denn jetzt los? Normalerweise sitze doch ich vor mich hinbrütend mit einem Glas in der Hand auf diesem Platz.« Doch dann wurde er sofort ernst: »Stimmt etwas nicht? Du siehst so merkwürdig aus.« Er klang ehrlich besorgt, wie Rose erfreut feststellte.
»Gieß dir einen Drink ein und setz dich«, sagte sie. »Und mir kannst du nachgießen – das Eis ist geschmolzen.«
Er nahm ihr Glas, füllte es und goß sich reichlich Scotch ein. Dann stellte er Roses Glas auf das Tischchen neben ihrem Ellenbogen und ließ sich ihr gegenüber nieder.
»Also – was gibt's? Ist was mit Sarah?«
»Ich habe die beiden Mädchen aus dem Wald kommen sehen, als ich von den Stevenses heimging. Elizabeth und Sarah!«
»Aha«, sagte Jack ruhig. »Und jetzt willst du, daß ich mit ihnen rede.«
»Nicht mit beiden – nur mit Elizabeth. Du mußt ihr klarmachen, daß sie dort nicht mehr hin dürfen.«

»Soll ich ihr die alte Familien-Sage erzählen?«
»Wenn du willst.«
»Nun – ich hoffe doch, daß dieses Schauermärchen den gewünschten Erfolg bringen wird. Schließlich hat es schon bei vier Generationen von Congers gewirkt«.
»Ich glaube ja«, nickte Jack. Er rechnete kurz nach: »Nein – ich bin die dritte. Wenn es funktioniert, dann sind Elizabeth und Sarah die vierte. Also dann – bringe ich es hinter mich.« Er trank sein Glas aus und verließ den Raum.
Rose nippte an ihrem Drink und starrte unverwandt auf das Portrait. Und dann fielen ihr plötzlich ohne jeden ersichtlichen Grund die Worte von Barbara Stevens wieder ein: ». . . die Sünden der Väter« . . . und sie schauderte unerklärlicherweise zusammen, als sie sich an einen anderen Teil ihres Satzes erinnerte: ». . . bis in die vierte Generation . . .«

Jack ging langsam die Treppe hinauf und überlegte, was er seiner Tochter sagen sollte. Am besten versuchte er es wohl mit der Wahrheit – oder mit dem, was die Congers seit Generationen für die Wahrheit hielten.
Er fand die Mädchen im Spielzimmer: Elizabeth saß mit gekreuzten Beinen und fest geschlossenen Augen vor der Alphabet-Tafel, und ihr gegenüber Sarah, den Blick starr auf ihre Schwester gerichtet.
Jack räusperte sich. Keine Reaktion.
»Elizabeth!« sagte er und bedauerte augenblicklich seinen scharfen Ton. Seine Töchter zuckten leicht zusammen. Elizabeth öffnete die Augen.
»Daddy!« rief sie erfreut, »bist du 'raufgekommen, um mit uns zu spielen?«

»Ich bin heraufgekommen, um mit dir zu sprechen. Allein!« Bei dem letzten Wort streifte sein Blick Sarah, und Elizabeth begriff sofort. Sie stand auf, beugte sich zu ihrer Schwester hinunter und flüsterte ihr etwas ins Ohr. Soweit Jack es beurteilen konnte, hatte Sarah nicht im mindesten reagiert, aber Elizabeth schien alles zu ihrer Zufriedenheit geregelt zu haben und folgte Jack in ihr Zimmer. Er machte die Tür zu und Elizabeth setzte sich auf die Bettkante.

»Es geht um den Wald, oder?« sagte sie.

»Allerdings«, sagte Jack. »Wenn ich mich nicht sehr irre, haben wir erst gestern darüber gesprochen – und gerade hörte ich, daß du heute im Wald warst. Mit Sarah!«

Elizabeth sah ihm gerade in die Augen, und er versuchte, in ihnen zu lesen: würde sie zerknirscht, wütend oder störrisch reagieren? Nichts von alledem!

»Ich weiß«, sagte sie ratlos. »Es ist mir selbst ein Rätsel, wie es passiert ist. Ich muß an irgendwas anderes gedacht haben, denn ich erinnere mich nur daran, daß wir auf der Wiese gespielt haben – und dann waren wir plötzlich im Wald. Als ich es bemerkte, habe ich Sarah schleunigst wieder auf die Wiese hinausgebracht.«

Jack wußte nicht so recht, was er von dieser Story halten sollte. Allerdings erinnerte er sich daran, daß er als Kind auch oft dermaßen in irgendetwas vertieft gewesen war, daß er alles um sich herum vergessen hatte.

»Elizabeth«, sagte er dennoch streng, »ich erwarte von dir, daß das nicht noch einmal vorkommt. Du bist schon ein großes Mädchen und solltest in der Lage sein, deine Gedanken beieinander zu halten. Zumindest solltest du nicht vergessen, wo du bist – vor allem nicht, wenn du Sarah dabei hast.«

»Ich kümmere mich sehr gewissenhaft um sie«, sagte Elizabeth und Jack glaubte, einen leicht vorwurfsvollen Unterton herauszuhören.
»Natürlich tust du das«, beschwichtigte er sie. »Aber bitte beschränke deine diesbezüglichen Bemühungen auf diese Seite des Waldes.«
Doch jetzt war Elizabeths Geduld am Ende: »Warum eigentlich?« fragte sie wütend, und ihre weichen Gesichtszüge verhärteten sich. »Das ganze wird mir allmählich wirklich zu albern. Ich bin alt genug, um zu spielen wo ich will – wenigstens auf unserem eigenen Grundstück. Als ich noch klein war, war das etwas anderes – aber du hast eben selbst gesagt, daß ich nicht mehr klein bin.«
Jack zögerte einen Augenblick. Dann beschloß er, den Stier bei den Hörnern zu packen.
»Du wirst es für verrückt halten«, sagte er.
»Ist es das denn?« fragte Elizabeth ernst.
»Wer weiß?« antwortete Jack leichthin. »Okay – ich werde dir die Geschichte erzählen. Es gibt eine alte Familien-Legende.«
»Ach – die kenne ich«, sagte Elizabeth.
Jack sah sie überrascht an: »Woher denn?«
Elizabeth riß die Augen ganz weit auf und versuchte, eine unheilvolle Miene aufzusetzen. »Die Alphabet-Tafel hat sie mir verraten«, erklärte sie mit unnatürlich tiefer Stimme. »Sie weiß alles und sagt mir alles.« Sie sah ihren Vater an und brach in schallendes Gelächter aus: sein Gesicht drückte eine Mischung von Fassungslosigkeit und Schrecken aus. »Ich habe doch nur Spaß gemacht, Daddy!« beruhigte sie ihn. »Ich habe keine Ahnung von der Geschichte.« Sie dachte einen Moment nach und korrigierte sich dann: »Um die Wahrheit zu sagen: etwas weiß

ich doch davon – aber ich weiß nicht, woher. Ich weiß, daß es eine Geschichte gibt und daß sie sehr weit zurückliegt. Erzähl sie mir, Daddy.«

Und Jack kam ihrem Wunsch nach: »Es ist eine sehr alte Geschichte«, begann er. »Sie hat mit eurer Ur-Ur-Großmutter zu tun. Es geschah alles vor etwa hundert Jahren, und sie war damals schon eine sehr alte Frau. Ich weiß nicht, wieviel an der Story überhaupt noch stimmt, denn es hat sich niemals jemand die Mühe gemacht, sie aufzuschreiben – sie ist immer nur mündlich überliefert worden, und ich kann sie dir natürlich nur so erzählen, wie sie mir erzählt worden ist.

Also: die alte Frau – ich glaube, ihr Name war Bernice oder Berta oder so ähnlich – hatte die Angewohnheit, sich jeden Tag nach dem Mittagessen eine Stunde hinzulegen. Aber eines Tages stand sie nicht wieder auf.

»Du meinst ... sie starb?« fragte Elizabeth.

»Nein«, sagte Jack. »Sie starb nicht. Aber sie schlief zwei Tage und zwei Nächte fest durch. Die Familie versuchte, sie aufzuwecken, aber keiner schaffte es. Dann wurde ein Arzt gerufen, aber auch der hatte keinen Erfolg. Andererseits konnte er jedoch auch keine Krankheit feststellen. Ich nehme an, sie hatte einen Schlaganfall, aber mit diesen Dingen kannte man sich damals noch nicht so aus. Jedenfalls wachte sie nach zwei Tagen wieder auf und schien ganz in Ordnung zu sein.

Sicher wäre die ganze Sache in Vergessenheit geraten, wenn nicht ein paar Tage später einer der Söhne der alten Dame – mein Großonkel also – mit einem toten Kaninchen im Arm nach Hause gekommen wäre und sich kurz darauf hinter dem Haus von der Klippe ins Meer gestürzt hätte.«

»Du machst Witze!«
»Wenn ich das tue, dann gebe ich nur einen Witz an dich weiter, den mein Großvater mir erzählt hat.«
»Aber warum hat dein Großonkel das getan?« fragte Elizabeth mit großen Augen.
»Das hat man nie herausgefunden«, sagte Jack. »Oder falls doch, so hat man es jedenfalls nie erzählt. Als die alte Dame von dem Vorfall hörte, sagte sie, sie habe es nicht anders erwartet. Und von da an sagte sie jedesmal voraus, wann jemand sterben würde. Sie behauptete, sie habe diese Fähigkeit in den zwei Tagen bekommen, die sie so fest geschlafen hatte.«
»Und sie hat sich nie geirrt?« fragte Elizabeth zweifelnd.
»Wer weiß? Ich denke, sie hat sich bestimmt auch ab und zu geirrt, aber man hat nur die Fälle in Erinnerung behalten, in denen sie recht hatte. Wahrscheinlich hat sie jeden Tag jedermanns Tod vorausgesagt, so daß sie immer irgendwann den Nagel auf den Kopf treffen mußte. Das ist wie mit den Astrologen. Die sagen so viel, daß irgendwas davon immer stimmt.«
»Und was ist dann der Witz an der Sache?« fragte Elizabeth.
»Kurz bevor sie starb behauptete sie, eine Vision gehabt zu haben.«
Elizabeth riß die Augen auf: »Eine Vision? So richtig mit Engeln und so?«
»Nicht ganz. Die alte Dame behauptete, in ihrer Vision sei sie in eine Höhle in der Steilküste gebracht worden. In der Höhle habe ein senkrechter Schacht nach unten geführt – und ihr ›Engel‹ oder was immer habe ihr gesagt, dieser Schacht sei das Tor zur Hölle. Und den Worten der alten Dame zufolge würden die schrecklichsten Dinge passie-

ren, wenn irgend jemand dieses Tor zur Hölle durchschritte – das heißt den Schacht hinunterklettert. Sie erklärte der Familie, daß sie die entsetzlichsten Zukunftsvisionen gehabt habe, und daß diese grauenvollen Vorfälle nur verhindert werden könnten, wenn sich alle Familienmitglieder von besagter Höhle fernhielten. Sie ließ alle einen Eid darüber ablegen – und dann starb sie.«
Elizabeth starrte ihren Vater eine Weile schweigend an, bevor sie ungläubig fragte: »Gibt es diese Höhle wirklich?«
»Ich habe nicht die leiseste Ahnung«, antwortete Jack wahrheitsgemäß.
»Heißt das, daß niemals jemand danach gesucht hat?« fragte Elizabeth. »Es haben ihr einfach alle geglaubt?«
Jack fuhr sich unbehaglich mit der Zunge über die Lippen. »Einer hat sie gesucht?« berichtete er stockend. »Mein Großvater.«
»Und was ist passiert?«
»Er erklärte eines Tages, er würde sich auf die Suche nach der sagenhaften Höhle machen und kam nicht zurück. Schließlich fand man ihn – tot. Am Fuß der Steilküste. Sein Fuß war zwischen zwei Felsbrocken eingeklemmt, und er war offensichtlich ertrunken, als die Flut kam.«
Entsetzen stand in Elizabeths Augen. »Was für eine schreckliche Art zu sterben«, sagte sie leise.
Jack nickte. »Merkwürdig war nur«, fuhr er fort, »daß sich niemand erklären konnte, was geschehen war. Der Fuß war zwar eingeklemmt, aber nicht so fest, daß er ihn nicht hätte herausbringen können.«
»Vielleicht ist er bei dem Sturz mit dem Kopf aufgeschlagen und war bewußtlos«, meinte Elizabeth.
»Das wäre möglich – obwohl man keine derartige Verlet-

zung feststellen konnte. Nun«, endete er, »das ist die ganze Geschichte. Ob wahr oder nicht – die Congers haben jedenfalls den letzten Wunsch der alten Dame immer respektiert – außer meinem Großvater, wie gesagt. Wenn schon aus keinem anderen Grund, so können wir uns doch im Andenken an eure Ur-Ur-Großmutter von der Steilküste fernhalten, meinst du nicht auch? Ich hoffe auf jeden Fall, daß du dich an den Eid deiner Vorväter ebenso halten wirst wie wir alle.«

»Daddy«, sagte Elizabeth mit ganz kleiner Stimme, »glaubst du es?«

Ihre Frage brachte Jack in Verlegenheit: er hatte solange mit der Legende gelebt, daß er niemals auf den Gedanken gekommen war, ihren Wahrheitsgehalt anzuzweifeln. Doch jetzt – im klaren Licht der eisblauen, fragenden Augen seiner Tochter – schüttelte er nach langem Nachdenken schließlich den Kopf.

»Nein«, sagte er, »ich glaube es wohl nicht. Aber ich glaube auch nicht daran, daß es Unglück bringt, wenn man unter einer Leiter durchgeht – und ich tue es trotzdem nicht.«

Elizabeth sah eine Weile nachdenklich vor sich hin und fragte schließlich: »Und was ist mit dem kleinen Mädchen?«

»Mit welchem kleinen Mädchen?« fragte Jack verständnislos.

»Irgenwie habe ich das Gefühl, daß in der Geschichte auch ein kleines Mädchen vorkommt«, sagte Elizabeth. »Aber ich weiß selbst nicht, wie ich darauf komme.«

Jack überlegte kurz. »Nein«, schüttelte er dann den Kopf, »in der Geschichte, die ich gehört habe, kommt kein kleines Mädchen vor.«

»Dann wollen wir uns eins ausdenken«, schlug Elizabeth vor. Jetzt konnte Jack den Schalk in ihren Augen sehen.
»Mach du das allein«, sagte er. »Und erzähl' es mir beim Abendessen. Ich sehe dich dann in einer halben Stunde unten.«
Er gab ihr einen Kuß und verließ das Zimmer. Als er die Treppe hinunterging, rief sie ihm hinterher: »Ich werde die Alphabet-Tafel fragen.« Und dann hörte er ihr vergnügtes Lachen, als sie ins Spielzimmer zurückkehrte.

10

»Und was genau hast du ihr nun gesagt?« fragte Rose in die Dunkelheit hinein. Sie war sicher, daß Jack nicht schlief – aber die Großvater-Uhr tickte vierzig Mal, bevor er antwortete.
»Die ganze Geschichte«, sagte er. »Das wolltest du doch, oder?«
»Ich denke schon», meinte Rose zögernd. »Wie hat sie es aufgenommen?«
Sie hörte, wie Jack leise in der Dunkelheit lachte. »Ich fürchte, die Kinder von heute sind nicht so leicht zu schocken. Ich hatte den Eindruck, daß Elizabeth das Ganze als spannendes Märchen betrachtete.
»Aber es ist viel Wahres dran«, sagte Rose.
»Einiges«, korrigierte Jack. »Eine alte Frau schlief zwei Tage, jemand stürzte sich von der Klippe und jemand

anderer ertrank. Und die sogenannte Vision der alten Lady war wahrscheinlich nichts anderes als Senilität.« Er drehte sich auf die andere Seite. »Aber alles in allem ist es eine schöne Gruselstory – und sie hat uns immerhin viele Jahre von der Steilküste ferngehalten.«
»Hat Elizabeth denn gar nichts zu der Geschichte gesagt?« fragte Rose irritiert.
»Doch: sie hat mich nach dem kleinen Mädchen gefragt.«
»Nach welchem kleinen Mädchen?«
»Keine Ahnung. Sie sagte, sie wisse, daß in der Geschichte auch ein kleines Mädchen vorkäme, aber sie wisse nicht, wo sie davon gehört hätte. Und dann beschloß sie, die Alphabet-Tafel zu konsultieren.«
Rose schauderte zusammen. »Dieses Teufelsding!« sagte sie. »Ich bin nicht sicher, daß wir sie damit spielen lassen sollten. Kinder haben zuviel Phantasie.«
Sie wandte sich ihrem Mann zu und rückte ganz dicht an ihn heran. Sofort versteifte sich sein Körper in Abwehr. Mit einem Seufzer zog sie sich wieder zurück.

Elizabeth lag mit offenen Augen in ihrem Bett und lauschte: die Stimmen ihrer Eltern drangen als undeutliches Gemurmel zu ihr herüber. Als sie verstummten, schlossen sich die Lider des Mädchens, und ihr Atem wurde tief und regelmäßig. Als die Uhr schlug, begannen Elizabeths Lider zu flattern. Ein Laut drang aus ihrer Kehle und erstarb auf ihren Lippen. Sie drehte sich um und die Bettdecke fiel auf den Boden. Ihre Knie beugten sich, und sie schlang die Arme um ihren Körper.
Dann stand sie auf.
Barfuß ging sie durch ihr Zimmer, den Flur hinunter und blieb vor der Tür zur Speichertreppe stehen. Sie mußte

sich auf die Zehenspitzen stellen, um den Schlüssel zu erreichen, der auf einem Mauervorsprung über der Tür lag. Sie schloß auf und ging die Treppe hinauf, wobei sie sorgfältig die dritte Stufe vermied, die locker war. Sie bewegte sich wie in Trance und nahm nicht wahr, daß Sarah am Fuß der Treppe stand und sie beobachtete.
Nachdem Elizabeth die Dachbodentür hinter sich geschlossen hatte, kehrte Sarah in ihr Bett zurück und starrte mit leerem Blick an die Decke.
Elizabeth blieb etwa eine Stunde auf dem Speicher – aber was sie dort tat und was sie sah, drang nicht in ihr Bewußtsein ...

Rose konnte nicht einschlafen. Sie hatte das Gefühl, keine Luft zu bekommen. Schließlich stand sie auf, setzte sich ans Fenster und zündete sich eine Zigarette an. Es war Vollmond, und die Riesenbäume warfen dunkle Schatten auf den Rasen. Eine schöne Nacht. Rose überlegte, ob sie einen Spaziergang machen sollte. Von der Klippe hatte man jetzt sicher eine herrliche Aussicht auf das Meer und die Brandung, die tief unten – in Silber getaucht – gegen die Felsen rollte. Und dann war das Gefühl der Atemnot ebenso plötzlich vorbei wie es gekommen war. Rose drückte die Zigarette aus und ging ins Bett zurück. Sekunden später war sie fest eingeschlafen.
Wäre sie am Fenster sitzengeblieben, hätte sie vielleicht die Gestalt bemerkt, die sich wie ein Schatten auf die Wiese zu bewegte ...

In dem Augenblick, als Rose zurück in ihr Bett ging, bewegte sich Elizabeth mit langsamen, tastenden Schritten in Richtung Wiese, wandte sich dann jedoch plötzlich der alten Scheune zu, die ein paar Meter neben der Garage stand. Sie betrat das Gebäude durch die Seitentür, holte mit sicherem Griff einen Beutel und eine merkwürdige Rolle mit Holzstücken aus einem Versteck, die sie sich um Hals und Schulter schlang, und verließ die Scheune wieder. Jetzt war ihr Gang nicht mehr vorsichtig: mit schnellen Schritten ging sie über die Wiese auf den Wald zu. Bald war sie von den dunklen Schatten der Bäume eingehüllt.

Das Kleid, das sie trug, war alt – viel älter als die Sachen, die sie zum Spielen anzog. Der gerüschte Saum verfing sich immer wieder in den Zweigen, aber der mürbe Stoff gab so leicht nach, daß sie kein einziges Mal auch nur den leisesten Ruck spürte. Ihre blonden Haare fielen, auf altmodische Art gekämmt, offen über ihre Schultern.

Ihr Blick war starr geradeaus in die Dunkelheit gerichtet, die vor ihr lag. Es gab keinen Weg im Wald, aber sie bewegte sich so sicher, als gehe sie auf einer gepflasterten Straße. Obwohl die Schatten lang und finster waren, und das Unterholz dicht, fanden ihre Füße die Stellen, wo kein Zweig sie festhalten, keine Steine sie verletzen und keine Ranken sie zum Stolpern bringen konnten.

Und dann trat sie in das Mondlicht hinaus, das ihr Haar wie einen Heiligenschein schimmern ließ. Sie stand da und starrte auf das Meer. Es war ganz glatt in dieser Nacht, und die Brandung murmelte nur leise.

Elizabeth wandte sich nach Osten. Sie ging jetzt wieder langsam – als warte sie auf ein Zeichen, das ihr bestätigte, daß sie auf dem richtigen Weg war. Nach einer Weile blieb sie wieder stehen und sah erneut auf das Meer hinaus. Und dann begann sie, die Steilküste hinunterzuklettern. Ihre zierlichen Füße fanden wie schlafwandlerisch sicheren Halt auf Vorsprüngen, die für größere Menschen nutzlos gewesen wären. Ab und zu hielt sie sich mit der freien Hand irgendwo fest, aber meistens war das überflüssig. Sie bewegte sich stetig abwärts. verschwand ab und zu hinter Felsvorsprüngen, so daß das Mondlicht sie nicht mehr erreichen konnte und kam dann einige Meter weiter unten wieder zum Vorschein. Schließlich verschwand sie endgültig hinter einem großen Felsblock und kroch in ein Loch, das in der Dunkelheit dahinter verborgen lag. Fünfzehn Meter tiefer schlug die Brandung gegen die Felsen.

Elizabeth kroch durch den Tunnel der Höhle, wobei sie immer wieder ihr Kleid zusammenraffte, das ihr ständig im Weg war. Sie tastete sich langsam vorwärts und schob den Beutel zentimeterweise vor sich her, als fürchte sie, daß er plötzlich verschwinden könnte. Dann hielt sie plötzlich inne, streckte einen Arm aus und tastete den Boden hinter dem Beutel ab: da war der Rand des Schachts.

Sie rutschte noch ein Stückchen weiter, verharrte dann wieder und holte eine Taschenlampe aus ihrem Beutel. Sie ließ den dünnen Lichtstrahl über die Wände gleiten, die sie umgaben: der Tunnel hatte sich zu einem Oval erweitert, in dessen Mitte die Schachtöffnung gähnte. Ringsum lagen verstreut Felsbrocken auf dem Boden. Elizabeth löste die Rolle von ihrem Hals und rutschte, die Taschenlampe noch immer umklammernd, an den Rand des Schachts. Sie richtete den Lichtstrahl in das Loch und starrte in die Tiefe. Weit unten, sie war nicht sicher wie weit, blitzte etwas im Schein der Lampe auf.

Vorsichtig legte sie die Taschenlampe in einen Felsspalt und vergewisserte sich, daß sie sicher lag. Dann entwirrte sie die Rolle, die sie aus der Garage mitgebracht hatte. Es war eine Strickleiter, die früher einmal als Zugang zum

Heuboden gedient hatte und dann verräumt worden war, damit sich kein Kind bei eventuellen Klettertouren verletzte. Sie verankerte die beiden oberen Seilenden sorgfältig an zwei Felsen und beschwerte sie zusätzlich noch mit Steinen. Schließlich zog sie so fest sie konnte an der Leiter, indem sie sich mit den Füßen gegen einen Felsen stemmte: die Leiter hielt.

Sie warf das andere Ende in den Schacht hinunter, wo die Leiter gegen die Felswand klapperte und sich völlig verheddert. Elizabeth holte sie wieder ein und entwirrte sie. Das zweite Mal ließ sie sie langsam und vorsichtig hinunter, und die Strickleiter fiel glatt bis zum Boden des Schachts hinunter: eine leichte Vibration zeigte an, daß das untere Ende der Leiter auf dem Boden aufgeschlagen war.

Elizabeth warf den Beutel hinterher, der mit einem dumpfen Geräusch unten aufschlug. Dann holte sie die Taschenlampe aus dem Felsspalt, steckte sie in die Tasche ihres Kleides und machte sich an den Abstieg.

Sie kam nur sehr langsam vorwärts, und der glitschige Schleim, der die Schachtwände bedeckte, beschmierte ihr Kleid – aber sie bemerkte es nicht, und auch die Dunkelheit machte ihr keine Angst. Und dann fühlte sie plötzlich den kalten Boden unter ihren Füßen: sie war am Ziel. Sie nahm die Lampe aus der Tasche.

Der gelbliche Strahl flackerte durch den Raum. Im großen und ganzen glich er dem oberen – er war nur kleiner, und die Decke war niedriger. Aber er war auch oval, und der Boden war ebenfalls mit Felsbrocken übersät.

Das Licht glitt über den Boden der Höhle. Und dann glitzerte plötzlich der Gegenstand wieder auf, der Elizabeth schon von oben aufgefallen war. Es war ein goldenes

Armband mit einem kleinen Opal. Es befand sich noch immer am Handgelenk seines Besitzers.

Das Skelett lag direkt unter der Öffnung des Schachtes, in der gleichen Position, wie der Körper vor Jahrzehnten aufgeschlagen war. Hier und da hingen noch Kleiderfetzen an den Knochen, aber sie zerfielen sofort, als Elizabeth sie berührte. Der Beutel, den sie heruntergeworfen hatte, hatte durch seinen Aufprall einige der Rippen über den Boden verstreut. Sie legte ihn zur Seite und spielte weiter mit dem Licht auf dem Boden. Sie hob eine verrostete Haarspange auf, die neben dem Schädel lag, und betrachtete sie eingehend.

»Ich wußte, daß ich dich hier finden würde«, flüsterte sie. »Du wirst sehen – jetzt wird alles gut.« Sie suchte einen Platz für die Taschenlampe, von dem aus das Licht auf die alten, bleichen Knochen fiel.

Elizabeth arbeitete langsam und methodisch. Vorsichtig bewegte sie die Knochen und arrangierte sie in einer Ecke der Felsenkammer so, daß das Skelett schließlich mit über der Brust gefalteten Händen dalag. Zuguterletzt legte sie noch einen flachen Stein als Kissen unter den Totenkopf. Sie betrachtete ihr Werk mit einem zufriedenen Lächeln. Und dann machte sie das Armband von dem Handgelenk des Skeletts ab. Ein seltsamer Schimmer trat in ihre Augen, als sie es sich selbst anlegte.

Danach begann sie Felsbrocken herumzuschieben: einen flachen als Tisch in die Mitte, und vier kleinere als Hocker drumherum. Als sie fertig war, setzte sie sich auf einen der Felsstühle und begann, ihren Beutel auszupacken. Puppenkleidung kam zum Vorschein: ein blaues Kleid, winzige Strümpfe und Schuhe, ein Paar weiße Fäustlinge und ein Rüschenhütchen. Sie breitete alles auf dem Steintisch

aus, griff noch einmal in ihren Beutel, dann lag Cecil auf dem Felsbrocken. Sein Kopf lag in einem seltsamen Winkel zu seinem Körper: sein Genick war gebrochen!
Elizabeth machte sich daran, dem toten Kater die Puppensachen anzuziehen. Sie zog ihm das Kleid über den Kopf, zwängte seine Vorderbeine durch die Ärmel und knöpfte das Kleid sorgfältig zu. Dann streifte sie ihm die Strümpfchen über die Hinterpfoten und zog die Schuhe darüber. Schließlich stülpte sie noch die Fäustlinge über die Vorderpfoten, setzte Cecil das Hütchen auf und band es unter seinem Kinn zu.
»Süßes Baby«, murmelte sie, als sie fertig war. »Bist du mein süßes Baby?«
Sie setzte das grotesk gekleidete, tote Tier ihr gegenüber und sah zu, wie es zur Seite kippte und auf den Boden fiel. Zweimal noch versuchte sie, den Kater hinzusetzen, aber er fiel jedesmal wieder um. Schließlich suchte sie ein paar kleinere Steine und baute daraus auf drei Seiten eine Lehne, damit er Halt hatte. Und endlich saß der tote Cecil ihr gegenüber am Tisch. Der Kopf mit dem Hütchen neigte sich merkwürdig zur Seite, aber Elizabeth bemerkte die unnatürliche Haltung nicht.
»Und jetzt machen wir es uns gemütlich«, sagte sie. »Möchtest du vielleicht etwas Tee?«
Mit der rechten Hand hob sie eine imaginäre Teekanne hoch und goß unsichtbaren Tee in eine ebenfalls unsichtbare Tasse, die sie in der linken Hand hielt. Dann stellte sie die Tasse vor den toten Kater auf den Tisch.
»Ein Stück oder zwei?« fragte sie höflich und hielt ihrem Gast eine nicht vorhandene Zuckerdose hin. Ohne eine Antwort abzuwarten, tat sie zwei unsichtbare Zuckerwürfel in seine Teetasse.

»Na«, sagte sie mit einem strahlenden Lächeln, »findest du nicht auch, daß wir es sehr nett hier haben?«

Sie starrte über den Tisch hinweg den Kater an, dessen Augen fest geschlossen waren.

»Schläfst du?« fragte sie. Sie streckte die Hand aus und stach das tote Tier mit dem Zeigefinger in die Rippen. Dann stand sie auf, ging um den Tisch herum und kniete sich neben Cecil hin. Vorsichtig öffnete sie Cecils Augen, indem sie die Lider soweit hochzog, daß sie nicht mehr zuklappen konnten. Dann kehrte sie auf ihren Platz zurück.

»Na also«, sagte sie. »Und jetzt machen wir ein kleines Schwätzchen. Möchtest du Kuchen?« Elizabeth reichte dem Tier, das blicklos ins Leere starrte, eine imaginäre Kuchenplatte. Als keine Antwort erfolgte, ließ sie ein unsichtbares Stück Kuchen auf den Teller gleiten, der offenbar bereits vor dem Kater auf dem Tisch stand.

»Nun«, sagte sie und biß genußvoll in ein nicht vorhandenes Stück Kuchen, »worüber möchtest du dich gerne unterhalten?« Sie nippte an ihrer Teetasse und wartete auf eine Antwort.

»Es ist sehr unhöflich, nicht zu antworten, wenn man etwas gefragt wird«, rügte sie ihren stummen Gegenüber ernst. »Brave Kinder antworten immer, wenn man sie etwas fragt.«

Als das tote Tier immer noch schwieg, wurde Elizabeths Gesicht rot vor Zorn.

»Antworte gefälligst, wenn ich mit dir spreche!« herrschte sie den Kater an. Aber der blieb still.

Sie sah Cecil böse an. Ihre Augen glitzerten tückisch im gelblichen Schein der Taschenlampe.

»Sprich mit mir!« befahl sie mit haßerfüllter Stimme. »Du

sprichst jetzt auf der Stelle mit mir, du ungezogenes Gör!«
Als das tote Ding ihr gegenüber sich nach wie vor weigerte, ihrer Forderung nachzukommen, wurde ihre Stimme vor Wut laut und schrill.
»Sitz nicht einfach so da, du verdammtes Balg!« kreischte sie. »Das ist alles, was du tust! Ich kümmere mich in jeder freien Minute um dich – und was bekomme ich dafür von dir? Nichts! Absolut nichts! Wenn du nicht sofort mit mir sprichst, prügle ich dich windelweich!«
Plötzlich sprang sie auf, riß den Kater über den Tisch, legte ihn auf ihre Knie und begann, auf sein Hinterteil einzuschlagen. Dann setzte sie den Kater wieder auf seinen Platz und lächelte ihn an.
»So«, sagte sie zufrieden, »jetzt, wo du bekommen hast, was du verdienst, können wir ja mit unserer Teestunde weitermachen.« Ein paar Minuten plapperte sie nichtssagendes Zeug vor sich hin, füllte imaginäre Tassen und teilte unsichtbaren Kuchen aus. Dann stellte sie dem Kater erneut eine Frage und wartete wieder auf Antwort. Als auch diesmal keine erfolgte, überkam sie aufs neue wilde Wut.
»Dir werd' ich helfen, du gottverfluchtes Miststück!« schrie sie. »Ich hasse es, wenn du so zu mir bist! Ich hasse es! Hasse es!«
Sie packte den Kater, schwang ihn ein paarmal über ihren Kopf im Kreis und ließ ihn dann mit voller Wucht auf den Steintisch niederkrachen. In ihrem maßlosen Zorn hörte sie nicht einmal, wie der Schädel barst.
»Du antwortest mir jetzt!« kreischte sie. »Du antwortest mir jetzt, du verdammtes Biest, oder ich bringe dich um!«
Plötzlich schleuderte sie den Kater an die Wand und griff nach ihrem Beutel. Sie wühlte eine Weile darin herum und

brachte schließlich ein riesiges Fleischermesser zum Vorschein. Und damit stach sie nun blindwütig auf den toten Kater ein. Ihre Flüche wurden immer lauter, ihre Beschimpfungen immer unflätiger. Dann knallte sie den Kater wieder auf den Tisch und trennte mit einem einzigen Messerhieb seinen Kopf ab. Er rollte vom Tisch und fiel zu Boden. Elizabeth starrte darauf hinunter ohne zu begreifen, was geschehen war.
»Mach das nicht!« keuchte sie. »Ich warne dich! Ich will, daß du mit mir sprichst! Sprich mit mir!« schrie sie noch einmal, dann hielt sie plötzlich inne. Ihr Atem ging stoßweise. Ein glühender Schmerz schoß durch ihren Kopf, und sie glaubte, einen leisen Wind flüstern zu hören. Dann war der Schmerz vorbei und der Wind erstarb. Doch von oben klang ein leises Wimmern herunter. Elizabeth blickte in den dunklen Schacht hinauf, konnte jedoch nichts sehen. Also nahm sie die Taschenlampe und leuchtete nach oben: Sarahs riesige, dunkle Augen blinzelten in dem grellen Lichtstrahl.
Elizabeth lächelte zu ihr hinauf, ihre wutverzerrten Züge wurden wieder weich und lieblich. »Sarah!« flüsterte sie. »Hast du es gesehen? Hast du dieses ungezogene Kind gesehen? Es ist nicht wie du. Es ist überhaupt nicht wie du. Du bist so ein süßes Mädchen. So süß . . .« Sie drehte sich um und sah sich noch einmal das kopflose Fellbündel in dem blauen Puppenkleid an. Dann fiel ihr Blick auf den abgetrennten Kopf mit dem Häubchen und den weit offenen, blicklosen Augen. »Du hättest mit mir sprechen sollen!« zischte sie. »Ich habe es dir oft genug gesagt!« Sie nahm das Messer und legte es auf einen Vorsprung dicht unter der Höhlendecke. Dann steckte sie die immer noch eingeschaltete Taschenlampe in ihr Kleid und machte sich

an den Aufstieg. Sarah wich zurück, als ihre Schwester sich auf den Rand des Schachts hochzog.
»Es ist spät«, flüsterte Elizabeth. »Aber nicht zu spät!« Dann machte sie das Armband ab und legte es Sarah um. »Das ist von Beth«, erklärte sie. »Sie schenkt es dir.«
Ohne Sarah weiter zu beachten, kroch sie durch den Tunnel und trat in die Nacht hinaus. In Windeseile kletterte sie die Steilküste hinauf und verschwand im Wald ...

Elizabeth lag in ihrem Bett und starrte an die Decke. Sie wünschte, sie könnte wieder einschlafen. Sie war aus einem Traum erwacht, der sich beim Aufwachen verflüchtigt hatte, und jetzt konnte sie nicht mehr einschlafen. Plötzlich hörte sie etwas und lief zum Fenster: mit schleppenden Schritten kam Sarah über die Wiese auf das Haus zu. Elizabeth schlich die Treppe hinunter und öffnete lautlos die Vordertür. Sarah war von oben bis unten mit Schmutz bedeckt, und ihre Hände waren völlig verkratzt. Sie starrte Elizabeth hilflos an.
Schweigend nahm Elizabeth sie an der Hand und ging mit ihr hinauf ins Bad. Dort wusch sie ihre Schwester und warf die schmutzstarrenden Kleider in die Wäsche. Dann brachte sie Sarah ins Bett.
Elizabeth fragte sich, wo Sarah wohl gewesen sein mochte. Aber dann wurde sie plötzlich müde und schlief ein. Es war ein friedlicher Schlaf – ohne Träume.

11

Mrs. Goodrich öffnete die Klappe der Wäschetruhe und türmte die Kleidungsstücke vor ihren Füßen auf. Dann nahm sie ein Paar besonders schmutzige Jeans mit einer Triangel im Knie aus dem Haufen, und betrachtete sie kritisch.
»Nun schau man sich das an!« sagte sie in den leeren Raum hinein. »Sowas Verdrecktes habe ich ja in meinem ganzen Leben noch nicht gesehen! Das Ding sieht aus, als hätte sie sich damit irgendwo im Schlamm gewälzt!«
Dann fischte sie ein ebenso verkrustetes Hemd aus dem Wäscheberg und untersuchte es sorgfältig. Der Schmutz war über Nacht getrocknet und bröckelte ab, als die alte Frau das T-Shirt gegen das Licht hielt.
Sie roch daran, und die Falten in ihrem Gesicht vertieften sich, als sie angewidert vor dem Gestank fauliger Algen zurückwich. Mit entschlossener Miene ging sie auf die Tür zu.
Rose und Jack Conger saßen schweigend im Eßzimmer, und Mrs. Goodrich hätte die Spannung sicherlich bemerkt, die in der Luft lag, wenn sie nicht so aufgebracht gewesen wäre. Sie stampfte ohne ihr sonst übliches Anklopfen in den Raum, und Jack sah sie neugierig an. Aber Mrs. Goodrich nahm überhaupt keine Notiz von ihm.
»Miss Rose!« schnaubte sie. »Sehen Sie sich das mal an! Ich habe keine Ahnung, wie ich das wieder sauber kriegen soll!« Und damit hielt sie Rose das Hemd unter die Nase; sie hatte einen ausgeprägten Sinn für Effekte – und bei dem weißen Stoff fiel der Schmutz natürlich stärker auf als bei den dunkelblauen Jeans.

Sie schüttelte das Hemd leicht, und Teilchen der angetrockneten Substanz schwebten sacht zu Boden.
»Was ist das?« fragte Rose. »Sieht aus wie Schmutz.«
»Schmutz?« erregte sich Mrs. Goodrich. »Das nennen Sie Schmutz? Ich würde es eher als Schlamm bezeichnen!« Sie hielt es Rose noch näher hin, und sie atmete den widerlichen Geruch tief ein.
»Riecht wie toter Fisch«, konstatierte sie. »Wem gehört das Hemd denn?«
»Miss Sarah!« verkündete Mrs. Goodrich. »Ich weiß nicht, was das Mädel gemacht hat – aber ich finde, man sollte es auf jeden Fall daran hindern, es noch einmal zu tun. Dieses Zeug stammt nicht aus dem Hof oder von der Wiese – und ich weiß nicht, wie ich es wieder herausbekommen soll.«
Natürlich wußte sie es – aber sie hatte im Laufe der Jahre gelernt, daß es ihr Leben erheblich erleichterte, wenn sie manchmal Unfähigkeit vorschützte.
»Nun – tun Sie Ihr Bestes«, bat Rose. »Ich weiß wirklich nicht, wie wir unter den gegebenen Umständen herausfinden sollen, wo Sarah sich so schmutzig gemacht hat.«
Nachdem Mrs. Goodrich sich Luft gemacht hatte, verließ sie mit undeutlichem Gemurmel den Raum. Rose glaubte, etwas von »alten Zeiten, in denen so etwas nicht vorgekommen wäre« zu verstehen und fragte sich, ob das wohl den Tatsachen entsprach. Dann bemerkte sie, daß Jack sie anstarrte, und fühlte sich plötzlich unbehaglich. Einen Moment überlegte sie, was aus dem »Frieden« geworden war, den sie noch vor kurzem geschlossen hatten.
»Was hätte ich denn deiner Meinung nach sagen sollen?« fragte sie und fühlte sich schuldbewußt, ohne zu wissen weshalb.
»Nichts«, sagte Jack. »Mach dir wegen des Hemdes keine

Gedanken – das kriegt Mrs. Goodrich mit Sicherheit wieder hin. Aber wo hat Sarah den Schmutz bloß her?«
»Woher soll ich das wissen?« fragte Rose scharf. »Frag' sie doch!«
»Das war gemein, Rose«, sagte Jack leise. »Und nicht nur mir gegenüber . . .«
Rose holte tief Luft und atmete langsam die Spannung aus, die sie erfüllte. Dann kaute sie einen Augenblick auf ihrer Unterlippe herum und versuchte schließlich, ihren Mann anzulächeln.
»Es tut mir leid«, sagte sie zaghaft. »Du hast recht. Aber was soll ich denn nur tun, Jack? Wenn sie allein irgendwohin gegangen ist, haben wir nicht die geringste Möglichkeit herauszufinden, wo sie war.«
»Wo immer sie war – dort hat sie sich wahrscheinlich auch die Kratzer geholt.«
Rose nickte. »Und das kann überall gewesen sein.«
Früh am Morgen hatte Rose nach Sarah geschaut. Das Kind hatte im Schlaf die Decke weggestoßen, und Rose beugte sich über sie, um sie wieder zuzudecken, als sie sah, daß Sarahs Hände völlig zerkratzt und ein Knie böse abgeschürft waren. Aber sie war sauber – und auch die Wunden waren sauber. Sie hatten herumgerätselt, wie sie wohl zu den Verletzungen gekommen war – und jetzt, angesichts der schmutzverklebten Kleidungsstücke, waren sie noch ratloser.
Rose rührte gedankenverloren in ihrer Kaffeetasse, und Jack wischte schweigend den letzten Rest seines Spiegeleis mit einem Stück Weißbrot vom Teller.
»Es roch nach Meer«, sagte Rose schließlich.
»Hier bei uns riecht alles nach Meer«, hielt ihr Jack entgegen.

»Vielleicht war sie am Strand.«
»Mitten in der Nacht?« meinte Jack sehr zweifelnd. »Außerdem ist der Weg dort hinunter nicht schlammig, und er ist auch nicht steil – sogar im Stockfinstern könnte man, wenn man sich mit einer Hand am Geländer festhält, ohne jede Schwierigkeit zum Meer hinunterkommen. Und am Strand ist Sand.«
»Felsen sind auch da«, gab Rose zu bedenken. Damit hatte sie zwar recht – aber die Felsen am Strand waren nicht zerklüftet, sondern im Lauf der Zeit von der Brandung glatt gewaschen, die auf der Südseite des Point hereinrollte. Die scharfkantigen Felsen – das wußten beide – lagen auf der Nordseite und bildeten die Steilküste. Aber keiner von beiden war bereit, sich jetzt schon mit dieser Möglichkeit zu befassen.
»Und was ist mit dem Steinbruch-See?« sagte Jack plötzlich. »Vielleicht war sie aus irgendeinem Grund dort. Da ist es immer schlammig, und die alten Schlackenhaufen sind weiß Gott scharfkantig.«
Rose starrte in die Luft und versuchte, diese Version zu glauben. Aber da war dieser Geruch ... Sie rümpfte noch jetzt die Nase, wenn sie sich an den Gestank erinnerte, der von dem Hemd ausgegangen war. Und dann beschloß sie, ihn ganz einfach zu vergessen.
»Wie auch immer – ich sehe keine Möglichkeit, die Wahrheit herauszufinden. Und außerdem haben wir auch noch andere Sorgen«, fügte sie vielsagend hinzu.
Jack spürte, wie sich der bekannte Kloß in seinem Magen zusammenballte – dieses Gefühl, an das er sich nicht gewöhnen konnte, das sich jedoch immer häufiger einstellte.
»Meinst du nicht, daß alles schon schlimm genug ist?«

sagte er und hoffte, daß Rose das Zittern in seiner Stimme überhören würde. »Laß es uns nicht noch schlimmer machen.«
»Wie könnte es noch schlimmer werden?« fragte Rose verbittert. Sie sprach leise – bereit, das Gespräch jederzeit abzubrechen, wenn sie die Kinder herunterkommen hörte. Aber sie war nicht bereit, es ohne Anlaß abzubrechen. Sie erinnerte sich an die vergangene Nacht – seine Abwehrreaktion, ihre lange Wache am Fenster – und fragte sich, wieviele solcher Nächte wohl noch vor ihr lagen, wieviele solcher Nächte sie noch durchstehen würde, ohne an ihrem Zorn, ihrer Frustration und der Erniedrigung zu ersticken.
Letzte Nacht hatte sie sich beherrscht und sich gezwungen, ihren Zorn wegzuschlafen. Aber heute früh war er wieder da gewesen – und wurde Jack nun mit dem Frühstück serviert. Er war nicht überrascht.
»Meinst du nicht, es wäre gut, wenn du wieder in die Therapie gingst?« versuchte sie es auf die sanfte Tour.
»Ich will nicht!« sagte Jack bockig.
»Stört dich der Grund für die Therapie oder die Therapie als solche?«
»Such's dir aus«, sagte er. »Gibt es da einen Unterschied?«
»Auf jeden Fall ist es doch ganz offensichtlich, daß du ohne Therapie nicht weiterkommst«, stellte Rose fest, wobei sie sorgfältig jede Schärfe im Ton vermied.
»Jaja – ich weiß. Ich kann deine Texte bald auswendig«, erwiderte er müde.
»Ich deine vielleicht nicht?« gab Rose scharf zurück. Jetzt machte sie sich nicht mehr die Mühe, die Feindseligkeit zu verbergen, die sie empfand.
»Hör' mir gefälligst zu!« fauchte sie, als er sich zur Seite

drehte, als könne seine Schulter ihn gegen ihren Angriff abschirmen.
»Es kann unmöglich so weitergehen! Ich bin eine normale Frau mit normalen Bedürfnissen, und ich habe Anspruch auf eine normale Befriedigung – obwohl ich offengestanden nicht weiß, woher ich die Verstiegenheit nehme, in diesem Haus etwas Normales zu erwarten. Für Sarah können wir vielleicht nichts tun – aber man sollte doch annehmen, daß es in deinem Interesse läge, etwas zu unternehmen, bevor du genauso wirst wie sie.«
»Es ist nicht so einfach . . .« begann Jack, aber sie gab ihm keine Gelegenheit, sich zu verteidigen.
»Was ist denn schon einfach? Mit einem Mann wie dir zu leben? Ein Kind wie Sarah zu haben? Ständig so zu tun, als sei niemals etwas geschehen? Meinen Job zu machen wie immer? Was glaubst du, wielange ich das noch durchhalte? Früher war jede Frau, die jemals in diese Familie einheiratete, völlig damit ausgelastet, vor den Augen dieses gottverlassenen Kaffs die neueste Mrs. Conger zu sein – aber ich muß auch noch eine liebende Mutter für ein Kind mit einem Trauma sein, eine verständnisvolle Ehefrau für einen impotenten Mann, und so ganz nebenbei muß ich auch noch Immobilien an den Mann bringen. Und zwar erfolgreich!«
»Das mußt du nicht«, griff Jack nach dem einzig erreichbaren Strohhalm.
»Ach nein? Muß ich nicht? Aber ich möchte dir mal was sagen: mein Job ist das einzige Vergnügen, das ich in diesem Leben noch habe – und immerhin ermöglicht er außerdem Sarahs Aufenthalt in der White-Oaks-School. Also erzähl' du mir nicht, was leicht ist oder nicht. Um Christi willen, alles, worum ich dich bitte, ist, daß du mit irgendjemandem sprichst!«

Sprich mit jemandem! Sprich mit jemandem! Die Worte hallten in seinem Kopf wider. Es klang so einfach.
Einfach zu jemandem hingehen und mit ihm sprechen. Aber worüber? Darüber, was er Sarah angetan hatte? Über die Gründe, warum er es getan hatte? Er wußte ja nicht einmal genau, was er getan hatte – wie konnte er da wissen, warum er es getan hatte? Er hatte es ja versucht: monatelang war er bei Dr. Belter in Behandlung gewesen. Der Psychiater hatte Stunden mit ihm verbracht, Stunden mit Sarah, Stunden mit ihnen beiden gemeinsam, um zu erfahren, wie sie sich einander gegenüber verhielten und daraus vielleicht einen Hinweis auf das Vorgefallene zu gewinnen.
Er hatte sie geschlagen – soviel wußte Jack inzwischen. Aber er konnte sich nicht daran erinnern! Er erinnerte sich nur daran, im Wald gewesen zu sein und Sarah dann aus dem Wald nach Hause getragen zu haben. Und an ihr Gesicht! Aus irgendeinem Grund erinnerte er sich an ihr Gesicht – dieses winzige Gesicht mit den riesengroßen, dunklen Augen, die angstvoll zu ihm heraufstarrten, in denen er lesen konnte, daß sie nicht begriff, was vorging, und die ihn anflehten, ihr zu helfen.
Wenn er sich an alles hätte erinnern können, dann hätte er sich auch damit auseinandersetzen können. Aber es war, als sei das alles jemand anderem passiert, und er sei nur Zeuge des Vorfalls gewesen – ein Zeuge, der nicht sehen wollte.
Sie hatten es sogar mit Hypnose versucht – aber auch das hatte keinen Erfolg gebracht. Dr. Belter hatte ihm vorher gesagt, daß es Menschen gäbe, die man nicht hypnotisieren konnte – und er hatte sich als einer von diesen erwiesen. Tief in seinem Innern hatte er jedoch das Gefühl, daß

es nur nicht geklappt hatte, weil er sich gesperrt hatte – aus Angst vor dem, was möglicherweise dabei herauskommen konnte. Und so war er in einen Teufelskreis geraten: sein Schuldgefühl verstärkte seine Zweifel, und das Schuldgefühl wuchs mit dem wachsenden Zweifel. Als er schließlich die Stunden bei Dr. Belter nicht mehr ertrug, in denen er Kaffee trank und verzweifelt wünschte, er könne sich zum Reden zwingen – wenn schon nicht über den Vorfall mit Sarah, so doch wenigstens über seine Impotenz, die daraus resultierte – hatte er aufgegeben. Er war zu einem Entschluß gekommen: er würde mit seinem Schuldgefühl leben, und er würde mit seiner Impotenz leben, und er würde mit dem Zweifel leben – denn alles erschien im leichter, als sich der Wahrheit stellen zu müssen.

Er sah seine Frau über den Tisch hinweg an und fragte sich, ob es wohl einen Weg gab, ihr dies alles zu vermitteln – und er überlegte gerade, mit welchen Worten er beginnen sollte, als er davor bewahrt wurde, überhaupt etwas zu sagen. Mrs. Goodrichs Stimme drang aus der Küche herüber.

»Miss Sarah – hör' sofort auf damit, hörst du!«

Es krachte, Töpfe und Pfannen schepperten zu Boden – und dann hörte man Sarahs immer lauter werdendes Geheul, das seit einem Jahr ihre einzige Möglichkeit darstellte, der Welt ihren Schmerz mitzuteilen.

Rose schlug die Hände vor's Gesicht. »Mein Gott!« stöhnte sie. »Wie oft denn noch?« Dann raffte sie sich auf und machte sich auf den Weg zur Küche. Was sie wohl diesmal erwartete? Sie sah nicht mehr, daß Elizabeth von der anderen Seite ins Eßzimmer kam.

Elizabeth wartete, bis ihre Mutter die Tür hinter sich geschlossen hatte und horchte noch eine Weile auf den

Krach draußen. Als der Lärm schließlich nachließ, entspannte sie sich und näherte sich dem Tisch. Jack saß regungslos auf seinem Stuhl und starrte unverwandt auf die Tür, durch die seine Frau verschwunden war. Er war sehr blaß. Elizabeth streckte die Hand aus.
»Es ist schon gut, Daddy«, sagte sie sanft. »Es ist alles vorbei.« Als sie ihn berührte, zuckte Jack zusammen. In Gedanken registrierte er, daß er Elizabeths Gegenwart nicht bemerkt hatte und er fühlte, wie die Angst wieder über ihm zusammenzuschlagen drohte. Er bemühte sich, es mit einem Lächeln zu vertuschen.
»Hallo Prinzessin«, sagte er mühsam und versuchte verzweifelt, das Zittern in seiner Stimme unter Kontrolle zu bekommen.
»Ich möchte bloß wissen, was da draußen los ist«, sagte Elizabeth. »Hoffentlich hat sie sich wenigstens nicht weh getan.«
»Bestimmt nicht«, versicherte Jack, obwohl er durchaus nicht überzeugt davon war. »Setz' dich. Ich gieß' dir Orangensaft ein.«
Elizabeth lächelte ihn schelmisch an. »Wie wär's, wenn ich mich auf deinen Schoß setzen würde?«
»Auf meinen Schoß? Bist du dazu denn nicht schon ein bißchen groß?«
»Manchmal fühle ich mich eben gern wieder klein«, erklärte sie. »Geht dir das auch so?«
»Das geht wohl jedem Menschen so«, antwortete Jack und öffnete die Arme. »Komm her und sei für ein Weilchen wieder klein.«
Das Mädchen setzte sich auf seine Knie, und Jack legte zärtlich den Arm um ihre Taille. Dann ging die Tür auf, und Rose starrte sie wie versteinert an.

»Entschuldigt bitte«, sagte sie mit eisiger Stimme und anklagendem Blick. »Ich hatte nicht die Absicht, in euer trautes Beisammensein einzubrechen.«

»Aber du . . .« begann Elizabeth, doch Rose schnitt ihr das Wort ab.

»Setz' dich auf deinen Stuhl, Elizabeth!« befahl sie scharf. Elizabeth gehorchte. Dann griff sie nach der Kanne mit dem Saft und goß sich etwas ein.

Jack wollte seine Frau schon anfahren, aber dann fragte er stattdessen: »Ist draußen alles in Ordnung?«

»Mrs. Goodrich hat alles unter Kontrolle, und Sarah scheint sich beruhigt zu haben – aber in der Küche sieht es aus, als sei eine Bombe explodiert. Mrs. Goodrich glaubt, daß Sarah aus irgendeinem Grund an die Messerschublade heranwollte.«

»An die Messerschublade?« wiederholte Jack verständnislos. Elizabeth schmierte sich Butter auf eine Scheibe Weißbrot.

»Nun – sie ist nicht sicher«, sagte Rose. »Und ich kann mir auch nicht vorstellen, was sie mit einem Messer gewollt haben sollte.«

»Ich auch nicht.« Jack suchte krampfhaft nach einem anderen Thema. Plötzlich erhellte sich sein Gesicht.

»Ist Cecil eigentlich wieder da?«

Elizabeth schüttelte den Kopf. »Ich weiß nicht, was mit ihm passiert ist. Er wird schon zurückkommen. Katzen sind eben Streuner«, setzte sie altklug hinzu. »Eigentlich hätte ich sowieso lieber einen Hund – die gehorchen besser.«

»Ich habe Mrs. Goodrich schon gebeten, Cecil zu suchen«, sagte Rose und klingelte nach der Haushälterin. »Aber ich habe sie noch gar nicht darauf angesprochen.« Auch Rose

war dankbar für die Ablenkung. Die Tür ging auf und Mrs. Goodrichs voluminöser Körper erschien in der Öffnung.
»Ja?«
»Tut mir leid, Sie zu stören, Mrs. Goodrich«, sagte Rose. »Ich weiß, daß Sie heute schon allerhand mitgemacht haben. Aber mir fiel gerade wieder ein, daß ich Sie noch gar nicht gefragt habe, ob Sie Cecil irgendwo entdecken konnten.«
»Ich habe anderes zu tun, als meine Zeit mit einem streunenden Kater zu vertrödeln«, sagte Mrs. Goodrich kurz angebunden. Doch dann wurde sie zugänglicher. »Nein – ich habe ihn nirgends gefunden – und ich habe das Haus von oben bis unten durchsucht.« Sie dachte einen Augenblick nach und fragte dann: »Ist eigentlich irgendjemand im Haus nicht mit meiner Arbeit zufrieden?«
»Nicht zufrieden?« wiederholte Rose verblüfft. »Was meinen Sie damit?«
»Ich dachte nur«, sagte Mrs. Goodrich und verlagerte ihr Gewicht von einem Bein auf das andere. »Weil jemand den Speicher geputzt hat. Wenn jemand gewollt hätte, daß da oben saubergemacht wird, dann hätte man mir das sagen können. Ich bin zwar nicht mehr die Jüngste – aber mit dem Haus werde ich noch allemal fertig.
Rose sah zu ihrem Mann und ihrer Tochter hinüber. Beide zuckten ratlos die Achseln. »Ich habe keine Ahnung, wer den Speicher saubergemacht haben könnte«, sagte Rose und hoffte, genügend Zweifel in ihre Stimme gelegt zu haben, um bei Mrs. Goodrich die Vermutung zu wecken, daß sie sich vielleicht nur eingebildet hatte, daß der Speicher ungewöhnlich sauber sei. »Und Sie haben wirklich keine Spur von Cecil entdeckt?«

»Katzen hinterlassen keine Spuren«, erklärte Mrs. Goodrich lapidar. Dann drehte sie sich um und trat zur Seite. »Tschuldigen Sie mich.« Und damit zwängte sie sich an der zierlichen Gestalt vorbei, die während der ganzen Unterhaltung über den Kater hinter ihr verborgen gestanden hatte. Sarahs Augen standen voller Tränen, und sie zitterte am ganzen Körper.
Elizabeth stürzte auf ihre Schwester zu und nahm sie in die Arme.
»Schon gut, Sarah, schon gut. Wenn Cecil nicht wieder auftaucht, kriegen wir eben eine neue Katze. Oder vielleicht sogar einen Hund«, fügte sie vielversprechend hinzu. Sarahs Zittern verstärkte sich, und sie schien zum Schreien anzusetzen – doch dann entspannte sie sich unter Elizabeths liebevollem Lächeln.
Rose sah zu, wie Elizabeth die Augen ihrer kleinen Schwester trocknete und sie zum Tisch führte, und wünschte wieder einmal, daß sie dasselbe Mitgefühl für Sarah aufbringen könnte wie ihre ältere Tochter. Doch dann verbannte sie das Schuldgefühl aus ihrem Kopf und goß sich Kaffee ein. Und dann Jack. Es war, als wolle sie damit einen Waffenstillstand ausrufen – zumindest für eine Weile.

12

Port Arbello lag im weichen Licht des ungewöhnlich warmen Herbstnachmittages, und die Sonne wärmte nicht nur die Luft, sondern auch die Atmosphäre im Haus auf dem Point: gegen Mittag erfüllte ein Frieden das Haus, den alle Congers spürten. Der Vorfall am Morgen war verblaßt, und der Waffenstillstand zwischen dem Ehepaar Conger dauerte an. Sie fragten sich zwar beide, wie lange er wohl anhalten würde — aber sie waren auch beide entschlossen, ihn zu genießen, solange er existierte.

»Ich liebe den Altweibersommer«, sagte Rose beim Mittagessen. »Laßt uns doch heute nachmittag etwas unternehmen.«

»Tut mir leid«, entschuldigte sich Jack. »Ich habe mich mit Ray zum Golfspielen verabredet.«

Rose hatte schon eine böse Bemerkung von wegen »Vernachlässigung der Familie« auf der Zunge, schluckte sie jedoch herunter — entschlossen, keine Mißstimmung zu provozieren.

»Macht nichts«, sagte sie stattdessen leichthin. »Ich habe sowieso eine Menge Arbeit auf meinem Schreibtisch liegen.« Jack, der irgendeine böse Spitze erwartet hatte, sah sie überrascht an.

»Ich könnte ja absagen . . .« bot er an — und Rose erkannte erfreut, daß er das ernst meinte.

»Nein, nein — geh du nur«, sagte sie, denn sie fand, daß man in diesem Fall wirklich den guten Willen für die Tat nehmen konnte. Sie beendeten das Essen in dem angenehmen Schweigen, das manchmal zwischen Menschen besteht, die sich lieben, das sich aber bei ihnen schon lange nicht mehr eingestellt hatte.

Jack fuhr zu seiner Verabredung, und die Kinder verschwanden nach oben. Rose ging in ihr Büro und blätterte planlos in irgendwelchen Unterlagen herum. Sie konnte sich nicht konzentrieren. Schließlich verließ sie ihren Schreibtisch und ging in das hintere Arbeitszimmer.
Als sie es betrat, machte irgendetwas sie stutzig. Es war einer dieser Augenblicke, in denen man sicher ist, etwas gesehen zu haben, aber keine Ahnung hat, was es war. Sie ließ den Blick durch den Raum wandern, konnte jedoch keine Veränderung feststellen. Sie machte die Tür hinter sich zu und setzte sich. Es war ein angenehmer Raum. Sonnenlicht flutete durch das Fenster herein, und ein Strahl fing sich in dem alten Kupfer-Spucknapf, der jetzt die Funktion eines Aschenbechers hatte. Vielleicht hatte dieser Lichteffekt ihre Aufmerksamkeit erregt, dachte Rose. Dann blickte sie auf das Portrait über dem Kamin. Das Mädchen mußte ein Mitglied des Conger-Clans sein – anders war die Ähnlichkeit mit Elizabeth kaum zu erklären. Sie hatten das Bild vom Speicher geholt, kurz nachdem der »Kummer mit Sarah«, wie Rose es zu formulieren pflegte, begonnen hatte. Und wieder einmal fragte sie sich, weshalb es so verwaist in einer Ecke gelehnt hatte. Die Congers hatten nämlich, da sie offensichtlich von jeher großen Wert auf Ahnenkult gelegt hatten, auf dem Speicher irgendwann ein großes Regal gebaut, in dem die Vorfahren, die nicht gerade irgendwo im Haus an der Wand hingen, ordentlich aufbewahrt wurden. Im Augenblick waren fast alle diese Bilder oben – nur Jacks Mutter erfreute sich noch des Tageslichts an ihrem Platz über dem Kamin im Eßzimmer – aber selbst jetzt wäre noch mehr als genug Platz für das Bild des Mädchens in dem Regal gewesen. Doch es war in einer Ecke versteckt worden.

Die zweite seltsame Tatsache war, daß das Bild keinen Namen trug. Alle anderen Portraits hatten auf den Rahmen zierliche Kupferschildchen, auf denen Name, Geburts- und Todestag angegeben waren. Nur dieses nicht. Zwei winzige Löcher am unteren Teil des Rahmens bewiesen zwar, daß auch dieses Bild einmal mit einem solchen Plättchen versehen gewesen war, aber irgend jemand hatte es entfernt.

Rose sah das Portrait an und fragte sich, welcher Vorfall das kleine Mädchen wohl aus der Ahnengalerie verbannt haben mochte. Ihre Phantasie überschlug sich, und eine Weile dachte sie sich die wildesten Gründe dafür aus, warum das Kind in Ungnade gefallen war.

Und dann traf sie die Erkenntnis plötzlich wie ein Schlag. Es war nicht das Sonnenlicht im Spucknapf gewesen, das sie irritiert hatte – es war etwas auf dem Bild gewesen: Das Armband! Das Armband am Handgelenk des Mädchens! Sie hatte es erst vor kurzer Zeit irgendwo anders gesehen! Aber wo? Es war ein goldenes Armband, und der Stein sah aus wie ein Opal – aber bei einem Ölgemälde konnte man das nie so genau sagen.

Sie versuchte angestrengt sich zu erinnern, wo sie das Armband gesehen hatte – warum es ihr plötzlich so bekannt vorkam. Aber je länger sie das Bild anstarrte, umso mehr kam sie zu der Überzeugung, daß es sich nicht um eine tatsächliche Erinnerung handelte, sondern um das Phänomen des déjà vu – die Illusion einer Erinnerung. Sie rückte das Bild gerade, das etwas schief zu hängen schien, und beschloß, sich nicht länger mit dem Armband in einem Bild zu beschäftigen – sie hatte wirklich zu arbeiten. Sie kehrte in ihr Büro zurück und zwang sich, nicht aus dem Fenster zu schauen, denn wenn sie es getan hätte, wäre sie unweigerlich in den Sonnenschein hinausgegangen. Also verschanzte sie sich hinter Aktenbergen. Die Sonne konnte warten.

Eine Stunde später öffnete sich die Tür. Rose hörte es nicht, aber sie spürte plötzlich, daß sie nicht mehr allein war. Sie drehte sich um und sah Sarah in der Tür stehen. Ihre riesigen, dunklen Augen waren unverwandt auf die Mutter gerichtet. Rose legte den Kugelschreiber weg.

»Sarah!« sagte sie und streckte die Arme aus. Langsam, ja vorsichtig kam Sarah näher – aber kurz bevor sie in Roses Reichweite geriet, blieb sie stehen.

»Sie möchte, daß du mit ihr spielst«, erklärte Elizabeth von der Tür her. Rose blickte hoch. »Ich habe dich gar nicht gesehen. Komm doch 'rein.«

»Jetzt nicht«, sagte Elizabeth. »Ich gehe ein bißchen 'raus. Aber Sarah möchte, daß du mit ihr spielst.«

»Und was soll ich mit ihr spielen?«

»Was du willst. Also dann – bis später.« Und damit verschwand sie. Einen Augenblick später wurde die Vordertür geöffnet und gleich darauf wieder geschlossen. Rose wandte ihre Aufmerksamkeit erneut Sarah zu.

»Was würdest du denn gern spielen?« fragte sie das schweigende Kind. Aber Sarah stand nur da und sah sie an. Nach ein paar Sekunden trat sie ein paar Schritte zurück und setzte sich schwer auf den Boden. Rose runzelte die Stirn, stand dann jedoch auf und setzte sich zu ihrer Tochter hinunter.

»Ei mini mini mei«, begann Rose, wobei sie sich erst mit den Händen auf die Oberschenkel schlug, dann klatschte und Sarah zum Schluß beide Handflächen hinhielt. Aber Sarah reagierte nicht. Rose versuchte es noch einmal. Jetzt nahm sie die Hände ihrer Tochter und führte sie.

»Komm, wir probieren es gemeinsam«, sagte sie schließlich. Beim ersten »Ei« schlug Sarah mit ihren Händen auf ihre Oberschenkel, aber als Rose in dem Singsang fortfuhr, schlug Sarah nach wie vor nur auf ihre Oberschenkel. Doch Rose machte weiter. Sarahs Hände klatschten rhythmisch auf ihre Oberschenkel, immer wieder, unermüdlich – und sogar, nachdem Rose aufgehört hatte, den Kinderreim aufzusagen, schlug sie sich noch auf die Schenkel.
Rose sah ihr eine Minute zu, dann ertrug sie es nicht länger. Sie hob das Kind hoch und setzte sich in einen großen Sessel, Sarah auf dem Schoß. Das Mädchen leistete zwar keinen Widerstand, aber Rose hatte das sichere Gefühl, daß es die nächste Gelegenheit nutzen würde, um von ihren Knien zu rutschen.
Rose nahm eine Illustrierte von dem Tischchen, das neben dem Sessel stand und begann, sie durchzublättern. Ab und zu fuhr Sarahs Hand dazwischen, um sie am Weiterblättern zu hindern – und beim dritten Mal erkannte Rose, daß sie es jedesmal tat, wenn auf einer Seite eine Katze abgebildet war.
»Ich weiß, mein Schatz«, sagte sie zärtlich. »Wenn Cecil in ein, zwei Tagen nicht wieder da ist, holen wir eine neue Katze für dich.«
Und plötzlich war Sarah fort. Bevor Rose etwas dagegen tun konnte, war das Mädchen aus dem Zimmer gestürzt. Rose hörte sie die Treppe hinaufrennen und wollte ihr schon folgen, aber dann wurde ihr klar, daß sie sehr wenig tun konnte, da sie ja keine Ahnung hatte, was plötzlich in Sarah gefahren war.
Sie stand eine Weile an der Tür ihres Büros und horchte angestrengt nach oben, aber es war nichts zu hören. Ei-

gentlich hatte sie mit einem lautstarken Auftritt gerechnet
– und sie war zutiefst erleichtert, als alles ruhig blieb. Sie
ließ die Tür des Arbeitszimmers offen und kehrte an ihren
Schreibtisch zurück.
Sie hatte keine Ahnung, wieviel Zeit vergangen war, als
sie wieder das Gefühl hatte, nicht allein zu sein. Sie blickte
sich um – und wieder stand Sarah in der Tür. Sie zuckte
leicht zusammen, als Rose sie ansah, und Rose drehte sich
sofort wieder zu ihrer Arbeit um – aber sie horchte intensiv auf die kleinste Bewegung ihrer Tochter.
Sarah kam ins Zimmer und begann herumzugehen, nahm
Dinge in die Hand, betrachtete sie und stellte sie anschließend wieder an ihren Platz zurück. Und dann war es
plötzlich ganz still – aber Rose bezwang ihren Wunsch,
sich umzusehen und nachzuschauen, was Sarah tat. Dann
berührte plötzlich etwas ihren Fuß, und sie erkannte, daß
Sarah unter den Schreibtisch gekrochen war. Rose lächelte, als sie sich daran erinnerte, wie oft sie selbst sich
unter dem Schreibtisch ihres Vaters versteckt und sich
vorgestellt hatte, sie säße in einer Höhle. Wenn Ihre Tochter auch nur die geringste Ähnlichkeit mit ihr hatte, dann
war sie jetzt den Rest des Nachmittags beschäftigt. Rose
konzentrierte sich wieder ganz auf ihre Arbeit.
Von Zeit zu Zeit spürte sie eine Bewegung unter dem
Schreibtisch, aber sie wurde erst richtig aufmerksam, als
sie merkte, daß etwas um ihr Fußgelenk gebunden wurde.
Sie verharrte regungslos und fragte sich, was Sarah wohl
an ihrem Knöchel befestigte. Sie wartete darauf, daß auch
ihr anderes Fußgelenk berührt wurde – und sie wurde
nicht enttäuscht. Das Mädchen versuchte offenbar ihre
Füße zusammenzubinden.
Rose malte sich aus, was für eine Show sie ihrer Tochter

vorspielen würde, wenn sie fertig war. Sie hatte als Kind einmal etwas ähnliches gemacht, indem sie ihrem Vater die Schnürsenkel beider Schuhe zusammengebunden hatte, während er am Schreibtisch gesessen hatte – und sie war damit belohnt worden, daß er fast eine geschlagene Minute wie ein Betrunkener durch den Raum gestolpert und getaumelt war, bevor er schließlich völlig verdreht in sich zusammenfiel. Damals war ihr keinen Augenblick der Verdacht gekommen, daß ihr Vater nur eine Vorstellung für sie gab. Tatsächlich wurde es ihr erst in diesem Moment klar, als sie sich gerade auf eine ähnliche Show für ihre Tochter vorbereitete.

Schließllch war Sarah fertig.

»Nun«, sagte Rose laut. »Das wär's. Ich glaube, ich muß mir dringend die Beine vertreten.« Und sie stellte sich vor, wie das Kind, bebend vor unterdrücktem Gelächter, unter dem Schreibtisch hockte.

Rose schob den Stuhl zurück und bewegte vorsichtig die Füße, um ihre Bewegungsfreiheit zu testen. Sie schien sehr groß zu sein, und Rose fragte sich, wie sie unter diesen Umständen eine glaubwürdige Stolperszene zustande bringen sollte.

Erst als sie die Füße ganz unter dem Schreibtisch hervorgezogen hatte, stellte sie fest, daß sie überhaupt nicht gefesselt war, daß irgendetwas Merkwürdiges ihre Beine umschloß. Als sie genauer hinsah, setzte ihr Herz einen Schlag lang aus, und im Magen hatte sie plötzlich dasselbe Gefühl wie in einem sehr schnellen Lift: um ihr rechtes Fußgelenk lag das Armband!

Sie machte es mit zitternden Fingern ab und untersuchte es sorgfältig. Ja – es war tatsächlich das Armband von dem Bild: Gold mit einem kleinen Opal. Dreckklümpchen hin-

gen daran, als habe es lange im Freien gelegen. Sie wollte nach hinten gehen, um einen genauen Vergleich vorzunehmen, aber beim Aufstehen wurde sie durch ein Schaben daran erinnert, daß ja auch um ihr anderes Fußgelenk etwas gebunden war, was sie aber in ihrer Aufregung über das Armband gar nicht so recht zur Kenntnis genommen hatte. Jetzt sah sie es sich genauer an. Das Ding war ein weißliches Band mit Flecken und schien eine Art Schnalle zu haben. Und dann erkannte sie, was es war.
Ein Halsband.
Ein Katzen-Floh-Halsband aus Plastik.
»Wo um alles in der Welt . . .« stieß sie hervor, als sie das steife Plastikband von ihrem Knöchel entfernte. Sie richtete sich auf und untersuchte das Halsband. Es war auch schmutzig, aber der Schmutz daran war nicht der gleiche wie an dem Armband. Das Halsband hatte rötlich-braune Flecken – und Rose brauchte eine ganze Weile, bis sie erkannte, daß es sich dabei um getrocknetes Blut handelte. Aber als es ihr klar wurde, lief sie zur Tür.
»Mrs. Goodrich!« rief sie. »Kommen Sie bitte her! Schnell!«
Als sie sich umdrehte, sah sie, daß Sarah immer noch unter dem Schreibtisch hockte und wie ein gefangenes Kaninchen mit ängstlichen Augen zu ihr heraufstarrte.
»Ich hoffe, meine Kuchen gehen inzwischen nicht kaputt«, sagte die alte Frau, als sie schnaufend erschien, und wischte sich die Hände an ihrer Schürze ab. Als sie Roses Gesicht sah, fragte sie beunruhigt: »Stimmt etwas nicht, Miss Rose?«
»Ich ... ich weiß nicht«, antwortete Rose unsicher. »Schauen Sie sich das mal an.« Und damit hielt sie Mrs. Goodrich das Floh-Halsband hin.

»Sieht aus wie ein Floh-Halsband«, stellte die Haushälterin unbeeindruckt fest. »So eins, wie wir Cecil umgebunden haben.« Sie entdeckte die Flecken. »Was ist denn das?«
»Ich bin nicht sicher«, sagte Rose in der Hoffnung, Mrs. Goodrich würde etwas anderes darin entdecken als sie selbst.
Doch sie wurde enttäuscht: »Das ist eindeutig Blut! Na, da brat mir doch einer 'nen Storch! Wo haben Sie das Ding denn her?«
»Sarah hat es mir um den Fuß gelegt«, erklärte Rose.
»Das ist aber sehr merkwürdig«, meinte die alte Frau. »Wo kann sie es denn gefunden haben?«
Rose sah sie hilflos an. »Ich habe nicht die geringste Ahnung!«
»Nun – wenn sie es dem Kater abgenommen hat, dann wünschte ich, sie würde uns sagen, wo er ist.« Mrs. Goodrich zog geräuschvoll die Luft durch die Nase ein. »Ich muß nach meinen Kuchen sehen.« Und damit verschwand sie eiligst in Richtung Küche.
»Sarah?« sagte Rose. Das Kind kam ein Stückchen unter dem Schreibtisch hervor. »Sarah, Liebling – es ist alles in Ordnung«, versicherte Rose, obwohl sie ganz und gar nicht davon überzeugt war. »Komm da unten 'raus.« Sie bückte sich, zog ihre Tochter unter dem Schreibtisch hervor, hob sie hoch und trug sie in den ersten Stock. Dort legte sie Sarah auf ihr Bett und deckte sie mit einer leichten Decke zu. »Schlaf ein bißchen.« Sie beugte sich über das Mädchen und küßte es leicht auf die Stirn. Ihre äußerliche Ruhe stand in krassem Gegensatz zu ihrer tatsächlichen Gemütsverfassung.
Auf dem Rückweg ins Parterre hörte sie Jacks Wagen kommen und ging zur Vordertür.

»Hallo!« sagte er fröhlich, aber das Lächeln erstarb sofort.
»Was ist los? Ist etwas passiert?«
»Ich weiß es nicht«, antwortete Rose ratlos. »Geh schon ins Arbeitszimmer – ich komme gleich nach.«
Sie holte das Armband und das Floh-Halsband aus ihrem Büro. »Gieß uns was zu trinken ein«, bat sie und schloß die Tür hinter sich. Jack sah sie neugierig an.
»Du bist ja ganz aufgeregt! Was ist denn los hier?«
Sie erzählte ihm, was vorgefallen war, und zeigte ihm die beiden Gegenstände. Er sah das Floh-Halsband nur ganz kurz an und wandte seine Aufmerksamkeit dann dem Armband zu.
»Ich könnte schwören, daß ich das schon irgendwo gesehen habe.«
»Hast du auch. Auf dem Bild.«
»Auf dem Bild?« Sein fragender Blick folgte ihrer ausgestreckten Hand. »Großer Gott!« keuchte er. »Bist du sicher, daß es dasselbe ist?«
»Ich habe sie zwar noch nicht verglichen, aber ich bin ganz sicher«, nickte Rose. »Und das merkwürdige ist, daß ich mir vorhin – lange bevor Sarah es mir umlegte – das Armband auf dem Bild ganz genau angesehen habe. Weil ich überzeugt war, daß ich es außer auf dem Bild auch noch woanders gesehen hatte!«
»Hat Sarah es getragen?« fragte Jack.
»Ich habe es nie bewußt wahrgenommen – aber es muß wohl so sein.« Jack trat zu dem Bild und hielt das Armband dicht neben das gemalte: es war eindeutig dasselbe!
»Das Floh-Halsband macht mir bedeutend mehr Sorgen«, sagte Rose.
»Das Halsband?«

»Wo, glaubst du wohl, hat sie es her? Und wie um alles in der Welt kommen die Blutflecken daran?«
»Du meinst, es ist Cecils?« Er sah sie ungläubig an.
»Wem sollte es denn sonst gehören?«
»Aber nun hör' mal, Rose – Sarah liebt den Kater doch über alles!«
»Ich weiß«, nickte Rose niedergeschlagen. »Aber zähl' doch mal zwei und zwei zusammen: der Kater ist verschwunden, und heute früh wollte Sarah sich offensichtlich ein Messer holen – und dann interessierte sie sich heute nachmittag so auffällig für die Katzenbilder in der Illustrierten. Und nun noch das!« Und sie deutete auf das blutbespritzte Halsband.
»Und jetzt glaubst du, daß sie Cecil umgebracht hat.«
Die Worte trafen Rose wie ein Schlag, und sie zuckte unwillkürlich zusammen, als sie erkannte, daß Jack den Nagel auf den Kopf getroffen hatte. Sie nickte wie betäubt.
»Ich glaube es nicht!« sagte Jack. »Ich glaube es einfach nicht!«
»Aber wo hat sie das Halsband dann her? Oder das Armband, zum Beispiel?«
»Ich weiß es nicht«, mußte Jack zugeben. »Aber ich kann mir nicht vorstellen, daß sie Cecil getötet hat. So etwas würde sie niemals tun.«
»Woher willst du das wissen, Jack? Woher soll irgendjemand wissen, wozu sie fähig ist und wozu nicht?« Tränen schossen ihr in die Augen. Jack streckte die Hand aus, um sie zu trösten, aber sie wich ihm aus.
»Und was sollen wir deiner Meinung nach jetzt tun?« fragte er.
»In der Schule anrufen, nehme ich an. Mit Dr. Belter

sprechen. Er wollte doch wissen, wenn sich etwas Ungewöhnliches ereignet – und dies ist wohl durchaus als ungewöhnlich zu bezeichnen.«
»Und was sollen wir ihm sagen?« fragte Jack unbehaglich.
»Daß Sarah ein paar Sachen gefunden hat, und daß wir glauben, daß sie den Kater umgebracht hat?«
»Ich werde ihm einfach alles erzählen, was passiert ist – dann werden wir ja hören, was er dazu meint.«
»Wann willst du ihn denn anrufen?«
»Jetzt!« Rose trat zum Telefon. Sie wählte die Nummer und wurde sofort mit dem Arzt verbunden. Er hörte sich ihre Geschichte an, und als sie geendet hatte, fragte er: »Wie geht es ihr jetzt?«
»Sarah? Ich glaube gut. Sie liegt oben im Bett und schläft.«
Dr. Belter dachte einen Augenblick nach und sagte dann: »Kommen Sie doch einfach am Montag mal zu mir herüber. Mit Ihrem Mann. Dann können wir über die Sache sprechen. Denken Sie, daß es noch solange Zeit hat?«
»Nun – ich denke schon«, meinte sie zögernd.
Dr. Belter hörte die Unsicherheit in ihrer Stimme natürlich sofort. »Verbleiben wir doch einfach so: sollte sich noch etwas ereignen, rufen Sie mich einfach an, und ich komme zu Ihnen hinaus. Ansonsten sehen wir uns am Montag. Okay?«
»Ich danke Ihnen, Doktor.« Rose war sehr erleichtert. »Das ist sehr nett von Ihnen.« Sie legte den Hörer auf und wollte Jack gerade berichten, was sie nun mit dem Arzt vereinbart hatte, als sie sah, daß Jack leichenblaß und mit weit aufgerissenen Augen etwas anstarrte, das sich hinter ihr befand. Sie fuhr herum.
Es war Elizabeth. Und sie war von oben bis unten voller Dreck. Sowohl ihr Kleid, das sie vor dem Weggehen ganz

frisch angezogen hatte, als auch ihr Gesicht waren über und über mit Schlamm und Schmutz bedeckt.
»Mein Gott!« rief Rose. »Was ist passiert?«
»Es tut mir leid«, sagte Elizabeth mit ganz kleiner Stimme. »Ich war drüben am Steinbruch-See – und da bin ich ausgerutscht.«
»Was hattest du denn dort zu suchen?« fragte Jack streng. »Du hättest dich zu Tode stürzen können!«
Elizabeth schien kurz davor, in Tränen auszubrechen. »Ich habe doch schon gesagt, daß es mir leid tut«, wiederholte sie. »Und mir ist nichts passiert. Ich bin nur schmutzig.«
»Du hast das Kleid ruiniert!« fuhr Rose sie an. »Zieh' es sofort aus und gib es Mrs. Goodrich – vielleicht kann sie es noch irgendwie retten.«
Jetzt brach Elizabeth endgültig in Tränen aus, drehte sich um und stürzte aus dem Zimmer. Rose sah ihr nach. Sie hatte ihre Zweifel, daß Mrs. Goodrich das Kleid wieder in Ordnung bringen könnte – es war genauso ruiniert wie der Nachmittag. Und jetzt war auch Rose zum Weinen.
»Oh, verdammte Scheiße«, sagte sie – und diese bei ihr völlig ungewohnte Äußerung ließ das Ausmaß ihrer Verzweiflung erkennen.
»Es ist doch nur ein Kleid«, versuchte Jack sie zu trösten.
»Das ist es nicht«, sagte Rose, »es ist viel mehr.« Eine Welle der Hoffnungslosigkeit überschwemmte sie.

13

»Das wär's«, schloß Dr. Belter und klappte die Akte zu, die vor ihm auf dem Schreibtisch lag. Er sah die beiden Frauen an, die ihm gegenüber saßen und stellte fest, daß Marie Montgomery unglücklich aussah, und Josephine Wells verärgert. Sie warteten auf das Ehepaar Conger, und Josephine Wells hatte vorgeschlagen, bis zum Eintreffen der beiden doch die Unterlagen noch einmal durchzugehen. Bürokratenseele, hatte Dr. Belter gedacht, aber er hatte sich dem Wunsch gefügt. Und jetzt sah er Josephine Wells an.
»Irgendwelche Fragen?«
»Ich habe den Eindruck«, sagte sie gewichtig«, daß da erheblich mehr vorgeht als wir wissen.«
Dr. Belter versuchte krampfhaft, ernst zu bleiben, nickte zustimmend und sagte: »Fahren Sie fort«, wobei er genau wußte, daß sie ohnehin nicht zu bremsen gewesen wäre.
»Ich habe den Eindruck«, begann Josephine Wells wieder mit ihrer Lieblingsformulierung, »daß wir – abgesehen davon, daß wir Sarah als Individuum betrachten – auch ihr sozio-psychologisches Umfeld durchleuchten müßten.«
»Falls Sie damit meinen, daß wir mit ihren Eltern sprechen sollten«, sagte Dr. Belter leicht gereizt, »so darf ich Sie daran erinnern, daß wir genau das vorhaben. Falls sie noch kommen sollten.« Er warf einen Blick auf seine Uhr und stellte fest, daß er bis zu dem vereinbarten Zeitpunkt noch fünf Minuten überbrücken – und durchhalten mußte. Also wappnete er sich für weitere, epochemachende Eröffnungen seiner Mitarbeiterin.
»Was ich sagen will«, fuhr Miss Wells fort und klopfte mit ihrem Kugelschreiber gegen ihre Schneidezähne (offenbar

trug sie ihn nur zu diesem Zweck bei sich, denn sie machte sich kaum jemals Notizen), »ist Folgendes: wir haben es hier offensichtlich mit einem ganz klaren Fall von Regression zu tun.« Miss Wells, die der Ansicht war, daß ihre Abschlußprüfung in Sozialfürsorge sie ebenfalls als Psychologin und Soziologin qualifizierte, lehnte sich selbstzufrieden zurück.

»Und?« hakte Dr. Belter ein.

»Und deshalb habe ich den Eindruck, daß wir herausfinden sollten, auf welches Ziel sich diese Regression zubewegt.«

Dr. Belter warf einen schnellen Blick zu Mrs. Montgomery hinüber, aber deren Gesicht war eine undurchdringliche Maske der Indifferenz: Marie Montgomery hatte schon vor langer Zeit festgestellt, daß es am besten war, Josie Wells reden zu lassen und sich aufs Zuhören zu beschränken. Mit jeder Reaktion ermutigte man sie nur zu noch kühneren geistigen Höhenflügen, und das hielten auf die Dauer auch die stärksten Nerven nicht aus. Marie fing Dr. Belters Blick auf und fragte sich, was der Arzt wohl zu dieser wahrhaft köstlichen Anregung sagen würde.

»Ich glaube, Sie haben absolut recht«, meinte Dr. Belter todernst. »Ich schlage vor, daß Sie sofort von allen Unterlagen Kopien anfertigen lassen und die gemeinsamen Faktoren von Sarahs pränatalen Erfahrungen und dem Futuriundus der nachgeburtlichen Depression ihrer Mutter feststellen.«

Erfreut konstatierte Dr. Belter, daß Josie Wells' Kugelschreiber ausnahmsweise einmal dazu benutzt wurde, ein Wort zu Papier zu bringen. Er fragte sich, wieviele Bücher sie wohl wälzen würde, bis sie erkannte, daß es das Wort

»Futuriundus« überhaupt nicht gab – doch dann wurde ihm klar, daß es ihr viel ähnlicher sah, dem Wort einfach eine bestimmte Bedeutung zu geben und seine Anweisungen zu befolgen. Er seufzte kaum hörbar und verwünschte die Notwendigkeit, eine Sozialarbeiterin in seinem Stab haben zu müssen. Als er die Congers vor dem Haus halten sah, stieß er wieder einen Seufzer aus – diesmal allerdings vor Erleichterung und deutlich hörbar. Als sie sein Büro betraten, ging er ihnen mit einem strahlenden Lächeln entgegen, so daß keiner von beiden merkte, daß er sie bei der Begrüßung eingehend musterte.

Er bemerkte Roses depressiven Zug um den Mund – ein Zug, der im Laufe des vergangenen Jahres immer deutlicher sichtbar geworden war. Er schien sich zwar seit der letzten Begegnung nicht verstärkt zu haben, aber dafür deuteten andere Kleinigkeiten darauf hin, daß ihre Nervenkapazität bald erschöpft sein würde: ihr Haar – üblicherweise tadellos frisiert – zeigte erste Anzeichen von Nachlässigkeit. Es war nicht unordentlich, aber nicht so untadelig wie sonst. Und auf dem Revers der Jacke ihres Hosenanzugs war ein winziger Fleck – ein Fleck, den andere Menschen sicher überhaupt nicht gesehen hätten, den Rose jedoch unter normalen Umständen, wie Dr. Belter wußte, niemals hätte durchgehen lassen.

Jack hingegen schien völlig unverändert. Man müßte es ihm doch ansehen, dachte Dr. Belter, wenn er nicht ein Monstrum ist. Aber Dr. Belter glaubte nicht daran, daß es menschliche Monstren gab, deshalb sah er noch einmal genauer hin. Und dann fand er das, was er suchte: offensichtlich hatte Jack angefangen, Nägel zu kauen. Sie sahen nicht abgefressen aus, aber leicht unregelmäßig, als würde er jeweils einen Nagel abkauen und ihn dann glatt feilen.

»Bitte nehmen Sie doch Platz«, forderte Dr. Belter das Ehepaar herzlich auf. »Wir haben gerade über Sarah gesprochen. Aus der Tatsache, daß Sie gestern nicht angerufen haben, darf ich wohl schließen, daß Sie einen ruhigen Tag hatten.«

»Nun . . .« sagte Rose gedehnt, »ich glaube, ich weiß gar nicht mehr, was ›ruhig‹ eigentlich ist. Wenn Sie damit meinen, daß sich nichts Ungewöhnliches ereignet hat, dann könnte man allerdings wohl sagen, daß es ein ruhiger Tag war. Aber ich habe trotzdem den Eindruck, daß Sarahs Zustand sich verschlechtert.«

»Rose!« protestierte Jack. »Das ist nicht fair!«

»Ich weiß, daß du nicht meiner Meinung bist«, sagte Rose müde. »Und vielleicht hast du sogar recht damit. Ich bin kein ausgebildeter Psychologe, und ich habe keine Übung im Umgang mit Störungen, wie Sarah sie hat – aber ich bin ihre Mutter, und ich weiß, was ich fühle. Und ich fühle mich ausgelaugt, und ich fühle mich krank, und ich habe das Gefühl, daß sich die Verfassung meiner Tochter nicht bessert . . .«

»Das ist aber ganz etwas anderes, als wenn sie sich verschlechterte«, warf Jack ein.

»Okay – vielleicht habe ich unrecht. Sagen Sie es uns!« wandte sie sich hilfesuchend an den Arzt. Dann berichtete sie noch einmal in allen Einzelheiten die Vorfälle vom vergangenen Samstag. Dr. Belter, die Lehrerin und die Sozialarbeiterin hörten aufmerksam zu. Als Rose geendet hatte, lehnte sich der Arzt in seinem Stuhl zurück, schloß die Augen und dachte nach. Keiner im Raum sprach ein Wort, und es schoß Jack durch den Kopf, daß Dr. Belter wie der Weihnachtsmann aussah. Hätte dieser es gewußt, er wäre höchst erfreut gewesen.

Endlich öffnete er die Augen wieder und wandte sich an Marie Montgomery.
»Irgendeine Idee?«
Sie schüttelte den Kopf. »Im Augenblick nicht. Aber offengestanden hört sich das Ganze für mich nicht so an, als ob Sarahs Zustand sich verschlechtere.«
Jack richtete sich auf. »Nein?« sagte er hoffnungsvoll.
»Nun . . .« Marie Montgomery wählte ihre Worte mit größter Sorgfalt, »ich finde, die Tatsache, daß sie sich lange genug konzentrieren konnte, um Ihrer Frau das Armband und das Halsband umzulegen, deutet eher auf eine Besserung hin. Natürlich ist die Sache ausgesprochen makaber – aber sicher nur in unseren Augen und nicht in ihren.« Sie kam wieder darauf zurück, daß Sarah so interessiert an den Katzenbildern gewesen war.
»Vielleicht hat sie Ihnen etwas mitteilen wollen.«
»Und was?« fragte Rose.
Die Lehrerin zuckte die Achseln. »Da muß ich auch passen. Wir dürfen nicht vergessen, daß Sarahs Verstand nicht so funktioniert wie unserer. Wir haben keine Möglichkeit, herauszubekommen, was sie mit ihrem Verhalten bezweckte, aber es steht für mich fest, daß es sehr wichtig für sie war. Normalerweise verbringt sie nicht annähernd soviel Zeit mit einer Tätigkeit – und vor allem nicht mit einer, die soviel Geschicklichkeit erfordert wie das Anlegen eines Floh-Halsbandes. Diese Plastikdinger sind gar nicht so leicht zu handhaben.«
Dr. Belter nickte zustimmend und wandte sich dann an seine beiden Mitarbeiterinnen: »Ich glaube, ich unterhalte mich jetzt mit den Congers allein weiter. Wenn Sie uns bitte entschuldigen . . .«
Josephine Wells wollte protestieren, aber Mrs. Montgo-

mery war bereits aufgestanden. »Selbstverständlich«, überfuhr sie die Sozialarbeiterin. »Wenn Sie uns brauchen, wissen Sie ja, wo Sie uns finden.« Bevor Josie noch irgendetwas sagen konnte, hatte Marie sie schon aus dem Zimmer gezogen. Dr. Belter wartete, bis die Tür sich hinter den beiden Frauen geschlossen hatte.
»Sie haben es nicht leicht, nicht wahr?«
Rose und Jack schwiegen – jeder erwartete vom anderen, daß er antwortete. Schließlich brach Rose das Schweigen. »Nein«, sagte sie kaum hörbar, »weiß Gott nicht. Und nicht nur wegen Sarah.« Dr. Belter horchte auf. »Wollen Sie darüber sprechen?«
Rose wartete darauf, daß Jack sich äußerte, aber als nichts kam, begann sie von ihren Problemen zu berichten. Und während sie sprach, hatte sie immer mehr das Gefühl, über zwei Fremde zu reden.
Sie rekapitulierte die Auseinandersetzungen und Lieblosigkeiten, mit denen sie sich gegenseitig das Leben schwer machten und stellte überrascht fest, daß ihr Bericht vollkommen fair war; sie schilderte Jacks Verhalten ebenso wertfrei wie ihr eigenes. Als sie fertig war, wandte Dr. Belter sich an Jack.
»Möchten Sie noch etwas dazu sagen?«
»Nein.« Jack lächelte seine Frau an. »So fair wäre ich sicher nicht gewesen.«
»Mrs. Conger«, sagte der Arzt, »ist Ihnen schon einmal der Gedanke gekommen, daß Ihnen vielleicht eine Therapie helfen könnte?«
»Weshalb?« fragte Rose irritiert.
Dr. Belter lächelte. »Nun – sehen wir die Dinge doch einmal so, wie sie sind: generell gesprochen halte ich emotionale Probleme für eine Krankheit, über die man

reden kann. Wenn ein Mitglied einer Familie gestört ist, so bleibt es in der Regel nicht aus, daß sich auch bei den restlichen Familienmitgliedern Störungen zeigen. Das liegt einfach an dem enormen Druck, unter dem diejenigen stehen, die mit einer psychisch so gestörten Person wie Sarah leben.«

»Und Sie sind der Ansicht, daß sich bei mir Störungen zeigen?« fragte Rose angriffslustig.

»Sie nicht?« gab Dr. Belter die Frage zurück.

Ihr erster Impuls war, es abzuleugnen, aber dann erkannte sie, daß sie das nicht konnte – nicht wenn sie ehrlich sein wollte. Sie erinnerte sich an die Augenblicke, in denen sie plötzlich von panischer Angst erfaßt wurde, an das Krampfgefühl im Magen, an ihre plötzlichen Wutausbrüche, ihre Art, übersteigert auf alles zu reagieren, wie zum Beispiel vorgestern, als sie Elizabeth wegen dieses lächerlichen Kleides angefahren hatte.

»Sie meinen also, ich könnte eine Therapie gebrauchen«, sagte sie.

»Ich meine, daß es Ihnen beiden guttäte. Ich habe nicht den Eindruck, daß Sie mit Ihren Problemen so recht zurande kommen, was durchaus verständlich ist, wenn man die Umstände bedenkt. Und ich glaube, daß Sie beide ein wenig Hilfe gebrauchen könnten.«

»Vielleicht sollten wir Elizabeth auch noch dazunehmen – dann bekommen wir am Ende noch Familienrabatt«, schlug Jack vor. Nachdem das Lachen verklungen war, wurde Dr. Belter sehr schnell wieder ernst.

»Weil Sie gerade darauf kommen – was ist denn eigentlich mit Elizabeth?

»Sie ist ein unglaubliches Kind«, antwortete Rose. »Abgesehen davon, daß sie sich am Samstag schmutzig gemacht

hat, ist sie ein absoluter Engel. Sie hat unendliche Geduld mit Sarah und ist völlig selbständig. Manchmal frage ich mich, was ich ohne sie täte.«
»Sie muß wirklich ein ganz erstaunliches Mädchen sein«, sagte Dr. Belter. »Normalerweise würde ein Kind in ihrem Alter mit einer Schwester wie Sarah wenigstens zwischendurch Anflüge von Feindseligkeit gegen sie zeigen, und zwar weil die Kranke mehr Aufmerksamkeit erhält. Das wäre auch eine völlig natürliche Reaktion.
»So etwas hat es bei uns bisher noch nicht gegeben«, sagte Rose. »Ich glaube, Elizabeth ist als einzige gegen den Familienfluch immun«, scherzte Jack, aber diesmal lachte Dr. Belter nicht mit.
»Ach ja...« dehnte er, ließ sich wieder in seinem Stuhl zurücksinken und schloß erneut die Augen. »Der Conger-Fluch.«
»Sie haben davon gehört?« fragte Jack erstaunt.
»Wer nicht in Port Arbello und Umgebung? Ich weiß wahrscheinlich sogar mehr darüber als Sie selbst?«
»Ach ja?« sagte Jack interessiert. »Wie das?«
Der Arzt lächelte ihn an. »Ich habe es mir von jeher zur Pflicht gemacht, über meine Patienten so viel wie möglich herauszufinden – und über ihre Familien. Nachdem ich Sie beide also zum ersten Mal gesehen hatte, fing ich an zu schnüffeln.«
»Und was fanden Sie heraus?« fragte Rose.
»Den Namen eines gewissen Caspar Winecliff.« Dr. Belter ließ den Namen förmlich auf der Zunge zergehen.
»Sie meinen den alten Methodisten-Pfarrer?« Jack zog die Brauen hoch. »Wir kennen den Mann fast überhaupt nicht.«
»Aber er kennt Sie«, trumpfte der Arzt auf und genoß die

sichtlich verblüfften Gesichter seiner Gegenüber. Doch dann legte er sein geheimnisvolles Gehabe ab.

»Caspar Winecliff hat ganz einfach ein Faible für die Legenden und Gebräuche in dieser Gegend – vor allem für solche, die mit Familienflüchen in Neuengland und Ähnlichem zu tun haben. Und wenn Sie mich fragen, glaubt er jedes Wort von jeder Story, die er je gehört hat – obwohl er das natürlich abstreitet. Und die Conger-Geschichte ist zufällig seine allerliebste.«

»Sie scherzen«, sagte Jack. »Ich wußte ja, daß die Legende nie ein besonders gehütetes Geheimnis war – aber ich ahnte nicht, daß sich jemand tatsächlich ernsthaft für sie interessieren würde.«

»Ich auch nicht – bis ich eines Tages in die Bibliothek ging und einige Fragen stellte. Ich hoffte, irgendwelche alten Texte zu finden, in denen die Legende schriftlich festgehalten war. Es gab keine – aber der Bibliothekar verwies mich an Caspar Winecliff. Wieviel wissen Sie denn über die Geschichte?«

Jack erzählte alles, was er wußte, und als er geendet hatte, nickte der Arzt.

»Soweit ist alles richtig – bis auf die Sache mit dem kleinen Mädchen.«

Jack und Rose warfen einander einen Blick zu, und Dr. Belter bildete sich ein, Erschrecken darin zu sehen.

»Was für ein kleines Mädchen?« fragte Jack vorsichtig. Aus irgendeinem Grund fiel ihm das Portrait über dem Kamin in seinem Arbeitszimmer ein.

»Es hat mit dem Mann zu tun, der sich ins Meer stürzte«, begann der Psychiater und sah Jack forschend an.

»Über den weiß ich ja Bescheid«, sagte Jack, »ich erinnere mich nur nicht mehr an seinen Namen.«

»Er hieß John Conger – genau wie Sie!«
Jack spürte, wie sich eine Gänsehaut über seinen Rücken ausbreitete. »Und was ist mit ihm?«
»Der alten Geschichte zufolge hat er sich von der Klippe gestürzt, nachdem er ein kleines Mädchen vergewaltigt und anschließend umgebracht hat. Seine Tochter!«
Jack wurde leichenblaß und starrte den Arzt unfreundlich an.
»Worauf wollen Sie hinaus?«
Dr. Belter lächelte ihn beruhigend an. »Ich will auf gar nichts hinaus. Ich erzähle Ihnen lediglich eine alte Geschichte. Und es besteht durchaus die Möglichkeit, daß das Ganze völlig aus der Luft gegriffen ist, denn man hat nie eine Leiche gefunden, und es scheint auch nirgendwo verzeichnet zu sein, daß John Conger überhaupt eine Tochter hatte.«
Rose sah das Portrait vor sich – und den Rahmen mit den zwei winzigen Löchern, die von dem entfernten Namensplättchen stammten.
»Konnte Reverend Winecliff das Mädchen beschreiben, oder wußte er vielleicht, wie alt es war?« Sie mußte diese Frage stellen, auch wenn sie sich vor der Antwort fürchtete.
Dr. Belter schüttelte den Kopf. »Über ihr Aussehen konnte er mir nichts sagen – aber sie soll so um die zehn, elf Jahre alt gewesen sein.«
»Also ungefähr so alt wie Sarah«, warf Jack mit spürbarer Schärfe ein.
»Ja«, nickte Dr. Belter, »ungefähr so alt wie Sarah«.
»Dr. Belter«, sagte Rose, »was soll das alles? Es hört sich wahrhaftig so an, als glaubten Sie die ganze verrückte Legende.«

Der Arzt dachte lange nach, bevor er antwortete. Und als er sprach, wählte er seine Worte sehr sorgfältig.

»Ob ich an die Legende glaube oder nicht ist völlig uninteressant; wichtig ist, ob Ihr Mann daran glaubt! Tun Sie es, Mr. Conger?«

Jack wollte sofort antworten, aber der Arzt hielt ihn mit einer Handbewegung zurück.

»Nicht so schnell! Überlegen Sie erst – und versuchen Sie, sich auf zwei Ebenen darüber klarzuwerden. Ich bin sicher, daß Ihr Bewußtsein nicht daran glaubt – heutzutage halten wir Dinge wie Flüche, die angeblich auf Familien lasten, für Humbug. Aber Sie haben wie jeder andere Mensch auch ein Unterbewußtsein! Und es kommt sehr oft vor, daß wir Dinge, die unser Bewußtsein ablehnt, im Unterbewußtsein durchaus ernst nehmen. Das tritt in Träumen zutage und äußert sich auch in Neurosen und Psychosen. Man könnte sagen, daß eine geistige Störung darauf beruht, daß unser Bewußtsein und das Unterbewußtsein jeweils die Aufgabe des anderen zu übernehmen versuchen. Also denken Sie gut nach, bevor Sie meine Frage beantworten.«

Jack tat es und war verblüfft über die Antwort, die er geben mußte. Er lächelte verlegen.

»Okay«, sagte er. »Ich glaube an die Legende – einschließlich des Fluches. Ich nehme an, sie ist für die Congers so etwas Ähnliches wie eine Religion. Wir sind damit aufgewachsen, und obwohl wir wissen, daß die Geschichte Unsinn ist, haben wir sie doch ständig im Hinterkopf.«

Dr. Belter nickte. »Und Sie sind wirklich sicher, daß Sie noch nie von dem kleinen Mädchen gehört haben?«

Jack nickte »Ja – da bin ich ganz sicher. Das hätte ich mir bestimmt gemerkt. Warum fragen Sie?«

»Ist das denn nicht offensichtlich? Wenn das mit dem kleinen Mädchen stimmen sollte, dann gibt es doch auffällige Parallelen zwischen dem Vorfall von damals und dem, was vor einem Jahr passierte – wenn man davon absieht, daß in Ihrem Fall keine Vergewaltigung stattgefunden hat und niemand zu Tode gekommen ist. Aber ansonsten ist es doch die gleiche Geschichte.«

»Sie meinen ... Sie meinen, Geschichte wiederholt sich selbst?« ließ Rose sich vernehmen. »Das glaube ich nicht!«

»Das ist auch nicht genau das, was ich meinte«, erklärte Dr. Belter. »Obwohl der Effekt derselbe wäre. Weiß einer von Ihnen beiden etwas über Voodoo?«

»Ja – daß es Hokuspokus ist!« antwortete Jack viel zu schnell.

»Das stimmt nicht ganz«, widersprach der Arzt. »Es beruht auf der Kraft der Suggestion. Wenn jemand zum Beispiel ganz fest daran glaubt, daß etwas bestimmtes passiert, dann geschieht es mit ziemlicher Sicherheit auch. Es ist zum Beispiel Voodoo-Tradition, Nadeln in die naturgetreue Nachbildung einer Person zu stechen, um ihr Schmerzen zu verursachen. Das Wichtige dabei ist, daß die betreffende Person erfährt, daß die Nadeln in der Puppe stecken. Sobald sie es weiß, stellt sich der entsprechende Schmerz bei ihr ein. Verstehen Sie?«

Jack überlegte. »Sie meinen also, daß ich ein Opfer der Legende bin, weil ich daran glaube?«

»Genau. Sehr vereinfacht zwar, aber im Grunde genommen ist es richtig.«

»Aber den wichtigsten Teil der Legende kannten wir bis heute doch gar nicht«, gab Rose zu bedenken. »Und Sie haben selbst gesagt, daß es keinen Beweis dafür gibt, daß das Mädchen wirklich gelebt hat.«

»Aber es hat gelebt, Rose«, sagte Jack ruhig. »Möchtest du Dr. Belter nicht erzählen, wie es ausgesehen hat?«
Dr. Belter sah Jack fragend an.
»Wir haben ein Bild auf dem Speicher gefunden«, erklärte Jack und beschrieb dem Arzt das Portrait.
»Aber woher wollen Sie wissen, daß es ausgerechnet dieses Mädchen ist? Woher wollen Sie wissen, daß es überhaupt ein Mitglied der Conger-Familie war?«
»Weil es genauso aussieht wie Elizabeth!« Jacks Stimme war nur noch ein Flüstern.
Lange Zeit herrschte Schweigen. Schließlich sagte Dr. Belter: »Ich verstehe.« Und nach einer weiteren Pause: »Mr. Conger – sind Sie sicher, daß Sie das Bild vorher noch nie gesehen oder etwas darüber gehört haben?«
»Nicht bis vor einem Jahr«, versicherte Jack. »Nicht daß ich wüßte.«
»Nicht daß Sie wüßten«, wiederholte der Psychiater nachdenklich. »Aber wir wissen nicht immer alles, was wir wissen, nicht wahr? Ich halte es für sehr wichtig festzustellen, was Sie wirklich wissen.«
Jack wollte schon widersprechen, aber auf einen Blick von Rose gab er nach.
»Also gut. Wann wollen wir anfangen?«
Dr. Belter zog seinen Terminkalender zu Rat. »Wie wär's morgen in zwei Wochen um zwei Uhr? Und bitte kommen Sie beide!«
Bevor Jack einen Einwand machen konnte, sagte Rose: »Wir werden da sein.«
Damit war das Gespräch beendet, aber keiner der beiden Congers fühlte sich besser. Im Gegenteil: die Furcht war größer denn je.

14

Fünfzehn Meilen von der White-Oaks-School entfernt klingelte, während Jack und Rose mit Dr. Belter sprachen, die Schulglocke durch das Schulgebäude von Port Arbello, und die Kinder strömten aus den Klassenzimmern. Elizabeth Conger entdeckte Kathy Burtons Gesicht in der Menge und lief auf sie zu.
Gespannt fragte Kathy: »Ist heute der Tag?«
»Welcher Tag?« fragte Elizabeth mit verständnisloser Miene.
»Zeigst du mir heute den geheimen Platz?«
Elizabeth sah sie mit einem seltsamen Blick an, und Kathys Augen weiteten sich vor Aufregung. Doch dann schüttelte sie enttäuscht den Kopf. »Ich kann ja gar nicht – ich muß bei den Nortons babysitten.«
»Das macht doch nichts«, erwiderte Elizabeth, und ihre Augen bohrten sich in Kathys. »Der geheime Ort liegt nur ein bißchen weiter draußen als ihr Haus – und wir werden ja auch nicht ewig dort bleiben.«
»Ich weiß nicht – ich habe Mrs. Norton versprochen, gleich nach der Schule zu kommen.«
Die beiden Mädchen verließen das Schulhaus und gingen auf die Conger's Point Road zu. Nachdem sie die Stadt hinter sich gelassen hatten, begann Elizabeth, ihren geheimen Platz in den leuchtendsten Farben zu schildern, und Kathy Burton wünschte immer inständiger, daß sie Mrs. Norton nicht versprochen hätte einzuhüten.
Plötzlich hatte sie einen Einfall. »Warum gehen wir nicht einfach morgen hin?«
Aber Elizabeth schüttelte den Kopf. »Nein, es muß heute sein.«

»Ich sehe nicht ein, warum es nicht bis morgen Zeit hat«, schmollte Kathy.
»Es hat eben keine Zeit«, erklärte Elizabeth kurz. »Aber wenn du nicht hinwillst . . .«
»Aber ich will ja!« sagte Kathy. »Es geht doch nur um Mrs. Norton.« Als keine Antwort kam, sah sie auf ihre Uhr.
»Wenn wir uns beeilen . . .« sagte sie dann. »Ein bißchen kann ich mich schon verspäten.«
Elizabeth lächelte sie an und beschleunigte ihre Schritte. »Du wirst sehen – es wird dir genausogut gefallen wie mir.«
Als sie die Einfahrt der Nortons passierten, beschlich Kathy ein leichtes Schuldgefühl, und sie fragte sich, ob Mrs. Norton wohl schon nach ihr Ausschau hielt. Aber als sie niemanden sah oder rufen hörte, entspannte sie sich wieder. Als das Haus außer Sicht war, fragte sie: »Wie weit ist es denn noch?«
»Nicht mehr weit. Nur noch an dem alten Barnes-Haus vorbei. Hast du die Leute schon gesehen, die es gekauft haben?«
»Der Junge sieht gut aus«, schwärmte Kathy. »Wie heißt er?«
»Jeff Stevens. Er ist vierzehn. Seine Mutter ist Malerin.«
»Kennt er den geheimen Ort auch?«
Elizabeth schüttelte den Kopf. »Ich glaube nicht, daß ich ihm davon erzählen werde. Wir werden das Geheimnis für uns behalten.«
Sie gingen an dem alten Barnes-Haus vorbei und betrachteten es neugierig.
Sie hatten beide gehört, daß es innen völlig umgebaut worden war, aber von außen sah es aus wie immer.

»Das ist wirklich ein selten häßlicher Kasten«, sagte Kathy.
»Die Barneses waren ja auch nicht ganz bei Trost«, erklärte Elizabeth lapidar. »Innen sah es sogar noch häßlicher aus.«
»Du warst schon mal drin?«
»Ja – aber das ist schon lange her.« Sie kamen jetzt zum Wald, und Elizabeth nahm Kathy am Arm. »Wir müssen da durch«, sagte sie. Kathy machte ein ängstliches Gesicht. »Ich weiß nicht – eigentlich darf ich nicht in den Wald. Seit der Sache mit Anne Forager hat meine Mutter es mir verboten.«
»Du weißt doch, daß ihr überhaupt nichts passiert ist«, beruhigte Elizabeth die Freundin. »Die lügt doch nur wie gedruckt.«
Kathy überlegte. Es stimmte schon: Anne Forager log wirklich sehr oft. Und sie wollte den geheimen Ort für ihr Leben gern sehen! Andererseits... Doch dann gab sie sich einen Ruck: »Aber du mußt vorgehen, ich kenne mich hier draußen nicht aus.«
Sie verließen die Straße und tauchten in das schummrige Dunkel ein. Auf dem Weg, der sie mitten durch den Wald führte, sahen sie ab und zu ein Stückchen Meer oder – auf der anderen Seite – ein Stück Wiese zwischen den Baumstämmen aufleuchten. Es gab keinen Pfad, aber Elizabeth bewegte sich mit sicheren Schritten durch das dichte Unterholz.
Kathy stolperte immer wieder und rief Elizabeth zu, auf sie zu warten – sie wollte sie auf keinen Fall aus den Augen verlieren. Plötzlich wandte Elizabeth sich nach links – und dann standen sie auf einmal hoch über der Brandung an der Steilküste.

»Ist das nicht schön?« flüsterte Elizabeth andächtig.
»Sind wir denn schon da?« Kathy sah sich etwas enttäuscht um.
»Nein«, sagte Elizabeth. »Wir müssen da entlang«. Sie ging vor Kathy her, und an einer bestimmten Stelle, die sich in Kathys Augen durch nichts vom Rest des Geländes unterschied, begann Elizabeth, die Steilküste hinunterzuklettern. Kathy blieb stehen.
»Das sieht aber ziemlich gefährlich aus«, meinte sie. Elizabeth schaute zu ihr herauf, und etwas in ihrem Blick verursachte Kathy plötzlich Unbehagen. »Ich glaube, ich sollte umkehren, ich sollte schon längst bei den Nortons sein.«
»Du bist ja bloß feige«, stellte Elizabeth voller Verachtung fest. »Schau mal – es ist doch ganz einfach.« Sie sprang von einem Felsvorsprung zum anderen, und Kathy mußte zugeben, daß es wirklich ganz einfach aussah. Außerdem war sie nicht feige, und sie würde auch nicht zulassen, daß Elizabeth sie dafür hielt! Also machte sie sich an den Abstieg, wobei sie versuchte, Elizabeths Weg genau nachzuvollziehen. Ganz so leicht, wie es ausgesehen hatte, war es dann doch nicht, aber Kathy schob das darauf, daß sie es schließlich das erste Mal machte, beim zweiten Versuch war sie bestimmt genauso schnell wie Elizabeth. Sie schaute auf und sah gerade noch Elizabeth hinter einem riesigen Felsblock verschwinden. Dort muß es sein, dachte sie.
Elizabeth wartete auf sie. Kathy kauerte sich neben sie in die Dunkelheit, die in dem Spalt zwischen dem Felsen und der Wand herrschte.
»Sind wir jetzt da?« flüsterte sie und überlegte gleichzeitig, warum sie plötzlich flüsterte.

»Fast.« Auch Elizabeth flüsterte. »Schau!« Sie deutete auf einen Fleck in der Dunkelheit, und Kathy erkannte ein Loch in der Wand, das sie zunächst nur für einen dunklen Schatten gehalten hatte.
»Wir gehen doch nicht etwa da 'rein, oder?« flüsterte sie.
»Doch – natürlich«, gab Elizabeth zurück. »Hast du Angst?«
»Nein«, log Kathy und fragte sich, was es sie an Ansehen kosten würde, wenn sie jetzt umkehren würde. »Aber es ist furchtbar dunkel da drin.«
»Ich mache Licht.« Elizabeth griff in eine Felsspalte und holte eine Taschenlampe hervor. Sie schaltete sie ein und leuchtete in die Öffnung.
»Das ist ja ein Tunnel! Wo führt der denn hin?«
»Zu dem geheimen Ort. Komm!« Elizabeth kroch in die Öffnung, und Kathy sah, daß der Gang hoch genug war, daß man hindurchkriechen konnte, ohne mit dem Kopf an der Decke anzustoßen. Sie schluckte ihre Angst hinunter und folgte Elizabeth.
Eine halbe Minute später waren sie in der Höhle, in deren Mitte der Schacht nach unten führte. »Das ist ja toll«, sagte Kathy, als sie aus dem Tunnel heraus war.
»Wir sind noch nicht ganz da«, eröffnete ihr Elizabeth. »Der geheime Ort liegt da unten.« Sie leuchtete in die Tiefe und hörte Kathy hart schlucken.
»Wo kommt man da hin?« keuchte sie.
»An den geheimen Ort. Mit der Strickleiter kommt man ganz einfach hinunter«, sagte sie und beleuchtete dabei die Leiter, die noch immer im Schacht hing.
»Ich bin noch nie an so einem Ding geklettert.« Kathy hoffte, daß dieses Geständnis ihr den Rest des Abenteuers ersparen würde, aber sie hatte sich getäuscht.

»Das ist doch kinderleicht«, sagte Elizabeth wegwerfend.
»Ich gehe als erste – und wenn ich unten bin, leuchte ich
dir. Es geht nicht so tief hinunter wie es aussieht, und du
fällst bestimmt nicht; aber sogar wenn, kann dir nichts
passieren. Ich bin schon oft unten gewesen – und für mich
hat nie jemand geleuchtet.«
»Wie hast du diesen Platz denn gefunden?« fragte Kathy,
um den Augenblick noch ein wenig hinauszuschieben, in
dem sie ihre Angst überwinden mußte.
»Ich weiß nicht. Ich glaube, ich kenne ihn schon sehr
lange. Meine Freundin hat mir davon erzählt.«
»Deine Freundin?«
»Ach – vergiß es«, sagte Elizabeth geheimnisvoll. »Ich
gehe jetzt los.« Mit der Taschenlampe in der Hand begann
sie den Abstieg, und ein paar Sekunden später stand sie
unten auf dem Boden. Sie leuchtete nach oben – mitten in
Kathys angstvolles Gesicht.
»Ich kann dich nicht sehen«, flüsterte Kathy.
»Natürlich nicht – ich stehe ja auch hinter dem Licht.
Komm schon!«
Kathy überlegte. Sie fürchtete sich vor dem Abstieg, aber
andererseits wollte sie Elizabeth nicht merken lassen, daß
sie Angst hatte. Sie schaute zu der dunklen Tunnelöffnung
hin – und die Schwärze, die sie dort erwartete, machte ihr
die Entscheidung leicht: sie hatte nicht die Absicht, allein
durch die pechschwarze Dunkelheit nach draußen zu krie-
chen. Also schwang sie sich todesmutig über den Rand des
Schachts, und ihre Füße fanden sofort an einer Sprosse
Halt. Der Abstieg erwies sich als viel einfacher als erwartet.
»Ich habe Kerzen da«, flüsterte Elizabeth, hielt aber den
Strahl der Taschenlampe auf Kathy gerichtet. In dem

grellen Licht sah Kathy kaum das Aufflammen des Streichholzes. Elizabeth zündete zwei Kerzen an und schaltete schließlich die Taschenlampe aus. Einen Augenblick lang konnte Kathy überhaupt nichts mehr sehen außer den beiden Lichtpunkten und dazwischen Elizabeths Gesicht.
»Das ist aber unheimlich hier«, sagte sie unsicher.
Allmählich gewöhnten sich ihre Augen an das trübe Licht, und sie sah sich in der Höhle um. Es schien nichts Sensationelles daran zu sein – es war lediglich eine Felsenkammer mit unebenem Boden, auf dem überall Felsbrocken verstreut lagen. In der Mitte des Raumes hatte irgendjemand vier Steine um einen großen flachen Felsen angeordnet, so daß es aussah wie ein Eßtisch mit Stühlen. Dann sah Kathy etwas, das hinter Elizabeth auf dem Boden lag.
»Was ist das?« fragte sie. Elizabeth trat zur Seite, und es dauerte eine Weile, bis Kathy begriff, was ihre Augen sahen: ein ordentlich ausgelegtes Skelett!
Ihr Schrei wurde von einer klatschenden Ohrfeige abgeschnitten.
»Hier unten mußt du leise sein«, flüsterte Elizabeth, und das Flüstern schien Kathy lauter von den Felswänden zurückzuschallen als ihr Schrei. Sie hätte am liebsten wieder geschrien, aber der Schlag brannte noch genügend, um sie davon abzuhalten.
»Und jetzt werden wir es uns etwas gemütlich machen«, kündigte Elizabeth an. »Nur du und ich und mein Baby.«
»Dein Baby?« wiederholte Kathy mit dünner Stimme. »Welches Baby?« Sie war völlig verwirrt. Schließlich kam sie zu dem Schluß, daß Elizabeth wohl eine Puppe damit meinte.

»Setz dich hin!« befahl Elizabeth. »Ich werde das Baby holen.« Kathy sank langsam auf einen der Felsbrocken, die als Hocker dienten, und beobachtete fasziniert, wie Elizabeth aus einem Beutel ein Bündel Puppenkleider zum Vorschein brachte.
»Die ist ja kaputt«, bemerkte Kathy. »Sie hat ja keinen Kopf.«
»Doch, sie hat einen Kopf«, murmelte Elizabeth, griff noch einmal in den Beutel und zog das Häubchen hervor. Als sie es auf den Tisch legte, fiel der Kopf um – und dann warfen die Wände einen erneuten Schrei zurück, als Kathy die verzerrten Züge eines Katzengesichtes mit offenen, eingesunkenen Augen erkannte, dessen Halsstumpf zu faulen begann.
Kathy wurde schlecht, und sie mußte alle Beherrschung aufbieten, um sich nicht zu übergeben.
»Ich will nicht hierbleiben«, sagte sie mit ersten Anzeichen von Hysterie in der Stimme. »Laß uns gehen.«
»Aber wir müssen doch erst unser Teekränzchen abhalten«, sagte Elizabeth mit zuckersüßer, sanfter Stimme, die Kathy noch mehr in Angst versetzte. »Deshalb sind wir doch hergekommen.« Sie setzte den Torso der Katze auf einem Hocker zurecht, und Kathy beobachtete voller Entsetzen, wie sie versuchte, der Tierleiche den Kopf aufzusetzen.
»Hör auf!« schrie sie. »Hör auf damit!« Wieder traf sie eine Ohrfeige. Und diesmal schlug sie zurück – besser gesagt, sie wollte zurückschlagen – aber bevor sie richtig ausholen konnte, stürzte sich Elizabeth auf sie. Kathy versuchte, den Aufprall abzufangen, aber sie kippte hilflos seitlich vom Hocker. Elizabeths Fingernägel gruben tiefe Furchen in ihr Gesicht. Sie schrie wieder.

»Sei still!« Alle Sanftheit war aus Elizabeths Stimme verschwunden, ihr Atem ging keuchend und stoßweise. »Hier unten muß man leise sein! Meine Freundin mag keinen Lärm.«

Unter ihr versuchte Kathy, die Kontrolle über sich wiederzugewinnen. Sie durfte sich nicht wehren, das wußte sie – sonst würde Elizabeth sie weiter schlagen. Sie zwang sich dazu, alle Muskeln völlig zu entspannen.

»Laß mich aufstehen«, flüsterte sie verzweifelt. »Bitte, Elizabeth – laß mich aufstehen.« Elizabeth ließ von ihr ab und stand auf. Kathy blieb vorsichtshalber erst einmal liegen und wartete ab. Ihre Augen waren fest geschlossen.

»Setz dich!« zischte Elizabeth. »Setz dich da drüben hin. Ich werde uns Tee eingießen.«

Kathy öffnete langsam die Augen und blickte sich um: Elizabeth saß ganz in der Nähe der Strickleiter auf einem Felsenhocker, und Kathy fühlte alle Hoffnung schwinden. Sie hatte gedacht, sie könnte vielleicht die Leiter hinaufklettern, bevor Elizabeth sie zurückhalten konnte, aber jetzt sah sie, daß sie das niemals schaffen würde. Sie stand schwankend auf und setzte sich gegenüber von Elizabeth auf einen Hocker. Zwischen ihnen saß auf einem dritten Stein die tote Katze – den Mund in einem unheimlichen Grinsen erstarrt. Kathy bemühte sich, nicht hinzuschauen.

»Na«, sagte Elizabeth, »ist das nicht gemütlich?«

Kathy nickte wie betäubt.

»Antworte!« fuhr Elizabeth sie an.

»Ja«, flüsterte Kathy – sorgfältig darauf bedacht, nicht zu laut zu sprechen. Aber auch das erwies sich als falsch.

»Lauter!« schnauzte Elizabeth, und einen Augenblick fürchtete Kathy schon, sie würde sie wieder schlagen.

»Ja!« wiederholte sie gehorsam und – wie sie hoffte – nun in der richtigen Lautstärke.
»Was ja!« hakte Elizabeth erbarmungslos nach.
»Ja«, sagte Kathy mühsam, »es ist sehr gemütlich.« Elizabeth schien sich zu entspannen und lächelte sie an.
»Tee?« fragte Elizabeth.
Kathy starrte sie an.
»Antworte!« forderte Elizabeth. »Möchtest du etwas Tee?«
»Ja-a«, stammelte Kathy. »Etwas Tee . . .«
Elizabeth goß imaginären Tee in eine unsichtbare Tasse und reichte sie Kathy hinüber. Einen Moment zögerte Kathy, aber dann beeilte sie sich, die Tasse entgegenzunehmen. Ein seltsamer, wilder Ausdruck lag in Elizabeths Augen, und Kathy spürte, wie Panik in ihr aufstieg. Sie spielte mit dem Gedanken, aufzuspringen und sich auf die Leiter zu stürzen, aber sie wußte genau, daß Elizabeth sie auf jeden Fall abfangen würde.
»Ich glaube, wir sollten jetzt gehen«, sagte sie mit erzwungener Ruhe. »Mrs. Norton wird schon auf mich warten.«
»Mrs. Norton kann mich am Arsch lecken«, entgegnete Elizabeth gelassen. Kathy riß entgeistert die Augen auf. Ihre Furcht wuchs.
»Bitte Elizabeth«, bat sie ängstlich. »Können wir jetzt nicht gehen? Es gefällt mir hier nicht.«
»Es gefällt dir hier nicht?« Elizabeth sah sich in der düster beleuchteten Höhle um. Die Kerzen flackerten und warfen unheimliche Schatten an die Wände. »Es ist mein geheimer Ort. Und jetzt ist es auch deiner. Nur wir beide wissen von diesem Platz.«
Bis ich nach Hause komme, dachte Kathy. Sie zwang sich, ruhig zu bleiben und beobachtete Elizabeth aufmerksam.

Diese war im Augenblick damit beschäftigt, der verstümmelten Tierleiche Tee einzugießen und imaginäre Kekse anzubieten. Aber plötzlich fiel ihr Blick wieder auf Kathy.
»Sprich mit mir!« befahl sie.
»Ich soll mit dir sprechen? Worüber denn?«
»Sie sprechen nicht mit mir, weißt du? Keiner von ihnen. Sie sprechen immer nur mit Sarah – und die kann nicht antworten. Also komme ich hierher, und meine Freunde sprechen mit mir.« Sie fixierte Kathy. Ein kaltes Leuchten stand in ihren Augen. »Alle meine Freunde hier sprechen mit mir.« Kathy fuhr sich mit der Zunge über die trockenen Lippen.
»Dein ... dein geheimer Ort gefällt mir«, begann sie stockend und hoffte, damit das Richtige zu sagen. »Ich freue mich, daß du mich mit hierher genommen hast. Aber ich komme viel zu spät zu den Nortons – und wenn ich Ärger bekomme, kann ich nie mehr mit dir hierher kommen.«
»Doch, doch, du kommst bestimmt wieder her«, versicherte Elizabeth ihr mit einem Lächeln, das Kathys Furcht noch weiter steigerte. »Und es wird dir jedes Mal besser gefallen«.
»J-aa«, sagte Kathy. »Da hast du bestimmt recht. Aber jetzt muß ich gehen. Wirklich!«
Elizabeth überlegte. Schließlich nickte sie.
»Also gut. Hilf mir den Tisch abräumen.«
Sie stand auf und stellte das imaginäre Geschirr ineinander. Kathy beobachtete sie zunächst schweigend, aber auf einen drohenden Blick hin tat sie ihr Bestes, um Elizabeth davon zu überzeugen, daß sie ihr half. Und dabei versuchte sie, näher an den Schacht heranzukommen, doch Elizabeth war stets zwischen ihr und der Leiter.

»Blas die Kerzen aus!« befahl Elizabeth. Sie stand mit der Taschenlampe in der Hand am Fuß der Leiter.
»Mach die Taschenlampe an!« forderte Kathy. Elizabeth schaltete sie ein.
»Hältst du sie für mich, während ich hochklettere?«
Elizabeth nickte. Kathy ging auf die Leiter zu.
»Die Kerzen«, erinnerte Elizabeth sie mit sanfter Stimme. »Ich hatte dich doch gebeten, sie auszublasen.«
Gehorsam kehrte Kathy zu dem Steintisch zurück. Sie blies eine der Kerzen aus und beugte sich dann über die andere. Bevor sie auch diese ausblies, blickte sie über die flackernde Flamme zu Elizabeth hinüber, die neben der Leiter stand und sie anlächelte. Sie blies die Kerze aus.
Im gleichen Augenblick erlosch auch die Taschenlampe, und Elizabeth kletterte in Windeseile die Strickleiter hinauf. Unter sich hörte sie den ersten Entsetzensschrei aus Kathys Kehle hervorbrechen.
»Eliiiiiiizabeth! Neiiiiiiin! Oh Gott, Elizabeth, laß mich nicht hier!«
Die Schreie wurden immer lauter, und Elizabeth hörte, wie das Mädchen unten hilflos in der Dunkelheit herumstolperte – in der Hoffnung, die Strickleiter zu fassen zu bekommen, die seiner Meinung nach irgendwo in der erstickenden Schwärze hängen mußte. Doch Elizabeth hatte sie längst eingeholt! Kathys Schreie drangen durch den Schacht zu ihr herauf, wurden von den Felswänden zurückgeworfen und prallten schmerzhaft gegen ihre Trommelfelle. Sie rollte die Leiter zusammen und kroch dann noch einmal zum Rand des Schachts.
Sie leuchtete hinunter und sah, wie Kathy wie eine Motte zum Licht drängte. Das nach oben gerichtete Gesicht war leichenblaß, der Mund verzerrt durch die Schreie, die er

nach oben sandte, und sie reckte flehend die Arme hoch.
»Neiiiiiiin!« schrie sie. »Bitte niiiiiiiiicht!«
Elizabeth hielt die Lampe ganz still und betrachtete ihre Freundin in aller Ruhe.
»Du mußt still sein, an diesem geheimen Ort«, mahnte sie freundlich. Dann schaltete sie die Taschenlampe aus und fand mit schlafwandlerischer Sicherheit die Tunnelöffnung.
Draußen im Tageslicht übertönte die Brandung jeden Schrei, der möglicherweise bis zum Eingang des Tunnels dringen mochte, und Elizabeth war froh, daß sie diese unangenehmen Geräusche nicht mehr hören mußte, die die Ruhe ihres geheimen Platzes so ungebührlich gestört hatten.
Geschickt wie eine Gemse kletterte sie die Steilküste hinauf und verschwand im Wald.

15

Marilyn Burton begann erst um acht Uhr abends sich Sorgen zu machen. Wäre sie früher nach Hause gekommen, hätte sie sich schon früher Sorgen gemacht – aber nachdem sie ihren Laden wie üblich um sechs geschlossen hatte, war sie noch gemütlich Essen gegangen. Es machte ihr nichts aus, allein zu essen, sie genoß es sogar. Sie mußte den ganzen Tag mit Leuten reden – und so war es eine wahre Wohltat, wenn sie anschließend ein paar Stunden mit ihren Gedanken allein sein konnte. Als sie den Haus-

schlüssel ins Schloß steckte, begann drinnen das Telefon zu läuten. Es war kurz vor acht, und sie hatte plötzlich das Gefühl, daß irgend etwas nicht in Ordnung war, daß sie sehr bald mit sehr beklemmenden Gedanken allein sein würde.
»Marilyn?«
Sie erkannte Norma Nortons Stimme sofort, und das Gefühl des Unbehagens wurde noch stärker.
»Ja?« sagte sie. »Es ist etwas passiert, habe ich recht?«
Norma antwortete erst nach einer kleinen Pause. »Nun – ich weiß nicht«, sagte sie unsicher. »Das ist auch der Grund, warum ich dich anrufe. Ich habe schon den ganzen Nachmittag versucht, dich zu erreichen.«
»Warum hast du mich denn nicht im Geschäft angerufen?«
»Das wollte ich ja – aber die Leitung war gestört.«
Marilyn runzelte die Stirn. Tatsächlich: sie hatte den ganzen Nachmittag keinen Anruf bekommen – und sie hatte auch keinen Anlaß gehabt, ihrerseits jemanden anzurufen. Der Name ihrer Tochter brachte sie wieder in die Gegenwart zurück.
»Entschuldige«, sagte sie, »ich war gerade in Gedanken. Was ist mit Kathy?«
»Das wollte ich dich fragen«, antwortete Norma, und die Verärgerung in ihrer Stimme war nicht zu überhören. »Sie ist nach der Schule nämlich nicht bei mir aufgetaucht.«
»Nein?« sagte Marilyn verständnislos. »Das ist aber merkwürdig.«
»Ich würde es eher als ungezogen bezeichnen«, schäumte Norma. »Ich dachte, sie wäre vielleicht krank geworden, aber dann hätte sie wenigstens anrufen können.«
»Warte einen Augenblick, ich werde mal nachsehen. Ich bin nämlich gerade erst nach Hause gekommen.« Marilyn

legte den Hörer neben den Apparat, aber schon als sie auf Kathys Zimmer zuging, wußte sie, daß es leer sein würde. Sie war dabei, dasselbe zu tun wie damals, als man sie angerufen hatte, um ihr mitzuteilen, daß Bob tot sei: sie schob das Unvermeidliche hinaus. Und obwohl sie das genau wußte, durchsuchte sie das ganze Haus, bevor sie zum Telefon zurückkehrte.

»Sie ist nicht da«, sagte sie tonlos und wartete darauf, daß die Frau am anderen Ende der Leitung das Gespräch fortsetzen würde. In der folgenden langen Pause ging beiden die Geschichte mit Anne Forager durch den Kopf, aber keine wollte die Sprache darauf bringen.

»Vielleicht ist sie bei einer Freundin«, meinte Norma – jetzt ganz sanft. »Vielleicht hat sie einfach vergessen, daß sie heute bei mir babysitten sollte.«

»Ja – vielleicht.« Marilyn war wie betäubt. »Ich werde mal verschiedene Leute anrufen und dir dann Bescheid geben. Sie schuldet dir weiß Gott eine Entschuldigung.«

»Soll ich Ray benachrichtigen?«

»Nein – das ist völlig unnötig«, wehrte Marilyn viel zu hastig ab. »Ich bin sicher, daß kein Grund zur Besorgnis besteht.« Aber sie war schon jetzt vom Gegenteil überzeugt. Langsam ließ sie den Hörer auf die Gabel sinken und starrte eine Weile vor sich hin: schon wieder schob sie das Unvermeidliche hinaus. Schließlich nahm sie aber doch den Hörer wieder ab und wählte.

»Mrs. Conger? Hier ist Marilyn Burton.«

»Hallo! Sagen Sie bloß, sie haben sich jetzt doch entschlossen, Ihren Laden zu verkaufen!«

»Nein«, antwortete Marilyn. »Das ist nicht der Grund meines Anrufs. Ich wollte nur fragen, ob Kathy bei Ihnen ist.«

»Kathy?« sagte Rose verblüfft. »Nein. Ist sie denn nicht zu Hause?« Kaum hatte sie es gesagt, fiel ihr auf, wie idiotisch es gewesen war. »Tut mir leid«, sagte sie, »natürlich ist sie nicht zu Hause.«

»Ist Elizabeth da?« fragte Marilyn.

»Ja. Ich werde sie rufen. Einen Moment.«

Als sie auf die Tür zuging, sah Jack sie neugierig an. »Kathy ist nicht zu Hause«, erklärte sie, trat aus dem Arbeitszimmer in die Halle hinaus, rief nach ihrer Tochter und blieb stehen, bis Elizabeth herunter kam.

»Es ist Mrs. Burton«, erklärte sie. »Kathy ist nicht zu Hause.«

Elizabeth ging zum Telefon und hob den Hörer ans Ohr. »Mrs. Burton? Hier ist Elizabeth.«

»Hallo, mein Liebes, wie geht es dir?« Ohne eine Antwort abzuwarten, fuhr sie fort: »Hast du Kathy heute nachmittag gesehen?«

»Natürlich«, sagte Elizabeth, »Sie ging fast mit bis zu mir nach Hause – sie mußte heute doch bei den Nortons babysitten.«

»Und sie ist mit dir bis zu den Nortons gegangen?«

»Nein – weiter«, erklärte Elizabeth. »Wir unterhielten uns, und sie begleitete mich noch bis hinter das Haus der Stevenses.«

»Der Stevenses?« wiederholte Marilyn irritiert. »Wer ist denn das?«

»Oh – das sind die Leute, die das alte Barnes-Haus gekauft haben. Sie sind erst vor kurzem eingezogen.«

»Aha. Und Kathy ist dann umgekehrt und direkt zu den Nortons gegangen?«

»Jedenfalls hatte sie das vor. Ich wollte sie überreden, noch ein bißchen zu mir zu kommen, aber sie lehnte ab.«

»Aha«, sagte Marilyn noch einmal. Sie hatte kaum mitbekommen, was Elizabeth ihr erzählt hatte. »Nun, ich bin überzeugt, daß ihr nichts zugestoßen ist.«
»Ist sie denn nicht bei den Nortons gewesen?« fragte Elizabeth.
»Nein. Aber mach dir keine Gedanken – irgendwo werde ich sie schon finden.« Sie drückte die Telefongabel herunter und rief wieder bei Norma Norton an.
»Norma«, sagte sie, »ich glaube, du informierst Ray lieber doch!«

Als Elizabeth den Hörer auflegte, sah Rose die Besorgnis auf dem Gesicht ihrer Tochter.
»Was ist denn los?« fragte sie. »Ist Kathy etwas passiert?«
Elizabeth zuckte die Achseln. »Ich weiß es nicht. Jedenfalls war sie nicht bei den Nortons.«
»Wo habt ihr euch denn getrennt?« fragte Jack.
»Am Wald. Wir unterhielten uns über die Stevenses, und Kathy meinte, wir würden vielleicht Jeff sehen, wenn wir bei ihnen vorbeigingen.«
»Und – habt ihr ihn gesehen?« wollte Rose wissen.
Elizabeth schüttelte den Kopf. »Ich glaube, es war gar niemand zu Hause. Jedenfalls haben wir niemanden gesehen. Und als wir zum Wald kamen, sagte Kathy, sie müsse jetzt zu den Nortons.«
In dem unbehaglichen Schweigen, das folgte, dachten alle drei unwillkürlich an Anne Forager. »Nun«, sagte Rose schließlich, »du gehst vielleicht lieber zu Sarah zurück, bevor sie dich vermißt.«
»Okay«, nickte Elizabeth. »Ich hoffe bloß, daß mit Kathy alles in Ordnung ist.« Und sie suchte in den Gesichtern

ihrer Eltern eine Bestätigung dafür, daß ihre Freundin wohlauf war. Rose tat ihr Bestes, zuversichtlich zu lächeln. »Es wird sich bestimmt alles ganz harmlos aufklären«, versicherte sie mit einer Überzeugung, die sie nicht empfand. »Schließlich ist Anne Forager letztlich ja auch nichts passiert, oder?«
»Nein«, stimmte Elizabeth zu. »Aber die hat schon immer gern gelogen. Kathy dagegen tut das nie.« Sie verließ das Zimmer, und Rose und Jack lauschten ihren Schritten nach, als sie in den ersten Stock hinaufging.
»Wir sollten einen Läufer auf die Treppe legen«, sagte Jack geistesabwesend.
»Was für eine idiotische Bemerkung!« hörte Rose sich sagen. Jack starrte sie an.
»Was hätte ich denn deiner Meinung nach jetzt sagen sollen?« fragte er eisig. »Sollen wir vielleicht den Rest des Abends damit zubringen, uns auszumalen, was Kathy Burton zugestoßen sein kann?« Er sah Zorn in die Augen seiner Frau steigen und wünschte, er hätte geschwiegen. Er nahm sein Glas und machte sich auf den Weg zur Bar.
»Kannst du das nicht mal lassen?« seufzte Rose.
»Bedaure«, antwortete Jack und goß sich doppelt soviel ein, wie er eigentlich vorgehabt hatte. Er bereitete sich auf die Schlacht vor, die gleich beginnen würde. Doch da klingelte das Telefon. Diesmal war es Ray Norton.
»Bist du's, Jack?«
»Ja. Hallo, Ray. Soll ich raten, warum du anrufst?«
»Ich wollte fragen, ob es euch recht wäre, wenn ich kurz vorbeikäme.«
»Bei uns? Warum denn das?«
»Na ja – anscheinend ist ja Elizabeth die letzte Person, die Kathy gesehen hat, bevor . . .«

»Du sprichst von ihr, als sei sie tot!« unterbrach Jack ihn. »Das lag nicht in meiner Absicht. Aber sie scheint verschwunden zu sein, und ich würde Elizabeths Geschichte gern von ihr selbst hören.«
»Und was versprichst du dir davon?«
»Ach, weißt du, ich mag keine Aussagen aus zweiter Hand und schon gar nicht, wenn sie von einer verstörten Mutter kommen. Ich wende mich immer lieber direkt an die Quelle – und soweit ich das beurteilen kann, ist Elisabeth eine recht zuverlässige Quelle. Also, was ist – kann ich rüberkommen?«
»Offiziell oder inoffiziell?« fragte Jack.
»Ach, hör doch auf, Jack«, antwortete Ray. »Wenn du meinst, du bräuchtest einen Anwalt . . .«
»Nein«, unterbrach ihn Jack. »Ich habe überlegt, ob ich inzwischen schon einen Drink für dich machen soll. Bis gleich.«
Dann wandte er sich an Rose: »Wir bekommen Besuch.«
»Das habe ich schon mitgekriegt. Er will mit Elizabeth sprechen, nicht wahr?«
»Jack nickte. »Marilyn Burton ist wohl ziemlich durcheinander und hat ihm die Geschichte deshalb wirr wiedergegeben.«
»Sie hat ja auch allen Grund, durcheinander zu sein«, sagte Rose. Sie sah das Glas in Jacks Hand und plötzlich tat es ihr leid, ihn kritisiert zu haben.
»Wenn ich mich dafür entschuldige, daß ich dich angefahren habe«, lächelte sie, »gießt du mir dann auch so was ein?«
Jack ging zur Bar zurück, und dann saßen sie nebeneinander vor dem Kamin und warteten auf Ray. »Ich möchte wissen, was wirklich passiert ist«, sagte Jack. Rose stellte

mit einem Seitenblick fest, daß er dabei nicht sie, sondern das Portrait des kleinen Mädchens anstarrte.
»Was meinst du damit?« fragte sie. »Du meinst mit ihr? Wer weiß! Es ist ja noch nicht einmal sicher, daß sie wirklich existiert hat. Und wenn, dann gibt es doch keinen Beweis dafür, daß sie mit dem Mädchen auf dem Bild identisch ist.«
»Wenn John Conger eine Tochter hatte, dann ist das da ein Bild von ihr!« behauptete Jack entschieden.
Rose sah ihn schweigend an und versuchte zu ergründen, was in seinem Kopf vorging. »Du klingst sehr überzeugt«, sagte sie schließlich.
Jack runzelte die Stirn. »Ja«, antwortete er. »Das bin ich auch! Ich kann dir nicht sagen, warum – aber ich bin sicher, daß es das Mädchen gegeben hat und daß es dieses Mädchen war. Und es macht mir Angst.«
Ein Wagen fuhr vor, und Jack ging hinaus, um Ray die Vordertür aufzumachen. Während er draußen war, betrachtete Rose wieder einmal das Bild und grübelte über die Legende nach.
Was für ein Unsinn, dachte sie. Was für ein himmelschreiender Unsinn!

Ray klappte sein Notizbuch zu und lächelte Elizabeth an. »Ich wünschte, alle Zeugen wären so präzise wie du.« Er ging ihre Aussage noch einmal durch. »Und du bist wirklich sicher, daß ihr meine Frau nicht rufen gehört habt?« fragte er.
»Ganz sicher! Wir hatten nämlich damit gerechnet, daß sie rufen würde und haben deshalb besonders gut aufgepaßt. Kathy sagte noch, wenn Mrs. Norton riefe, müßte sie reingehen – obwohl es eigentlich noch gar nicht Zeit war.

Aber wir haben wirklich nichts gehört. Ganz bestimmt nicht.«

Norma hatte die Mädchen nicht gerufen – sie hatte sie nicht einmal vorbeigehen sehen –, aber es war Rays Spezialität, ab und zu Fußangeln auszulegen, um festzustellen, ob ein Zeuge seine Geschichte daraufhin änderte. Doch Elizabeth war bei ihrer Version geblieben.

»Und du hast dich nicht umgedreht und ihr gewinkt, nachdem ihr euch getrennt hattet?« fragte Ray noch einmal.

»Ich ging quer über die Wiese«, erklärte Elizabeth geduldig. »Da konnte ich Kathy ja gar nicht sehen – der Wald war dazwischen.«

»In Ordnung«, seufzte Ray. Er sah Jack an. »Hast du nicht vorhin was von einem Drink gesagt? Ich sollte wahrscheinlich lieber nichts trinken, weil ich ja wieder in die Stadt muß, aber Sachen wie diese sind mir zutiefst zuwider.« Er sah Roses Stirnrunzeln, und es wurde ihm bewußt, daß Elizabeth ja noch im Zimmer war. Also fügte er eiligst hinzu: »Womit ich natürlich nicht sagen will, daß etwas Schlimmes passiert ist!« Erleichtert nahm er das Glas, das Jack ihm reichte. »Vielen Dank!«

»Kann ich mit dir in die Stadt fahren?« fragte Jack. »Ich möchte diesmal am Ball bleiben – die Vorwürfe von Martin Forager sind noch sehr frisch in meinem Gedächtnis. Und außerdem liegt von heute nachmittag ein Haufen Arbeit auf meinem Schreibtisch.«

»Natürlich nehme ich dich mit«, sagte Ray. »Aber ich weiß nicht, wann ich dich zurückfahren kann.«

»Irgendwie werde ich schon nach Hause kommen«, sagte Jack. Er ging seinen Mantel holen, und als er draußen war, fiel Rays Blick auf das Bild.

»Sie sieht genau aus wie du«, sagte er.

»Ja, ich weiß«, nickte Elizabeth. »Aber sie ist ganz anders als ich.«
Rose und Ray starrten ihr verblüfft nach, als sie den Raum verließ.
»Was sollte denn das bedeuten?« fragte Ray verwirrt.
»Ich habe nicht die geringste Ahnung«, sagte Rose. »Sie hat auf dem Speicher eine Alphabet-Tafel gefunden. Vielleicht hat sie Kontakt mit dem Geist aufgenommen.« Es sollte ein Scherz sein, aber irgendwie hatte sie ein komisches Gefühl dabei.
»So wird es sein«, sagte Ray gespielt ernsthaft.
Jack kam zurück. »Bis irgendwann«, sagte er und küßte Rose flüchtig auf die Wange. Die beiden Männer verließen das Haus, und Sekunden später hörte Rose, wie der Kies aufspritzte, als Ray das Gaspedal durchtrat.
Ohne recht zu wissen warum, goß sie sich noch einen Drink ein.

Ray hielt vor dem »Port Arbello Courier«, ließ den Motor jedoch laufen. »Sieht so aus, als wären Einbrecher bei dir.« Er deutete auf einen Schatten, der sich hinter dem zugezogenen Vorhang von Jacks Büro hin und her bewegte. Jack lächelte.
»Sieht eher so aus, als sei Sylvia dabei, meine Arbeit zu machen.«
Ray schüttelte neiderfüllt den Kopf. »Ich wünschte, ich könnte auch irgendwo eine solche Sekretärin auftreiben. Meine macht nicht einmal ihre Arbeit – geschweige denn meine!«
»Ja – das ist wirklich ein Problem. Andererseits macht Sylvia meine Arbeit besser als ich selbst, und deine Mädchen können deine Arbeit überhaupt nicht machen. Hast

du irgendeine Ahnung, wie lange du zu tun haben wirst?«
»Keine. Ruf mich an, wenn du fertig bist – ansonsten ruf ich dich an. Wenn du später rüberkommst und mich nett bittest, werde ich dir verraten, was ich inzwischen herausgefunden habe.«
»Womit rechnest du denn?« fragte Jack.
»Wenn wir Glück haben, kommt dasselbe raus wie bei Anne Forager – aber ich glaube nicht, daß wir Glück haben.«
»Das hört sich ja nicht gerade optimistisch an.«
»Nenn' es Intuition, wenn du willst. Und dann kommt noch dazu, daß ich mich ein bißchen mit Kindern auskenne. Verrat' mich bitte nicht, aber ich stimme mit den Leuten überein, die die Ansicht vertreten, daß Anne Forager nicht das geringste passiert ist. Sie war schon immer ein bißchen hysterisch. Aber Kathy Burton ist anders.«
»Meinst du?«
»Norma und Marilyn Burton sind seit ihrer Kindheit befreundet und deshalb kenne ich Kathy auch so gut. Sie ist ein nettes Kind. Sehr zuverlässig. Sie hätte Norma nie versetzt, wenn sie nicht irgend etwas dazu gezwungen hätte. Sie ist sehr erwachsen geworden, seit ihr Vater tot ist.« Er schüttelte traurig den Kopf. »Das war ein harter Schlag für sie und ihre Mutter.«
»Es war doch ein Jagdunfall, nicht wahr?«
»Ja. Vor drei Jahren. Und was für ein dummer! Er hatte die Warnfarben nicht an, und irgend jemand hielt ihn für einen Rehbock. Jedes Jahr predige ich dasselbe: ihr müßt die Warnfarben tragen, doch ein paar wollen eben einfach nicht hören. Aber Burton ist bisher der einzige, der seine Nachlässigkeit mit dem Leben bezahlen mußte.« Der Polizeichef sah auf die Uhr. »Genug gequatscht – ich muß an

die Arbeit.« Jack stieg aus, und er legte den ersten Gang ein. »Bis später.«
Jack sah ihm nach, wie er um den Platz fuhr und vor der Polizeistation hielt. Das war eines der Dinge, die er an Port Arbello mochte: das Wichtigste an Tagesgeschehen hatte er stets direkt vor seiner Bürotür.
Er hatte recht gehabt: Sylvia Bannister war tatsächlich in seinem Büro – und sie war wirklich damit beschäftigt, seine Arbeit zu erledigen. Als er hereinkam, sah sie auf und lächelte ihm entgegen.
»Ich habe soeben einen der besten Artikel verfaßt, die jemals diese Räumlichkeiten verlassen haben«, teilte sie ihm mit.
»Ach ja? Und wovon handelt er?«
»Lies selbst. Reines Dynamit! Du bist furchtlos, mutig und willens, deinen Ruf aufs Spiel zu setzen – aber gleichzeitig bescheiden.«
»Das hört sich ja fabelhaft an«, sagte Jack. »Aber in welchem Zusammenhang bin ich denn so fabelhaft?«
»Es geht um Roses Plan für das alte Waffenarsenal.«
»Wie hast du denn davon erfahren?« fragte Jack erstaunt. »Das sollte eigentlich ein Geheimnis sein.«
»Ein Geheimnis – in dieser Stadt?« grinste Sylvia. »Jedenfalls bist du dagegen.«
»Bin ich? Das wird sich aber hervorragend auf meinen Haussegen auswirken.«
»Du kannst unmöglich dafür sein; jeder würde dich der Korruption bezichtigen. So wie ich es gemacht habe, kommst du als ehrlich und mutig heraus – und wir erreichen gleichzeitig, daß man über Roses Plan spricht.«
»Hast du mit Rose darüber gesprochen?« fragte Jack zweifelnd. »Natürlich«, nickte die Sekretärin. »Wem, glaubst

du, ist denn dieser geniale Einfall gekommen? Hat sie dir nichts davon erzählt?«
»Sie erzählt mir nicht gerade viel«, sagte Jack, und dabei überkam ihn plötzlich eine Welle der Verzweiflung. Sylvia wurde ernst.
»Es tut mir leid – ich dachte, es würde allmählich besser mit euch.«
Jack lächelte, aber es war ein freudloses Lächeln. »Das dachte ich auch – aber man weiß es nie. Einen Tag sieht es so aus, als ginge es aufwärts, und am nächsten Tag ist wieder die Hölle los.«
»Und heute war die Hölle los?«
Jack zuckte die Achseln und ließ sich in einen Sessel fallen. Er faltete die Hände über dem Magen und streckte die Beine aus. Er fühlte sich wohl – zum ersten Mal seit langer Zeit.
»Bis jetzt noch nicht, aber die Nacht ist noch lang.«
Sylvia sah ihn fragend an, und er berichtete ihr von Kathy Burtons Verschwinden. Als er geendet hatte, meinte sie: »Das mit Kathy tut mir natürlich leid – aber ich sehe da keinen Bezug zu eurem Eheleben.«
»Rose hat so ihre Theorien über meine Beziehung zu kleinen Mädchen, weißt du«, sagte Jack ruhig. Er sah Zorn in Sylvias Augen aufglimmen, und es tat ihm wohl.
»Das ist doch lächerlich!« sagte sie. »Sie ist doch den ganzen Tag mit dir zusammengewesen!«
Jack hob hilflos die Hände. »Jedenfalls ist sie nervös. Und wenn ich es recht bedenke, kann ich es ihr noch nicht einmal verübeln.«
»Das ist ja grauenhaft!« Jack hörte, wie die Empörung in ihr aufwallte. »Will sie dir eigentlich diesen einen Vorfall den Rest deines Lebens vorhalten? Ich finde, du soll-

test dir das auf keinen Fall bieten lassen! Wirklich nicht!«
»Guter Gott, Sylvia«, sagte Jack, »du klingst ja richtig wütend!«
»Das bin ich auch!« fauchte die Sekretärin. »Weil ich es unrecht finde! Wir wissen alle, daß du Sarah nicht wirklich etwas angetan hast – und wir wissen ebenfalls, daß du zu der fraglichen Zeit nicht zurechnungsfähig warst. Du warst betrunken...«
»Ich bin durchaus verantwortlich für das, was passiert ist«, widersprach Jack ruhig. »So betrunken war ich nun wieder nicht. Ich habe sie geschlagen, also verdiene ich es, bestraft zu werden.« Seine Stimme wurde leise. »Aber manchmal ist es hart – du kannst dir nicht vorstellen, wie hart.«
»Vielleicht kann ich das doch«, sagte Sylvia sanft. Sie trat hinter ihn und legte die Hände leicht auf seine Schultern. Und während sie weitersprach, begann sie seine verspannten Nackenmuskeln zu massieren. »Ich bin nämlich auch ein Mensch, weißt du. Ich empfinde Schmerz und kann auch verletzen. Ich habe auch mein Päckchen Schuld zu tragen, und ich mache das gleiche wie du: ich versuche, allein damit fertig zu werden. Manchmal wünschte ich, ich könnte mich auch ab und zu betrinken wie du.« Sie lächelte schwach. »Aber ich tue es nicht. Ich darf es nicht.«
»Was hindert dich denn daran?«
»Ich selbst, nehme ich an. Ich und meine puritanische Erziehung; und meine hohen Ideale und all das Zeug, das mir eingebläut wurde und es mir unter anderem auch unmöglich macht, mich zu mögen.«
Jack griff nach oben und legte eine Hand auf ihre. Er fühlte, wie sie sich verkrampfte, aber sie entzog sie ihm nicht. Langsam drehte er Sylvia zu sich herum und schaute

in ihre Augen hinauf. Sie waren tiefblau – und Jack hatte das Gefühl, sie heute zum ersten Mal zu sehen. Er stand auf.
»Es tut mir leid«, sagte er und legte die Arme um sie.
»Was tut dir leid?« Sie versuchte, seinem Blick standzuhalten, aber sie schaffte es nicht. Sie senkte den Kopf und lehnte ihre Stirn an seine Brust.
»Ich weiß es nicht genau. Alles, glaube ich. Der viele Ärger, den du hattest, und alles, was ich dir nicht geben konnte.« Er legte den Zeigefinger unter ihr Kinn, hob ihr Gesicht an und küßte sie.
Es war ein sanfter Kuß, ein zärtlicher Kuß – und er überraschte Jack. Er hatte nicht vorgehabt, sie zu küssen. Er hatte noch nicht einmal gewußt, daß der Wunsch dazu in ihm schlummerte. Aber als er sie küßte, wurde ihm plötzlich sehr deutlich klar, daß er sie küssen wollte und daß er auch nicht daran dachte, aufzuhören. Und auf einmal spürte er eine Hitze in sich aufsteigen, die er erloschen geglaubt hatte. Als Sylvia sich zurückzog, überkam ihn plötzlich Scham.
»Es tut mir leid«, sagte er noch einmal, und diesmal war er sicher, daß sie wußte, was er meinte. Und dann hatte er das sichere Gefühl, daß sie ihn auslachte. Er sah sie an und entdeckte ein hintergründiges Blitzen in ihren Augen und ein verräterisches Zucken in ihren Mundwinkeln.
»Ich dachte, du könntest das nicht mehr«, grinste sie. Jack schoß das Blut ins Gesicht.
»Ich konnte es auch nicht – nicht seit einem Jahr«, sagte er. »Und ich hatte nicht erwartet, daß . . .« Er kam ins Schwimmen. »Was ich meine, ist, ich hatte nicht beabsichtigt . . .«
»Du mußt dich nicht entschuldigen«, lachte Sylvia. »Freu

dich lieber! Jetzt weißt du wenigstens, daß das Problem nicht allein bei dir liegt. Offensichtlich beschränkt sich dein Unvermögen doch auf deine Frau!«
Jack sah sie an, und ihm war, als sei eine Zentnerlast von seinen Schultern genommen. Vielleicht, dachte er – vielleicht ist alles doch nicht so schlimm.
»Und was machen wir jetzt?« fragte er.
Sie zuckte die Achseln und verließ das Zimmer. »Nichts«, sagte sie über die Schulter. »Jedenfalls nicht in nächster Zeit.« Er hörte, wie sich die Außentür des Büros hinter ihr schloß und erkannte, daß sie recht hatte: er brauchte Zeit zum Nachdenken – und er hoffte, daß auch sie nachdenken würde ...

16

Port Arbello kam in dieser Nacht erst spät zur Ruhe.
Um zehn Uhr, zu einer Zeit, wo sie normalerweise bereits im Bett lag, stieg Marilyn Burton in ihren Wagen und fuhr zu Norma Norton hinaus. Die beiden Frauen tranken Kaffee und unterhielten sich über alles mögliche – außer über ihre Kinder. Beide versicherten einander abwechselnd, daß der Kaffee sie bestimmt die ganze Nacht wachhalten würde. Aber sie vermieden es sorgfältig zu erwähnen, daß sie ohnehin damit rechneten, die ganze Nacht wach zu bleiben.
Kurz nach elf erschien Martin Forager auf der Polizeistation. Sein Atem roch stark nach Whisky.

»Na«, forderte er, »was sagen Sie nun?«
Ray Norton blickte zu Forager auf und hörte auf zu reden. Er war fast fertig mit einer Rundspruchaktion, um einen Suchtrupp zu organisieren, und ärgerte sich über die Unterbrechung. Aber er unterdrückte seinen Ärger und fragte freundlich: »Wozu, Marty?«
Forager ließ sich schwer auf einen Stuhl fallen. »Sie ist noch nicht wieder da, oder?«
»Nein«, stimmte Norton zu. »Aber ich weiß noch immer nicht, worauf sie hinaus wollen.«
»Ich weiß schon, was man in der Stadt denkt«, sagte Forager angriffslustig. »Ich höre die Gerüchte auch. Die Leute behaupten, daß meine Anny gelogen hat, daß ihr überhaupt nichts passiert ist.«
»Um diese Zeit war Anny schon wieder zu Hause, oder?« antwortete Norton ruhig. Er schaute auf seine Uhr. »Wenn ich mich nicht irre, kam Anne um elf nach Hause, und jetzt ist es schon fast halb zwölf.«
Forager sah ihn zornerfüllt an. »Warten Sie's nur ab«, sagte er. »Warten Sie's nur ab, dann werden Sie schon sehen: Sie wird zurückkommen und sie wird die gleiche Geschichte erzählen!«
»Mir ist völlig gleich, was sie für eine Geschichte erzählt, wenn sie nur zurückkommt!«
»Das wird sie schon«, antwortete Forager und stand auf.
»Wo wollen Sie denn hin?« fragte Ray.
»Hab' bei Conger Licht gesehen – und da dachte ich, ich geh' mal rüber und schau, was er so macht.«
Jetzt kehrte Ray den Polizeichef heraus: »An Ihrer Stelle würde ich schnellstens nach Hause gehen.« Das war kein Vorschlag zur Güte, das klang sehr nach einem Befehl.
Forager sah ihn feindselig an.

»Wollen Sie mir vielleicht Vorschriften machen?«
»Natürlich nicht, aber heute nacht ist allerhand los, und ich glaube, daß auch drüben beim »Courier« angestrengt gearbeitet wird. Und schließlich betrifft die Sache Sie doch gar nicht, Marty. Gehen Sie nach Hause und reden Sie morgen mit Jack Conger, wenn Sie es dann immer noch wollen.«
»Ihr beide seid ziemlich dicke Freunde, stimmt's? Und ihr wohnt beide in der Point Road, wo der ganze Ärger herzukommen scheint.« Er starrte den Polizisten aus blutunterlaufenen Augen an. Ray überlegte, ob er den Unruhestifter in die einzige Zelle sperren sollte, die Port Arbello hatte, damit er seinen Rausch ausschlief. Aber er entschied sich dagegen und lächelte statt dessen.
»Das ist richtig, Marty – und seit ich hier Polizeichef bin und Jack Conger den ›Courier‹ übernommen hat, ist es unser schönster Zeitvertreib, kleine Mädchen zu verschleppen. Der Wald ist voller Leichen, aber es wird nichts unternommen, weil alle wissen, daß Jack und ich Kumpel sind und wir uns immer gegenseitig decken. Um die Wahrheit zu sagen – aber erzählen Sie das bloß nicht rum – wir sind beide schwul, und wir schnappen uns die kleinen Mädchen nur, um von unserer Beziehung zueinander abzulenken.« Er stand auf. »So, warum gehen Sie jetzt nicht raus und erzählen das herum, obwohl ich Sie darum gebeten habe, es nicht zu tun? Diese Geschichte ist mindestens so glaubhaft wie die, die Ihre Tochter uns aufgetischt hat.«
Den letzten Satz bedauerte er sofort, nachdem er ihn ausgesprochen hatte – aber dann erkannte er, daß Forager viel zu betrunken war, um begriffen zu haben, was er gesagt hatte.

»Schon gut«, stieß Forager hervor, »Sie werden schon sehen! Irgendwas ist faul – und mit meiner Tochter fing es an. Sie werden's schon sehen.« Er stolperte hinaus. Ray Norton stand auf und ging ihm nach, um zu sehen, was er vorhatte. Er vergewisserte sich, daß der Betrunkene nicht zum »Courier« hinüberging und kehrte dann an seinen Schreibtisch zurück. Einem Impuls folgend, wählte er die Nummer seines Freundes.

»Jack?« sagte er. »An deiner Stelle würde ich die Vordertür abschließen.«

»Warum denn das?« fragte Jack alarmiert.

»Tut mir leid«, sagte Ray. »Ich wollte dich nicht erschrecken. Marty Forager ist unterwegs, und er ist ziemlich blau. Er war gerade hier und kündigte an, daß er als nächstes dich aufsuchen würde.«

»Ist er denn auf dem Weg zu mir?«

»Nein, wohl eher auf dem Weg ins Wirtshaus. Aber wenn er noch ein paar zur Brust nimmt, hat er vielleicht vergessen, was ich ihm gesagt habe. Oder – noch schlimmer – er erinnert sich daran.«

»Was hast du ihm denn erzählt?« fragte Jack neugierig.

Ray Norton wiederholte seine lächerliche Story und war sehr überrascht, daß Jack Conger sie überhaupt nicht lustig fand.

»Das ist ja fabelhaft!« sagte Jack verärgert.

»Ach, mach dir doch deshalb keine Gedanken. Morgen früh hat er bestimmt alles vergessen.«

»Na hoffentlich!« Dann wechselte Jack Conger das Thema:

»Was ist mit Kathy Burton?«

»Nichts.« Ray änderte sofort den Tonfall und wurde dienstlich.

»Bis jetzt ist sie noch nicht aufgetaucht, und es hat sie auch niemand gesehen. Ich weiß nicht, was ich davon halten soll. Marilyn Burton ist draußen bei Norma. Ich habe so eine Ahnung, daß die beiden noch lange nicht ins Bett kommen werden.«
»So wie der Rest der Leute«, sagte Jack. Er hatte sich mit seinem Stuhl umgedreht und sah nachdenklich aus dem Fenster. Es war allerhand los für diese Nachtzeit: Autos fuhren langsam um den Platz herum, und hier und dort standen Grüppchen von Menschen unter Straßenlaternen und diskutierten. Er wußte, worüber sie sprachen, und es gab ihm ein Gefühl des Unbehagens. »In dieser Stadt wird zuviel geredet«, sagte er.
»Nur, wenn es was zu reden gibt«, antwortete Ray. »Und das ist bei uns ja nicht gerade oft der Fall. Wie lange hast du noch zu tun?«
»Ich bin so gut wie fertig. Und was ist mit dir?«
»Ich auch. Ich habe einen Suchtrupp zusammengestellt. Die Jungs müßten in etwa einer halben Stunde hier sein, und ich hätte auch dich gern dabei.«
»Warum mich? Was natürlich nicht heißen soll, daß ich mich weigere«, setzte er schnell hinzu.
Norton lachte in sich hinein. »Das solltest du auch lieber nicht tun. Wir fangen bei euch draußen mit der Suche an, und ich möchte dich als zweiten Anführer haben. Da wir beide die Gegend am besten kennen und mehr oder weniger verantwortungsbewußte Bürger sind, dachte ich, daß wir uns am besten in zwei Gruppen aufteilen: Ich gehe mit meinem Haufen zum Steinbruch und du kämmst den Wald durch.«
Eine Gänsehaut breitete sich auf Jack Congers Rücken aus, und kalter Schweiß bildete sich auf seiner Stirn. Er

war seit einem Jahr nicht mehr im Wald gewesen. Er gab sich alle Mühe, seine Panik nicht hörbar werden zu lassen: »In Ordnung. Ich sperr' zu und komm rüber.«
Ohne auf eine Antwort zu warten, legte er den Hörer auf, räumte seinen Schreibtisch ab, schloß ihn zu und verließ sein Zimmer.
Draußen im großen Büro ließ er das Licht brennen. Der dichte Verkehr und die vielen Fragen der Neugierigen hielten ihn so lange auf, daß er eine geschlagene halbe Stunde brauchte, um die Polizeistation zu erreichen. Das entsprach einer Geschwindigkeit von etwa drei Metern pro Minute!

Nach dem Aufbruch ihres Mannes hatte Rose Conger versucht zu arbeiten, aber sie war nicht in der Lage gewesen, sich zu konzentrieren. Also hatte sie es aufgegeben und ein Buch zur Hand genommen, aber auch das hatte keinen Sinn. Schließlich gab sie es auf und saß einfach nur still da und lauschte auf das Ticken der alten Standuhr und auf den Gong, der anzeigte, daß wieder eine Viertelstunde vergangen war. Die Nacht schien sich endlos hinzuziehen. Schließlich rief sie bei Norma an, um zu erfahren, ob sie schon irgend etwas über Kathy wußte, woraufhin Norma sie etwas zögernd einlud, doch hinüberzukommen.
Obwohl ihre Männer sehr befreundet waren, hatten die beiden Frauen nie so recht Kontakt zueinander gefunden. Wahrscheinlich deshalb, vermutete Rose, weil Norma sie nicht für ein normales menschliches Wesen hielt, sondern sie als »die Mrs. Conger« ansah – und Rose begrüßte die Gelegenheit, dieses Vorurteil vielleicht abbauen zu können.
»Ich komme sehr gern! Ich habe ohnehin nur hier herum-

gesessen und bin von Minute zu Minute nervöser geworden. Ich muß nur schnell sehen, ob Mrs. Goodrich noch auf ist. Wenn sie in nächster Zeit nicht vorhat, schlafen zu gehen, kann sie ab und zu nach den Mädchen sehen. Ich bin in zehn Minuten bei Ihnen, oder ich rufe Sie noch mal an.«

Mrs. Goodrich saß in ihrem Zimmer neben der Küche vor dem Fernsehapparat und versicherte, daß sie sicherlich den größten Teil der Nacht auf sein würde. »Je älter man wird, um so weniger Schlaf braucht man«, sagte sie. »Vielleicht liegt es aber auch an meiner Arthritis. Gehen Sie nur. In den fünfzig Jahren, die ich nun schon hier bin, ist in diesem Haus noch nie etwas passiert, womit ich nicht fertig geworden wäre.«

Rose dankte ihr und ging nach oben, um nach den Mädchen zu sehen: Sie schliefen fest. Rose küßte Sarah leicht auf die Stirn. Elizabeth wollte sie nicht aufwecken. Bereits acht Minuten später hielt sie vor dem Haus der Nortons, und eine weitere Minute später nahm sie dankbar die Tasse Kaffee entgegen, die Norma ihr anbot.

»Es tut mir so leid«, sagte sie. »Aber ich bin sicher, daß Kathy nichts passiert ist. Es wird dasselbe sein wie bei Anne Forager.« Das Dumme war nur, daß keine von ihnen wußte, was Anne Forager nun wirklich zugestoßen war. Und so saßen sie in unbehaglichem Schweigen beieinander und versuchten, ihre Befürchtungen im Koffein zu ertränken.

Als sie das Klicken hörte, mit dem ihre Zimmertür geschlossen wurde, schlug Elizabeth die Augen auf. Sie wußte nicht, warum sie vorgegeben hatte zu schlafen, als ihre Mutter die Tür aufgemacht und hereingeschaut hatte.

Eigentlich hätte sie ihr gern gute Nacht gesagt. Aber statt dessen hatte sie die Augen zugelassen und darauf geachtet, gleichmäßig und langsam zu atmen, wie man es üblicherweise im Tiefschlaf tat. Sie lag eine Weile still da und lauschte den Geräuschen der Nacht. Und dann brummte der Motor des Wagens ihrer Mutter auf.

Als nichts mehr zu hören war, stand Elizabeth auf und ging zum Fenster. Sie starrte zum Wald hinüber und hatte das Gefühl, durch ihn hindurchsehen zu können. Sie blieb lange Zeit stehen und ein seltsames Gefühl ergriff von ihr Besitz, ein Gefühl des Eins-Seins mit dem Wald und der Wunsch, der See nahe zu sein, die jenseits des Waldes lag. Sie wandte sich vom Fenster ab und begann, sich anzuziehen. Ihre Augenlider flatterten merkwürdig.

Kurz darauf verließ sie ihr Zimmer und ging zur Treppe. Sie blieb einen Augenblick stehen und horchte. Dann ging sie lautlos die Treppe hinunter. Sie kam an der alten Standuhr vorbei, ohne ihr lautes Ticken wahrzunehmen. Unten angekommen, machte sie sich auf den Weg zur Küche.

Auch das Rauschen des Fernsehapparats im angrenzenden Zimmer hörte sie nicht. Hätte sie es gehört, hätte sie vielleicht an die Tür geklopft, sie geöffnet und festgestellt, daß Mrs. Goodrich in ihrem Sessel vor sich hin schnarchte.

Elizabeth machte den Kühlschrank auf und starrte einen Augenblick ratlos hinein. Dann streckte sie die Hand aus und griff nach einem kleinen Päckchen in weißem Papier. Sie schloß die Kühlschranktür wieder und verließ die Küche. Mrs. Goodrichs Schlaf wurde durch das leise Klicken der Vordertür nicht gestört – und auch nicht von den zwölf dröhnenden Schlägen der Standuhr.

Elizabeth überquerte mit eiligen Schritten die Wiese und verschwand im Wald. Als die Bäume sich um sie schlossen, beschleunigte sie ihre Schritte noch mehr.
Die Lampen des Suchtrupps brachen durch die Dunkelheit, die sie umgab, aber sie schien sie gar nicht zu bemerken. Zweimal verschwand sie nur Sekunden, bevor einer der Suchenden sie hätte entdecken können, hinter einem Baumstamm, und kurz bevor sie zur Steilküste gelangte, kam sie nicht mehr als drei Meter an ihrem Vater vorbei. Sie bemerkte ihn nicht, und sie machte auch kein Geräusch, das ihren Vater hätte aufmerksam werden lassen. Er war zu sehr damit beschäftigt, seine Angst vor dem Wald zu überwinden, um irgendwelche kaum hörbaren Geräusche wahrzunehmen. Und so stampfte er grimmig entschlossen vor sich hin, auf der Suche nach Kathy Burton.
Elizabeth lauschte auf das Rauschen der Brandung und hatte das Gefühl, mit diesem Geräusch schon viel länger zu leben als ihre Erinnerung zurückreichte. Sie kletterte die Steilküste hinunter bis zu dem riesigen Felsblock und verschwand dahinter. Das Tosen der Brandung, oder vielleicht auch etwas anderes, hinderten sie daran, das Schwirren von Zweigen oder das Knacken von Ästen zu hören, als sich die Männer hinter ihr einen Weg durch den Wald bahnten.

Kathy Burton war sich nicht sicher, ob sie wirklich etwas hörte. Sie hatte sich in den letzten Stunden schon zu oft eingebildet, etwas zu hören. Zuerst hatten ihr ihre eigenen Schreie in den Ohren gedröhnt; sie hatte geschrien, bis ihre Stimme versagt hatte, dann hatte sie sich auf den Boden gelegt und geweint. Schließlich war die Panik verebbt, und sie hatte auf das gedämpfte Tosen der Brandung gelauscht, das die undurchdringliche Schwärze, die sie umgab, ein wenig milderte. Und dann hatte sie plötzlich leise Geräusche gehört, die winzigen Trippelgeräusche, denen sie zunächst keine Bedeutung zuordnen konnte. In ihrer Angst stellte sie sich vor, daß sie von Ratten umgeben war, die einander jagten. Und je mehr sie sich in diese Vorstellung hineinsteigerte, um so deutlicher nahmen sie in ihre Phantasie Gestalt an, und sie wartete darauf, jeden Augenblick von ihnen angefallen zu werden. Sie kletterte auf den Stein, der ein paar Stunden zuvor bei Elizabeths gespenstischem Teekränzchen als Tisch gedient hatte.

Sie hatte die Arme um die Knie geschlungen und den Kopf darauf gelegt und das Gefühl gehabt, immer kleiner zu werden. Sie stellte sich vor, wie sie plötzlich ganz verschwand, und dies war die tröstlichste ihrer Phantasien, denn wenn sie verschwand, dann war sie wenigstens weg von diesem entsetzlichen Ort. Und weg wollte sie, um jeden Preis!

Im Lauf der Stunden waren ihre Glieder steif geworden, von der Bewegungslosigkeit und der feuchten Kälte, die in der Höhle herrschte. Schließlich war sie gezwungen gewesen, sich ein wenig zu bewegen, aber sie wagte nicht, den Tisch zu verlassen – aus Angst vor dem, was sie möglicherweise in der Dunkelheit erwartete.

Auf einmal hörte sie ein neues Geräusch, ein scharrendes Geräusch über ihr. Ein Schrei stieg in ihrer schmerzenden Kehle hoch, aber sie unterdrückte ihn. Das Scharren kam näher.

Kathy drehte den Kopf in die Richtung, in der sie den Schacht vermutete, der in die Freiheit führte. Sie glaubte zu wissen, wo er sich befand, denn sie spürte einen leichten Luftzug, nicht mehr als eine winzige Luftbewegung, und sie war sicher, daß der Schacht genau oberhalb davon lag. Kurz vorher war sie aufgestanden und hatte versucht, mit den Fingern die Decke der Höhle zu erreichen. Aber sie war zu klein, und die Unfähigkeit, die Ausmaße ihres Gefängnisses festzustellen, hatte ihre Furcht noch verstärkt. Sie lag jetzt auf dem Rücken, das Gesicht dem Luftzug zugewandt.

Und dann war sie geblendet. Sie fühlte, wie sich ihr Gesicht zusammenzog, als das grelle Licht ihr in die Augen stach. Wie ein Kaninchen im Scheinwerferlicht eines Autos verharrte sie regungslos auf dem Steintisch.

Der wilde Blick in Kathys entsetztem Gesicht tat Elizabeth irgendwie wohl. Sie lächelte zu sich selbst. Dann hörte sie Kathy sprechen.

»Wer ist da?« brachte Kathy mühsam hervor. Ihre Stimme klang fremd in ihren Ohren. »Bitte, wer ist da?«

»Sei still!« zischte Elizabeth. »Du mußt ruhig sein da unten!«

»Elizabeth?« fragte Kathy unsicher. Keine Antwort.

»Elizabeth?« wiederholte Kathy heiser. »Bitte, Elizabeth, bist du das?«

Über ihr hielt Elizabeth weiterhin die Taschenlampe auf Kathys Gesicht gerichtet, während sie mit der freien Hand das weiße Päckchen aus der Tasche zog und das Papier entfernte.

»Da!« sagte sie, und ihre Stimme war fast genauso heiser wie diejenige Kathys. »Hier hast du dein Abendessen.«

Sie ließ etwas herunterfallen und sah zu, wie das Stück rohes blutiges Fleisch Kathy ins Gesicht klatschte.

Kathy sah es nicht kommen, und als es ihr Gesicht traf,

zuckte sie unwillkürlich zurück. Und plötzlich war ihre Stimme wieder da: Ein unheimliches Heulen entrang sich ihrer Brust, hervorgerufen durch eine Mischung aus Furcht und Ekel vor der feuchten Kälte, die ihr Gesicht so unvorbereitet getroffen hatte. Das gedämpfte Toben der Brandung und die kleinen Geräusche wurden von dem grauenhaften Jaulen übertönt. Und dann schnitt Elizabeths Stimme wie ein Messer durch das Heulen.

»Du blöde Sau!« kreischte sie. »Halt dein gottverfluchtes Maul!« Sie schrie immer noch, als Kathys Heulen schon verebbt war. »Halt's Maul!« Dann herrschte Stille in der Höhle, und das Murmeln der Brandung war wieder zu hören.

»Iß!« befahl Elizabeth. »Iß dein Abendessen!«

Unter ihr begannen Kathys Augen sich an das Licht zu gewöhnen. Sie sah auf das rohe Steak hinunter, das rötlich in dem Lichtkreis der Taschenlampe glänzte. Sie starrte darauf und versuchte, nicht auf Elizabeths Befehl zu hören.

»Nimm es!« keifte Elizabeth. »Nimm es und iß, du kleines Miststück! Nimm's schon, nimm's, nimm's!«

Die Stimme oben wurde zu einem hypnotischen Gemurmel, und Kathy stellte plötzlich verwundert fest, daß sie den blutigen Klumpen tatsächlich in den Händen hielt. Dann änderten sich die Befehle.

»Iß!« befahl Elizabeth wieder. »Iß es, iß es, iß es!«

Hilflos hob Kathy das rohe Fleisch zum Mund. Das Licht verlosch.

Mit dem Fleisch in der Hand kauerte Kathy lange Zeit in der Dunkelheit und lauschte auf die schnarrenden Geräusche von oben, die schnell leiser wurden. Elizabeth hatte die obere Höhle wieder verlassen. Dann war alles still. Wie ein Tier, das auf einen unsichtbaren Feind wartet, jederzeit bereit, ihn anzuspringen, blieb Kathy noch eine Weile lauernd in der Dunkelheit sitzen.

Irgendwann bemerkte sie, daß sie hungrig war. Langsam begann ihr Verstand wieder klar zu arbeiten, und sie überlegte, wie lange sie wohl schon hier unten gefangen war, wie lange sie schon nichts mehr gegessen hatte. Sie dachte an das blutige Stück Fleisch in ihrer Hand. Jemand hatte ihr einmal erzählt, daß es Menschen gab, die tatsächlich rohes Fleisch aßen. Sie spürte, wie ihr Magen sich hob und glaubte, sie würde sich übergeben müssen. Aber dann verging die Übelkeit, und sie spürte den Hunger in ihren Eingeweiden rumoren.

Entschlossen überwand sie ihren Ekel und zwang sich, ein Stück von dem Fleisch abzubeißen. Jetzt war sie froh, daß es dunkel war, bei Licht hätte sie es nicht fertig gebracht. Sie hatte das Fleisch bereits zur Hälfte aufgegessen, als die scharrenden Geräusche über ihr erneut zu hören waren. Sie hielt inne und horchte. Das Geräusch wurde lauter, und als es direkt über ihr zu sein schien, hörte es plötzlich auf.

Kathy wollte schon etwas sagen, zog es dann jedoch vor zu schweigen. Auf einmal, einem Instinkt folgend, sprang sie von dem Felsentisch herunter. Die Gefahren der finsteren Höhle erschienen ihr plötzlich geringer als die Gefahr von oben. Sie drückte sich an die Wand und wartete auf den Lichtstrahl, dessen Schrecken größer sein würde als die Furcht vor der Dunkelheit und der Stille. Aber es kam kein Licht, keine heisere widerliche Stimme, die von oben ekelhafte Befehle schnarrte. Statt dessen hörte man ein lautes Krachen, als ob ein Gegenstand – ein harter Gegenstand – von oben heruntergeworfen worden wäre. Nach

kurzer Stille setzte das Scharren erneut ein und wurde langsam leiser, bis es ganz im Rauschen der Brandung unterging. Kathy blieb wie angewurzelt an ihrem Platz.
Als ihre Beine steif wurden, begann sie sich wieder dorthin vorzutasten, wo sie den Mittelpunkt der Höhle vermutete. Ihre Hände fanden den großen flachen Steintisch, und sie begann vorsichtig, seine Oberfläche abzutasten, wobei sie zwischen der Angst, den heruntergefallenen Gegenstand zu finden, und der Angst, ihn nicht zu finden, hin und her schwankte.
Und dann berührten ihre Finger plötzlich etwas. Sie zog sie unwillkürlich zurück, als ob der Gegenstand heiß wäre, aber ihre Neugier war stärker. Sie tastete den Gegenstand mit den Fingerspitzen ab. Er war hart, abgerundet und flach und schien mit Stoff überzogen zu sein. Eine Feldflasche! Kathy hob sie hoch und schüttelte sie: Es gluckerte. Vorsichtig schraubte sie den Verschluß ab und schnupperte. Die Flüssigkeit war geruchlos.
Schließlich faßte sie sich ein Herz und probierte: Es war Wasser! Kathy trank in großen Schlucken. Das Wasser tat ihrer schmerzenden Kehle gut.

Als sie am nächsten Morgen aufwachte, riß Elizabeth erstaunt die Augen auf: Mitten in ihrem Zimmer lag ein Haufen total verdreckter Kleider. Sie starrte sie verwundert an und fragte sich, wo die Sachen wohl herkommen mochten. Als einzige Erklärung fiel ihr Sarah ein. Wahrscheinlich hatte ihre Schwester das Zeug in ihrem Zimmer deponiert. Sie sammelte die Kleidungsstücke auf, warf sie in die Wäsche und ging zum Frühstück hinunter.
Ein paar Minuten später wachte Sarah auf – und auch sie fand einen Berg schmutzstarrender Kleider auf dem Bo-

den ihres Zimmers. Sie stieg aus dem Bett und zog die Sachen an. Dann ging auch sie nach unten und setzte sich schweigend auf ihren Platz am Frühstückstisch. Ihre Eltern sahen sie voller Entsetzen an. Elizabeth stand auf, ging zu ihr und nahm sie an der Hand.
»Komm, Sarah«, sagte sie sanft. »Du kannst doch nicht so in die Schule gehen.«
Und damit brachte sie ihre Schwester wieder nach oben. Rose und Jack Conger sahen einander an. Keiner von beiden wußte, was er sagen sollte. Sie hatten Angst.

17

Die Wochentage schleppten sich dahin. Marilyn Burton, die immer noch das Unvermeidliche hinausschob, stand jeden Tag in ihrem Laden und versicherte lächelnd ihren Kunden, daß Kathy sicher nichts Ernstliches passiert sei und sie bestimmt bald zurückkäme. Aber tief in ihrem Innern wußte sie, daß Kathy nicht zurückkommen würde. Ray Norton zog mit seinen Suchtrupps immer weitere Kreise. Er rechnete zwar nicht damit, daß die Männer etwas finden würden, aber sie hatten wenigstens etwas zu tun und keine Gelegenheit, Martin Forager zuzuhören, der jeden Abend im Wirtshaus seine Anschuldigungen wiederholte. Je betrunkener er war, um so massiver waren seine Angriffe gegen die Polizei, die seiner Ansicht nach die Hände in den Schoß legte. Norton glaubte, die Suchtrupps mindestens zehn Tage beschäftigen zu können.

Nach Ablauf dieser Zeit hoffte er, etwas mehr in der Hand zu haben als nur die Tatsache, daß Kathy einfach verschwunden war.

Die Frauen von Port Arbello tranken mehr Kaffee als gewöhnlich und verbrauchten bedeutend mehr Benzin als sonst, da sie dazu übergegangen waren, ihre Kinder mit dem Wagen in die Schule zu bringen und auch wieder abzuholen – alle, außer den Bewohnern der Häuser an der Conger's Point Road, wo Anne Forager angeblich angegriffen und Kathy Burton zuletzt gesehen worden war. Die Familien der Conger's Point Road diskutierten nicht miteinander darüber, was möglicherweise geschehen war, und sie fragten einander auch nicht um Rat, was man in der vorliegenden Situation am besten tun sollte. Es war, als wären sie stillschweigend übereingekommen, die Vorgänge einfach zu ignorieren. Und so gingen die Kinder aus der Conger's Point Road nach wie vor täglich zu Fuß zur Schule und auch wieder nach Hause. Wenn irgend jemandem auffiel, daß das Verkehrsaufkommen in der Point Road stärker als gewöhnlich war, weil jede Mutter während der Zeit, zu der ihr Kind unterwegs war, dringend etwas erledigen mußte, so gab jedenfalls niemand einen Kommentar dazu ab. Man gab sich den Anschein der Normalität, und der Anblick der täglich ausrückenden Suchtrupps gab einem ein Gefühl der Sicherheit.

Donnerstag früh war Elizabeth im Laufschritt vom Haus zur Conger's Point Road unterwegs. Sie hätte die Abkürzung über die Wiese nehmen können und die Straße am unteren Waldrand erreicht, aber das wäre ihr peinlich gewesen. Als sie zur Straße kam, warf sie einen schnellen Blick nach rechts, verlangsamte dann absichtlich ihre

Schritte und versuchte, einen gelassenen Eindruck zu machen. Seit drei Tagen wartete Jeff Stevens auf sie.
Dienstag morgen hatte sie es für einen Zufall gehalten. Sie hatte ihn nicht gefragt, wie es kam, daß er just genau um die Zeit das Haus verließ, zu der sie vorbeikam. Statt dessen war sie einfach neben ihm hergegangen und hatte ihm auf seine Bitte hin ihre Schulbücher überlassen.
Mittwoch früh erwartete er sie beim Briefkasten vor seinem Haus, und sie fragte sich, ob man ihn wohl gebeten hatte, sie zur Schule zu begleiten. Als hätte er ihre Gedanken gelesen, griff er nach ihren Büchern und lächelte.
»Morgen kannst du meine tragen. Ich bin froh, daß du hier draußen wohnst – es macht keinen Spaß, so allein vor sich hin zu trotten.«
Und so kam Elizabeth am Donnerstag morgen mit ausgestreckten Händen auf Jeff zu.
»Ich bin dran«, grinste sie. Als er nicht reagierte, sagte sie: »Du hast doch gesagt, ich könnte heute deine Bücher tragen.« Jeff gab sie ihr und nahm sich vor, sie ihr rechtzeitig wieder abzunehmen, bevor sie in Sichtweite der Schule kämen: Die Neckerei, als bemerkt worden war, daß er Elizabeths Sachen trug, hatte ihm schon gereicht. Wenn jetzt jemand sah, daß Elizabeth seine Bücher trug, dann war alles aus.
Er suchte nach einem Thema, mit dem er eine Unterhaltung anfangen könnte, aber es fiel ihm nichts ein – was ihm gar nicht so unrecht war, denn er hatte festgestellt, daß er ziemlich viel stotterte, wenn er mit Elizabeth sprach. Er überlegte, ob er sich wohl in sie verknallt hatte, und kam zu dem Ergebnis, daß das wahrscheinlich zutraf.
»Du bist heute aber schrecklich still«, sagte Elizabeth, und Jeff errötete bis unter die Haarwurzeln.

»Ich dachte ... ich dachte gerade ... äh ... mir ging gerade die Sache mit Kathy Burton durch den Kopf«, brachte er mühsam hervor und wurde noch röter. Was war denn los? Er hatte doch etwas ganz anderes sagen wollen. Warum hatte er es nur nicht fertiggebracht?
»Ich möchte auch wissen, was mit ihr passiert ist.« Elizabeth runzelte die Stirn. »Vielleicht hat Anne Forager doch nicht gelogen.«
»Aber sie ist noch da – und Kathy nicht.« Diesmal sprach Jeff langsam und brachte alles ohne Stottern heraus.
»Ich hoffe, sie finden sie«, sagte Elizabeth. »Sie ist eine gute Freundin von mir. Sie ist oft zum Babysitten bei den Nortons, und wir sind immer gemeinsam von der Schule nach Hause gegangen.«
Plötzlich wünschte Jeff sich, daß Kathy vielleicht besser doch nicht wieder auftauchte. Er war sich nämlich nicht sicher, ob er mit Elizabeth und noch jemandem zusammen gehen wollte. Vierzehn war wahrhaftig ein fürchterliches Alter!
Er vergaß seine Schulbücher, bis sie schon im Schulhaus waren. Donnerstag morgen stand Jeff Stevens im Mittelpunkt der Spottsalven seiner Mitschüler.

Bis Donnerstag abend hatte sich Port Arbello mit der Situation abgefunden. Marilyn Burton stellte fest, daß ihre Kassenzettel wieder auf eine normale Anzahl zurückfielen: Sehr viel weniger Leute kamen vorbei, ›um nur ein Schwätzchen zu halten‹ und dabei ein oder zwei Sachen zu kaufen, die sie überhaupt nicht brauchten.
Ray Norton fing wieder an, sich um die gewohnheitsmäßigen Falschparker zu kümmern. Er hatte am Donnerstag

morgen entschieden, daß die Untersuchung über das Verschwinden eines Kindes nicht als Entschuldigung dafür dienen durfte, weniger ernste Vergehen einfach zu übersehen.
Die Dinge gingen allmählich wieder ihren normalen Gang.

Wieder einmal stand Mrs. Goodrich in der Wäschekammer, und wieder lagen einige total verdreckte Kleidungsstücke zu ihren Füßen. Sie schüttelte kummervoll den Kopf. Zuerst spielte sie mit dem Gedanken, sie Miss Rose zu zeigen – aber dann erinnerte sie sich daran, daß eine solche Aktion das letzte Mal wie das Hornberger Schießen ausgegangen war. Es wäre vergebliche Mühe. Also weichte sie die Sachen mit einer Extra-Portion Waschpulver und Bleiche ein, und als sie zwei Stunden später aus dem Trockner kamen, waren sie wie neu.

Elizabeth Conger stand unschlüssig vor der Schule. Einen Augenblick dachte sie, sie hätte das Gesicht übersehen, auf das sie wartete, doch dann lächelte sie und winkte. Als das Kind nicht reagierte, rief sie: »Jimmy! Hier bin ich!« Ein kleiner Junge hob den Kopf und sah sich suchend um. »Hier!« rief sie noch einmal und winkte wieder.
Jimmy Tyler war klein für sein Alter, aber nicht so sehr, daß man ihn deshalb geneckt hätte. Es ging nur um ein paar Zentimeter – und sein Vater hatte ihm versichert, daß er bis zu seinem nächsten Geburtstag bestimmt genauso groß sein würde wie die anderen Achtjährigen. Aber wenn man erst sieben ist, scheint es bis acht noch endlos lange hin zu sein. Aus diesem Grund versuchte Jimmy, die fehlenden Zentimeter durch besondere Geschicklichkeit

und Tapferkeit auszugleichen. Vor allem beim Klettern: Jimmy Tyler kletterte überall hinauf, und es machte ihm besonderes Vergnügen, daß er höher und schneller klettern konnte als alle seine Freunde. Dann konnte er nämlich einmal auf sie heruntersehen, und das erfüllte ihn mit tiefer Befriedigung.

»Willst du mit mir nach Hause gehen?« fragte Elizabeth, als er bei ihr ankam. Die Tylers wohnten noch weiter draußen in der Point Road als die Congers, und diese Woche hatte Elizabeth zu Jimmys Überraschung und Freude jeden Mittag auf ihn gewartet und war mit ihm nach Hause gegangen. Er mochte Elizabeth, obwohl sie ein Mädchen war. Da sie fast doppelt so alt war wie er, zählte dieser Gesichtspunkt wohl nicht; jedenfalls hatte ihn noch niemand mit ihr aufgezogen.

»Okay«, sagte er freudig.

Sie legten den größten Teil des Weges in Schweigen zurück. Erst als sie bei dem Haus der Stevens' ankamen, sagte Jimmy neugierig: »Hier ist es passiert, oder?«

»Wo ist was passiert?« fragte Elizabeth.

»Hier ist Kathy Burton verschwunden.« Jimmys Kinderstimme drückte kein besonderes Gefühl für diese Tatsache aus.

»Ich weiß es nicht«, sagte Elizabeth. »Ich glaube aber schon.«

»Meinst du, daß die da sie eingefangen haben?« Jimmy deutete auf das häßliche Haus.

»Auf keinen Fall! Sie sind nicht wie die Barneses.«

»Kann schon sein – aber ich mag das Haus trotzdem nicht.«

»Als ich so alt war wie du, glaubte ich, daß es dort spukt«, erzählte Elizabeth.

»Ich glaube nicht an Gespenster«, erklärte Jimmy und fragte sich gleichzeitig, ob das stimmte oder nicht.
»Nein?« Elizabeths Stimme klang plötzlich seltsam abwesend. »Ich habe es auch nie getan – aber jetzt bin ich nicht mehr so sicher.«
»Warum nicht?« fragte Jimmy.
Elizabeth kehrte in die Wirklichkeit zurück. »Was hast du gesagt?«
»Ich habe gefragt, warum du jetzt an sie glaubst, wenn du es früher nie getan hast.«
»Oh!« Elizabeth schien verwirrt. »Ich weiß nicht.« Sie fühlte sich plötzlich unbehaglich und ging unwillkürlich schneller. Jimmy Tyler mußte beinahe in Trab verfallen, um mit ihr Schritt halten zu können.
»Geh langsamer«, bat er schließlich. »Ich komm' nicht mehr mit.«
Sie waren schon ziemlich nah beim Wald, als Elizabeth plötzlich stehenblieb und zu den Bäumen hinüberstarrte.
»Wenn es hier irgendwo spukt, dann da drin«, sagte sie.
»Im Wald?« fragte Jimmy verblüfft. »Warum sollte es ausgerechnet in einem Wald spuken?«
»Wegen einer schlimmen Sache, die vor langer Zeit dort passiert ist.«
»Was ist denn passiert?« wollte Jimmy wissen.
»Ich weiß es nicht«, war Elizabeths enttäuschende Antwort.
»Ich weiß es fast – aber noch nicht ganz.«
»Wenn du es herausfindest – erzählst du's mir dann?« Jimmys Stimme war auf einmal schrill vor Aufregung.
»Bitte Elizabeth, du mußt es mir erzählen, ja?«
Elizabeth lächelte auf den kleinen Jungen hinunter und griff nach seiner Hand.

»Weißt du was? Ich werde heute nachmittag versuchen, es herauszubekommen. Kannst du um halb fünf zu mir kommen?«

»Ich weiß nicht«, sagte Jimmy zweifelnd. »Ruf mich doch an; meine Mutter läßt mich so spät nämlich eigentlich nicht mehr aus dem Haus. Es wird dann ja schon dunkel – und sie will nicht, daß ich bei Dunkelheit draußen bin.«

»Wenn du wissen willst, was damals im Wald passiert ist«, reizte Elizabeth ihn, »dann mußt du um halb fünf bei mir sein. Dunkel ist es erst nach fünf. Und außerdem würde Sarah gern mit dir spielen.«

»Woher willst du das denn wissen?« fragte Jimmy mißtrauisch. »Sarah kann doch gar nicht sprechen.«

»Ich weiß es eben«, erklärte Elizabeth. »Sei um halb fünf da, dann sage ich dir, warum es im Wald spukt.«

»Okay«, nickte Jimmy schließlich. »Aber es muß schon eine gute Geschichte sein – ich glaube nämlich wirklich nicht an Geister.« Er ging weiter.

»Am Briefkasten«, rief Elizabeth hinter ihm her. »Wir treffen uns am Briefkasten!« Jimmy Tyler nickte und winkte ihr zu. Elizabeth blieb noch eine Weile stehen und sah ihm nach. Sie fragte sich, was für eine Story sie ihm am Nachmittag auftischen sollte und warum sie ihm überhaupt eingeredet hatte, daß es im Wald spukte. Wie konnte sie ihm nur so einen Unsinn erzählen? Jimmy hatte natürlich recht, es gab keine Gespenster. Na ja – sie würde sich schon eine gruselige Geschichte ausdenken. Und außerdem hatte Sarah dann jemanden zum Spielen.

Um halb fünf standen Sarah und Elizabeth am Briefkasten, der gegenüber der langen Einfahrt zum Haus der Congers stand. Elizabeth sah Jimmy Tylers schmächtige Gestalt

langsam auf sie zukommen und winkte. Er winkte zurück.
»Siehst du?« wandte Elizabeth sich an ihre Schwester. »Ich habe dir doch gesagt, daß er kommt.«
Sarah starrte Elizabeth an, und nichts in ihren riesigen dunklen Augen deutete darauf hin, daß sie gehört hatte, was Elizabeth gesagt hatte. Aber Elizabeth wußte, daß sie es gehört hatte. Sie lächelte Sarah an, aber Sarah stand nur schweigend da und wartete.
»Ich hab' nicht viel Zeit«, sagte Jimmy, als er bei den beiden Mädchen ankam. »Meine Mutter hat gesagt, ich muß zurück sein, bevor es dunkel wird.« Er sah zur Sonne hinüber, die sich bedenklich schnell dem Horizont näherte.
»Gehen wir auf die Wiese«, schlug Elizabeth vor. »Spielen wir Fangen.«
»Weiß Sarah denn, wie das geht?« fragte Jimmy, ohne zu überlegen, ob Sarah ihn hören oder verstehen konnte. Elizabeth sah ihn vorwurfsvoll an.
»Natürlich weiß sie das! Und du kannst nur hoffen, daß du nicht drankommst, denn sie kann viel schneller laufen als du. Sie kann sogar schneller rennen als ich.«
»Wer fängt an?« wollte Jimmy wissen.
»Ich«, sagte Elizabeth. »Ich zähle bis fünf, damit ihr einen Vorsprung habt. Eins-zwei-drei.« Jimmy Tyler stürzte bereits quer über die Wiese davon. Sarah stand da und sah ihre Schwester an. Elizabeth hörte auf zu zählen, legte ihr sanft die Hände auf die Schultern und ging ein wenig in die Knie, um auf gleicher Augenhöhe mit Sarah zu sein.
»Wir wollen Fangen spielen«, erklärte sie sanft. »Und ich bin dran. Du mußt weglaufen.« Einen Augenblick sah es so aus, als hätte Sarah wieder nichts verstanden, aber dann stürmte sie plötzlich los – in die gleiche Richtung wie

Jimmy Tyler. »Vier-fünf!« rief Elizabeth und jagte den beiden Kindern hinterher.

Sie wußte, sie konnte beide jederzeit erwischen, aber sie strengte sich nicht besonders an. Es schien ihnen Spaß zu machen, vor ihr davonzulaufen, und ein paarmal stolperte sie absichtlich, wenn sie einen von beiden fast gehabt hätte und hörte Jimmy Tyler lachen, als sie hinfiel. Als sie merkte, daß Jimmy schließlich das Interesse an dem Spiel verlor, fing sie ihn ein. »Jetzt bist du's!« rief sie und rannte los. Er stand einen Augenblick völlig verdutzt da – überrascht über die plötzliche Wendung des Spiels – dann setzte er vergnügt Sarah nach.

Sarah spielte das Spiel mit einer Entschlossenheit, die bei Kindern absolut unüblich ist. Als Jimmy Tyler auf sie zukam, drehte sie sich um und floh regelrecht – mit vorgestrecktem Kopf und rhythmischen Beinbewegungen. Es war sofort klar, daß Jimmy keine Chance hatte, sie je zu erwischen. Elizabeth schlug einen weiten Bogen und rief Sarahs Namen. Daraufhin blieb Sarah wie angewurzelt stehen. Sie beobachtete, wie Elizabeth auf Jimmy zulief.

»Ich hab' dir doch gesagt, daß du sie nie kriegen würdest«, grinste sie.

»Aber dich erwische ich bestimmt«, rief der Junge und konzentrierte sich jetzt ganz auf Elizabeth. Elizabeth zu jagen machte sowieso mehr Spaß – sie schlug immer wieder Haken und rannte nicht so stur geradeaus wie Sarah. Er versuchte, sie zu überlisten und merkte gar nicht, daß sie sich mit jedem scheinbar unüberlegten Haken näher an den Wald heranarbeitete. Er bemerkte es erst, als sie sich plötzlich erschöpft auf den Boden warf und sich von ihm fangen ließ.

»Ich geb' auf!« lachte sie keuchend. »Du bist wirklich zäh!«
Er ließ sich neben sie ins Gras fallen. Dann setzte er sich auf.
»Schau mal«, sagte er. »Wir sind fast im Wald.«
»Du hast recht«, sagte Elizabeth. »Ich habe gar nicht gemerkt, daß wir so weit gerannt sind. Gehen wir lieber wieder zurück.
»Nein!« lehnte Jimmy entschlossen ab. »Erst will ich die Geschichte über den Wald hören. Hast du heute nachmittag etwas herausgefunden?«
»Es gibt nichts herauszufinden«, sagte Elizabeth. »Überhaupt nichts.«
»Es gibt bestimmt was«, sagte Jimmy beleidigt. »Du willst es mir bloß nicht sagen.«
»Na ja«, dehnte Elizabeth und starrte auf den Wald. »Es gibt einen geheimen Platz, den nur Sarah und ich kennen.«
Jimmys Augen weiteten sich. »Einen geheimen Platz? echote er. »Was ist das für ein Platz?«
Elizabeth schüttelte den Kopf. »Er würde dir nicht gefallen, es ist ziemlich unheimlich dort.«
»Ich habe keine Angst«, erklärte Jimmy großspurig. »Ich fürchte mich vor überhaupt nichts. Wo ist denn der Platz?«
Elizabeth lächelte ihn an. »Nicht im Wald«, sagte sie. »Auf der anderen Seite.«
Jimmy runzelte seine hohe Kinderstirn. »Auf der anderen Seite ist doch nichts. Nur das Meer.«
»Und genau dort ist der geheime Platz!«
»Ich will hin!« Jimmys Stimme wurde lauter.
»Pssssst!« machte Elizabeth. »Du machst Sarah ja Angst.«
»Ist sie so ängstlich?« fragte er.
»Nicht immer – aber manchmal schon.«

Sarah saß schweigend neben ihnen. Für einen Außenstehenden wäre es unmöglich gewesen herauszufinden, ob sie der Unterhaltung folgte oder nicht. Mal sah sie den einen an, mal den anderen, aber keineswegs immer das Kind, das gerade sprach. Sie schien eigene Stimmen zu hören, die nichts mit Elizabeth oder Jimmy zu tun hatten. Jimmy sah Sarah nachdenklich an.
»Fürchtet sie sich vor dem geheimen Platz?« fragte er.
»Ich glaube nicht«, antwortete Elizabeth unsicher.
»Und du?« Jimmy hatte das Zögern in ihrer Stimme sofort bemerkt.
»Ich weiß nicht«, antwortete Elizabeth rätselhaft. »Ich glaube, ich sollte es – aber ich tue es nicht.«
»Ich will ihn sehen«, insistierte Jimmy. Er setzte ein dickköpfiges Gesicht auf und sah Elizabeth unverwandt an. »Ich will ihn sehen«, wiederholte er.
»Es ist schon ziemlich spät«, gab Elizabeth zu bedenken.
»Das ist mir egal! Ich will den geheimen Platz sehen! Jetzt gleich!«
»In Ordnung«, gab Elizabeth schließlich nach. »Komm.« Sie standen auf, und Elizabeth trat vor ihnen in den Wald. Heute bewegte sie sich nicht sicher und flink vorwärts, sondern vorsichtig und langsam. Immer wieder blieb sie stehen und sah sich um, als suche sie nach einer Wegmarkierung. Aber schließlich traten sie doch aus dem Wald und standen nebeneinander oben an der Steilküste.
»Wo ist er?« fragte Jimmy. »Ist es hier?« Enttäuschung lag in seiner Stimme. Elizabeth sah sich um und wußte nicht so recht, wohin sie sich wenden sollte. Sie fühlte sich unbehaglich, und irgend etwas in ihrem Innern riet ihr umzukehren, bevor es zu spät war. Aber sie wußte nicht, zu spät wofür. Ein seltsames Summen war in ihren Ohren

– ein Summen, welches das Rauschen der Brandung nicht übertönte, sondern es irgendwie weit entfernt klingen ließ. Sie kämpfte mit sich und wollte schon umdrehen, als sie Jimmy Tylers Stimme hörte.
»Schau«, sagte er, »Sarah kennt den Weg. Gehen wir ihr nach.«
Elizabeth sah sich erschrocken um und entdeckte Sarah, die dabei war, bedächtig die Steilküste hinunterzuklettern. Jimmys Geschicklichkeit machte es ihm leicht, ihr zu folgen. Elizabeth zögerte noch einen Augenblick, dann machte auch sie sich an den Abstieg.
Je tiefer sie kam, um so klarer wurde ihr Kopf, und jetzt wußte sie auf einmal, wohin sie gehen mußte. Im selben Moment begann sie, sich wieder mit derselben Behendigkeit zu bewegen, mit der sie auch sonst so schnell bei dem riesigen Felsblock ankam, der den Tunneleingang verbarg.
Dann waren sie da. Alle drei kauerten sich im Schatten des Felsens zusammen, und Jimmy sah Elizabeth fragend an.
»Sind wir da?« Und wieder zeigte seine Stimme deutlich, daß er entschieden etwas Aufregenderes erwartet hatte.
»Das ist der Eingang«, flüsterte Elizabeth. »Komm mit.«
Plötzlich war sie verschwunden. Jimmy starrte verdutzt auf die Stelle, an der sie noch vor einer Sekunde gehockt hatte, und dann wurde ihm klar, daß da ein Tunnel sein mußte. Neugierig folgte er Elizabeth in die Dunkelheit.

In ihrem dunklen Loch nahm Kathy Burton die scharrenden Geräusche nicht sofort wahr. Sie lag auf dem Boden der Höhle und hielt die Wärmflasche an sich gepreßt. Sie hatte sie einmal in der Dunkelheit verloren, und es schien ihr, als habe sie eine Ewigkeit gebraucht, um sie wiederzufinden. Bei ihrer systematischen Suche, in deren Verlauf sie die gesamte Höhle von einem Ende bis zum anderen abtastete, war ihr auch ein merkwürdiger Gegenstand in die Finger geraten, und es hatte eine ganze Weile gedauert, bis sie erkannt hatte, daß es sich dabei um einen Knochen handelte – einen Teil des Skeletts, das an der Wand lag.

Ein anderes Mal hatte sie aus Versehen das Pelzbündel berührt, das einmal eine Katze gewesen war, und hatte eine Weile gewürgt, bevor sie in der Lage gewesen war, weiterzusuchen.

Die Luft in der Höhle wurde langsam unerträglich, denn das tote Tier war in Verwesung übergegangen, und Kathy hatte sich wohl oder übel auch mehrere Male erleichtern müssen. Vermischt mit dem süßlichen Gestank war der säuerliche Geruch, der von ihrem Erbrochenen ausging.

Schließlich hatte sie die Wärmflasche wiedergefunden – und seitdem hielt sie sie immer krampfhaft fest, solange sie wach war. Wenn die Erschöpfung sie übermannte und sie für kurze Zeit in einen erlösenden Schlaf fiel, blieb die Flasche neben ihr liegen, und sie packte sie sofort wieder, sobald sie aufwachte.

Das Rauschen der Brandung hörte sie schon lange nicht mehr. Das einzige, was sie nach wie vor hörte, war das leichte Kratzen, das sie auf Ratten zurückgeführt hatte. Es hatte sich jedoch herausgestellt, daß es sich nicht um Ratten handelte, sondern um winzige Krabben, die zwischen den Felsen herumkrochen und in den kleinen Salzwasserpfützen, die sich hier und dort sammelten, Nahrung suchten. Sie hatte noch nicht versucht, eine von ihnen zu essen, aber sie befürchtete, daß bald der Zeitpunkt kommen würde, wo sie es mußte. Sie dachte gerade darüber nach, als sie von oben Geräusche hörte.

Sie blieb regungslos liegen und wartete. Sie hätte gern gerufen, aber sie hatte Angst; schließlich wußte sie ja nicht, wer dort oben war. Und dann traf sie wieder der Strahl der Taschenlampe, zum ersten Mal seit drei Tagen. Inzwischen hatten ihre Augen sich so an die Dunkelheit gewöhnt, daß das Licht ihr buchstäblich körperliche Schmerzen verursachte. Sie hörte eine Stimme, konnte jedoch kein Wort verstehen.
»Schau mal«, sagte Jimmy Tyler, und seine Stimme war vor Angst plötzlich ganz dünn. »Da ist ja jemand unten!«
»Pssst!« machte Elizabeth. »Sie hören dich sonst.«
»Ich fürchte mich«, gab Jimmy Tyler zu. Seine Angst vor der Höhle überwog die Angst, als Feigling dazustehen.
»Es ist alles in Ordnung«, beruhigte Elizabeth ihn. »Sie können nicht zu uns herauf.«
Kathy Burton öffnete ihre Augen, kroch in den Bereich des Lichtkegels und schaute nach oben. Sie versuchte zu sprechen, mußte jedoch feststellen, daß es nicht ging – alles, was sie zustande brachte, war ein tiefes Gurgeln.
»Das ist ja Kathy!« rief Jimmy Tyler. »Wir haben Kathy Burton gefunden!«
»Ja«, sagte Elizabeth langsam. »Da hast du recht, das haben wir.« Jimmy Tyler bemerkte nicht, daß ihre Stimme sich verändert hatte, daß sie jetzt einen seltsamen, heiseren Klang hatte.
»Was ist denn mit ihr los?« flüsterte er. »Ist sie okay?« Und als keine Antwort erfolgte, rief er in das Loch hinunter: »Kathy? Ich bin's, Jimmy!«
Kathy Burton wurde von einer wahren Woge der Erleichterung überschwemmt. Sie war gerettet! Jimmy Tyler würde Hilfe holen – und dann konnte sie endlich hier heraus.

»Hol jemand!« flüsterte sie mühsam.
»Ich kann dich nicht verstehen!«
»Hilf mir!« krächzte sie, diesmal etwas lauter.
Jimmy wandte sich an Elizabeth. »Wir müssen sie da rausholen. Ich werde Hilfe holen.«
»Nicht nötig«, flüsterte Elizabeth. »Wir schaffen das auch allein. Es ist eine Leiter da.« Sie leuchtete die Strickleiter an. »Mich wird sie nicht aushalten, aber dich bestimmt. Du kannst runterklettern und sehen, ob sie okay ist. Und wenn ihr nichts fehlt, kann sie mit dir raufkommen.
Jimmy überlegte einen Augenblick. Er war noch nie an einer Strickleiter geklettert, aber andererseits war er der beste Kletterer weit und breit. Und dann war da noch ein anderer Gesichtspunkt: er würde zweifellos als Held des Tages dastehen, wenn er Kathy Burton rettete, nach der die ganze Stadt schon so lange vergeblich suchte.
»Alles klar!« rief er nach unten. »Ich komme runter!«
Und plötzlich begriff Kathy mit entsetzlicher Klarheit, was geschehen würde. Sie versuchte, ihn zu warnen, aber vor lauter Schreck versagte ihre Stimme vollkommen. Sie beobachtete voller Grauen, wie die Strickleiter erschien. Sie versuchte aufzustehen oder hinzukriechen, um das Ende zu fassen zu bekommen, aber sie war zu schwach. Und so hockte sie wie gelähmt da und beobachtete, wie Jimmy Tyler langsam die Leiter heruntergeklettert kam.
Es geschah, als er die Hälfte des Weges zurückgelegt hatte: Elizabeth nahm all ihre Kraft zusammen, packte die Strickleiter und begann sie zu schütteln. Wenn er damit gerechnet hätte, wäre Jimmy nichts passiert, aber er war nicht darauf gefaßt, und so verlor er den Halt und fiel. Er versuchte noch, sich abzufangen, aber zu spät. Er schlug mit dem Kopf auf und blieb regungslos liegen.

Der Schock brachte Kathy dazu, einen krächzenden Schrei auszustoßen, und sie warf sich unter Aufbietung aller Kraftreserven nach vorn, aber da wurde die Leiter schon wieder hochgezogen. Und dann hörte sie erneut das widerliche heisere Flüstern, das sie inzwischen untrennbar mit Elizabeth verband.
»Kümmere dich um ihn«, sagte Elizabeth. »Kümmere dich um deinen kleinen Bruder. Er braucht dich.«
Das Licht ging aus, und Kathy hörte das vertraute, scharrende Geräusch leiser werden. Mit weit vorgestreckten Händen machte sie sich auf die Suche nach Jimmy Tyler.

Es war schon sehr dämmrig, als Elizabeth und Sarah durch den Wald gingen – und als sie über die Wiese liefen, brach die Nacht über Port Arbello herein.

18

Am nächsten Tag fiel der Schulunterricht aus. Die Schule war zwar wie üblich aufgemacht worden, aber gegen neun Uhr war es klar, daß die Lehrer vor fast leeren Bänken stehen würden. Also wollte man die wenigen Kinder, die erschienen waren, auch noch nach Hause schicken – aber sie weigerten sich zu gehen. Alle hätten strengste Anweisungen von ihren Eltern, das Schulhaus nicht zu verlassen. Sie würden abgeholt. Sogar diejenigen, die nur ein oder zwei Blocks weit weg wohnten.

Angefangen hatte es damit, daß Jimmy Tylers Mutter Ray Norton anrief, um ihm mitzuteilen, daß ihr Sohn nicht nach Hause gekommen sei. Doch, von der Schule war er schon heimgekommen, gab sie auf Befragen zu. Er habe aber das Haus gleich darauf wieder verlassen, um zum Spielen zu gehen – und danach sei er nicht wieder aufgetaucht.

Nein, sie wisse nicht, wohin er gegangen sei.

Ja, wahrscheinlich hätte sie ihn fragen sollen, aber sie habe als selbstverständlich angenommen, daß er in der Nähe des Hauses bleiben würde; schließlich gab es bei ihnen draußen keine Kinder in seinem Alter, mit denen er hätte spielen können. Die einzigen Kinder, die in der Nähe wohnten, waren die Conger-Mädchen.

Ray Norton runzelte die Stirn, als Lenore Tyler die Conger-Kinder erwähnte. Das war nun schon der dritte Fall in diesem Gebiet, wenn man Anne Forager dazuzählte, wogegen er sich jedoch nach wie vor sträubte. Er fragte sich, wie lange es wohl dauern würde, bis Marty Forager bei ihm auftauchte, um ihn wegen seiner Handhabung der Dinge im allgemeinen und dem Fall seiner Tochter im besonderen zu beschimpfen.

Nach dem Gespräch mit Lenore Tyler wollte Norton schon bei den Congers anrufen, überlegte es sich dann jedoch anders. Er beschloß, eine Weile abzuwarten. Statt dessen wandte er seine Aufmerksamkeit einem anderen Problem zu – einem Problem, das sich möglicherweise als noch fataler erweisen konnte als das Verschwinden der Kinder. Letzteres war eine Tatsache, und er konnte im Augenblick nichts anderes tun, als zu versuchen, sie wiederzufinden.

Die Reaktion der Bevölkerung von Port Arbello auf die

Vorgänge war etwas anderes. Sie war vorhersehbar, und was er kommen sah, gefiel ihm ganz und gar nicht.
In Port Arbello war man den Umgang mit Verbrechen nicht gewöhnt. Man wußte zwar, daß es sie gab, aber es ging einen nicht persönlich an. Diese Dinge geschahen immer nur ganz weit weg und betrafen stets nur anonyme Fremde. Man selbst lebte in einer Atmosphäre des Vertrauens; man hatte auch keinen Grund, es nicht zu tun. Norton hatte den größten Teil seiner Amtszeit damit verbracht, Geschwindigkeitsüberschreitungen zu ahnden – meistens bei Touristen – und im Wirtshaus für Ruhe und Ordnung zu sorgen. Ab und zu nahm sich auch jemand das Leben, aber das war in Neuengland nichts Ungewöhnliches – vor allem im Winter. Die Verbrechen, die den amerikanischen Kontinent ansonsten plagten und die Bürger der Städte dazu veranlaßte, ihre Wohnungstüren zu verbarrikadieren, waren in Port Arbello nur vom Hörensagen bekannt. Es gab keine Einbrüche, geschweige denn Morde. Zumindest seit hundert Jahren nicht. Die Schlösser an den Haustüren hätte man mit jeder Haarnadel öffnen können, aber meistens waren die Türen überhaupt nicht abgeschlossen. Erst in den letzten Tagen hatten die Leute damit begonnen, neue Schlösser in ihre Türen einzubauen.
Jetzt hatten die Leute Angst, und das machte Ray Norton Sorge. Und Marty Forager goß auch jede Menge Öl ins Feuer. Normalerweise nahmen die Leute kaum Notiz von ihm, aber jetzt sah er eine Möglichkeit, sich wichtig zu machen, und er würde sie nützen! Es war Ray durchaus klar, daß Marty Forager unter der Stellung litt, die er in Port Arbello innehatte, und das konnte man ihm noch nicht einmal übelnehmen. Wer wollte schon überall als

»der arme Marty Forager« apostrophiert werden. Eine Formulierung, die stets mit einem sorgenvollen Kopfschütteln einherging und mit Mitleidsbekundungen für seine Frau und seine Tochter.

Ray Norton überlegte gerade, wie er eine allgemeine Hysterie verhindern konnte, als seine Hauptsorge in seinem Büro erschien.

Marty Forager baute sich vor ihm auf, und Ray sah sofort, daß er schon wieder getrunken hatte.

»Ich wollte Ihnen nur Bescheid geben«, sagte Forager triumphierend. »Heute abend wird eine Versammlung stattfinden. Eine Stadtversammlung. Da Sie offensichtlich unfähig sind, die Lage in den Griff zu bekommen, wollen wir sehen, ob uns Privatleuten nicht was einfällt.« Er sah auf den Polizeichef hinunter, als erwarte er, hinausgeworfen zu werden. Aber Ray Norton fragte nur: »Bin ich auch eingeladen?« Forager war sichtlich überrascht.

»Ich kann Sie natürlich nicht davon abhalten zu kommen«, bedauerte er aufrichtig, »aber ich sage Ihnen gleich, daß Sie nichts zu melden haben.«

»Ich nehme an, Billy Meyers wird den Vorsitz führen«, sagte Ray. »Er ist doch immer noch Stadtratsvorsitzender, oder?«

»Das ist eine Bürgerversammlung«, schnarrte Forager. »Keine Stadtratsversammlung. Und es wird auch niemand den Vorsitz führen.«

»Soso.« Norton stand auf und registrierte befriedigt, daß Forager einen Schritt zurückwich. »In diesem Fall komme ich ganz bestimmt! Ich wollte schon immer mal eine Versammlung besuchen, die niemand leitet – das muß hochinteressant sein.«

Marty Forager schoß einen wütenden Blick auf ihn ab,

machte auf dem Absatz kehrt und verließ Nortons Büro.
Ray griff zum Telefonhörer. »Jack«, sagte er, als er den Verleger am Apparat hatte, »ich fürchte, wir bekommen Schwierigkeiten.«
»Es ist doch nicht etwa noch ein Kind verschwunden?« fragte Jack alarmiert. »Das würde die Stadt nicht verkraften.«
»Nein, das ist es nicht. Aber ich mache mir trotzdem wegen der Leute Sorgen. Martin Forager war gerade wieder hier.« Er berichtete Jack im Telegrammstil, was Forager ihm mitgeteilt hatte, und beschrieb ihm auch dessen Verfassung.
»Mit anderen Worten«, sagte Jack, »siehst du einen Lynch-Mob am Horizont auftauchen.«
»Das nicht direkt«, antwortete Ray zögernd.
»Natürlich ist das nicht zur Veröffentlichung gedacht«, spöttelte Jack, »aber es ist genau das, was du befürchtest, oder?«
»Nein – ich glaube nicht, daß es schon so weit ist . . .« begann der Polizeichef.
». . .aber die Richtung stimmt«, beendete der Verleger den Satz für ihn. »Hast du eine Ahnung, wen Marty Forager hängen sehen will?«
»Ich nehme an, ich stehe da an erster Stelle«, antwortete Ray und versuchte, es leichthin klingen zu lassen. Doch gleich darauf wurde er wieder ernst. »Offengestanden mache ich mir Sorgen um dich!«
»Um mich?« Jacks ungläubiger Ton entsprach ganz und gar nicht seinem wahren Gefühl. »Warum um mich?«
»Nun – wir müssen den Tatsachen ins Auge sehen: alle drei Kinder sind in der Nähe eures Grundstückes verschwunden.«

»Das ist nicht ganz richtig«, korrigierte Jack. »Anne Forager sagt zwar, daß sie bei uns in der Nähe war, aber niemand weiß, ob das auch wirklich stimmt. Kathy Burton wurde zuletzt beim Haus der Stevenses gesehen, und über Jimmy Tyler wissen wir überhaupt nichts. Die Tylers wohnen eine gute Viertelmeile weiter draußen als wir. Warum glaubst du also, daß der Mob auf mich losgehen wird?«
»Das ist doch ganz klar: Alles ist in der Conger's Road passiert. Und was fällt einem bei dieser Straße ein? Natürlich der Name Conger!«
»Ja, wenn du das so siehst . . .« dehnte Jack. »Was soll ich deiner Meinung nach tun?«
»Ich fände es gut, wenn du heute abend auch zu der Versammlung kämst, und zwar mit mir zusammen!«
»Nach allem, was du Marty Forager über uns erzählt hast?« sagte Jack mit dem letzten Rest von Galgenhumor. Ray Norton grinste.
»Nun – wenn ich unser Geheimnis schon preisgegeben habe, dann brauchen wir uns ja auch nicht mehr zu verstellen. Aber jetzt mal im Ernst: ich bin absolut dafür, daß du heute abend zu der Versammlung kommst – und wenn auch nur, damit du dich nicht durch deine Abwesenheit verdächtig machst.«
»Ich weiß nicht, ob ich deine Argumente völlig unterschreiben kann, aber ich werde dasein; wenn nicht als Bürger, so als Verleger des ›Courier‹. Wenn alle befürchten müssen, wörtlich zitiert zu werden, reißen sie sich vielleicht ein bißchen am Riemen.«
»Ein paar vielleicht – aber Marty Forager mit Sicherheit nicht. Ich glaube, er betrachtet die Sache allmählich als Ein-Mann-Kreuzzug.«

»Ja – das sähe ihm ähnlich«, sagte Jack. »Willst du heute abend mit mir dahin fahren?«
»Gern«, stimmte Ray zu. »Hol mich kurz vor sieben ab. Ich muß ja erst noch rausfinden, wo das Ganze überhaupt stattfindet.« Damit war das Gespräch beendet.

»Kann ich irgend etwas tun?« fragte Rose.
Sie saßen in dem kleinen Arbeitszimmer. Rose hatte sich Jacks Bericht von der geplanten Versammlung und von Ray Nortons Befürchtungen schweigend angehört.
»Vielleicht sollte ich auch mit hingehen«, meinte sie.
»Nein – das sehe ich nicht ein. Ich finde es viel besser, wenn du bei den Mädchen bleibst.«
Rose hatte das Gefühl, als mache er sich über irgend etwas Sorgen.
»Du glaubst doch nicht etwa, daß ihnen etwas passieren könnte?«
»Ich wüßte nicht wie – solange sie das Haus nicht verlassen und du auf sie aufpaßt.«
»Daß Jimmy Tayler verschwunden ist, finde ich seltsam«, sagte Rose langsam.
»Wieso?«
»Wenn wir einmal annehmen, daß Anne Foragers Story stimmt – und allmählich fange ich an, es zu glauben – dann ist Kathy Burtons Verschwinden noch einleuchtend. Aber Jimmy Tyler?«
»Ich verstehe nicht, worauf du hinaus willst«, stellte Jack sich ahnungslos.
»Es hat doch keine Nachricht von irgendwelchen Kidnappern gegeben, oder? Und auch keine Lösegeldforderungen. Also handelt es sich bei dem Täter wahrscheinlich um einen Verrückten. Einen Kerl, der scharf auf kleine Mäd-

chen ist. Und deshalb paßt es nicht ins Konzept, daß Jimmy Tyler verschwunden ist.«
»Wenn es ein Konzept gibt«, sagte Jack.
»Siehst du das denn nicht?« fragte Rose und sah ihm in die Augen.
»Doch«, gab er schließlich zu. »Wahrscheinlich hast du recht.« Er hoffte, daß sie das, was in der Luft hing, nicht sagen würde. »Und es macht die Sache nicht gerade besser, daß alles hier draußen bei uns passiert, nicht wahr?«
»Richtig«, nickte Rose. Sie wollte noch etwas hinzufügen, wurde aber daran gehindert, weil Elizabeth erschien.
»Mutter?« sagte sie unsicher.
»Komm rein, mein Schatz.« Rose war dankbar für die Unterbrechung.
»Stimmt es, daß Jimmy Tyler auch verschwunden ist?«
»Ja«, sagte sie zögernd. »Seit gestern mittag.«
»Um welche Zeit?« wollte Elizabeth wissen.
»Das weiß ich nicht genau«, antwortete Rose verwirrt. »Ich glaube, das weiß niemand genau. Auf jeden Fall hat ihn nach der Schule niemand mehr gesehen.«
»Ich bin gestern mit ihm von der Schule nach Hause gegangen«, sagte Elizabeth langsam, als versuchte sie, sich an etwas zu erinnern.
»Das hast du mir ja gar nicht erzählt«, sagte Rose.
»Ich wußte nicht, daß es wichtig ist«, erklärte Elizabeth, und Rose hatte den Eindruck, daß ihre Tochter an etwas ganz anderes dachte.
»Hast du was, Schatz?« fragte sie.
»Ich . . . ich weiß nicht«, zögerte Elizabeth. »Ich bin nicht sicher . . .« Sie brach ab, aber Rose ließ nicht locker.
»Was heißt das, nicht sicher?«
Elizabeth trat unbehaglich von einem Fuß auf den anderen.

Schließlich setzte sie sich hin und sah ihre Mutter besorgt an. »Ich weiß es nicht bestimmt – aber ich glaube, ich habe Jimmy Tyler gestern am späten Nachmittag gesehen.« Sie dachte angestrengt nach. »Aber ich bin nicht sicher, daß er es wirklich war.«
»Und wo glaubst du ihn gesehen zu haben?« insistierte Jack.
»Auf der Wiese«, stieß Elizabeth hervor. »Er spielte mit Sarah.«
»Aber du konntest ihn nicht deutlich sehen?« Rose wußte, was kommen würde.
»Sie waren zu weit weg – fast am Waldrand.« Elizabeths Stimme klang unglücklich.
Rose seufzte. Sie vermied es, Jack anzusehen; sie wollte in seinem Gesicht nicht die gleichen Befürchtungen lesen, die sie erfüllten. Statt dessen wandte sie sich wieder an ihre Tochter.
»Waren sie allein?« fragte sie und hoffte im selben Moment, Elizabeth würde den versteckten Tadel überhören. Sie ist schließlich nicht Sarahs Kindermädchen, sagte sich Rose. Am liebsten hätte sie die Frage zurückgenommen.
»Ja«, sagte Elizabeth entschuldigend. »Ich war in meinem Zimmer und hätte sie überhaupt nicht gesehen, wenn ich nicht zufällig aus dem Fenster geschaut hätte. Ich dachte, Sarah wäre in ihrem Zimmer. Es . . . es tut mir leid.«
»Ist schon gut«, sagte Jack. »Du bist nicht verantwortlich für Sarah.« Rose wünschte, sie hätte das gesagt. »Geh' ein bißchen rauf, Liebes, deine Mutter und ich haben etwas zu besprechen.«
Elizabeth verließ gehorsam, aber offensichtlich nur widerwillig das Zimmer. Rose sah ihren Mann an, aber er vermied ihren Blick. Die Stille wurde unerträglich.

»Ich weiß nicht, was ich davon halten soll«, sagte Rose, als sie es nicht mehr aushielt. »Und ich bin nicht sicher, ob ich überhaupt darüber nachdenken will.«
»Vielleicht sollten wir Dr. Belter anrufen«, meinte Jack.
»Nein!« widersprach Rose viel zu heftig. »Ich meine, anrufen weswegen?«
Jetzt seufzte Jack. »Meinst du nicht, daß es Zeit ist, den Tatsachen ins Auge zu sehen?«
»Ich habe keine Ahnung, wovon du sprichst.«
»Hältst du es für sinnvoll, wenn wir die Köpfe in den Sand stecken?« fragte er mit einem kummervollen Lächeln.
»Also gut«, stimmte Rose nach kurzem Nachdenken zu, und ihre Stimme klang etwas fester. »Du hast recht: wir müssen uns wohl mit dem Gedanken vertraut machen, daß Sarah möglicherweise gefährlich wird. Stimmt's?«
»Ja. Es muß ja nicht unbedingt zutreffen«, versuchte Jack abzuschwächen, »aber es ist immerhin möglich, und wir können nicht einfach tatenlos sitzen bleiben, nach allem, was passiert ist.«
»Wir müssen mit ihr sprechen«, sagte Rose verzweifelt. »Wir müssen es zumindest versuchen, bevor wir irgend etwas unternehmen.«
»Wofür soll das gut sein?«
»Ich weiß es nicht – aber wir können es doch versuchen, oder?« Sie sah ihn flehend an, schließlich stand Jack auf. »In Ordnung. Soll ich sie holen?«
»Nein! Ich hole sie! Warte du hier.«
Als sie hinausgegangen war, goß Jack sich einen Drink ein. Zum Teufel mit der Versammlung, dachte er.
Ein paar Minuten später kam Rose mit Sarah an der Hand zurück. Sie setzte das Kind auf einen Stuhl und kniete sich daneben. Sarah saß still da und starrte in die Luft. Eine

Minute später schob sie den rechten Daumen in den Mund.
»Sarah«, sagte Rose leise.
Sarah lutschte weiter am Daumen. Sie schien ihre Mutter überhaupt nicht gehört zu haben.
»Sarah!« wiederholte Rose – diesmal etwas lauter. »Hörst du mich nicht?«
Sarah wandte sich ihrer Mutter zu und sah sie ausdruckslos an. Rose mußte sich sehr beherrschen, um nicht wegzusehen.
»Sarah!« sagte Jack scharf. Der Kopf des Kindes fuhr herum. Jack hielt ihrem Blick nur einen Moment lang stand – er war nicht so stark wie seine Frau. Er schlug die Augen nieder und nippte an seinem Drink.
»Sarah«, versuchte Rose es noch einmal, »hast du gestern nachmittag mit Jimmy Tyler – du weißt doch, wen ich meine? – hast du mit ihm gespielt?«
Keine Antwort.
»Wir müssen es wissen! Kannst du nicht wenigstens mit dem Kopf nicken? Hast du gestern mit Jimmy Tyler gespielt? Jimmy Tyler!« wiederholte sie noch lauter, als sei das Kind schwerhörig. Aber ihre Tochter sah ihr nur ohne jeden Ausdruck unverwandt in die Augen. Rose hob die Hand und strich sich eine nicht vorhandene Haarsträhne aus der Stirn.
»Sarah«, fing sie wieder an, »wir wissen, daß du gestern mit Jimmy Tyler auf der Wiese gespielt hast – und das ist auch ganz in Ordnung. Wir wollen nur wissen, ob ihr auch im Wald wart.«
Keine Antwort.
»Um Gottes willen, Sarah!« flehte Rose. »Es ist schrecklich wichtig! Bitte, bitte versuch mich zu verstehen. Er ist

nach Hause gegangen, nicht wahr? Jimmy Tyler ist doch nach Hause gegangen, oder?«
Sarah fuhr fort, ihre Mutter anzustarren. Das Schweigen lastete schwer über dem Raum. Und dann schüttelte Sarah auf einmal sehr langsam den Kopf.

Die Bürgerversammlung war ein einziges Chaos, und Jack bedauerte zutiefst, daß er Carl Stevens mit hingenommen hatte. Jack schämte sich für die Stadt – und er wußte auch, daß er kein guter Gesellschafter gewesen war. Den ganzen Weg zu Ray und dann auf der Fahrt in die Stadt hatte er ständig Sarah vor sich gesehen, wie sie ihre Mutter mit ihren dunklen Augen ansah und langsam den Kopf schüttelte. Er sagte sich wieder und wieder, daß es ein gutes Zeichen war, daß Sarah endlich einmal auf eine Frage geantwortet hatte – aber dann fiel ihm von neuem ein, auf welche Frage sie geantwortet hatte, und wie ihre Antwort ausgefallen war – und dann schlug die Verzweiflung wieder über ihm zusammen. Jimmy Tyler war nicht nach Hause gegangen. Und Sarah wußte, daß er nicht nach Hause gegangen war! Es sah so aus, als müßten alle im Haus am Point der Tatsache ins Auge sehen, daß Sarah eines Tages nicht mehr dort sein würde. Aber noch war es nicht so weit.

Die Gesichter von Port Arbello rund um ihn herum sahen ihn feindselig an, und Jack war unfähig, den Blicken zu begegnen, die seiner Ansicht nach anklagend auf ihn gerichtet waren. Marilyn Burton begrüßte ihn herzlich, aber er war sicher, einen falschen Ton in ihrer Stimme zu hören. Lenore Tyler lächelte und winkte ihm, aber auch das erschien ihm wie eine Farce.

Obwohl Marty Forager behauptet hatte, daß die Versammlung ohne Vorsitzenden stattfinden würde, tat er sein bestes, dieses Amt auszufüllen.
»Es geht etwas vor in dieser Stadt!« rief er. »Und zwar draußen beim Conger's Point!«
Und plötzlich richteten sich tatsächlich alle Augen im vollbesetzten Saal auf Jack, und er hatte das Gefühl, etwas dazu sagen zu müssen.
Er stand auf und stellte sich den Bürgern der Stadt. Plötzlich waren sie nicht mehr seine alten Freunde; plötzlich war er nicht mehr »der Mr. Conger« aus der Conger's Point Road. Plötzlich war Conger's Point etwas, wovor man sich fürchtete, anstatt es, wie vorher, zu respektieren. Und er war der Mann, der dort draußen wohnte.
»Ich weiß nicht, was vorgeht«, begann er, und ein Murmeln lief durch die Reihen, ein Murmeln, das sehr schnell in Toben ausarten konnte, wie Jack befürchtete. Er mußte sich schon etwas Besseres einfallen lassen. Und dann hörte er sich plötzlich sagen: »Meine Tochter hat Jimmy Tyler gestern nachmittag gesehen.«
»Wie hat sie Ihnen das denn mitgeteilt? In Zeichensprache?« höhnte jemand aus den hinteren Reihen. Jack zuckte zusammen und kämpfte seinen aufsteigenden Zorn nieder.
»Elizabeth hat Jimmy Tyler gesehen«, hörte er sich sagen. »Unten beim Steinbruch. Sie hat auch mit ihm gesprochen. Sie sagte ihm, er solle nach Hause gehen, es sei gefährlich, dort zu spielen – aber er hörte nicht auf sie. Sie hat mir erzählt, als sie kurz vor Einbruch der Dunkelheit nach Hause ging, sei er immer noch dort gewesen. Das ist alles.«
Jack setzte sich wieder hin. Er fragte sich, ob sie ihm die

Geschichte wohl glauben würden, und versuchte, sich selbst davon zu überzeugen, daß er nur gelogen hatte, um die Leute zu beruhigen. Aber er wußte genau, daß das nicht simmte. Er hatte gelogen, um seine Tochter zu schützen – seine kleine Tochter. Plötzlich entstand ein Aufruhr: Ein Suchtrupp wurde zusammengestellt. Alles ging drunter und drüber. Ray Norton versuchte, Ordnung in den wilden Haufen zu bringen, aber es war hoffnungslos: Alle waren von einem Gedanken getrieben: etwas zu tun. Irgend etwas!

Und so zogen sie zu dem alten Steinbruch hinaus. Ray Norton war als erster dort und parkte seinen Wagen so, daß er die Straße blockierte. Wenn dort draußen tatsächlich etwas zu finden war, mußte er verhindern, daß eventuelle Spuren durch die Reifen von fünfzehn Wagen zerstört wurden. Als alle da waren, erzwang Ray sich das Kommando und teilte die Männer in zwei Gruppen ein. Sie suchten das Gelände ab. Und ausgerechnet Marty Forager fand etwas: Reifenspuren! Sie waren ganz frisch und sahen sehr ungewöhnlich aus. Als die Männer sich darum scharten, um sie zu begutachten, lächelte Jack Conger zufrieden: die Spuren würden seiner Geschichte erhebliche Glaubwürdigkeit verleihen. Schließlich stiegen die Männer wieder in ihre Wagen, um in die Stadt zurückzufahren, Ray gesellte sich zu seinem Freund.

»Wenigstens hast du etwas, wo du ansetzen kannst«, sagte Jack, als er bei Ray im Wagen saß.

»Ja-a«, dehnte Ray, aber er sah nicht sehr hoffnungsvoll aus. »Ich möchte fast wetten, daß wir den Wagen, der die Spuren hinterlassen hat, niemals finden werden. Aber das ist nicht der Grund, warum ich mit dir sprechen wollte.«

Jack sah den Polizeichef fragend an. Norton sah aus, als

fühle er sich ausgesprochen unbehaglich, als sei er nicht schlüssig, wie er anfangen sollte. Schließlich entschied er sich für den direkten Weg:
»Hör zu, Jack. Ich weiß, daß das, was ich jetzt sagen werde, idiotisch klingt, aber ich muß es trotzdem sagen, oder vielmehr fragen. Wieviel weißt du über die alte Familien-Legende der Congers?«
Jack versuchte zu lächeln. Ihm war plötzlich eiskalt.
»Ich weiß, daß es sie gibt«, sagt er vorsichtig. »Aber was hat sie mit dem allen zu tun?«
»Wahrscheinlich gar nichts. Wenn ich mich nicht irre, ist in der Geschichte von einer Höhle die Rede, stimmt's?«
»Ja«, nickte Jack. »Die alte Dame behauptete, sie befände sich irgendwo in der Steilküste. Aber sie hat nie gesagt, daß sie sie je gesehen hat – außer in ihrer sogenannten Vision.«
»Und was ist nun damit?«
Jack sah den Polizisten verständnislos an. »Was ist womit?«
»Na ja, existiert sie?«
»Die Höhle? Meinst du das im Ernst? Mein Gott, Ray – diese Höhle war doch nur das Phantasieprodukt einer sehr alten Frau. Heute würde man sagen, sie war senil.«
»Hat denn niemals jemand danach gesucht?« insistierte Ray.
»Doch. Mein Großvater. Und es hat ihn das Leben gekostet. Die Steilküste ist sehr gefährlich. Glücklicherweise halten wir schon seit Generationen mit Hilfe der Legende die Kinder von ihr fern.«
»Und keins hat je versucht herauszufinden, ob es die Höhle gab oder nicht?« fragte Ray neugierig. »Als ich ein Junge war, hatte ich keinen sehnlicheren Wunsch, als

nach der Höhle zu suchen, aber ich konnte ja leider nicht.«
»Warum denn nicht?« fragte Jack. »Die Steilküste hat sich doch nicht verändert.«
»Die Steilküste gehörte zum Grund und Boden der Congers. Du darfst nicht vergessen, daß die Congers zu der Zeit noch eine geradezu königliche Position hatten. Wir ließen uns als Kinder durch keinen Zaun davon abhalten, über alte Grundstücke der Gegend zu gehen, aber das Areal der Congers war tabu.«
»Das war auch noch fast so, als ich klein war«, lachte Jack leise. »Aber um deine Neugier zu befriedigen: natürlich habe ich die Höhle gesucht. Und ich bin überzeugt, daß auch mein Vater sie gesucht hat. Aber ich habe sie nicht gefunden, einfach weil sie nicht existiert. Sonst hätte ich sie gefunden, darauf kannst du dich verlassen.«
»Okay«, sagte Norton. »Dann habe ich also nichts in der Hand als die Schauergeschichte der alten Dame – und die rechtfertigt nicht, daß ich die ganze Stadt rebellisch mache und einen Trupp zusammenstelle, der die Steilküste auseinandernimmt. Womit wir wieder beim Steinbruch wären. Der See muß leergepumpt werden. Ich hoffe, du hast nichts dagegen.«
»Natürlich nicht. Ich hoffe nur, daß es umsonst ist!«
»Ich auch«, nickte Norton. »Ich auch.«

Eine Stunde später war Jack Conger zu Hause. Er ging in den ersten Stock, um seinen Töchtern gute Nacht zu sagen, und es schien Rose, als hielte er sich viel zu lange bei Elizabeth auf. Sie wollte schon nachsehen gehen, als er herunterkam. Als er das Arbeitszimmer betrat, sah er zwar müde aus, aber er lächelte.

»Wenn ich schon nichts anderes erreicht habe«, sagte er und goß sich einen Drink ein, »so habe ich uns doch ein bißchen Zeit erkämpft.«

19

Weder Jack noch Rose schliefen in dieser Nacht. Sie lagen schweigend nebeneinander und hingen ihren Gedanken nach, jeder für sich allein mit der Angst vor dem Zeitpunkt, wo sie eine Entscheidung treffen müßten.
Jack wiederholte im Geiste immer und immer wieder die Story, die er bei der Versammlung erzählt hatte, solange, bis er sie allmählich selber glaubte. Aber bei Sonnenaufgang brach die Wirklichkeit über ihn herein, und er war nicht mehr in der Lage, sich vorzumachen, daß Sarah überhaupt nicht mit Jimmy Tyler gespielt, sondern Elizabeth ihn beim Steinbruch gesehen hatte.
Wie auf Verabredung begannen sie beide beim Frühstück darüber zu sprechen. Sie waren früh aufgestanden, da sie ohnehin kein Auge zugemacht hatten, und saßen nun in dem stillen Haus, tranken Kaffee und beratschlagten, was sie tun sollten.
»Ich denke, wir sollten Dr. Belter anrufen«, sagte Rose.
»Nein. Noch nicht.« Jack wußte, daß sie recht hatte – aber irgendwie symbolisierte der Anruf bei Dr. Belter für ihn eine endgültige Niederlage, und er war noch nicht bereit dafür. »Was sollten wir ihm denn sagen? Die Tatsache, daß Elizabeth Sarah und Jimmy hat miteinander spielen sehen, ist doch kein Grund, irgendwelche Schlüsse zu ziehen.«

»Nein«, stimmte Rose zu, »da hast du recht. Aber diese Sache ist jetzt keine Familienangelegenheit mehr. Wenn wir annehmen, daß Sarah irgend etwas mit dem Verschwinden der Kinder zu tun hat – oder auch nur mit dem Verschwinden von Jimmy Tyler – dann haben wir die Pflicht, unsere Vermutung jemandem mitzuteilen. Und da liegt Dr. Belter doch wohl am nächsten. Abgesehen von allem anderen geht es außerdem auch um Sarah.«
»Um Sarah?«
Rose hatte einen schmerzlichen Zug um den Mund, und Jack wußte, wie schwer es ihr fiel, die Dinge zu sagen, die sie sagte. Er fragte sich, ob für sie das Sprechen wohl ebenso schlimm war wie für ihn das Zuhören.
»Natürlich: Wenn sie tatsächlich die Dinge tut, die wir vermuten, dann braucht sie dringend Hilfe. Und wie kann sie diese Hilfe bekommen, wenn wir niemandem erzählen, was sie tut?« Sie machte eine Pause und rührte in ihrem Kaffee. »Vielleicht sollten wir uns mal im Wald umsehen«, meinte sie. »Wenn irgend etwas passiert ist, dann muß es ja dort passiert sein. Wenn sie nicht bis zur Steilküste gegangen sind.« Sie lächelte mühsam. »Wenigstens wissen wir, daß es die sagenhafte Höhle nicht gibt, also müssen wir die auch nicht suchen.«
»Ich weiß nicht, ob sie existiert oder nicht«, antwortete Jack leise. Rose sah ihn alarmiert an. »Was heißt das? Hast du Ray Norton nicht gestern abend erzählt, daß du sie als Junge fieberhaft gesucht und nie gefunden hast und daß sie demzufolge gar nicht existieren kann?«
»Doch, das habe ich«, gab Jack unbehaglich zu. »Aber das war auch nicht mehr wahr als alles andere, was ich gestern abend gesagt habe.«
Rose stellte ihre Kaffeetasse hin und starrte ihn an. »Willst

du damit sagen, daß die Geschichte mit der Höhle auch nicht gestimmt hat?« fragte sie ungläubig.

Er nickte unglücklich, und plötzlich erinnerte er Rose an einen kleinen Jungen, den man mit der Hand im Bonbonglas erwischt hat. Sie hätte beinah gelacht – obwohl ihr alles andere als fröhlich zumute war.

»Aber warum hast du Ray diesen Bären denn aufgebunden?« fragte sie.

»Weil ich nicht wollte, daß die Suchtrupps sich an der Steilküste oder im Wald herumtreiben, darum.«

Rose sah ihn nachdenklich an; auf einmal fiel es ihr wie Schuppen von den Augen.

»Du glaubst, daß es die Höhle gibt, nicht wahr? Und an die Legende!«

»Ich weiß es nicht«, sagte Jack unsicher. »Jedenfalls habe ich die Höhle nie gesucht.«

»Warum denn nicht? Willst du mir tatsächlich einreden, daß dich diese wunderbare Gruselgeschichte nie dazu veranlaßt hat, die Steilküste nach der sagenhaften Höhle abzusuchen?« Er schüttelte den Kopf.

»Na, dann hat die Legende ihren Zweck ja wirklich erfüllt!« Ihr Lachen war amüsiert und erleichtert zugleich. »Aber jetzt ist es Zeit, daß du dich aus dem Bann der Geschichte befreist. Wir müssen die Steilküste gründlich untersuchen. Wir müssen unbedingt feststellen, ob es eine Höhle dort gibt oder nicht.«

»Wenn du dich dort umsehen willst, dann tu's«, sagte Jack. »Ehrlich gesagt, ich möchte es lieber nicnt genau wissen.«

Jack Conger war an diesem Morgen als erster im Verlag. Als die Angestellten um halb neun eintrudelten, war die

Tür zu seinem Büro geschlossen, und das rote Licht darüber brannte. Alle respektierten die Warnleuchte, außer Sylvia Bannister. Ohne anzuklopfen, trat sie in Jacks Zimmer. Er blickte auf, sagte jedoch nichts.
»Hattest du eine schlechte Nacht?« fragte sie mitleidig.
Jack legte den Kugelschreiber aus der Hand, lehnte sich zurück und rieb sich die Augen. »Ich weiß nicht. Falls du es für schlecht hältst, wenn man der ganzen Stadt ins Gesicht lügt, wenn man seinen Freund und Polizeichef belügt und seine älteste Tochter dazu veranlaßt, ebenfalls zu lügen, wenn man die ganze Nacht nicht schlafen kann und sich dann am Morgen noch vor seiner Frau zum Idioten macht, dann hatte ich wohl eine schlechte Nacht – ansonsten kann ich mich nicht beklagen.«
Sylvia setzte sich. »Willst du mir davon erzählen?«
»Nein – das will ich nicht. Ich möchte in Ruhe gelassen werden und wieder zu mir kommen, falls du nichts dagegen hast.«
Er hatte schon wieder den Kopf gesenkt und beschäftigte sich mit dem Text, der vor ihm auf dem Schreibtisch lag, sonst hätte er den verletzten Ausdruck auf Sylvias Gesicht gesehen. Sie stand auf und strich ihren Rock glatt.
»Natürlich nicht«, sagte sie kühl. »Tut mir leid, dich belästigt zu haben.« Als die Tür hinter ihr ins Schloß klickte, sah Jack auf. Er hätte sie gern zurückgerufen. Aber er tat es nicht.
Er arbeitete eine Stunde lang. Als er las, was er geschrieben hatte, warf er die Seiten sofort in den Papierkorb. Beim Durchlesen war ihm klar geworden, daß sein Artikel ebensogut von Martin Forager hätte stammen können. Er hatte den Polizeichef angegriffen – ja er hatte sogar zu der Überlegung aufgerufen, ob es nicht vielleicht an der Zeit

sei, Ray Norton durch einen fähigeren Mann zu ersetzen. Er hatte Antworten darauf gefordert, was nun eigentlich wirklich mit Anne Forager passiert war, und er hatte – natürlich nur verschleiert – die Vorteile der Lynch-Justiz beleuchtet: Natürlich hatte er dieses Wort nicht benützt; er hatte statt dessen die Bildung einer »Bürgerwehr« zur Diskussion gestellt, aber das kam schließlich auf dasselbe hinaus. Kurz gesagt: er hatte einen heuchlerischen Artikel verfaßt, der dazu dienen sollte, den Polizeichef in Mißkredit zu bringen und sich selbst, Jack Conger, als besorgten Bürger dastehen zu lassen. Jack erkannte, daß er Ray Norton von einer Spur abbringen wollte, von der Ray noch gar nichts wußte – der Spur, die unweigerlich zu Sarah führen mußte. Er fischte den zusammengeknüllten Artikel wieder aus dem Papierkorb und las ihn noch einmal durch: Den Zweck, dem er hätte dienen sollen, hätte er zweifellos hervorragend erfüllt.

Er verbrannte ihn im Papierkorb und nahm den Telefonhörer ab. Es war Zeit, daß er sich mit Dr. Belter unterhielt.

Dr. Charles Belter hörte aufmerksam zu. Es dauerte länger als drei Stunden, bis Jack Conger alle wichtigen Details aufgezählt hatte. Um sich verständlich zu machen, mußte er oft weit ausholen, einige Dinge wiederholen und ergänzende Erklärungen einflechten. Dr. Belter hörte sich alles geduldig an und unterbrach Jack so wenig wie möglich. Er achtete nicht nur auf das, was gesagt wurde, sondern auch wie es gesagt wurde und in welcher Reihenfolge. Denn die Wichtigkeit, so wußte Dr. Belter aus Erfahrung, die man bestimmten Dingen zumaß, war immer subjektiv – und sehr aufschlußreich.

Als Jack geendet hatte, lehnte der Psychiater sich zurück

und faltete die Hände über seinem eindrucksvollen Bauch. »Sie wissen also nicht, ob die besagte Höhle wirklich existiert oder existiert hat?«

»Existiert hat?« wiederholte Jack. »Warum sprechen Sie in der Vergangenheitsform?«

»Nun – es wäre doch immerhin möglich, daß früher einmal eine Höhle existierte, die inzwischen vielleicht eingestürzt oder verschüttet ist. Es ist nicht wichtig, ich bin einfach nur so daran gewöhnt, in allen Details pingelig zu sein. Vergessen Sie es. Das Wichtige an der Geschichte ist, daß Sie nicht wissen, ob die Höhle eine Realität ist oder die Ausgeburt einer senilen Phantasie.«

»Nein – das weiß ich nicht. Aber ich verstehe nicht, warum das wichtig sein soll.«

Dr. Belter zündete sich eine Zigarette an und blies den Rauch in die Luft. »Ich weiß nicht«, sagte er gedehnt. »Ist es wichtig?«

»Worauf wollen Sie hinaus?« fragte Jack mißtrauisch.

Der Arzt lächelte. »Nun – es scheint mir so, als sei die Höhle für Sie von immenser Wichtigkeit. Immerhin sind Sie sogar so weit gegangen, dem Polizeichef vorzulügen, es gäbe sie nicht – und daraus läßt sich einiges schließen.«

»Zum Beispiel?« Jetzt lag eindeutig Feindseligkeit in Jacks Stimme.

»Erstens, daß Sie an die Existenz der Höhle glauben. Wenn Sie wirklich sicher wären, daß es keine gibt, hätten Sie keine Veranlassung, Norton davon abzuhalten, nach ihr zu suchen.«

»Zweitens?« fragte Jack, ohne auf den ersten Punkt einzugehen.

»Das ist doch ganz einfach.« Dr. Belter beugte sich vor. »Sie sind nicht nur überzeugt davon, daß die Höhle exi-

stiert – Sie fürchten sich auch vor dem, was man möglicherweise dort finden könnte.«
»Das ist das Idiotischste, was ich seit langem gehört habe«, sagte Jack, jede Höflichkeit vergessend.
»Tatsächlich?«
Jack erkannte, daß seine Reaktion mehr auf Furcht beruhte als auf Zorn, und er fragte sich, warum das so war. Wovor fürchtete er sich denn? Und dann kam er zu dem Schluß, daß er nicht vor etwas Angst hatte, sondern um jemanden. Um Sarah! »Ich mache mir einfach nur Sorgen um Sarah«, sagte er nervös.
»So – tun Sie das«, sagte Dr. Belter, und Jack glaubte, einen leicht spöttischen Unterton zu hören. »Dann wollen wir uns einmal mit diesem Punkt befassen. Worüber machen Sie sich denn genau Sorgen? Befürchten Sie, daß Sarah kleine Kinder mißhandelt und sie dann in eine Höhle geworfen hat? Dann muß ich Ihnen sagen, daß das das Idiotischste ist, was ich seit langem gehört habe. Erstens ist da Sarahs Größe. Sie ist für ihr Alter doch eher klein, oder? Und zart. Um es deutlich zu sagen: ein wenig unterentwickelt.« Er sah Zorn in Jacks Gesicht steigen und hob die Hand. »Ach, kommen Sie. Ich habe nicht gesagt, daß sie anormal klein oder unterentwickelt ist. Sie ist durchaus im normalen Bereich, aber eben an der unteren Grenze. Glauben Sie tatsächlich, daß ein Kind von Sarahs Größe und Kraft einem Mädchen wie Kathy Burton ernsthaft etwas zuleide tun könnte? Kathy war ausgesprochen groß für ihr Alter und dazu noch sportlich. Und außerdem ein Jahr älter als Sarah. Bei Anne Forager und Jimmy Tyler ist das natürlich anders – sie sind beide jünger als Sarah und auch ein bißchen kleiner – aber bei Kathy Burton hätte Sarah niemals eine Chance gehabt.«

»Ich habe gehört, daß ... daß Kinder mit geistigen Störungen ... daß solche Kinder manchmal über erstaunliche Körperkräfte verfügen«, brachte Jack mühsam hervor.
»Ich glaube, Sie gehen zu oft ins Kino. Sicherlich gibt es das, aber nur sehr selten, und dann auch nur im Rahmen eines hysterischen Schocks, der sehr kurze Zeit andauert. Solche Dinge gibt es aber auch bei den sogenannten normalen Menschen. Zum Beispiel bei einer Mutter, die nach einem Autounfall den Wagen hochhebt, um ihr Kind darunter hervorzuziehen. Unter besonderer Belastung schießt ein Adrenalinstoß ins Blut und verleiht einem die sogenannten ›übermenschlichen Kräfte‹. Aber das kommt, wie gesagt, nur sehr selten vor – und es hält niemals über einen längeren Zeitraum an. Es sind immer nur Sekunden – und die würden wohl niemals ausreichen, um das auszuführen, was Sie vermuten.«
»Ich vermute gar nichts«, sagte Jack frostig.
»Nein? Ich glaube doch. Ich bin ein sehr aufmerksamer Zuhörer, wissen Sie, das ist schließlich mein Beruf. Und ich werde Ihnen sagen, was Sie vermuten. Natürlich nicht direkt, aber verschleiert. Und alles nur, weil Elizabeth Sarah mit jemandem hat spielen sehen, der von weitem wie Jimmy Tyler aussah. Sie vermuten, daß Sarah Kinder in den Wald zerrt, sie dort mißhandelt und anschließend irgendwie in eine Höhle wirft. Habe ich recht?«
Jack rutschte unbehaglich auf seinem Stuhl hin und her. Der Arzt hatte seine Gedanken zu genau formuliert. »Machen Sie nur weiter«, sagte er. Dabei war er nicht sicher, ob er noch mehr hören wollte, aber er hatte das Gefühl, daß er es mußte.
»Nun, wie ich schon sagte, ist ihre Theorie absolut lächer-

lich. Wenn wir aber einmal die völlig absurde These aufstellen, daß Sarah wirklich über den ganzen Zeitraum, den ein solches Unternehmen erfordert, in der Lage wäre, anormale Kräfte aufzubringen – können Sie mir dann sagen, wie sie ein Kind, das ebenso groß ist wie sie selbst, die Steilküste hinunterschaffen sollte? Sie haben selbst gesagt, daß sie sogar für einen Erwachsenen schwierig zu bewältigen ist.«
Jack dachte darüber nach und fühlte sich plötzlich ungeheuer erleichtert. Der Arzt hatte recht: seine Vermutung war tatsächlich absurd. Er und Rose hatten in ihrer Angst Gespenster gesehen, was allerdings kein Wunder war. Die letzten Tage waren für alle Bürger von Port Arbello nicht einfach gewesen – Jack und Rose Conger eingeschlossen.
»Na – das wäre dann ja erledigt«, sagte er. »Haben Sie eine Alternativ-Vorstellung?«
Der Arzt beugte sich mit ernstem Gesicht nach vorn. »Ja – habe ich. Mr. Conger – hatten Sie in letzter Zeit einmal Blackouts?«
Jack brauchte eine volle Minute, um zu begreifen, was Dr. Belter mit dieser Frage implizierte. Als er es begriffen hatte, mußte er alle Beherrschung aufbieten, um nicht auf den Psychiater loszugehen.
»Nur einmal, Doktor«, sagte er, vor Zorn am ganzen Körper zitternd. »Und wir wissen beide, was damals geschehen ist. Aber seitdem hatte ich keinen Blackout mehr. Nie.« Er stand auf und verließ wortlos das Zimmer.
»Woher wollen Sie das wissen?« fragte Dr. Belter in den leeren Raum hinein. »Woher wollen Sie wissen, daß Sie keine Blackouts haben?«

Es war schon Mittag, als Jack in den Verlag zurückkam.

Er schloß die Tür seines Büros hinter sich, und einen Augenblick später leuchtete wieder die rote Lampe auf. Die Angestellten des »Courier« sahen einander verwundert an. Dann schauten Sie auf die Uhr und stellten fest, daß Essenszeit war.
Sylvia Bannister, die als einzige zurückgeblieben war, starrte auf die geschlossene Tür. Sie zögerte einen Moment, drückte dann jedoch entschlossen auf den Knopf der Sprechanlage auf ihrem Schreibtisch.
»Ich gehe jetzt zum Essen«, sagte sie. Als keine Antwort kam, zog sie ihren Mantel an und wollte gerade den Raum verlassen, als Jacks Stimme durch die Sprechanlage kam.
»Hast du vielleicht vorher noch eine Minute Zeit für mich?«
Sylvia zog ihren Mantel wieder aus und hängte ihn an den Haken zurück. Dann strich sie ihren Rock glatt und öffnete die Tür zum Allerheiligsten.
Sie hatte sich vorgenommen, ganz kühl zu sein, aber als sie seinen Gesichtsausdruck sah, ließ sie ihren Vorsatz fallen.
»Es geht dir nicht gut, nicht wahr?« Es war eher eine Feststellung als eine Frage. Jack schaute zu ihr auf, und sie sah Tränen in seinen Augen.
»Ich komme gerade von einem Gespräch mit Dr. Belter.«
»Ich hatte mich schon gewundert, wo du hinverschwunden warst.« Sylvia setzte sich ihm gegenüber. »Worum ging's denn?«
»Ich fuhr hin, weil ich mit ihm über Sarah sprechen wollte – aber plötzlich sprachen wir über mich!«
Sylvia lächelte. »Ist das denn so schlimm? Ab und zu tut es uns allen gut, wenn wir mal über uns sprechen können – und du hast es in letzter Zeit ja nicht gerade leicht gehabt, oder?«

»Darum ging es nicht. Er scheint zu glauben, daß möglicherweise ich die Kinder verschleppt habe.«

Sylvia starrte ihn völlig fassungslos an. »Du? Da hast du ihn bestimmt mißverstanden.«

»Nein – ich habe ihn nicht mißverstanden: Er wollte wissen, ob ich in letzter Zeit Blackouts gehabt hätte.«

»Das ist das Geschmackloseste, was ich je gehört habe«, fuhr Sylvia empört auf. »Die Sache liegt jetzt ein Jahr zurück. Es war nicht letzten Monat und auch nicht letzte Woche. Vor einem Jahr! Um genau zu sein: vor dreizehn Monaten. Glaubt er wirklich, daß es wieder passiert ist? Und gleich dreimal? So ein Schwachsinn! Und abgesehen davon wissen wir doch, wo du warst, als die Kinder verschwanden.«

»An dem Tag, als Kathy Burton verschwand, war ich sogar in seinem Büro.« Jack lächelte dünn.

»Was soll das Ganze also?« fragte Sylvia.

»Ich weiß es nicht, aber es macht mir Angst. Wenn er so denkt, was sollen dann erst die Leute in Port Arbello denken?«

»Das kann ich dir nicht sagen, aber ich weiß, was ich denke: Dr. Belter ist offenbar nicht mehr bei Trost.« Sie stand auf. »Und jetzt sollten wir etwas essen. Bei mir!«

Jack sah sie verständnislos an.

»Jack«, sagte sie sanft, »meinst du nicht, daß du dir eine Verschnaufpause verdient hast? Nimm dir ein paar Stunden frei. Es wird dir gut tun. Und mir auch.«

Sie fuhren schweigend zu Sylvias Wohnung und unterhielten sich über neutrale Themen, während Sylvia das Essen vorbereitete. Es war keine so gezwungene Unterhaltung wie zwischen Jack und Rose, wenn sie absichtlich vermieden, über die Dinge zu sprechen, die sie beschäftig-

ten, sondern ein stillschweigendes Übereinkommen, einfach einmal abzuschalten. Und es brachte sie einander näher.
Sie fuhren an diesem Nachmittag nicht zum »Courier« zurück; sie verbrachten ihn in Sylvia Bannisters Bett. Und es tat beiden gut. Zum ersten Mal seit einem Jahr lag Jack Conger unverkrampft in den Armen einer Frau. Sylvia Bannister war zufrieden. Vorübergehend war er es auch.

Die beiden Kinder in der Höhle klammerten sich aneinander – seit fast sechsunddreißig Stunden. Jimmy Tyler war lange bewußtlos gewesen, und Kathy hatte gedacht, daß er sterben würde. Aber dann war er aufgewacht. Die nachtschwarze Dunkelheit hatte ihn mit Entsetzen erfüllt. Kathy hatte versucht, ihn zu beruhigen und ihm zu erklären, was vorgefallen war. Ihre Stimme war sehr schwach gewesen, und ab und zu hatte sie den Faden verloren. Aber allein der Klang einer menschlichen Stimme hatte Jimmy allmählich beruhigt. Und nun warteten sie.
Sie blieben immer ganz dicht beieinander, und wenn sie schliefen, dann hielten sie sich eng umschlungen.
Jimmy hatte sich zuerst vor den kratzenden Geräuschen gefürchtet, aber als Kathy ihm erklärte, daß das nur Krabben waren, die zwischen den Steinen herumkrochen, versuchte er sogar, eine zu fangen. Schließlich war es ihm gelungen, und er hatte sie, so wie sie war, in den Mund gesteckt. Sie schmeckte bitter, und er spuckte sie sofort wieder aus. Kathy gab ihm einen Schluck Wasser, damit er den scheußlichen Geschmack loswurde.
Ab und zu sprachen sie, hauptsächlich Jimmy, denn Kathys Stimme war schwach, und ihre Kehle schmerzte inzwischen sehr. Aber die meiste Zeit saßen sie einfach still

da, hielten sich an den Händen und fragten sich, wie lange sie jetzt schon in der Höhle gefangen waren und wie lange sie wohl noch hier festgehalten würden.

Jimmy sagte gerade wieder einmal etwas, als Kathy seine Hand plötzlich ganz fest drückte.

»Psst!« zischte sie, und er verstummte sofort: Von oben war das Kathy nun schon wohlbekannte Scharren zu hören. Als es lauter wurde, drückte Kathy Jimmys Hand so fest, daß es weh tat – aber vor lauter Anstrengung zu hören, was dort oben vorging, merkte er die Schmerzen kaum.

»Leg dir die Hand über die Augen«, flüsterte Kathy ihm zu.

Er wußte zwar nicht, warum er das tun sollte, aber er gehorchte. Einen Augenblick später nahm er einen schwachen roten Schimmer durch seine Hand wahr. Er öffnete die Finger einen Spalt und sah einen Lichtstrahl von oben durch den Schacht scheinen. Er kniff die Augen zu, nahm die Hand weg und öffnete die Augen dann ganz allmählich wieder. Kathy kauerte neben ihm, hielt immer noch krampfhaft seine Hand fest und hatte ihre andere über ihre Augen gelegt.

»Wenn du nur ein bißchen blinzelst, tut das Licht nicht weh«, flüsterte Jimmy.

Kathy nahm die Hand von den Augen und versuchte es: Jimmy hatte recht. Der Lichtstrahl stand still, und es kam kein Geräusch mehr von oben. Die beiden Kinder sahen einander neugierig an. Und dann klatschte plötzlich dicht neben ihnen etwas auf den Boden. Jimmy wollte etwas sagen, aber Kathy legte ihm rasch die Hand auf den Mund. Ein kleines, weißes Paket war heruntergeworfen worden. Jimmy befreite sich aus Kathys Griff und huschte hin, um

es zu holen – wie eine Maus, die in die Mitte eines Raumes schießt, um sich dort ein Stück Käse zu schnappen.
Er entfernte das Papier. »Schau mal«, sagte er. »Belegte Brote.«
Kathys Hunger siegte über ihre Angst. Sie griff nach einem Brot und biß gierig hinein. Auch Jimmy stürzte sich auf das Essen – mit dem Heißhunger eines kleinen Kindes, das an geregelte Mahlzeiten gewöhnt ist.
Die Übelkeit überfiel sie beide gleichzeitig. Sie krümmten sich zusammen und übergaben sich, bis nur noch Galle kam: Die Brote – dieses wundervolle Geschenk von oben – waren mit Sand gefüllt. Mit Sand und Algen!
Von oben ertönte ein gespenstisches Gelächter! Elizabeth beobachtete sie offenbar im ruhigen Strahl der Lampe. Instinktiv krochen sie in die schützende Dunkelheit zurück, wie unterirdisch lebende Tiere, die vor der Sonne fliehen. Das Licht ging aus, und sie hörten, wie Elizabeth sich entfernte. Hand in Hand saßen Kathy und Jimmy auf dem Boden der Höhle und weinten bitterlich.

20

Der folgende Sonntag war einer von diesen bleigrauen Tagen, mit denen einem der Herbst manchmal einen Vorgeschmack auf den Winter gibt. In Port Arbello verstärkte das Wetter die Niedergeschlagenheit der Bürger noch um einiges; das Wirtshaus machte einen größeren Umsatz als üblich. An einem gewöhnlichen Samstagmorgen konnte man sicher sein, daß Marty Forager hereingeschlurft kam und verkündete, er sei zur »Messe« da. Er blieb dann den ganzen Tag und schlurfte wieder hinaus, wenn er seine »Abendandacht« beendet hatte. Aber an dem Sonntag nach Jimmy Tylers Verschwinden waren sowohl die Kirchen als auch das Wirtshaus gerammelt voll.

Die Congers sah man weder hier noch dort. Ins Wirtshaus wären sie ohnehin nicht gegangen, und den Kirchenbesuch hatten sie in stillschweigender Übereinkunft ausfallen lassen: zu Hause fühlten sie sich sicherer, ohne zu wissen wovor. Sie saßen noch beim Frühstück, als das Telefon klingelte.

»Ich geh schon ran!« hörten sie Elizabeth von oben rufen. Und einen Augenblick später: »Es ist für dich, Mutter: Mrs. Stevens.«

»Hallo, Barbara!« sagte Rose und versuchte fröhlich zu klingen. Sie war genauso niedergeschlagen wie der Rest der Leute in Port Arbello, aber sie konnte es ganz gut mit ihrer »Berufsstimme« kaschieren. »Ich dachte schon, Sie wären ge...« Sie brach ab. Sie hatte »gestorben« sagen wollen, aber das war wohl nicht ganz passend. Sie machte sich nicht die Mühe, nach einem anderen Wort zu suchen. »Jetzt hätte ich beinahe etwas gesagt. Das liegt wahrscheinlich daran, daß uns allen dieses Thema momentan im Kopf herumgeht.«

»Genau das ist der Grund meines Anrufs«, antwortete Barbara Stevens. »Ich habe besagtes Thema bis oben hin und könnte mir vorstellen, daß es Ihnen genauso geht. Das Wetter ist zu schlecht, um etwas am Haus zu tun, und da dachten Carl und ich, daß eine Partie Bridge nicht schlecht wäre. Spielen Sie?«

»Schrecklich gern«, antwortete Rose. »Wann und wo?«

»So gegen eins hier. Und bringen Sie die Mädchen mit.«
»Ich muß nur noch rasch Jack fragen. Ich rufe Sie dann gleich wieder an.«
Sie legte auf und ging ins Eßzimmer zurück.
»Das war Barbara Stevens. Sie und Carl möchten, daß wir zum Bridge zu ihnen rüberkommen. So gegen eins. Mit den Mädchen«, fügte sie rasch hinzu, als sie Jacks zweifelnde Miene sah.
»Ich weiß nicht recht – Du weißt doch, wie Sarah bei Fremden manchmal ist.«
»Dann lassen wir die beiden eben bei Mrs. Goodrich zu Hause.«
Jack sah, daß es keine Möglichkeit für ihn gab, dem Bridge zu entgehen, und beschloß, gute Miene dazu zu machen, obwohl er das Spiel verabscheute.
»Warum spielen wir nicht statt dessen hier bei uns?« schlug er vor. »Es sei denn, die Stevens' wollen aus irgendeinem Grund unbedingt, daß wir zu ihnen kommen.«
»Ich werde fragen«, sagte Rose. »Aber es bleibt bei ein Uhr, ja?«
»Ich wüßte nicht, was dagegen spräche.«
»Außer, daß du das Spiel haßt«, grinste Rose. Ohne ihm Zeit für eine Antwort zu lassen, fuhr sie fort: »Jedenfalls ist es mal eine Ablenkung – und nach dieser Woche gefällt es dir vielleicht sogar.«
Der gleiche Gedanke war ihm auch schon gekommen, und er lächelte Rose an. Dann hörte er sie draußen telefonieren, verstand jedoch nicht, was sie sagte. Er dachte darüber nach, wie es wohl kam, daß er seit dem wundervollen Nachmittag mit Sylvia plötzlich wieder eine positive Einstellung zu seiner Ehe hatte. Wahrscheinlich lag es daran, daß er nicht mehr das Gefühl hatte, kein Mann zu sein.

Und plötzlich stellte er fest, daß er sich tatsächlich auf den Bridge-Nachmittag freute. Es war schön, sich wieder einmal auf etwas zu freuen.

»Ein Treff.«
»Ich passe.«
»Ein Pik.«
»Ich passe.«
»Ein sans atout.«
Die Gebote waren gemacht, und Barbara Stevens sah ihren Partner an.
»Läßt Ihr Mann Sie auf einer Stufe sitzen?« fragte sie.
»Nur wenn er meint, mich reinlegen zu können«, antwortete Rose. Barbara sah erst Jack und dann Carl an.
»Was ist, Freunde? Muß ich dieses Spiel spielen?«
Jack sah seine Karten genau an, schob sie dann zusammen und warf sie auf den Tisch. »Nicht wenn die viertbeste die Vierte unter der Sieben ist. Sie haben nicht ausgereizt. Schreiben Sie sich vierzig gut, und wir können immer noch froh sein.«
Carl Stevens teilte die Karten neu aus, und als er seine zu ordnen begann, schaute er zur Zimmerdecke hinauf.
»Totenstill da oben«, sagte er. »Ich habe nicht geahnt, daß drei Kinder so wenig Krach machen können – womit ich es natürlich nicht beschreien will!« Er sortierte seine Karten zu Ende und versuchte, sein Vergnügen zu verbergen. »Zwei sans atout«, sagte er an und hörte befriedigt das Aufstöhnen der Damen.
Im ersten Stock saßen die Kinder im Spielzimmer auf dem Boden. Sie hatten Monopoly gespielt, wobei Sarah gewonnen hatte – hauptsächlich, weil Jeff und Elizabeth abwechselnd für sie gespielt hatten. Sarah hatte ruhig

dagesessen und sich darauf beschränkt, ab und zu mal einen Spielstein oder ein Haus aufzunehmen, sorgfältig zu untersuchen und es dann wieder genau an seinen Platz zu stellen.

»Sie hat eben Glück«, sagte Jeff. Als spüre Sarah, daß das Spiel beendet war, streckte sie die Hand aus und wischte alles vom Spielbrett herunter. Elizabeth sammelte das verstreute Geld ein und sortierte es. Sie lächelte Jeff an.

»Sie gewinnt jedes Spiel«, sagte sie. »Und dann wischt sie alles vom Tisch. Jedesmal.« Sie fügte nicht hinzu, daß dies die einzige Aktivität war, die Sarah bei einem Spiel entwickelte. Sie war sicher, daß Jeff das auch so begriff. »Hast du schon mal eine Alphabet-Tafel gesehen?« fragte sie ihn.

»Du meinst eines von den Dingern, die einem die Zukunft voraussagen?«

»Sie sagen nicht die Zukunft voraus. Man kann mit Hilfe dieser Tafel Kontakt zu Geistern aufnehmen.«

»Ich glaube nicht an Geister«, sagte Jeff. Aber dann: »Hast du so ein Ding?«

Elizabeth nickte. »Ich habe sie auf dem Speicher gefunden. Sarah und ich spielen sehr oft damit. Willst du's auch mal probieren?«

»Klar«, nickte Jeff. »Warum nicht?«

Elizabeth räumte das Monopoly auf und kam mit der Alphabet-Tafel zurück. Sie legte sie zwischen Jeff und sich auf den Boden und rief dann Sarah, die am Fenster stand und ins Leere starrte. Schweigend setzte Sarah sich hin und legte ihre Finger auf den Zeiger.

»Und was machen wir jetzt?« fragte Jeff.

»Es ist ganz einfach«, erklärte Elizabeth. »Du mußt nur die Finger auf das Ding legen – so wie Sarah – und eine Frage stellen. Dann fängt der Zeiger an, sich zu bewegen.

»Von ganz allein?« fragte Jeff skeptisch.
»Natürlich. Komm – versuchen wir's.«
Sie legte die Finger auf den Zeiger, und einen Moment später tat Jeff es ihr nach, obwohl er sich leicht albern dabei vorkam.
»Ist irgend jemand da?« fragte Elizabeth mit hohler Stimme.
Fast eine ganze Minute lang tat sich überhaupt nichts, und Jeff war schon drauf und dran, seine Finger wieder wegzunehmen und das Spiel als schwachsinnig abzutun, als er plötzlich eine leichte Vibration zu spüren glaubte. Und dann bewegte sich der Zeiger! Er glitt über die Tafel und stoppte bei »B«.
»Hast du das gemacht?« fragte er Elizabeth.
Sie schüttelte den Kopf. »Psst! Du mußt still sein!«
Jeff preßte die Lippen aufeinander und spürte, daß der Zeiger weiterrutschen wollte. Er drückte fest darauf, um ihn aufzuhalten. Er spürte, wie der Zeiger buchstäblich wegwollte, wie ein Tier, das man gegen seinen Willen festhielt – und sah zu Elizabeth hinüber, um festzustellen, ob sie versuchte, ihn zu bewegen. Sie sah völlig entspannt aus. Seine Fingerspitzen waren vor Anstrengung schon ganz weiß, aber der Zeiger ließ sich nicht bremsen.
»Du kannst ihn nicht aufhalten«, flüsterte Elizabeth. »Ich habe es auch schon versucht. Ich dachte damals, Sarah würde ihn bewegen.«
Jeff sah fasziniert zu, wie der Zeiger sich weiterdrehte und beim »E« haltmachte. Er versuchte noch einmal, ihn festzuhalten, aber er drehte sich unaufhaltsam bis zum »T« weiter.
»Bet«, sagte Jeff. »Was soll das heißen?« »Er ist noch nicht am Ende«, erklärte Elizabeth. »Ich weiß, was seine letzte

Station sein wird.« Der Zeiger schlug jetzt nach der anderen Seite aus und hielt beim »H«. Eine plötzliche Erregung erfaßte Jeff, und er wußte, daß der Zeiger sich nun nicht mehr bewegen würde.

»Beth«, sagte er. »Das ist ja die Kurzform von deinem Namen.«

»Ich weiß«, sagte Elizabeth. »Aber ich bin damit nicht gemeint. Es ist der Name eines Geistes. Sie will mir wahrscheinlich etwas sagen.«

»Warum nicht mir?« grinste Jeff. »Ich bin schließlich auch da.«

Elizabeth schüttelte ernst den Kopf. »Nein – sie will nur mit mir sprechen. Ich weiß es: ich habe schon oft mir ihr gesprochen.«

»Davon bin ich überzeugt«, spöttelte Jeff. »Ich nehme an, die ist deine Ur-Ur-Großmutter oder so was.«

»Wie kommst du darauf?« fragte Elizabeth ihn nervös. Sie schien jetzt etwas weniger selbstsicher zu sein.

»Worauf?« entgegnete Jeff.

»Daß sie vielleicht meine Ur-Ur-Großmutter ist.«

»Nur so. Ich dachte, es wären immer die Geister der Ur-Ur-Großmütter, mit denen die Leute reden.«

»Weißt du irgend etwas über meine Ur-Ur-Großmutter?«

»Wie sollte ich?«

»Ich dachte, du hättest vielleicht von der Legende gehört.«

»Von was für einer Legende? Jetzt sag' bloß nicht, daß Beth tatsächlich deine Ur-Ur-Großmutter ist! Wenn du das behauptest, dann bist du noch verrückter als deine Schwester.«

»Red' nicht so über Sarah!« fuhr Elizabeth ihn an. »Das ist nicht nett!« Sie wandte sich an Sarah. »Nimm's ihm nicht übel, Sarah, er hat eben keine Ahnung.«

Jeff schaute etwas beschämt und murmelte eine Entschuldigung. Dann bat er Elizabeth, ihm von der Legende zu erzählen.

»Es soll irgendwo in der Steilküste eine Höhle geben«, begann sie. »Meine Ur-Ur-Großmutter – vielleicht gehört auch noch ein ›Ur‹ davor – hat davon geträumt. Es war ein schrecklicher Traum. Die Höhle soll auch ein ganz schrecklicher Ort sein. Mein Vater hat mir erzählt, daß meine Ur-Ur-Großmutter gesagt hat, die Höhle sei das Tor zur Hölle. Jedenfalls hat sie davon geträumt – und dann passierten furchtbare Dinge.«

»Was für Dinge?« fragte Jeff neugierig. »Ist jemand getötet worden?«

»Anscheinend ja«, nickte Elizabeth. »Ich glaube, Beth war eine davon.«

»Wer war sie denn?«

»Ich bin nicht sicher«, sagte Elizabeth. Ihre Stimme erstarb zu einem Flüstern, und ein seltsam leerer Ausdruck trat in ihre Augen. »Sie war noch ein kleines Mädchen, als sie starb, ein bißchen jünger als Sarah. Ich frage sie immer wieder, was ihr passiert ist, aber sie sagt es mir nicht. Aber es hatte irgend etwas mit dem Wald zu tun – und mit der Höhle. Und deshalb dürfen wir dort nicht hin.«

»Ist das alles?« fragte Jeff enttäuscht.

»Und dann war da noch die Sache mit meinem Ur-Großonkel. Er hat sich umgebracht.«

»Woher weißt du das?«

»Ich weiß es eben. Er kam eines Tages nach Hause und brachte irgend etwas mit – eine tote Katze oder so was. Vielleicht war es auch ein Kaninchen. Na, egal. Du kennst doch das Arbeitszimmer an der Rückseite vom Haus, oder?«

»Du meinst das Zimmer, in dem das Bild von dir an der Wand hängt?«

Elizabeth nickte. »Aber es ist kein Bild von mir. Also, man sagt, mein Ur-Großonkel ging mit der Katze oder dem Kaninchen, oder was immer es war, ins Arbeitszimmer. Und nach einer Weile ging er zur Klippe hinter dem Haus und stürzte sich hinunter.«

Jeffs Augen weiteten sich. »Wirklich? Ins Meer?«

»Natürlich ins Meer«, sagte Elizabeth. »Es gibt ja sonst da nichts, außer den Felsen.«

»Donnerwetter!« Jeff war sichtlich beeindruckt. »Ist sonst noch was passiert?«

»Ja – mit meinem Ur-Großvater. Man weiß nicht genau, was mit ihm geschehen ist. Er ging eines Tages los, um die Höhle zu suchen und kam nicht mehr zurück.«

»Hat man ihn denn nicht gefunden?«

»Doch – aber da war er schon tot. Er klemmte sich einen Fuß zwischen zwei Felsen ein, und als die Flut kam, ertrank er.«

»Ich glaube kein Wort!« sagte Jeff und hoffte auf weitere Sensationen.

»Das ist mir egal! Es ist passiert und damit basta.«

»Wer hat dir denn das alles erzählt?«

»Mein Vater. Und ihm hat es sein Vater erzählt, oder seine Mutter. Auf jeden Fall stimmt es.«

»Hast du die Höhle schon mal gesehen?« fragte Jeff.

»Nein«, sagte Elizabeth zögernd. »Aber es hat sie auch sonst noch niemand gesehen.«

»Woher weißt du dann, daß sie existiert?«

»Ich weiß es eben.«

»Aber woher?«

»Ich weiß nicht.«

»Wenn du mir nicht sagen kannst, woher du es weißt, dann weißt du es auch nicht«, provozierte Jeff sie.
»Doch – ich weiß es!« insistierte Elizabeth. Und dann stieß sie plötzlich hervor: »Beth hat es mir gesagt!«
Jeff verdrehte die Augen. »Ach, ja – natürlich! Beth! Du weißt ja noch nicht einmal, wer sie war.«
»Doch«, sagte Elizabeth mit zittriger Stimme. »Sie . . . sie ist das Mädchen von dem Bild im Arbeitszimmer. Das Mädchen, das so aussieht wie ich.«
»Du kannst mir viel erzählen«, sagte Jeff wegwerfend.
»Aber es stimmt!« beharrte Elizabeth. »Sie spricht über die Alphabet-Tafel mit mir, und sie hat es mir gesagt!«
Jeff legte sich zurück, stützte sich auf einen Ellbogen und grinste Elizabeth an. Keiner von beiden hatte bemerkt, daß Sarah wieder ans Fenster gegangen war. Sie starrte hinaus und trat unruhig von einem Fuß auf den anderen.
»Ich sag' dir was«, stichelte Jeff. »Wenn du mir sagen kannst, wo die Höhle ist, dann nehme ich dir das übrige auch ab.«
Elizabeth sah ihn an und überlegte, wie sie ihn überzeugen könnte.
»Nun«, fing sie an, »es gibt da einen Ort . . .«
Sarah wandte sich vom Fenster ab und starrte Elizabeth mit leeren Augen an. Weder Elizabeth noch Jeff waren sich überhaupt bewußt, daß sie auch noch im Zimmer war.
»Was für einen Ort?« fragte Jeff ungläubig.
»Einen . . . einen geheimen Platz«, sagte Elizabeth.
Sarah fing an zu schreien. Ein schriller Schrei entrang sich ihrer Kehle. Mit verzerrtem Gesicht stürzte sie sich auf die Alphabet-Tafel, packte sie und warf sie durch das geschlossene Fenster. Glas splitterte, und die Tafel landete klappernd auf dem Dach der Veranda.

Jeff sprang auf die Füße und starrte Sarah entgeistert an, die wie eine Wilde durch den Raum hetzte, als suche sie etwas. Plötzlich stürmte sie auf die Tür zu, riß sie auf und rannte hinaus. Jeff war sehr blaß geworden. Ratlos sah er Elizabeth an, aber sie war völlig gelassen: Sie ging zum Fenster, öffnete es und griff nach der Alphabet-Tafel, die in einem wahren Meer von Splittern lag. Einer blieb in ihrem Finger stecken. Sie zog ihn heraus und leckte den winzigen Blutstropfen ab. »Du mußt dir dabei nichts denken«, sagte sie lächelnd zu Jeff. »Das macht sie oft. Sie beruhigt sich schon wieder.«

Als Sarahs erster Schrei durch das Haus gellte, ließ Barbara Stevens die Karten fallen und schlug die Hände vor den Mund.
»Mein Gott! Es muß etwas mit den Kindern sein!«
Sie wollte aufspringen, aber Rose hielt sie zurück: »Das ist nur Sarah. Ich weiß, es hört sich schrecklich an – aber es geht schnell wieder vorbei. Bitte bleiben Sie ruhig sitzen.«
Barbara sank widerwillig auf ihren Stuhl zurück. Sie war leichenblaß geworden. Carl Stevens saß wie angewurzelt da. Sarahs Schreie wurden immer lauter. Und dann hörten sie sie die Treppe herunterrennen.
Die Tür vom Wohnzimmer flog auf, und der ganze Raum vibrierte unter den Schreien des hysterischen Kindes. Sarah stürzte mit weit vorgestreckten Armen auf die Fenstertür zu. Sie schlug mit voller Kraft dagegen. Die Türflügel gaben nach, flogen auf und knallten draußen gegen die Wand. Die Scheiben barsten. Sarah hatte die Veranda bereits überquert.
»Jack!« rief Rose. »Halt sie auf! Schnell!«
Jack war schon auf den Füßen und die Stevens' sahen

voller Entsetzen zu, wie er durch den Raum nach draußen stürmte. Sarah hatte bereits die Wiese erreicht. In ihrer Hysterie rannte sie unglaublich schnell, und die drei Menschen im Wohnzimmer sahen, daß ihr Vater sie kaum einholen konnte. Sie raste auf den Wald zu. In der plötzlichen Stille des Hauses bewegte Rose sich auf die Verandatür zu, um die Verfolgungsjagd zu beobachten. Oben im ersten Stock beobachteten Elizabeth und Jeff ebenfalls das Geschehen auf der Wiese, das in dem grauen Tageslicht und dem leichten Nieselregen wie eine Art verrücktes Fangspiel wirkte. Niemand sprach ein Wort, und die Zeit schien stehenzubleiben, als Jack Conger versuchte, seine fliehende Tochter einzuholen.

Jack fühlte den Regen auf seinem Gesicht. Weit vor ihm rannte Sarah schnurstracks auf den Wald zu. Er hatte nicht damit gerechnet, sie so schwer einholen zu können. Ihm fiel Dr. Belters Äußerung über das Adrenalin ein, und er fragte sich, wie lange sie das Tempo wohl würde halten können.

Als sie die Wiese zur Hälfte überquert hatte, wurde sie merklich langsamer. Sie lief pfeilgerade, als habe sie ein ganz bestimmtes Ziel vor Augen und steuere genau darauf zu. Jack rutschte ein paarmal auf dem nassen Gras aus und stolperte – und jedesmal, wenn er dadurch aufgehalten wurde, vergrößerte sich der Abstand zwischen ihr und ihm wieder um ein Stück.

Schließlich wurden ihre Schritte zögernder, und Jack erkannte, daß er sie am Waldrand würde abfangen können. Oder kurz dahinter. Bei dem Gedanken daran überfiel ihn eine merkwürdige Erregung – jäh wurde Adrenalin in seinen Körper gepumpt. Er stürmte los.

Er warf sich nach vorn, packte Sarahs Beine und brachte

sie zu Fall. Und dann hielt er sie fest. Sarah kämpfte verbissen, um aus der Umklammerung freizukommen, und ihre Schreie wurden immer schriller, als hätte ihre Angst sich aus irgendeinem Grund noch vergrößert. Plötzlich war alles vorbei: die Schreie brachen ab, und sie lag schwer atmend und von trockenen, kleinen Schluchzern geschüttelt unter ihm im nassen Gras. Jack hob sie behutsam auf und trug sie zum Haus zurück.

Er begann, über das Feld zurückzugehen. Sein Gehirn war völlig leer. Es war wie vor einem Jahr. Auch damals hatte er sie so getragen, und auch damals hatte es geregnet, und auch damals hatte sie geschluchzt. Damals war ihr Kleid zerrissen gewesen, und sie hatte geblutet. Widerwillig sah er auf den schlaffen Körper in seinen Armen hinunter: Ihr Gesicht hatte bei dem erbitterten Kampf ein paar Kratzer abbekommen, und an ihrer linken Wange lief ein dünnes, rotes Rinnsal hinunter. Ihre Jeans waren total verdreckt, die Träger waren abgerissen, und der Latz hing herunter. Jack spürte Panik in sich aufsteigen.

Er schaute zum Haus hinüber und sah wie durch einen Schleier die drei Menschen dastehen, die darauf warteten, daß er sein Kind nach Hause brachte, und darauf, daß er ihnen erzählte, was er getan hatte. Was hatte er getan? Er wußte es nicht. Er brachte sein Kind nach Hause. Sie warteten auf ihn. Warum warteten sie auf ihn? Er spürte den Regen nicht mehr. Er spürte auch das elastische feuchte Gras unter seinen Füßen nicht mehr. Es war, als liefe er durch einen Tunnel, und er wußte nicht, was am Ende des Tunnels lag, und er wußte auch nicht, was hinter ihm lag. Er merkte, daß ihm schwindlig wurde und zwang sich, seinen Blick von den drei Menschen zu lösen und nach oben zu schauen.

Da war Elizabeth! Sie stand im ersten Stock am Fenster und beobachtete ihn. Und sie lächelte zu ihm herunter. Es war ein sanftes Lächeln, und es tröstete ihn.
Jack spürte, wie die Panik schwand und konzentrierte sich ganz auf Elizabeths Gesicht.
Als er die Veranda erreichte, verschwand es aus seinem Blickfeld, und die Panik erwachte wieder.
Er trug Sarah ins Wohnzimmer und legte sie vorsichtig auf das Sofa. Und dann erschütterte plötzlich ein wildes Schluchzen seinen Körper. Er wich vom Sofa zurück und sah seltsam abwesend zu, wie Rose und die Stevens' zu Sarah traten und sich über sie beugten. Niemand bemerkte, daß er den Raum verließ. Er stolperte ins Schlafzimmer hinauf, legte sich auf das Bett und begann zu weinen. Er erinnerte sich! Es war grauenvoll!

Im Wohnzimmer blickten die drei Erwachsenen hilflos auf das schluchzende Kind hinunter. Sie wußten, daß sie nichts tun konnten als abwarten. Aber die Schluchzer zerrissen einem das Herz. Alle drei hatten das Gefühl, daß Sarah verzweifelt versuchte, ihnen etwas mitzuteilen.
Sie horchten angestrengt und versuchten, einen Sinn in den seltsamen Lauten zu erkennen, die sich Sarahs Kehle entrangen.
»Geheim . . .« schien sie zu sagen. »Geheim . . .«
Aber sie waren nicht sicher.

21

Carl und Barbara Stevens beobachteten erschüttert, wie Rose versuchte, Sarah zu trösten. Das Kind lag zitternd auf der Couch, seine Blicke schossen wild herum, als suche es eine Möglichkeit, zu entkommen.

»Es ist ja gut, mein Schatz«, sagte Rose immer wieder. »Es ist alles gut. Mami ist ja da, mein Herz. Sei ganz ruhig.« Sie wollte das Kind in den Arm nehmen, aber Sarah wehrte sich dagegen, als drohe ihr von einer Umarmung Gefahr. Das Ehepaar Stevens sah sich an. Mitleid lag in beider Blick. Und dann hörten sie von der Wohnzimmertür her ein Geräusch: Elizabeth und Jeff standen dort. Carl wollte sie wieder nach oben schicken, aber Rose, die die Kinder auch gesehen hatte, sagte: »Lassen Sie sie nur.« Dann wandte sie sich an Elizabeth und Jeff: »Was ist oben vorgefallen?« Sie fixierte Elizabeth. »Was hat Sarah so aufgeregt?«

»Ich weiß es nicht.« Elizabeth zuckte die Achseln. »Wir haben mit der Alphabet-Tafel gespielt, und dann habe ich Jeff von unserer Legende erzählt.«

»Hat Sarah zugehört?«

Wieder zuckte Elizabeth die Achseln. »Ich habe nicht auf sie geachtet, weil ich mich mit Jeff gestritten habe.«

»Gestritten?« horchte Barbara Stevens auf. »Worüber denn?« »Über die verrückten Geschichten, die sie mir erzählt hat«, sagte Jeff. »Sie wurde wütend, als ich sagte, daß ich kein Wort davon glaube.«

»Aber jedes Wort ist wahr!« beharrte Elizabeth.

»Ging es um die Höhle?« fragte Barbara. Jeff sah sie überrascht an.

»Hast du etwa auch schon davon gehört?«

»Ja, habe ich. Aber ob die Geschichte nun stimmt oder nicht – du hättest dich deshalb doch nicht mit Elizabeth zu streiten brauchen.«
»Aber . . .« begann Jeff, doch sein Vater schnitt ihm das Wort ab: »Kein aber. Es ist idiotisch, sich wegen einer Sache zu streiten, von der man selber keine Ahnung hat. Sei so freundlich und entschuldige dich bei Elizabeth.«
Einen Augenblick sah es so aus, als wollte Jeff sich mit seinem Vater anlegen, aber dann wandte er sich pflichtschuldigst an Elizabeth: »Es tut mir leid.« Doch er konnte es sich nicht verkneifen hinzuzufügen: »Aber ich glaube trotzdem nicht, daß es die Höhle gibt.«
Elizabeth wollte etwas sagen, aber Rose kam ihr zuvor: »Es ist im Augenblick völlig uninteressant, ob die Höhle existiert oder nicht – viel interessanter ist, was Sarah so aufgeregt haben kann. Was ist passiert?« Wieder sah sie Elizabeth an.
»Ich erzählte Jeff von der Höhle – und als wir zu streiten anfingen, drehte Sarah plötzlich durch. Ein Fenster im Spielzimmer ist dabei kaputtgegangen.«
»Ein Fenster?«
»Ja – sie hat die Alphabet-Tafel rausgeworfen«, erklärte Jeff.
»Was um alles in der Welt habt ihr denn mit der Alphabet-Tafel gemacht?« wollte Carl Stevens wissen.
Jeff wollte antworten, aber Elizabeth war schneller:
»Wir haben nur damit gespielt. Der Zeiger hat ›Beth‹ buchstabiert.«
»Das ist ja dein Name«, sagte Barbara mit einem Lächeln.
»Ja«, nickte Elizabeth. Sie warf Jeff einen schnellen Blick zu, und er verstand sofort: Laß die Erwachsenen nicht zuviel wissen – es ist unser Geheimnis! Er lächelte sie an.

»Aber was hat Sarah so aufgebracht?« insistierte Rose. Sie wollte nicht glauben, daß es keinen einleuchtenden Grund für den Tobsuchtsanfall ihrer Tochter gab. Bitte, betete sie innerlich, ich möchte es verstehen – nur einmal!
Jeff und Elizabeth sahen einander an und zuckten mit den Schultern. Rose wollte gerade ein regelrechtes Kreuzverhör anfangen, als sie ihren Mann langsam die Treppe herunterkommen hörte. Er kam jedoch nicht ins Wohnzimmer, sondern steuerte auf das hintere Arbeitszimmer zu. Natürlich – die Bar, dachte Rose.
»Damit wäre das Bridge-Spiel ja wohl geplatzt«, sagte sie. »Ich glaube nicht, daß ich mich jetzt noch auf die Karten konzentrieren könnte.« Und sie setzte eines dieser strahlenden Lächeln auf, die Besuchern deutlich signalisieren, daß es Zeit zu gehen ist. Und die Stevens begriffen sofort. Carl sah auf seine Uhr. »Wir müssen sowieso nach Hause. Wenn wir noch irgend etwas tun können...« Aber er wußte, daß es nichts zu tun gab.
»Wir werden uns mal wieder zum Bridge treffen«, kam Barbara ihm eilends zu Hilfe. »Bald. Rufen Sie uns an, ja?« Rose lächelte dankbar. Elizabeth brachte die Gäste zur Tür. Der Regen fiel noch immer wie ein Schleier vom Himmel.
»Nicht gerade angenehm«, sagte Carl.
»Nein«, stimmte Elizabeth zu. »Aber man gewöhnt sich daran.«
Carl und Barbara Stevens waren nicht sicher, ob sich dieser letzte Satz auf das Wetter oder Sarahs Ausbruch bezogen hatte. Sie schwiegen, bis sie in die Point Road einbogen.
»Es muß hart sein«, sagte Barbara.
»Was?«

»Eine Tochter wie Sarah zu haben. Die beiden tun mir schrecklich leid.« Carl nickte. »Ich glaube nicht, daß ich damit überhaupt fertig würde – geschweige denn so gut wie sie. Und Elizabeth ist wirklich ein bemerkenswertes Mädchen.«
»Sie spinnt«, warf Jeff ein, was ihm eine Rüge seines Vaters einbrachte. Er kam gar nicht darauf, daß sein Sohn Elizabeth meinen könnte, und Jeff setzte als selbstverständlich voraus, daß seine Eltern ihn richtig verstanden.

Elizabeth sah dem Wagen der Stevenses nach, schloß dann die Tür und kehrte ins Wohnzimmer zurück. Sie beobachtete eine Weile die Versuche ihrer Mutter, Sarah zu beruhigen. Schließlich ging sie hin und kniete sich neben sie. »Laß mich das machen, auf mich hört sie vielleicht eher.« Rose richtete sich erleichtert auf. Sie wußte nie, wie sie sich in Situationen wie dieser verhalten sollte. Jedesmal wenn sie sah, daß sie keinen Zugang zu ihrer Tochter fand, reagierte sie hilflos und frustriert – und sie war sicher, daß sich das auf Sarah übertrug. Dankbar überließ sie Elizabeth ihren Platz, und als sie sah, daß Sarah sich tatsächlich beruhigte, machte sie sich auf den Weg zu ihrem Mann.
Im Arbeitszimmer erwartete sie wenigstens eine bekannte Situation: ihr Mann würde zwar betrunken sein, aber er würde verstehen, was sie sagte. Solange er nicht zu betrunken war. Plötzlich sah sie Martin Foragers Gesicht vor sich, dann verwischten sich seine Züge und Jacks Gesicht trat an deren Stelle. Sie schüttelte die Vision ab und öffnete die Tür zum Arbeitszimmer. Jack saß in dem Ohrensessel, hatte einen unverdünnten Drink in seinem Glas und starrte unverwandt das Bild über dem Kamin an.

»Ich könnte Mrs. Goodrich bitten, Feuer zu machen«, schlug sie vorsichtig vor.

»Das würde auch nichts helfen«, sagte Jack, ohne seinen Blick von dem Portrait zu lösen. »Ich würde trotzdem frieren.«

»Bist du okay?« fragte Rose.

»Ich denke schon. Es tut mir leid, daß ich mich so habe gehen lassen, aber es war schrecklich da draußen.«

»Den Eindruck hatte ich auch«, sagte Rose mit einer Spur Schärfe in der Stimme. Jack hob die Hand. »Bitte nicht, Rose – nicht jetzt. Ich bin noch nicht in der Lage, darüber zu sprechen. Es ist noch zu frisch.«

»Früher oder später wirst du es aber müssen.«

»Dann lieber später, okay?«

Rose setzte sich in den anderen Sessel, der am Kamin stand. Und plötzlich war auch ihr kalt. Sie entschied, daß ein Feuer auf keinen Fall schaden konnte und machte sich auf die Suche nach Mrs. Goodrich. Als sie zurückkam, saß Jack genauso da, wie sie ihn verlassen hatte – nur sein Glas war voller. Er mußte also aufgestanden sein, um es neu zu füllen. Aber an seiner Haltung war keinerlei Veränderung festzustellen: er sah immer noch starr auf das Portrait, als ginge eine magnetische Kraft davon aus. Rose folgte seinem Blick und fragte sich, was ihn wohl so faszinieren mochte.

Ein paar Minuten später kam Mrs. Goodrich, um Feuer zu machen. Sie sagte nichts, und es richtete auch niemand das Wort an sie. Als sie den Raum wieder verließ, saßen ihre Arbeitgeber immer noch da und sahen das Bild an. Mrs. Goodrich kehrte in ihr Zimmer zurück. Sie schüttelte besorgt den Kopf. Doch dann nahm sie sich das Fernsehprogramm vor und ließ sich gemütlich im Sessel nieder.

Elizabeth schlüpfte zur Vordertür hinaus und huschte durch den Regen zur Scheune hinüber. Sie verschwand in der ehemaligen Sattelkammer und zog die Tür hinter sich zu. Dann zog sie ihren Regenmantel aus und hängte ihn an einen Haken, knöpfte ihr Kleid auf, zog es ebenfalls aus und faltete es ordentlich zusammen, legte es auf ein freies Brett und breitete eine alte Pferdedecke darüber. Mit einer Hand fuhr sie tief in einen alten Heuhaufen, der in einer Ecke der Sattelkammer lag und zog nach einigem Herumsuchen ein Stoffbündel heraus: Es war das alte Kleid, das sie auf dem Speicher gefunden hatte. Es hatte jetzt zwar einige Risse und Flecken, aber alles in allem war es noch zu tragen. Sie schüttelte es aus und zog es vorsichtig an, um es nicht noch mehr zu beschädigen. Dann entfernte sie das Gummiband, das ihre Haare zusammenhielt, und ließ sie offen über die Schultern fallen.

Sekunden später hatte sie die Scheune wieder verlassen und ging langsam über die Wiese auf den Wald zu. Es regnete jetzt stärker. Nach kurzer Zeit war sie bis auf die Haut durchnäßt, und ihr Haar hing in Strähnen herunter. Sie spürte es nicht. Langsam, aber mit sicheren Schritten ging sie ihren Weg.

Als sie aus dem Wald ins Freie trat, zerriß ein Blitz das Grau des Himmels und ein Donner krachte. Die See sah aus wie flüssiges Blei. Die Felsen waren glitschig, und Sturmböen fuhren ihr in das vor Nässe jetzt schwer herunterhängende Kleid, aber Elizabeth brachte unbeirrt den gefährlichen Abstieg hinter sich.

Sie schaltete die Taschenlampe, die sie aus der Nische neben dem Tunneleingang geholt hatte, erst ein, als sie die obere Felsenkammer erreichte. Der Gestank des verwesenden Katers und der säuerliche Geruch des Erbrochenen der Kinder füllte jetzt auch bereits den oberen Raum, aber Elizabeth schien es nicht zu bemerken.

Sie kroch zur Mündung des Schachts und leuchtete nach unten. Es war nichts zu sehen als der Felsentisch, aber sie hörte leises Stöhnen: Kathy und Jimmy mußten irgendwo in der Dunkelheit kauern. Sie lächelte und ließ die Strickleiter in den Schacht hinunter.

Das Licht der Taschenlampe, die eingeschaltet in der Tasche ihres altmodischen Kleides steckte, warf seltsame Schatten an die Felswand. Und dann spürte sie den Boden der unteren Höhle unter ihrem tastenden Fuß. Sie zog die Lampe aus der Tasche und ließ den Lichtstrahl durch die Felsenkammer streifen.

Kathy Burton und Jimmy Tyler saßen dicht beieinander an der Wand, die am weitesten von dem Skelett entfernt war. Kathys Augen waren fest geschlossen, aber Jimmy schirmte seine Augen nur mit einer Hand gegen die blendende Helligkeit ab. Er blinzelte und versuchte zu erkennen, wer sich hinter der Lichtquelle befand. Kathy wimmerte leise vor sich hin.

Elizabeth leuchtete zu dem Skelett hinüber und stieß einen empörten Laut aus, als sie sah, daß die Knochen unordentlich auf dem Boden verstreut lagen. Sie griff in die Tasche und brachte ein paar Kerzen und ein Feuerzeug zum Vorschein. Die Kerzen klemmte sie in Felsspalten und zündete sie an. Dann legte sie das Feuerzeug in eine Nische, schaltete die Lampe aus und schob sie wieder in die Tasche. Die Kerzen flackerten zuerst, doch dann beruhigten sich die Flammen, und die Höhle wurde von einem warmen Licht erhellt.

Ohne auf die beiden Kinder zu achten, machte Elizabeth sich daran, das Skelett wieder zu ordnen. Es dauerte nur

wenige Minuten, bis es wieder mit gefalteten Armen dalag. Erst jetzt wandte sie ihre Aufmerksamkeit Kathy und Jimmy zu.
»Es ist wieder Zeit zum Teetrinken«, flüsterte sie. Kathy schien nichts gehört zu haben, aber Jimmy rutschte ängstlich näher an sie heran. Er starrte Elizabeth an. Sie hatte nicht die geringste Ähnlichkeit mit der Elizabeth, die er kannte. Es war eine andere Elizabeth, eine Elizabeth, die Angst und Grauen brachte.
Sie war von oben bis unten voller Schmutz, ihre Haare klebten an Stirn, Wangen und Kleid. Ihr Gesicht war so leer wie das von Jimmys Großmutter, als er sie kurz vor der Beerdigung vor zwei Monaten noch einmal gesehen hatte. Sie sieht tot aus, dachte Jimmy – Elizabeth sieht tot aus. Und er drängte sich noch näher an Kathy.
Entsetzt, aber gleichzeitig fasziniert beobachtete er, wie Elizabeth die Überreste der toten Katze in dem ehemals blauen Puppenkleid auf einen Felsenhocker plazierte und den Kopf mit dem grotesken Hütchen und den jetzt leeren Augenhöhlen auf den Torso zu setzen versuchte. Als er immer wieder herunterfiel, packte sie ihn und drehte ihn regelrecht in den Halsstumpf – wie eine Orangenhälfte auf einer Saftpresse. Das mürbe Fleisch gab nach, und das Rückgrat bohrte sich in den Kopf und hielt ihn tief zwischen den Schultern des toten Tieres fest.
»Kommt zu Tisch«, sagte Elizabeth, aber Jimmy schüttelte den Kopf und versteckte sich, so gut es ging, hinter Kathy.
»Kommt zu Tisch!« wiederholte Elizabeth, und ihre Stimme bekam einen drohenden Unterton. Jimmy Tyler zog die Knie bis ans Kinn hoch und klammerte sich an Kathys Hand.

Elizabeth trat auf ihn zu und holte aus, um ihn zu schlagen. Im letzten Augenblick löste Jimmy sich von Kathy und kroch zitternd auf einen der Felsenhocker.
Elizabeth wandte sich an Kathy. »Los – du auch!« befahl sie. Kathy rührte sich nicht, aber ihre Lider flatterten, und sie öffnete den Mund, als versuchte sie, etwas zu sagen.
»Sofort!« forderte Elizabeth. Diesmal traf der Schlag sein Ziel, und Jimmy Tyler zuckte zusammen, als Elizabeths Hand mit lautem Klatschen in Kathys Gesicht landete. Aber Kathy rührte sich noch immer nicht – nur ein leises Gurgeln drang aus ihrer Kehle.
Elizabeth starrte einen Augenblick wütend auf das regungslose Kind hinunter, dann bückte sie sich und zerrte Kathy mit Gewalt zur Mitte der Höhle. Kathy versuchte, sich loszumachen, aber sie war viel zu schwach. Elizabeth setzte sie auf einen Hocker, aber Kathy fiel seitwärts auf den Boden. Elizabeth versetzte ihr einen Tritt.
»Bei Tisch sitzt man ordentlich!« fauchte sie. Jetzt schien Kathy allmählich zu begreifen, was vorging. Mühsam richtete sie sich auf. »So ist es fein«, lobte Elizabeth, als Kathy endlich auf dem Hocker saß, und begutachtete voller Zufriedenheit die gespenstische Szenerie.
»Kathy – du bist die Mutter«, verteilte sie die Rollen. »Und Jimmy ist der Vater. Und Cecil ist euer Baby. Euer verrücktes Baby. Füttere dein Baby, Mutter!«
Aber Kathy hatte genug damit zu tun, nicht wieder vom Hocker zu fallen.
»Ich habe gesagt, du sollst dein Baby füttern!« fuhr Elizabeth sie an.
Als Kathy immer noch keine Anstalten machte, sich der Tierleiche zuzuwenden, hob Elizabeth die Faust und ließ sie auf Kathys Rücken herunterdonnern. Kathy fiel nach

vorn – mit dem Gesicht auf den Felsentisch. »Du wirst tun, was ich dir sage!« zischte Elizabeth durch die Zähne. Doch dann kam ihr ein anderer Gedanke.
»Wenn Mutter nicht in der Lage ist, das Baby zu füttern, dann mußt du es eben tun!« wandte sie sich an Jimmy. Er sah verwirrt zu ihr auf. Als er jedoch sah, wie ihre Finger sich wieder zu einer Faust schlossen, beeilte er sich, so zu tun, als schiebe er dem toten Kater eine Flasche in den Mund.
»Sie ist doch schon viel zu alt für die Flasche!« zischte Elizabeth. »Sie ißt schon längst richtig.«
Eiligst nahm Jimmy einen imaginären Löffel und schob ihn Cecil in den Mund.
»Du mußt mit ihr sprechen!« befahl Elizabeth. »Sprich mit deiner Tochter!«
Jimmy erstarrte einen Augenblick, dann fand er die Sprache wieder.
»Braves Baby«, sagte er. »Liebes Baby. Hier hast du was Schönes zu essen.«
»Sie heißt Sarah!« kreischte Elizabeth. »Kennst du denn nicht einmal den Namen deiner Tochter? Was bist du bloß für ein Vater!«
»Sarah«, wiederholte Jimmy gehorsam. »Hier ist was Schönes zu essen für meine kleine Sarah.«
Er schob immer wieder den nicht vorhandenen Löffel in den Mund des toten Katers und brabbelte vor sich hin. Er wußte gar nicht, was er sagte – aber er achtete darauf, die Tierleiche alle paar Sekunden mit »Sarah« anzusprechen.
»Sie antwortet nicht, nicht wahr?« sagte Elizabeth. Jimmy schüttelte den Kopf.
»Weißt du auch, warum sie nicht antwortet?« fragte Elizabeth sanft.

Wieder schüttelte Jimmy den Kopf.
»Weil sie verrückt ist!« schrie Elizabeth. »Aber Kinder müssen doch antworten, wenn man mit ihnen spricht, oder?«
Jimmy nickte wie betäubt.
»Dann ist sie also ungezogen«, sagte Elizabeth. »Sie ist verrückt, und sie ist ungezogen. Bestraf' sie!« Jimmy rührte sich nicht. »Bestraf' sie!«
Die Augen unverwandt auf Elizabeth und ihre Finger gerichtet, die sich schon wieder zu einer Faust formten, griff Jimmy nach der Katze. Der Kopf fiel herunter und rollte in die Dunkelheit. Schaudernd legte Jimmy das Tier auf seine Knie und fing an, es zu schlagen.
Elizabeth lächelte zufrieden.
Kathy lag immer noch über dem Tisch, die Hände schützend über dem Hinterkopf verschränkt. Eine kaum wahrnehmbare Bewegung zog Elizabeths Aufmerksamkeit auf sich.
»Man schläft nicht bei Tisch!« sagte sie drohend. Jimmy befürchtete, Elizabeth würde sie wieder schlagen. Deshalb streckte er die Hand aus, um Kathy leicht anzustoßen.
»Faß sie nicht an!« verbot Elizabeth. »Du faßt Mutter doch sowieso nicht gern an, oder? Sie möchte immer, daß du sie anfaßt, aber du willst nicht. Wir beide wissen, was du magst, nicht wahr?« Ein boshafter Blick verzerrte ihre Züge, und der kleine Junge starrte sie verständnislos an.
»Du magst das Baby, nicht wahr? Wir beide wissen, daß du das Baby lieber magst als Mutter, stimmt's?« Und plötzlich stieg ihre Stimme zu einem schrillen Kreischen an.
»Na, wenn es das ist, was du unbedingt haben willst – du kannst es haben!«

Sie stürzte sich auf Jimmy und fing an, ihm die Kleider vom Leib zu reißen. Er versuchte sich zu wehren, aber die Schwäche und die Angst waren zu groß. Sekunden später schleuderte Elizabeth seine Sachen in eine Ecke. Splitternackt kauerte er frierend auf dem Boden der Höhle.
Elizabeth packte den Torso des Katers.
»Das willst du doch, oder?« zischte sie. »Du willst dein Baby, nicht wahr?«
Und dann preßte sie das verwesende Fleisch mit aller Kraft auf seinen Unterleib und murmelte immer wieder, wenn er das unbedingt haben wolle, dann könne er es auch haben. Jimmy Tylers hilfloses Schluchzen und Elizabeths Keuchen füllten die Höhle. Jimmy begriff nichts.
Die seltsamen Laute brachten Kathy dazu, aus ihrer Lethargie zu erwachen. Sie hob den Kopf und betrachtete entsetzt die Szene, die sich vor ihren Augen abspielte. Zuerst verstand sie überhaupt nicht, was vorging – aber nach einer Weile erkannte sie voller Entsetzen Elizabeths Absicht, Jimmy zur Kopulation mit der Tierleiche zu zwingen.
Ein heiserer Schrei entrang sich ihrer Kehle. Sie bot alle Kraftreserven auf, kam auf die Füße und kroch zu der Stelle, wo Elizabeth verbissen mit Jimmy kämpfte.
»Nicht«, krächzte sie. »Bitte, Elizabeth – tu's nicht.«
Elizabeth fuhr herum und Kathy wünschte, sie hätte sich nicht eingemischt. Das böse Leuchten in Elizabeths Augen trieb sie rückwärts bis an die Wand der Höhle. Und dann sah sie, wie Elizabeth einen großen Stein aufhob. Sie spürte, wie alle Kraft sie verließ. Als Elizabeth den Stein auf ihren Kopf herunterkrachen ließ, war Kathy bereits in sich zusammengesunken.
Für sie war der Schrecken vorbei.

Eine Stunde später sah Rose Conger ihre ältere Tochter aus der Dusche kommen.

»Ich wollte dir gerade sagen, daß du dich beeilen müßtest, wenn du vor dem Abendessen noch duschen wolltest«, sagte Rose. »Aber wie ich sehe, hat sich das bereits erledigt.«

Elizabeth lächelte ihre Mutter an, und wieder einmal dankte Rose Gott für diese Tochter.

»Bringst du Sarah dann mit herunter?« fragte sie.

»Natürlich«, nickte Elizabeth. »Wir kommen gleich – ich muß mich nur noch schnell anziehen.«

Jimmy Tyler lag immer noch an der gleichen Stelle. Er war zu schwach und zu verwirrt, um sich dazu aufraffen zu können, seine Kleider zu suchen. Und so lag er nackt und zitternd in der Dunkelheit.

22

Rose lag ganz still und starrte zur Zimmerdecke hinauf. In ihrem Kopf wirbelten die Gedanken durcheinander wie draußen die Blätter im Sturm. Auch Jack rührte sich nicht, aber sie spürte, daß auch er nicht schlief.

»Es ist etwas mit diesem Portrait, nicht wahr?« sagte sie schließlich. Jack machte seine Nachttischlampe an, richtete sich halb auf und stützte sich auf einen Ellbogen.

»Hast du auch das Gefühl?« fragte er.
»Nein – ich nicht. Aber du hast den ganzen Abend nur dagesessen und es angestarrt. Was ist damit los? Es ist, als wolltest du irgend etwas darin erkennen.«
Jack legte sich wieder zurück.
»Ich bin mir nicht sicher«, sagte er. »Ich habe nur immer das Gefühl, daß das Mädchen eher Sarah ähnlich sehen sollte als Elizabeth.«
»Warum denn das?«
»Das kann ich dir nicht sagen. Es ist nur so ein Gefühl. Ich muß immer wieder daran denken, was Dr. Belter uns erzählt hat – von dem kleinen Mädchen, das umgebracht worden sein soll. Ich bin überzeugt, daß das Portrait genau dieses Mädchen darstellt.«
»Und was hat das mit Sarah zu tun?«
»Ich habe mich heute erinnert, Rose – an alles! Ich habe Sarah damals fast umgebracht.«
»Aber nur fast!«
»Das stimmt. Ich wollte es ja auch gar nicht – ich wollte etwas ganz anderes.«
»Nämlich?«
»Ich wollte sie vergewaltigen«, sagte Jack leise. Er wartete auf eine Reaktion, aber es kam keine. Also fuhr er fort: »Frag' mich nicht, warum, aber als ich Sarah heute durch den Regen nach Hause trug, schaute ich hoch und sah Elizabeth am Fenster stehen – und plötzlich erinnerte ich mich an alles. Ich erinnerte mich daran, daß wir im Wald waren und Sarah unter einen Busch kroch. Und plötzlich wollte ich sie haben. Verlange bitte keine Erklärung von mir – ich kann dir keine geben. Es war das Schlimmste, was ich in meinem Leben je gefühlt habe. Ich hatte das Gefühl, jemand anderer zu sein – und ich war doch ich

selbst. Es war, als wollte irgend etwas mich dazu zwingen, etwas zu tun, das ich eigentlich gar nicht wollte. Und dann hatte ich das entsetzliche Gefühl, daß Sarah mich ... mich verführen wollte.«

Rose setzte sich kerzengerade im Bett auf. »Dich verführen? Großer Gott, Jack – sie war erst zehn Jahre alt!«

»Ich habe ja auch nicht gesagt, daß sie mich wirklich verführen wollte – ich habe gesagt, daß ich das Gefühl hatte, daß sie es wollte. Und deshalb fing ich an, sie zu schlagen. Ich wollte sie töten! Oh Himmel – es war entsetzlich, Rose.« Die Erinnerung war so qualvoll, daß er zu schluchzen begann. Rose, die nicht verstand, was in ihm vorging, versuchte den Aufruhr in ihrem eigenen Innern unter Kontrolle zu bringen.

»Und was hat das alles mit dem Portrait zu tun?« fragte sie nach einer Weile.

»Du wirst mich sicher für verrückt halten«, sagte Jack, »aber immer wenn ich das Bild ansehe, habe ich den Verdacht, daß dem Mädchen damals genau dasselbe passiert ist wie Sarah im letzten Jahr.«

»Und damit bist du aus dem Schneider, was?« Roses Stimme war eisig. »Anstatt Angreifer, bist du plötzlich das Opfer. Mein Gott, Jack!«

Jack schrumpfte unter ihren Worten buchstäblich in sich zusammen, aber Rose war nicht mehr zu bremsen.

»Und was war heute? Warst du heute wieder das Opfer? Hat heute wieder eine seltsame Macht Besitz von dir ergriffen? Warst du heute wieder nicht du selbst?«

»Ich weiß nicht, was du meinst.«

»Ich habe es gesehen, Jack. Ich habe alles genau gesehen – und ich habe mich geschämt, daß Carl und Barbara Stevens es auch mitansehen mußten.«

Jack setzte sich auf und starrte seine Frau an. »Ich weiß nicht, was du meinst«, wiederholte er.

»Ich spreche davon, wie du Sarah über die Wiese gejagt hast. Ich weiß nicht, was schlimmer war: das Kind, das schreiend davonrannte, oder du, wie du hinter ihr hergehetzt bist. Du warst regelrecht tückisch, Jack. Es machte ganz und gar nicht den Eindruck, als ob du ihr helfen wolltest – es sah viel eher so aus, als wolltest du sie unbedingt einholen, um wieder über sie herzufallen. Es sah aus, als würde alles noch einmal passieren.«

»Bist du verrückt?« fuhr Jack auf. »Heute hatte nicht das Geringste mit dem letzten Jahr zu tun! Überhaupt nichts! Abgesehen von allem anderen war ich heute stocknüchtern.«

Rose runzelte die Stirn. »Vielleicht mußt du gar nicht unbedingt betrunken sein«, sagte sie. »Vielleicht bist du ganz einfach krank.«

Irgend eine Seite in Jacks Innerem zerriß. Er packte sie bei den Schultern und drückte sie mit aller Kraft in die Kissen. »Ich werde dir zeigen, wie krank ich bin!« fauchte er. Rose entspannte sich völlig, als sei er es gar nicht wert, daß man sich gegen ihn wehrte, wodurch sein Zorn nur vergrößert wurde. Er griff zu und riß ihr mit einem Ruck das Nachthemd herunter. Sie lag immer noch still. Ihre Passivität brachte ihn zur Raserei. Er warf sich auf sie und versuchte verzweifelt, in sie einzudringen.

Aber es gelang ihm nicht.

Sie begann sich zu winden – und einen Augenblick war er im Zweifel, ob sie sich befreien oder ihm helfen wollte.

»Du schaffst es nicht, was?« hörte er ihre höhnische Stimme. »Nur bei kleinen Mädchen, nicht wahr? Ich bin kein kleines Mädchen, Jack. Ich bin eine Frau – eine

richtige Frau. Und jetzt laß mich in Ruhe.« Sie stemmte die Hände gegen seine Brust. Er versuchte es noch einmal – es gelang ihm nicht.
Und dann fingen sie an, erbittert miteinander zu ringen. Plötzlich hatte Rose Angst, daß er ihr etwas antun würde, und sie verdoppelte ihre Anstrengungen. Schließlich gelang es ihr, sich zu befreien. Sie floh aus dem Bett und starrte ihn an. Seine Augen sprühten – er war außer sich vor Wut. Rose konnte sich auf einmal vorstellen, was Sarah vor einem Jahr da draußen im Wald empfunden haben mußte. Sie streckte die Hand aus und griff nach einem Aschenbecher, der auf ihrem Nachttisch stand.
»Komm mir ja nicht zu nahe, Jack!« schrie sie. »Ich schwöre – wenn du mich auch nur antippst, werde ich . . .«
»Was?« brüllte Jack. »Mich umbringen? Glaubst du wirklich, daß ich davor Angst habe?« Er hatte das Bett ebenfalls verlassen und stand ihr jetzt gegenüber. Beide schrien, aber keiner verstand den anderen. Und dann – als sie eine kurze Atempause machten – hörten sie es: jemand klopfte leise an die Schlafzimmertür. Sie starrten einander betroffen an: die Kinder! Sie hatten die Kinder vergessen! Aber es war Mrs. Goodrichs Stimme, die durch die geschlossene Tür drang. »Ist alles in Ordnung?« fragte sie. »Guter Gott – Sie wecken ja das ganze Haus auf!«
Kurze Zeit herrschte Schweigen, dann sagte Rose leise: »Es tut mir leid, daß wir Sie gestört haben. Wir haben uns nur über etwas unterhalten.«
»Es gibt Leute, die nachts schlafen wollen«, brummte Mrs. Goodrich. Sie hörten, wie sich ihre schweren Schritte auf der Treppe entfernten. »Die Kinder haben bestimmt auch jedes Wort mitbekommen«, sagte Rose vorwurfsvoll.
»Das ist ja wohl nicht meine Schuld! Du könntest ja auch

mal versuchen, mir zuzuhören, statt mich ständig anzugreifen.«
»Du bist nie verantwortlich, nicht wahr?« Es bereitete Rose geradezu körperliche Anstrengung, nicht wieder zu schreien. »Du wirst niemals die Verantwortung für irgend etwas übernehmen!«
»Doch«, sagte Jack leise. »Das werde ich. Aber nicht für alles, Rose.« Er fing an, sich anzuziehen.
»Wo willst du denn mitten in der Nacht hin?«
»Das geht dich überhaupt nichts an«, erwiderte Jack grob. Dann lächelte er grausam. »Ich werde die volle Verantwortung für das übernehmen, was ich jetzt tue.«
Und damit ließ er sie stehen. Zwei Minuten später hörte sie den Motor seines Wagens aufheulen. Zitternd ließ sie sich auf das Bett sinken und griff nach einer Zigarette. Sie zog den Rauch tief in die Lunge und spürte, wie sie ruhiger wurde.
Sie rauchte zu Ende, legte sich hin und machte das Licht aus. Lange Zeit lag sie ganz still und versuchte, gleichmäßig zu atmen und ihre Muskeln zu entspannen. Und ihre Gedanken zu ordnen. Als ihr das nicht gelang, beschloß sie, sich einfach treiben zu lassen.
Dreißig Minuten später waren ihre Muskeln immer noch verkrampft, und ihre Gedanken überstürzten sich noch genauso wie vorher. Sie beschloß aufzustehen und sich etwas zu essen zu holen.
Barfuß ging sie in die Küche hinunter und machte das Licht an. Nebenan schnarchte Mrs. Goodrich. Rose öffnete die Kühlschranktür.
Während sie die ordentlich verpackten Essensreste durchstöberte, glaubte sie, eine Tür klicken zu hören – aber erst, als sie einen Luftzug an den Beinen spürte, drehte sie sich

um. Die Hintertür war offen! Und Sarah stand da! Ihr Nachthemd war voller Schmutz und völlig durchweicht, ihre dunklen Haare klebten an ihrem Gesicht. Sie stand neben der Messerschublade und wirkte unentschlossen, ob sie die Schublade öffnen sollte oder nicht.

»Sarah?« keuchte Rose. Ihr Herz schlug hämmernd. Panik stieg in ihr auf. »Sarah!« sagte sie noch einmal.

Sie kniete sich vor ihr auf den Boden und schaute ihr ins Gesicht. Sehr vorsichtig berührte sie ihre Wange, um Sarah nicht aufzuschrecken, falls sie schlafwandelte. Aber bei der Berührung drehte sie sich um und starrte Rose an. Sie war offensichtlich wach.

»Sarah«, sagte sie sanft. »Was hast du draußen gemacht?«

Sarah sah ihre Mutter ausdruckslos an, und Rose wußte wieder einmal nicht, ob sie sie überhaupt gehört hatte. Und dann bildete sich plötzlich eine große Träne in einem von Sarahs Augen, bahnte sich einen Weg durch den Schmutz auf ihrem Gesicht, blieb einen Augenblick am Kinn hängen und fiel dann auf den Boden. Rose zog das Mädchen an sich, und Sarah wehrte sich nicht.

»Komm, mein Liebes«, sagte Rose. »Ich bringe dich in dein Bett.«

Sie hob das kleine Mädchen hoch und machte die Hintertür und den Kühlschrank zu. Oben stellte sie Sarah im Bad auf den Boden und ließ heißes Wasser in die Wanne laufen. Dann ging sie Handtücher holen.

Als sie zurückkam, stand Sarah immer noch auf dem gleichen Fleck, als ob sie angestrengt über etwas nachdenken würde. Aber ihre Augen – diese wunderschönen, dunklen Augen – waren nach wie vor leer. Rose zog ihre Tochter aus und setzte sie in die Badewanne.

Nach dem Baden brachte sie sie ins Bett, deckte sie sorgfältig zu und blieb bei ihr sitzen, bis sie eingeschlafen war. Dann stand sie auf, ließ ein kleines Licht brennen und ging ins Parterre hinunter: sie wußte, daß sie jetzt doch nicht einschlafen konnte. Nicht, bevor ihr Mann wieder da war. Sie wünschte sich jetzt, daß er zu Hause wäre oder ihr wenigstens gesagt hätte, wohin er gegangen war. Sie saß im Arbeitszimmer und wartete. Von oben lächelte das kleine Mädchen auf sie herunter, das Elizabeth so ähnlich sah. Irgendwie beruhigte das Bild Rose.

Jack raste durch die Nacht. Sein Herz klopfte im Rhythmus der Scheibenwischer, die einen aussichtslosen Kampf gegen den prasselnden Regen führten. Aber er brauchte gar nichts zu sehen – er hätte die Point Road auch mit verbundenen Augen entlangfahren können – mit den Schlaglöchern und Bodenwellen als einzigen Orientierungshinweisen.
In seinem Kopf ging es drunter und drüber.
Er hielt direkt vor Sylvia Bannisters Haus. Sollten ruhig alle sehen, wo er war! Es brannte nirgends im Haus mehr Licht, aber er hatte keine Lust, woanders hinzufahren. Also klopfte er laut an die Tür. Keine Reaktion. Diesmal donnerte seine Faust buchstäblich gegen das Holz. Und dann ging plötzlich ein Licht an, und er hörte das Platschen nackter Füße.
»Wer ist da?« fragte Sylvia verschlafen.
»Ich bin's. Jack.«
Er hörte, wie sie die Sicherheitskette entfernte und den Riegel zurückschob. Dann öffnete sie die Tür und blinzelte ihn verblüfft an.
»Entschuldige«, sagte sie und schaltete die Außenbeleuchtung ein. »Ich wollte dich nicht im Dunkeln stehenlassen.«

»Macht nichts.« Jack grinste schief. Es tat gut, sie zu sehen. »Ich stehe in letzter Zeit offensichtlich oft im Dunkeln.«
Sie trat zur Seite, ließ ihn herein und machte die Haustür zu. Dann hängte sie die Kette ein und schob den Riegel wieder vor.
»Es ist wahrscheinlich albern«, sagte sie. »Aber so fühle ich mich sicherer.« Dann sah sie ihn aufmerksam an, und Besorgnis trat in ihre Augen. »Bist du okay?« fragte sie. »Ich werde dir erst mal was zu trinken eingießen – du siehst aus, als könntest du es gebrauchen.«
»Das hast du gut erkannt. Ich sollte natürlich nichts trinken, aber ich werde es trotzdem tun.«
»Dann hat sie dich jetzt also überzeugt«, stellte Sylvia fest und führte ihn in die Küche.
»Überzeugt? Wovon?«
»Daß du Alkoholiker bist«, sagte Sylvia und goß Whisky in zwei Gläser.
»Sie hat wahrscheinlich recht«, meinte Jack und nahm das Glas entgegen.
»Nein«, widersprach Sylvia entschieden, »das hat sie nicht! Martin Forager ist ein Säufer – aber nicht du! Jedenfalls noch nicht! Aber wenn du es drauf anlegst, kannst du vielleicht einer werden. Legst du es drauf an?«
»Manchmal glaube ich es beinahe. Wenn nur der Kater hinterher nicht wäre!«
»Solange du noch einen Kater bekommst, ist alles in Ordnung. Zumindest hat meine Mutter mir das gesagt. Willst du hier sitzen oder soll ich Feuer im Kamin machen?«
»Ich finde es gemütlich hier«, sagte Jack und ließ sich auf einem Küchenstuhl nieder. »Außerdem ist es für mich

dann ganz anders als zu Hause. Mrs. Goodrich würde es niemals dulden, daß einer der Congers in der Küche sitzt – ich glaube, sie denkt, es sei unter unserer Würde. Aber seit heute nacht hat sie ihre Meinung vielleicht geändert.«
Er erzählte Sylvia, was vorgefallen war.
»Das muß ja entsetzlich gewesen sein!« sagte Sylvia, nachdem er geendet hatte.
Er ließ den Whisky im Glas kreisen und lächelte müde. »Angenehm war es jedenfalls nicht. Und deshalb fuhr ich los – und da bin ich.«
»Ich meinte eigentlich die Tatsache, daß du dich an alles erinnert hast.«
Jack nickte. »Ja – das war weiß Gott entsetzlich. Ich wünschte, ich hätte mich nicht erinnert. Nicht zu wissen, was ich getan hatte, war schlimm – aber das Wissen darum, was ich habe tun wollen, ist bedeutend schlimmer.«
»Unsinn!« widersprach Sylvia. »Du scheinst etwas zu vergessen: du hast sie nicht vergewaltigt – und du hast sie auch nicht umgebracht!«
»Aber ich wollte es«, sagte Jack niedergeschlagen.
»Das sind doch zwei Paar Stiefel. Wenn ich mich wegen aller Dinge, die ich in meinem Leben schon habe tun wollen, jedesmal verrückt gemacht hätte, wäre ich schon längst in einer Anstalt – und die Bewohner dieser Stadt wären wahrscheinlich auch ziemlich mies dran. Mir fallen auf Anhieb allein drei Leute ein, die ich wirklich und wahrhaftig umbringen wollte. Du kannst also ganz beruhigt sein.« Sie hob ihr leeres Glas. »Und uns beiden noch was zu trinken eingießen. Im Augenblick bin ich nämlich nicht deine Sekretärin, sondern nur eine Frau, die gerne bedient werden möchte.«

»Du kannst mich natürlich rauswerfen, wenn du wieder schlafen gehen willst«, sagte Jack. »Aber ich hoffe, du tust es nicht.«

»Dich rauswerfen? Wohl kaum. Am Ende feuerst du mich dann morgen, wenn du wieder mein Boß bist – und so ganz nebenbei mag ich dich zufällig.«

»Tust du das, Sylvia?« fragte Jack ernst. »Tust du das wirklich? Ich glaube, ich war in letzter Zeit nicht gerade übertrieben liebenswert.«

»Und es ist dir nicht in den Sinn gekommen, daß das mit der Art zusammenhängen könnte, wie Rose dich behandelt? Man kann sehr schwer eine positive Einstellung zu sich bekommen, wenn der Mensch, den man liebt, einem ständig vor Augen führt, für wie minderwertig er einen hält.«

»Ich bin nicht sicher, daß ich sie noch liebe«, sagte Jack langsam.

Sylvias Mundwinkel zogen sich leicht nach oben. »Wenn ich wollte, könnte ich in diese Äußerung allerhand hineininterpretieren – aber ich werde es nicht tun. Ich weiß, daß du deine Frau liebst, auch wenn du es im Augenblick selbst nicht glaubst. Du bist an sie gewöhnt – und Liebe ist zum großen Teil nichts anderes als Gewohnheit.«

»Ich dachte immer, Liebe hätte was mit Leidenschaft zu tun«, sagte Jack leichthin.

»Leidenschaft? Ich bin nicht sicher, ob sie überhaupt etwas damit zu tun hat. Schau zum Beispiel mich an: ich liebe dich jetzt schon sehr lange.« Sie lächelte, als sie sein überraschtes Gesicht sah. »Hast du das nicht gewußt? Na ja – wie solltest du auch? Es war nicht die Art Liebe, die die Aufmerksamkeit des anderen erregt. Es war meine Liebe – und ich habe sie genossen. Und glaube

mir, sie hatte nicht das geringste mit Leidenschaft zu tun.«
»Und was war das neulich nachmittags?«
»Das war Leidenschaft«, sagte Sylvia leise. »Und ich habe auch das genossen. Aber gleichzeitig machte es mir Angst.«
»Angst?«
»Ja. Ich fragte mich plötzlich, ob meine Liebe wohl an der Leidenschaft zugrunde gehen würde – dann nämlich, wenn die Leidenschaft abflaut.«
Ihre Blicke trafen sich, und Jack streckte die Hand aus, um sie zu berühren.
»Ich wünsche mir, daß du mich weiterliebst, Sylvia – ich wünsche es mir sehr.«
Hand in Hand gingen sie ins Schlafzimmer und schlossen die Tür hinter sich. Die Drinks standen vergessen auf dem Küchentisch, und das Eis in den Gläsern schmolz langsam vor sich hin.

Rose hörte den Kies vor dem Haus knirschen und sah auf die Uhr: Jack war fast drei Stunden weggewesen. Sie fragte sich, ob er das Licht unter der Tür des Arbeitszimmers wohl sehen würde oder ob er zu betrunken war. Sie hörte, wie die Vordertür geöffnet und gleich darauf wieder geschlossen wurde; die Schritte ihres Mannes hallten leise. Plötzlich hielten sie kurz an und kamen dann auf das Arbeitszimmer zu: Er hatte das Licht gesehen.
»Es ist nur zu hoffen, daß heute nacht keine Kinder verschwunden sind«, sagte sie eisig, als er die Tür öffnete. »Ich könnte dir kein Alibi verschaffen.« Sie sah ihn kalt an – aber er war völlig ungerührt. Und nüchtern!
»Falls es nötig sein sollte, wird Sylvia Bannister jederzeit bezeugen, wo ich die letzten Stunden verbracht habe.«

»Ich verstehe. Eigentlich hätte ich es wissen müssen – schließlich ist sie schon seit Jahren in dich verliebt. Ich wußte nur nicht, daß es auf Gegenseitigkeit beruht.«
»Ich auch nicht – bis vor ganz kurzer Zeit«, sagte Jack.
»Wirst du mir jetzt eine Szene machen?«
»Möchtest du das gern?« konterte Rose.
Jack lächelte und setzte sich. »Nein, möchte ich nicht. Ich habe die Nase voll von den Streitereien. Ich wollte übrigens nicht nach Hause kommen – Sylvia hat mich geschickt.«
»Dich geschickt?« Rose zog die Brauen hoch. »Hatte sie Angst, die Nachbarn würden sich die Mäuler zerreißen?«
»Nein – sie machte sich deinetwegen Sorgen. Sie mag dich nämlich, weißt du.«
»Ich mag sie auch – aber nicht so sehr, daß ich ihr meinen Platz überlassen würde.«
»Dabei ist es noch gar nicht so lange her, daß du mit dem Gedanken gespielt hast, mich zu verlassen.«
»Wenn ich dich verließe, könntest du Sylvia Bannister trotzdem nicht heiraten – du wärst so pleite, daß du überhaupt niemanden mehr heiraten könntest.«
»Ich verstehe«, sagte Jack. »Ich habe aber gar nicht die Absicht, dich um die Scheidung zu bitten – wenigstens nicht im Augenblick. Ich gehe jetzt ins Bett.«
»Noch nicht!« Es hatte wie ein Befehl geklungen – und Rose wußte genau, daß Jack sich nichts befehlen ließ – jedenfalls nicht heute nacht. Also sagte sie bedeutend sanfter: »Bitte geh' noch nicht. Es ist etwas passiert, und ich weiß nicht, was wir tun sollen.«
»Nachdem ich weg war?« Jack setzte sich wieder. Rose nickte. »Ich konnte nicht schlafen und ging in die Küche, um etwas zu essen – und dort traf ich auf Sarah.«

»Und?«

»Sie kam durch die Hintertür von draußen herein. Sie war triefnaß und von oben bis unten verdreckt. Natürlich habe ich auch diesmal nicht herausbekommen, wo sie war.«

»Was hast du gemacht?«

»Was hätte ich schon tun sollen? Ich habe sie nach oben gebracht, gebadet und ins Bett gelegt. Ich habe gewartet, bis sie eingeschlafen war – und seitdem sitze ich hier und zermartere mir den Kopf, was sie wohl draußen im Regen gewollt hat.«

»Hat sie in der Küche irgend etwas getan?«

»Wenn du damit einen ihrer Anfälle meinst – nein. Aber es war unheimlich. Ich wühlte im Kühlschrank herum und merkte zuerst gar nicht, daß jemand in die Küche gekommen war – erst als ich einen Luftzug an den Beinen spürte. Ich drehte mich um – und da stand Sarah. Wenn ich jetzt darüber nachdenke, glaube ich, daß sie zu der Messerschublade wollte. Es ist aber natürlich auch durchaus möglich, daß ich mich irre.«

»Jack dachte lange nach, kam aber zu keinem Ergebnis.

»Ist sie noch in ihrem Zimmer?« fragte er schließlich.

»Ja. Ich hätte es gehört, wenn sie heruntergekommen wäre.« »Nun – ich wüßte nicht, was wir heute nacht noch unternehmen könnten. Gehen wir hinauf und schauen noch einmal nach ihr. Und morgens rufe ich Dr. Belter an – obwohl ich nicht glaube, daß wir uns Sorgen zu machen brauchen. Wahrscheinlich ist sie ganz einfach schlafgewandelt.«

»Nein«, widersprach Rose entschieden. »Das ist sie nicht! Ich bin ganz sicher, daß sie hellwach war. Und ich bin auch überzeugt, daß sie genau wußte, was sie wollte, aber ich habe Angst, mir vorzustellen, was das gewesen sein kann.«

Sie dachte an Kathy Burton und Jimmy Tyler – und Jack wußte es. Aber er sah keinen Grund, mit ihr darüber zu sprechen. Das wollte er lieber Dr. Belter überlassen.
»Komm«, sagte er sanft, »gehen wir ins Bett.«
Als er neben ihr die Treppe hinaufging, erkannte er, daß Sylvia recht hatte: er liebte seine Frau tatsächlich. Er liebte sie sogar sehr – und er hoffte, daß es noch nicht zu spät für sie beide war.

23

Der nächste Tag begann sonnig und kalt. Ein scharfer Nordwind pfiff um die Ecken des Hauses am Point. Um neun Uhr war die Sonne weg, und der Himmel verschmolz am Horizont mit dem Meer zu einer bleigrauen Masse. Die Wellen waren hoch, und die Brandung donnerte mit einer Gewalt an die Küste wie sonst nur im Winter.
»Ich weiß, daß heute Columbus Day ist,« hörte Rose Jack ins Telephon sagen, als sie die Treppe herunter kam, »aber es ist ziemlich wichtig. Es sieht so aus, als sei Sarah schlafgewandelt.«
Fünfzehn Meilen entfernt richtete Dr. Belter sich in seinem Bett auf: das Wort »schlafwandeln« hatte ihn aufhorchen lassen. Er runzelte die Stirn: diese Neuigkeit paßte absolut nicht ins Bild. »Was meinen Sie mit Schlafwandeln?« fragte er.

»Nun«, sagte Jack zögernd, »ich bin nicht sicher, ob man das wirklich so bezeichnen kann – aber es scheint mir die einzig logische Erklärung zu sein: sie ist letzte Nacht draußen im Regen herumgelaufen.«
»Im Regen?« sagte Dr. Belter verblüfft. »Nachts? Draußen?«
»Genau!«
»Und um welche Zeit war das?«
»So gegen halb zwölf, zwölf.«
»Und wie lange war sie draußen?«
»Ich habe keine Ahnung. Wir wußten ja gar nicht, daß sie nicht in ihrem Bett lag. Meine Frau ging noch einmal in die Küche hinunter, um sich etwas zu essen zu holen, und da kam Sarah zurück – völlig durchweicht und von oben bis unten voller Dreck.«
»Aha«, entgegnete Dr. Belter etwas einfältig. »Aber ansonsten fehlte ihr nichts?«
»Ich . . . ich glaube nicht«, zögerte Jack. »Ich war nicht zu Hause.« Als keine Reaktion erfolgte, fühlte Jack sich verpflichtet, eine Erklärung dazu abzugeben. »Ich war kurz weggefahren.«
Etwas in Jacks Tonfall veranlaßte den Arzt nachzubohren: »Und wann waren Sie wieder zu Hause?«
»Ich weiß es nicht genau. Es muß wohl so gegen drei gewesen sein.«
»Aha«, sagte der Arzt wieder. »Ich nehme an, Sie wollen noch heute mit mir sprechen.«
»Wenn es Ihnen nichts ausmacht – ja. Wir sind der Ansicht, daß wir jetzt zu einem Schluß kommen müssen, was mit Sarah geschehen soll – und wir hätten das natürlich gerne mit Ihnen besprochen. Nach dem Vorfall letzte Nacht duldet die Sache wohl keinen Aufschub mehr.«

Der Ansicht bist du doch schon lange, dachte Dr. Belter. Laut sagte er: »Dann kommen Sie doch um eins 'rüber.«
»Sollen wir Sarah mitbringen?«
Nach kurzem Überlegen sagte der Psychiater: »Dafür sehe ich eigentlich keine Veranlassung. Außerdem hat der größte Teil des Personals heute frei und es könnte sich niemand um sie kümmern, während wir miteinander sprechen.«
»Gut – dann also um eins.« Jack legte den Hörer auf und sah Rose an.
»Um eins«, sagte er. »Ohne Sarah.«
Rose war nicht einverstanden. »Ich lasse sie gar nicht gern allein.«
»Sie ist doch nicht allein. Elizabeth ist da – und Mrs. Goodrich auch.«
»Aber ich habe das Gefühl, daß es nicht gut ist, wenn wir die Kinder allein lassen.«
»Mit Mrs. Goodrich sind sie doch nicht allein. Als ich noch ein Junge war, wachte sie über mich wie eine Adlermutter, wenn meine Eltern mal nicht da waren.
»Aber das ist lange her – inzwischen erscheint sie mir schon ein bißchen zu alt, um richtig auf die Kinder aufpassen zu können.«
»So alt ist sie nun wieder nicht.«
»Ach, ich weiß nicht«, sagte Rose. »Wahrscheinlich würde ich mir gar nichts denken, wenn Sarah nicht . . .« sie brach ab und goß sich Kaffee ein. Jack schob ihr seine Tasse hin, aber sie ignorierte sie.
Jack zog die Tasse wieder zu sich heran und griff nach der Kaffeekanne. »Es wird schon nichts passieren.«
»Was sollte denn passieren?« fragte Elizabeth. Jack sah auf und lächelte seine Tochter an. Sie war allein.

»Wo ist denn Sarah?«
»Die schläft noch. Ich konnte sie nicht wachkriegen. Aber wenn ihr wollt, versuche ich's nochmal.« Und dann fragte sie noch einmal: »Was sollte denn passieren?«
»Wir müssen heute nachmittag zu Dr. Belter«, erklärte Jack. »Und eure Mutter macht sich Gedanken darüber, ob wir euch allein lassen können.«
»Wird Mrs. Goodrich denn nicht hier sein?«
»Doch, natürlich.«
»Warum machst du dir denn dann Sorgen?« wandte Elizabeth sich an ihre Mutter. »Ich kümmere mich doch sonst auch um Sarah.«
»Das stimmt schon«, gab Rose ihr eiligst recht. »Und normalerweise würde ich mich auch nicht sorgen – ich bin nur durch die Vorfälle in der letzten Zeit etwas überängstlich geworden.«
Elizabeth lächelte ihre Mutter an. »Du kannst ganz beruhigt sein – es wird bestimmt nichts passieren.«

Mittags fing es an zu nieseln, und Rose wünschte, sie müßte nicht aus dem Haus. Sehnsüchtig sah sie den Kamin im Arbeitszimmer an und malte sich aus, wie gemütlich es wäre, sich auf dem Sofa zusammenzurollen und den Nachmittag mit einem Buch zu verbringen. Aber sie konnte nicht – die Entscheidung mußte endlich fallen. Aber noch nicht gleich. Sie ließ sich in den Ohrensessel sinken und starrte ins Feuer. Sie spürte, wie Melancholie von ihr Besitz ergriff und versuchte, sie zu überwinden. Sie schaute zu dem Portrait hinauf und ertappte sich dabei, daß sie es im ersten Augenblick tatsächlich für ein Bild von Elizabeth hielt. Wieder einmal fragte sie sich, wer das Mädchen wohl wirklich war. Konnte sie tatsächlich das

kleine Mädchen sein, von dem Dr. Belter gesprochen hatte? Nein – die ganze Geschichte war doch blanker Unsinn. Sie stand auf und rückte das Bild gerade. Im flackernden Licht der Flammen schien sich der Gesichtsausdruck des Mädchens zu verändern – die Augen schienen plötzlich anders. Sie schaute noch einmal hin und kam zu dem Schluß, daß ihre eigenen Augen ihr einen Streich gespielt hatten: das Mädchen sah aus wie immer.
»So«, sagte Jack von der Tür her, »wir können gehen.«
»Schon? Wir haben doch noch viel Zeit.« Sie hatte Angst vor dem Ergebnis des bevorstehenden Gesprächs und wollte es so lange wie möglich hinauszögern.
»Ich weiß«, sagte Jack sanft. »Ich freue mich ja auch nicht gerade darauf – aber wir kommen nicht darum herum.«
Rose seufzte. »Dann werde ich mir mal meinen Mantel holen. Sind die Kinder unten?«
»Ich glaube, sie sind im Spielzimmer.«
»Dann ruf' sie doch bitte, ja? Ich möchte ihnen Auf Wiedersehen sagen.«
Jack sah sie verwundert an. »Rose – wir haben nur ein Gespräch vor uns. Du benimmst dich ja, als ob heute noch die Welt untergehen wird.«
Rose lächelte verkrampft. »Ja – vielleicht tue ich das. Aber ruf' sie bitte trotzdem.«
Sie holte ihren Mantel. Als sie zur Vordertür kam, warteten die Kinder schon auf sie.
Sie küßte Elizabeth flüchtig, kniete sich dann vor Sarah und legte die Arme um sie. Sie rieb ihre Nase an Sarahs Wange und spürte, wie das Kind leicht zurückwich.
»Sei brav«, flüsterte sie. »Mami und Daddy müssen nur kurz wegfahren.« Sie stand auf und lächelte Elizabeth an.
»Wir sind wahrscheinlich um fünf Uhr wieder da«, sagte

sie. »Bitte tut mir den Gefallen und bleibt im Haus.«
»Bei dem Wetter reizt es mich sowieso nicht 'rauszugehen«, antwortete Elizabeth.
»Ja«, nickte Rose, »es ist wirklich scheußlich.«
»Ich wünschte, es würde schneien«, sagte Elizabeth. »Das sieht doch wenigstens hübsch aus. Aber dieser Regen ist deprimierend.« Rose mußte über diese altkluge Bemerkung unwillkürlich lächeln.
Als der Wagen losfuhr, drehte sie sich um, um den Kindern zuzuwinken und begann dann, sich innerlich auf das Gespräch mit Dr. Belter vorzubereiten.

Elizabeth sah dem Wagen nach, bis er die Point Road erreichte und schloß dann die Tür. Sie wollte gerade die Treppe hinaufgehen, als das Telephon klingelte.
»Ich geh' schon!« rief sie Mrs. Goodrich zu und nahm den Hörer ab.
»Hallo? Wer ist da?«
»Wer spricht denn da?« fragte eine Stimme.
»Hier ist Elizabeth.«
»Jeff Stevens. Was machst du denn gerade?«
»Nichts besonderes. Meine Eltern mußten weg, und ich werde mich um Sarah kümmern.«
»Oh.« Jeff klang enttäuscht. »Ich dachte, wir könnten vielleicht die Höhle suchen gehen.«
»Die Höhle? Ich denke, du glaubst nicht, daß sie existiert.«
»Das tue ich auch nicht – und wenn wir sie nicht finden, wirst du zugeben müssen, daß ich recht habe.«
»Wenn wir sie nicht finden würden, hieße das noch lange nicht, daß es sie nicht gibt.«
»Wenn eine Höhle da ist, dann finden wir sie auch. Wollen wir es versuchen?«

Elizabeth dachte darüber nach. »Meinst du, daß deine Eltern dich herkommen lassen?« fragte sie schließlich.
»Die sind beim Golfspielen.«
»Bei dem Regen?«
»Das macht ihnen nichts aus – die spielen immer, bis es schneit. Und manchmal sogar im Schnee.«
»Verrückt«, sagte Elizabeth.
»Mmm«, machte Jeff. »Ich bin gleich drüben.«
Elizabeth legte den Hörer auf und machte sich auf die Suche nach Mrs. Goodrich, um ihr zu sagen, daß Jeff Stevens herüberkäme. Als sie in die Küche kam, hörte sie nebenan den Fernsehapparat der alten Haushälterin auf vollen Touren laufen. Elizabeth klopfte leise an. Als keine Reaktion erfolgte, öffnete sie die Tür und schaute ins Zimmer: Mrs. Goodrich saß mit dem Gesicht zum Fernseher in ihrem Sessel und schlief fest. Elizabeth lächelte in sich hinein und zog die Tür wieder zu.
Zwanzig Minuten später kam Jeff Stevens. Elizabeth ging mit ihm in das rückwärtige Arbeitszimmer. Sarah folgte ihnen mit großen Augen, die alles aufzunehmen und doch nichts zu sehen schienen.
»Hierher hat mein Ur-Großonkel das Kaninchen gebracht«, erklärte Elizabeth.
»Und das ist wohl das kleine Mädchen, das umgebracht worden sein soll?« fragte Jeff und deutete auf das Portrait.
»Ja – das ist Beth«, nickte Elizabeth.
»Sie sieht genauso aus wie du«, bemerkte Jeff.
»Ich weiß, aber sie ist ganz anders als ich. Ich mag sie nicht.«
»Das hört sich ja an, als ob du sie kennst«, grinste Jeff spöttisch.
»Das tue ich auch, ich habe schon oft mit ihr gesprochen.«

»Das ist doch idiotisch«, sagte Jeff. »Man kann doch mit Toten nicht sprechen.«
»Doch, das kann man«, beharrte Elizabeth. »Mit der Alphabet-Tafel.«
»Das letzte Mal hat sie aber nichts gesagt«, stellte Jeff sarkastisch fest. »Der Zeiger hat nur einen Namen buchstabiert – und das wahrscheinlich mit deiner Hilfe.«
»Nein – das war sie«, sagte Elizabeth.
»Na – wenn das alles wahr ist, dann würde ich vorschlagen, daß wir uns auf die Suche nach der Höhle machen. Ich wette, daß wir dort auch deine Freundin Beth finden.«
»Ich weiß nicht«, zögerte Elizabeth. »Die Höhle soll irgendwo in der Steilküste sein, und es ist uns verboten, dort hin zu gehen.«
»Mir auch«, eröffnete Jeff ihr. »Aber das soll mich nicht hindern. Bist du vielleicht feige?«
»Nein – aber ich glaube trotzdem, wir sollten es lassen.«
»Du hast ja bloß Angst, daß wir die Höhle nicht finden und du dann zugeben mußt, daß du unrecht hattest.«
»Also gut, gehen wir.« Sie drehte sich um und verließ das Zimmer. Jeff grinste: es hatte funktioniert!
Elizabeth holte ihren Mantel und schlüpfte hinein. »Wir müssen Sarah mitnehmen«, sagte sie. »Ich kann sie nicht allein hierlassen.«
»Kann denn eure Haushälterin nicht auf sie aufpassen?«
»Die schläft. Außerdem wüßte sie nicht, was sie tun sollte, wenn Sarah wieder einen ihrer Anfälle bekäme.«
Jeff überlegte, daß es besser war, Sarah in Kauf zu nehmen als das Unternehmen fallen zu lassen. »Okay«, sagte er. »Dann los.«
Elizabeth zog Sarah den Mantel an und knöpfte ihn bis oben hin zu. Dann verließen die drei Kinder das Haus.

Der Regen hatte etwas nachgelassen – und als sie im Wald angekommen waren, schirmten die Bäume sie fast völlig ab. Jeff sah sich um. »Wo geht's denn lang?«
»Es gibt einen Pfad«, erklärte Elizabeth. »Man kann ihn allerdings kaum sehen. Komm.« Ihre Stimme schien sich plötzlich verändert zu haben, und Jeff glaubte, ein seltsames Leuchten in ihren Augen zu sehen.
Elizabeth ging so schnell, daß Jeff ihr zweimal zurufen mußte zu warten. Zwei weitere Male blieb er stehen, um Sarah zu helfen, die nur mühsam vorwärtskam. Er war verblüfft über die Sicherheit, mit der sie sich den Weg bahnte. Als sie aus dem Wald traten, regnete es wieder stärker und der Wind fuhr ihnen ins Gesicht. Die See war aufgewühlt. Jeff zitterte leicht und fragte sich, ob es nicht vielleicht ein Fehler gewesen war, Elizabeth zu dieser Exkursion zu überreden: die Steilküste sah wirklich so gefährlich aus, wie seine Eltern sie ihm beschrieben hatten.
»Wo sollen wir suchen?« fragte er in der Hoffnung, Elizabeth würde den Vorschlag machen, umzukehren.
»Ich weiß nicht«, antwortete sie. »Versuchen wir's mal da drüben.«
Sie ging voraus, und Jeff wollte gerade sagen, daß das wohl doch zu gefährlich sei, als Elizabeth plötzlich begann, die Steilküste hinunterzuklettern. Er sah zu, wie sie sich sicher von einem Felsvorsprung zum anderen bewegte und kam zu dem Schluß, daß es doch wohl schwieriger aussah als es war.
Doch er hatte sich getäuscht: die Felsen waren glitschig, und er hatte bedeutend größere Schwierigkeiten, mit den Füßen Halt zu finden, als Elizabeth. Er bewegte sich sehr langsam vorwärts und versuchte sich zu merken, wo Eli-

zabeth hintrat. Ab und zu sah er nach oben um festzustellen, wo Sarah blieb, aber sie schien keine Probleme zu haben, ihnen zu folgen. Jeff hatte Angst, Elizabeth aus den Augen zu verlieren, denn er kam immer langsamer vorwärts. Er rief ihr zu, sie solle warten – aber seine Stimme wurde vom Sturm und der Brandung geschluckt. Und plötzlich verschwand Elizabeth hinter einem großen Felsblock. Jeff kletterte vorsichtig weiter. Hinter ihm paßte Sarah sich seiner langsameren Gangart an.
»Hier!« Er zuckte zusammen, als er Elizabeths Stimme so plötzlich dicht neben sich hörte und spähte hinter den Felsblock. Das Mädchen kauerte dicht an der Wand, um sich gegen Wind und Regen zu schützen. »Wir sind da!« sagte sie. »Ich habe die Höhle gefunden!«
Jeff runzelte die Stirn. »Ich sehe nichts.«
»Du mußt herkommen.« Er kroch zu ihr hin.
»Da!« Elizabeth deutete nach hinten in die Dunkelheit. Und dann erkannte er plötzlich ein Loch in der Felswand. Er rutschte näher heran und spähte hinein. Sarah zog ihn an der Jacke und stieß kleine, schluchzende Laute aus. Er schüttelte ihre Hand ab, und als sie wieder nach ihm greifen wollte, nahm Elizabeth ihre Hände und sah ihr fest in die Augen. Einen Augenblick später hatte Sarah sich beruhigt.
»Was ist wohl dahinter?« fragte Jeff.
»Ich weiß es nicht«, antwortete Elizabeth. »Sollen wir mal nachschauen?«
Jeff begutachtete das Loch mit zweifelnder Miene. Es sah gerade groß genug aus, daß man hinein kriechen konnte, und er war nicht überzeugt, daß es irgendwo hin führte – aber er wollte auch nicht als Feigling dastehen.
»Ich gehe als erster«, sagte er also mit bedeutend mehr

Selbstvertrauen in der Stimme als er tatsächlich hatte. Er kroch in den Tunnel und stellte fest, daß er geräumiger war als er gedacht hatte. Langsam tastete er sich durch die Finsternis vorwärts.

Hinter ihm holte Elizabeth die Taschenlampe aus ihrem Versteck, schaltete sie jedoch nicht ein. Dicht hinter ihr folgte Sarah.

Jeff wußte nicht, wie lange er schon den Tunnel entlangkroch – in der Dunkelheit ließen sich Entfernungen nicht schätzen – aber er mußte zugeben, daß er es allmählich mit der Angst zu tun bekam. Plötzlich hatte er das Gefühl, mehr Platz zu haben als vorher. Er streckte die Hände aus und stellte fest, daß er sich nicht geirrt hatte: er konnte die Tunnelwände nicht mehr ertasten. Wie groß die Höhle wohl sein mochte, überlegte er und robbte vorsichtig weiter. Als seine Hand den Rand des Schachts spürte, stoppte er, richtete sich auf und hockte sich neben den Schacht.

»Da ist ein Loch«, sagte er. »Es scheint ziemlich tief zu sein.«

Und dann bekam er plötzlich einen Stoß von hinten und fiel. Er versuchte, sich irgendwo festzuhalten, aber es war nichts da. Er schlug auf, bevor er Zeit hatte zu schreien.

Elizabeth knipste die Taschenlampe an, rutschte zum Rand des Schachts und leuchtete hinunter: Jeff lag regungslos mit dem Gesicht nach unten auf dem Felsentisch. Mehr war in dem Lichtkegel nicht zu sehen. Sie legte die Lampe beiseite und rollte die Strickleiter aus. Hinter ihr kam Sarah aus dem Tunnel, setzte sich im Schneidersitz auf den Boden und sah ihrer Schwester zu. Sie zitterte am ganzen Körper. Elizabeth ließ die Leiter in den Schacht fallen und kletterte hinunter. Sarah beugte sich etwas über den Rand des Schachts und spähte vorsichtig in die Tiefe. Die Kerzen klemmten noch in den Felsspalten und das Feuerzeug lag noch in der Nische, wo Elizabeth es deponiert hatte. Als sie die Kerzen angezündet hatte, machte sie die Taschenlampe aus, die sie wie immer eingeschaltet in der Tasche gehabt hatte, und sah sich um.

Kathy Burton lag immer noch an derselben Stelle, wo Elizabeths Schlag sie getroffen hatte. Ihre Stirn wies einen großen Bluterguß auf. Ihre Augen waren weit offen und ihr Gesicht schon ziemlich aufgedunsen. Elizabeth stach sie neugierig mit dem Zeigefinger in die Seite, und als keine Reaktion erfolgte versuchte sie, Kathys Augen zu schließen. Sie ließen sich nicht schließen.

Jimmy Tyler lag – immer noch splitternackt – zusammengekrümmt an der anderen Wand. Auch seine Augen waren weit offen, aber in ihnen war noch Leben: er starrte ins Licht wie ein kleines, gehetztes Tier. Er jammerte leise vor sich hin und zitterte heftig. Er schien nicht zu registrieren, was seine Augen sahen, denn er reagierte nicht, als Elizabeth auf ihn zutrat und ihn anfaßte. Er hielt den Torso des toten Katers fest an sich gepreßt wie einen Teddybär. Elizabeth sog den widerlichen Gestank des Todes tief in ihre Lungen. Sie lächelte das Skelett an.

»Ist das nicht schön?« sagte sie. »Jetzt sind alle da: Mami und Daddy und ihr Baby. Und dein Vater, Beth. Ich habe dir heute deinen Vater zu Besuch mitgebracht. Möchtest du mit ihm sprechen?«

Sie zerrte Jeff Stevens' schlaffen Körper zu dem Skelett hinüber, legte ihn dicht daneben und arrangierte die nackten Knochen so, daß sie ihn umarmten.

Dann machte sie sich an die Vorbereitungen für ein neuerliches Teekränzchen. Das letzte. Sie schleifte Kathy Bur ton zu einem Felsenhocker und setzte sie darauf. Kathy fiel vornüber und lag mit dem Gesicht auf der Tischplatte. Dann versuchte Elizabeth, Jimmy Tyler die Tierleiche zu entreißen. Er wehrte sich nur instinktiv – er nahm nichts wahr von dem, was vorging. Er wußte nur, daß er das Fellbündel nicht loslassen wollte. Aber Elizabeth war stärker. Sie setzte den Kater auf seinen angestammten Platz. Diesmal gelang es ihr nicht mehr, den Kopf obenauf zu balancieren. Er rollte über den Boden – ein nicht länger erkennbarer Klumpen mit einem schmutzstarrenden, ehemals blauen Häubchen. Elizabeth ließ ihn liegen.

Und dann nahm sie sich Jimmy Tyler vor. Er leistete keinen Widerstand mehr – er bemerkte nicht einmal, daß er in die Höhe gezerrt wurde. Nachdem er nichts mehr hatte, woran er sich festhalten konnte, schien er aufgegeben zu haben und Elizabeth hatte keine Schwierigkeiten, ihn auf einen Hocker zu setzen. Seine Augen starrten mit leerem Blick in die flackernde Flamme einer Kerze.

Elizabeth fing an zu sprechen, aber die Sätze ergaben keinen Sinn. Ihre Stimmlage wechselte ständig – als sei sie zwei verschiedene Personen.

Während sie sprach wurde sie immer ärgerlicher. Sie verlangte von ihren Gegenübern, daß sie sprachen, und als sie keine Antwort erhielt, wurde sie wütend.

»Antworte mir!« schrie sie, und ihre Stimme war nicht ihre eigene. »Ich will es wissen! Warum hast du mich hier allein gelassen? Es ist dunkel und kalt! Und ich habe Angst! Warum willst du mir Angst machen? Warum kann ich nicht hier heraus und mit allen anderen zusammen sein?«

Lange Zeit wartete sie auf eine Antwort. Aber es kam keine.

»Ihr seid alle gleich!« zischte sie schließlich. »Alle! Ihr liebt

nur sie!« Und sie versetzte dem Kadaver des Katers einen Tritt, der ihn in eine Ecke der Höhle beförderte. »Ihr habt immer nur Augen für sie! Warum könnt ihr euch nicht auch mal um mich kümmern?«
Dann schien sie sich wieder zu verändern und starrte auf den bewußtlosen Jeff hinunter. »Jetzt bist du ja endlich dort, wo du hinwolltest, nicht wahr? Ich wollte dich damals nicht, und deshalb hast du mich hier heruntergeworfen. Aber ich wußte, daß du zurückkommen würdest. Und diesmal gehst du nicht wieder weg. Diesmal bleibst du hier. Du – und alle anderen auch!« Damit riß sie das Messer von dem Felsvorsprung, wo es so lange gelegen hatte und wandte sich den Kindern zu.
»Ihr bleibt jetzt alle bei mir!« kreischte sie. Dann stürzte sie sich auf Kathy Burton und stach das Messer immer wieder in das leblose Fleisch. Als sie die Beine und Arme abgetrennt hatte, ging sie auf Jimmy Tyler los.
Er schrie auf, als das Messer bis zum Heft in seinen Leib drang, dann fiel er mit einem Gurgeln vornüber. Elizabeth zog das Messer wieder heraus und rammte es ihm in die Kehle. Er versuchte mit letzter Kraft, den Stichen zu entkommen, aber er hatte keine Chance. In ihrer Raserei überhörte sie das leise Stöhnen, das Jeff Stevens von sich gab, als er allmählich wieder zu sich kam.
Er versuchte sich daran zu erinnern, was passiert war. Er hatte im Dunkeln gekauert – und dann hatte er plötzlich einen Stoß bekommen. Er war gefallen. In die Höhle! Er war in der Höhle! Aber jetzt war es nicht mehr dunkel. Gelbliches Licht schimmerte – als ob Kerzen brannten. Und dann waren da noch Geräusche. Seltsame, gurgelnde Geräusche. Er öffnete die Augen und drehte vorsichtig den Kopf.

Er sah Elizabeth. Sie stach blindwütig auf etwas ein, aber es war zuviel Blut überall, als daß er erkennen konnte, was es war. Er richtete sich mühsam auf und schaute genauer hin: es war ein kleiner Junge. Elizabeth stach auf einen kleinen Jungen ein!

»Nein!« schrie er. Er versuchte, aufzustehen, aber er war zu schwindelig. Elizabeth ließ von Jimmy ab und fuhr zu Jeff herum.

»Du!« schrie sie. »Du hast mich dazu gezwungen, das zu tun, Daddy! Du hast mir das angetan, jetzt tue ich es dir an! Du wirst mich nicht noch einmal allein lassen!«

Da erkannte er, daß sie den Verstand verloren hatte und überlegte fieberhaft, wie er ihr entkommen konnte. Aber es gab keine Möglichkeit. Sein Gehirn war durch den Aufprall nicht in der Lage, die richtigen Signale an die entsprechenden Muskeln zu senden. Wie durch einen Schleier sah er das Messer auf sich zukommen, aber er spürte nichts. Er sah nur, daß plötzlich ein Blutstrom aus seinem Arm schoß. Er wollte die Arme heben, um sich gegen einen erneuten Angriff zu schützen, aber er war wie gelähmt. Entsetzen stieg in ihm auf. Immer wieder stach das Messer zu. Nach kurzer Zeit konnte er nichts mehr sehen. Er fragte sich, warum er keinen Schmerz spürte. Es müßte doch wehtun, dachte er – sterben müßte doch wehtun. Aber es tat nicht weh.

Jeff Stevens glitt langsam in die ewige Nacht hinüber. Als sich der Nebel über sein Bewußtsein zu legen begann, versuchte er zu beten.

Elizabeth stach noch immer auf ihn ein, als er schon längst tot war. Als sie endlich aufhörte, war nicht mehr zu erkennen, daß dies einmal ein Mensch gewesen war: blutige Fleischklumpen lagen verstreut, in wildem Durcheinander mit den Überresten von Jimmy Tyler und Kathy Burton. Und dann war die Wut plötzlich vorüber und Elizabeth saß inmitten des Blutbades und sah sich verwundert um.

»Warum hast du das getan?« fragte sie sanft. »Ich verstehe nicht, warum du das tun mußtest. Sie haben dir doch nichts getan. Sie waren deine Freunde. Und außerdem ist doch alles schon so lange her. So lange.« Sie kroch zwischen den Leichenteilen hindurch zu dem Skelett hinüber. »Du hättest es nicht tun sollen, Beth«, sagte sie etwas lauter. »Du hättest sie in Ruhe lassen sollen. Sie waren gar nicht die, für die du sie gehalten hast. Dein Vater ist schon lange tot, so lange. Und die anderen waren nicht meine Eltern, und der Kater war nicht Sarah. Es war nur ein Kater, Beth, ein armer, hilfloser Kater. Warum hast du mich gezwungen, das zu tun, Beth? Ich hasse sie nicht, Beth. Ich nicht. Du bist es, die sie haßt. Warum kannst du sie nicht in Ruhe lassen? Sie haben dir nichts getan. Keiner von ihnen. Keiner von ihnen!« Und dann wurde sie plötzlich wieder wütend, aber diesmal richtete sich ihr Zorn gegen Beth, die arme Beth, die schon vor so langer Zeit gestorben war.

Elizabeth packte einen Armknochen und schwang ihn über ihrem Kopf.

»Stirb!« schrie sie. »Warum stirbst du nicht endlich und läßt uns in Ruhe?« Sie ließ den Knochen auf die Hirnschale heruntersausen. Sie zerbarst. »Stirb«, flüsterte sie. »Bitte stirb und laß mich in Ruhe!«

Und dann war es vorüber. Elizabeth richtete sich auf und ging zu der Strickleiter. Sie machte sich nicht die Mühe, die Kerzen auszublasen; sie ließ auch die Strickleiter im Schacht hängen. Sie würde nicht zurückkommen; es würde auch niemand die Leiter zur Flucht benutzen. Ohne ihre Schwester wahrzunehmen verschwand sie in dem Tunnel, der nach draußen führte.

Sarah beugte sich über den Schacht und starrte in das flackernde Licht; dann machte sie sich daran, langsam die Leiter hinunterzuklettern. Langsam und bedächtig versuchte sie, die verstreuten Gliedmaßen wieder zu kompletten Körpern zusammenzufügen. Als sie damit fertig war, fand sie die Feldflasche, die sie schon vor so langer Zeit durch den Schacht heruntergeworfen hatte. Sie hielt sie mit der Öffnung jedem der toten Kinder an die Lippen und versuchte, diese zum Trinken zu bewegen.

Dann setzte sie sich hin und sah sich um.

Lange Zeit blieb sie so sitzen und wartete.

24

Das Gespräch dauerte bis halb fünf, und Dr. Belter hatte den größten Teil des Nachmittags damit verbracht, die besorgten Eltern zu beruhigen, statt wie beabsichtigt über Sarahs neueste Entwicklung zu sprechen. Es war immer wieder dasselbe mit Leuten, die Kinder wie Sarah hatten: sie lasen zuviele Bücher (noch dazu die falschen) und waren davon durchdrungen, daß ihre Kinder sich in eine Art Ungeheuer verwandelten. So hatte er stets mehr damit zu tun, die Eltern von ihren irrigen Vorstellungen abzubringen als die Kinder zu behandeln.

Im Fall Conger hatte er Erfolg gehabt: Auf dem Heimweg

fühlten Jack und Rose sich bedeutend besser. Dr. Belter hatte ihnen versichert, daß sie sich keine Sorgen zu machen brauchten – und sie hatten Vertrauen zu ihm. Es goß jetzt in Strömen und die Temperatur sank merklich.
»In diesem Jahr wird es früh Winter«, prophezeite Jack, als er von der Point Road in die Zufahrt einbog. »Der Regen kann jederzeit in Schnee übergehen.«
»Ich mag den ersten Schnee hier draußen«, sagte Rose. »Er macht das Haus irgendwie weicher.« Aber jetzt im Regen sah es düster und drohend aus. Ein ungutes Gefühl befiel sie.
Als sie die Vordertür aufsperrten, läutete das Telephon.
»Bin schon dran!« rief Jack, hob mit einer Hand den Hörer ab und knöpfte mit der anderen seinen tropfnassen Mantel auf.
»Hallo?«
»Jack? Barbara Stevens. Wir sind grade vom Golfspielen gekommen...«
»Bei diesem Sauwetter?« fragte Jack ungläubig.
Barbara kicherte. »Manche von uns würden auch bei einem Hurrican spielen. Aber ich sage Ihnen was – ganz unter uns: die alte Hütte, die sich Clubhaus schimpft, braucht dringend ein neues Dach.«
»Es braucht alles neu – aber wir haben nicht genügend Mitglieder, um eine Renovierung finanzieren zu können. Außerdem glaube ich kaum, daß außer Ihnen jemand an einem solchen Tag da draußen ist.«
»Es war ziemlich feucht«, gab Barbara zu. »Aber ich wollte eigentlich fragen, ob Jeff bei Ihnen ist. Er sollte den ganzen Nachmittag zu Hause bleiben, aber er ist nicht hier – und da er außer Ihnen niemanden kennt, dachte ich, er wäre vielleicht bei den Mädchen.«

»Wir sind selbst erst vor ein paar Sekunden nach Hause gekommen«, sagte Jack. »Bleiben Sie dran – ich werde mal nachsehen.« Er legte den Hörer neben den Apparat und wandte sich an Rose, die ihn fragend ansah.

»Barbara Stevens«, erklärte er. »Sie möchte wissen, ob Jeff hier ist.«

Roses Magen krampfte sich zusammen. Die Erinnerung an den Anruf von Kathy Burtons Mutter war noch sehr frisch. Wie lange war das her? Sie wußte es nicht. Ihr ungutes Gefühl verstärkte sich.

»Was ist denn los?« fragte Jack, als das Gesicht seiner Frau jäh alle Farbe verlor.

»Nichts. Ich dachte nur gerade...« Sie brach ab. »Nichts«, sagte sie dann. »Ich werde Elizabeth rufen.«

Sie trat zum Fuß der Treppe und rief hinauf. Einen Augenblick später hörte sie oben leise Schritte, und dann sah sie ihre Tochter erscheinen.

»Hallo«, sagte Elizabeth. »Ich wußte gar nicht, daß ihr schon zurück seid. Ich war in meinem Zimmer und habe gelesen.«

»Hast du denn das Telephon nicht gehört?« fragte Rose überrascht.

»Doch – aber als es nach dem zweiten Klingeln aufhörte, dachte ich, Mrs. Goodrich wäre drangegangen. Ist es für mich?«

»Nein – es ist Mrs. Stevens. Ist Jeff hier?«

»Jeff? Der ist schon vor Stunden weggegangen.«

Rose konnte das drohende Unheil fast mit Händen greifen. »Dann war er also hier?«

»Ja«, nickte Elizabeth. »Er kam 'rüber, nachdem ihr weg wart; er wollte die Höhle suchen.«

»Die Höhle?«

»Du weißt doch – die aus der Legende. Und ich sollte mitgehen. Aber das wollte ich nicht. Ich sagte ihm, es sei zu gefährlich. Und außerdem hat es wie verrückt geregnet.«

Jack nahm den Hörer vom Tisch. »Barbara? Jeff war zwar hier – aber das war am frühen Nachmittag. Wie es aussieht, wollte er sich nach der legendären Höhle umsehen.«

»Nach der Höhle? Sie meinen die in der Steilküste?«

»Wahrscheinlich«, antwortete Jack. »Allerdings gibt es sie mit ziemlicher Sicherheit gar nicht. Es ist nur eine Familienlegende. Die Höhle hat noch nie jemand gesehen.«

»Die Steilküste ist gefährlich, nicht wahr?« Barbaras Stimme war voller Angst. Jack beschloß, lieber bei der Wahrheit zu bleiben. »Ja. Das ist auch einer der Gründe dafür, daß wir die Legende nicht einschlafen lassen – sie hat sich als sehr nützlich dabei erwiesen, die Kinder von dort fernzuhalten.«

»Ich weiß – Rose hat mir davon erzählt. Und wir haben auch Jeff gesagt, er soll nicht hingehen.«

»Dann hat er es auch sicher nicht getan«, versuchte Jack sie zu beruhigen. »Wahrscheinlich streunt er irgendwo herum und hat die Zeit vergessen.«

»Ich weiß nicht.« Die Angst in Barbaras Stimme wurde deutlicher. »Er kennt sich hier in der Gegend doch noch gar nicht recht aus. Außerdem ist er normalerweise sehr zuverlässig.«

»Aber er ist gerade in der Pubertät«, erinnerte Jack sie. »Und in dem Alter kann man nie wissen, was einem plötzlich einfällt.«

»Wahrscheinlich haben Sie recht«, sagte Barbara Stevens, aber sie war ganz und gar nicht überzeugt. »Ich werde jetzt noch eine Stunde warten – was wir allerdings machen,

wenn er bis dann nicht zurück ist, weiß ich auch nicht.«
»Es tut mir leid, daß wir Ihnen nicht helfen konnten. Wenn er noch bei uns auftaucht, rufen wir Sie sofort an.«
Sie verabschiedeten sich voneinander, und Jack legte den Hörer auf. Als er sich zu Rose umdrehte, sah sie, daß die Besorgnis, die er absichtlich aus seiner Stimme herausgehalten hatte, deutlich auf seinem Gesicht geschrieben stand.
»Es ist genau wie bei den anderen«, stellte er fest.
Rose nickte hilflos. Und dann fiel ihr plötzlich Sarah ein: sie war nicht mit Elizabeth an der Treppe erschienen. Sie sah hinauf: Elizabeth stand immer noch an der gleichen Stelle und wartete darauf, daß man ihr sagte, was nun los war.
»Wo ist Sarah?« fragte Rose; die Angst schnürte ihr fast die Kehle zu.
»Sarah? In ihrem Zimmer, nehme ich an. Oder im Spielzimmer.« Sie hob den Kopf und horchte. »Moment, ich schau' nach.«
Als sie kurz danach Elizabeths Schritte zurückkommen hörte, wußte Rose schon, daß sie ihre Schwester nicht gefunden hatte.
»Oben ist sie nicht«, sagte Elizabeth und kam die Treppe herunter. »Wahrscheinlich ist sie bei Mrs. Goodrich.«
Rose beteiligte sich nicht an der Durchsuchung des Erdgeschosses – sie wußte, daß Sarah nicht da war. Sie ließ sich im Arbeitszimmer auf den Stuhl an ihrem Schreibtisch sinken. Irgendwie vermittelte ihr der kleine Raum Sicherheit.
Jack kam herein. »Unten ist sie auch nicht. Mrs. Goodrich dachte, sie wäre oben.«
»Sie muß oben sein!« beschwor Rose ihn verzweifelt.

»Schau nochmal nach! Bitte! Vielleicht ist sie in unserem Zimmer. Oder im Gästezimmer. Oder auf dem Speicher. Du mußt unbedingt auch auf dem Speicher nachsehen!« Aber sie wußte, daß es sinnlos war – Sarah war nicht im Haus. Rose blieb an ihrem Schreibtisch sitzen und hörte zu, wie Jack und Elizabeth das ganze Haus durchkämmten. Als sie oben den Speicher durchsuchten, konnte sie eine Weile nichts hören, aber dann hörte sie sie wieder im ersten Stock und dann im Parterre. »Nichts«, berichtete Jack. »Sie ist nicht da.«
»Das dachte ich mir«, sagte Rose. »Ich wußte es schon, als sie nicht in ihrem Zimmer war.« Sie sahen einander an und wußten nicht, was sie als nächstes tun sollten.
»Die Scheune«, fiel Elizabeth plötzlich ein. »Vielleicht ist sie draußen in der Scheune.« Ohne eine Antwort ihrer Eltern abzuwarten lief sie hinaus. Sie hörten, wie die Vordertür geöffnet wurde – und dann einen schrillen Schrei.
Es war nicht die Art Schrei wie bei Sarah, der jeweils der Verzweiflung darüber entsprang, daß sie sich nicht verständlich machen konnte – es war ein Schrei blanken Entsetzens. Einen Augenblick standen Rose und Jack wie angewurzelt, dann stürzten sie hinaus: Elizabeth stand auf der Veranda und starrte mit weit aufgerissenen Augen auf die Wiese hinaus. Sie folgten ihrem Blick – und Rose mußte alle Kraft aufbieten, um nicht selbst zu schreien. Sie preßte eine Hand auf den Mund.
Eine schmale Gestalt kam auf das Haus zu – und sogar auf die noch große Entfernung konnte man erkennen, daß Sarah völlig durchweicht und von oben bis unten verdreckt war. Und dann war da noch etwas anderes – etwas rotes, das auf ihrem Gesicht, ihren Armen und ihren

Kleidern verschmiert war. Es war Blut. Sarah war über und über voller Blut.
»Großer Gott!« stieß Jack hervor. Er konnte einfach nicht glauben, was er da sah. Und dann erinnerte er sich daran, daß Elizabeth neben ihm stand. Er nahm sie am Arm und zog sie ins Haus. Sie schien wie betäubt. Ohne Widerstand zu leisten, ließ sie sich nach oben in ihr Zimmer führen.
»Bleib hier«, sagte Jack. »Ich hole dich nachher.« Sie war sehr blaß und zitterte wie Espenlaub. »Alles in Ordnung?« Sie nickte. »Was ist los mit ihr, Daddy?« fragte sie mit ganz kleiner Stimme. »Ist sie verletzt?«
»Ich weiß es nicht. Aber es wird schon nicht so schlimm sein. Bleib du nur hier oben, es wird alles gut werden.« Elizabeth sah plötzlich sehr jung und zerbrechlich aus. Er nahm sie in die Arme.
»Schon gut, mein Liebes, ich kümmere mich um sie. Bleib du jetzt erst mal hier.« Sie schluchzte leise. Er wiegte sie sanft hin und her, und allmählich beruhigte sie sich. Er legte sie auf ihr Bett. »Versuch', nicht daran zu denken«, sagte er. »Ich muß jetzt wieder 'runter, aber ich bin bald zurück. Versuch', nicht daran zu denken«, wiederholte er – und wußte gleichzeitig, daß sich das Bild, das sie gesehen hatte, für die Ewigkeit in ihrem Gedächtnis eingegraben hatte.
Rose stand immer noch mit der Hand auf dem Mund an der Vordertür. Tränen strömten über ihre Wangen. Sarah kam nur sehr langsam näher – und sie zog irgendetwas hinter sich her. Inzwischen war es so kalt, daß der Regen in Graupel übergegangen war.
Kleine, unkontrollierte Laute entrangen sich Roses Lippen, als sie versuchte, das zu verarbeiten, was sie sah. Der Gegenstand in Sarahs Hand war jetzt ganz deutlich zu

sehen. Als Jack erkannte, was es war, stieg jäh Übelkeit in ihm auf.
Es war ein Kinderarm – genau an der Schulter abgetrennt. Er sah aus, als habe ihn ein Hund zerfleischt.
Sarah schien weder den Regen, noch den Schnee oder die Kälte zu spüren. Sie bewegte sich mit gleichmäßigen, bedächtigen Schritten auf das Haus zu – die leeren Augen starr auf die Eltern gerichtet, die sie auf der Veranda erwarteten. Jack wollte ihr entgegengehen, sie aufheben und ins Haus tragen, aber er konnte sich nicht rühren. Hilflos stand er neben seiner Frau und sah seine Tochter immer näher kommen.
Und dann stand sie am Fuß der Stufen und sah mit ausdruckslosem Blick zu ihnen auf. Nach einer Weile hob sie den abgetrennten Arm hoch und hielt ihn ihnen wie ein Geschenk entgegen.
Das war zuviel für Rose. Ihr Mund öffnete sich gegen ihren Willen und der erste Schrei gellte über die Wiese. Es schien, als bebten sogar die Bäume von dem Schall. Ihre Augen fingen an, Halluzinationen zu produzieren und sie sah nur noch den Arm, den blutigen Arm, zurückgelassen auf einem immer dunkler werdenden Hintergrund. Er schien zu wachsen und dann sah sie nur noch den Stumpf und den gezackten Rand Fleisches, das den Knochen umhüllte. Ihre hysterischen Schreie wurden immer schriller.
Elizabeths Schrei hatte Mrs. Goodrich aufgeweckt. Sie war hochgefahren und hatte auf den Bildschirm geschaut um festzustellen, ob die Laute vielleicht von dort kamen. Aber dann hörte sie Rose schreien. Sie stand auf und ging mit steifen Beinen durch die Küche in die Halle hinaus.
Als sie die Vordertür erreichte, sah sie Sarah. Fassungslos

starrte sie das dreck- und blutverschmierte Kind an. Ein schneller Blick zu Rose hinüber ließ sie ihre eigene aufkommende Übelkeit vergessen. Es war klar, daß die Mutter jetzt Fürsorge brauchte, nicht das Kind.
»Kümmern Sie sich um Miss Rose!« kommandierte sie, trat zu Sarah, schluckte einmal hart und löste dann die Finger des Kindes von dem Handgelenk des abgetrennten Armes. Mit Sarah an einer Hand und dem blutigen Arm in der anderen ging sie ins Haus. Sie brachte Sarah in die Küche und stellte sie vor das Spülbecken. Dann wickelte sie den Arm in ein Küchenhandtuch und legte ihn beiseite. Sie zog Sarah aus, wischte sie notdürftig ab und wickelte sie in eine Decke, die sie aus ihrem Zimmer holte. Dann ging sie zum Telephon, wählte die Nummer der Polizeistation und verlangte Ray Norton.
»Ray«, sagte sie, »hier ist Mrs. Goodrich aus Conger's Point. Sie kommen am besten möglichst schnell 'raus. Es ist was schlimmes passiert. Und bringen Sie einen Arzt mit. Den aus White Oaks, wenn Sie ihn erwischen. Er kennt uns.«
Der Polizeichef wollte anfangen, Fragen zu stellen, aber die alte Haushälterin gab ihm keine Gelegenheit dazu.
»Warten Sie damit, bis Sie hier sind. Ich habe jetzt anderes zu tun.« Damit legte sie den Hörer auf und ging zu Sarah zurück, die immer noch vor dem Spülbecken stand. Sie nahm sie an der Hand und brachte sie ins Bad hinauf.
Mrs. Goodrichs Befehl hatte Jack wieder zu sich gebracht. Er packte Rose und schüttelte sie.
»Es ist in Ordnung«, sagte er. »Mrs. Goodrich kümmert sich um sie.« Als Rose nicht aufhörte zu schreien, schüttelte er sie noch heftiger und schrie sie an: »Es ist in Ordnung!« Und plötzlich war sie still. Sie starrte ihn mit

weit aufgerissenen Augen an, ihr Mund bewegte sich, als wolle sie etwas sagen, aber es kam kein Ton heraus. »Komm.« Er führte sie ins Haus und zwang sie, mit ihm in das hintere Arbeitszimmer zu gehen. Dort setzte er sie in einen Sessel, goß zwei große Cognacs in zwei Schwenker und reichte ihr einen davon. »Trink!« befahl er. »Du brauchst es.«
Sie setzte das Glas an und leerte es auf einen Zug zur Hälfte. Dann hob sie den Kopf, sah ihn an und fragte mit zittriger Stimme: »Was sollen wir tun? Oh, mein Gott, Jack – was sollen wir bloß tun?«
»Dr. Belter anrufen«, sagte Jack ruhig. »Und Ray Norton.« Aber keiner von beiden machte Anstalten, zum Telephon zu gehen. Sie saßen einfach nur da, starrten einander an und versuchten zu verarbeiten, was sie gesehen hatten. Als Ray Norton ankam, hatten sie sich noch immer nicht von der Stelle gerührt.

Er hatte gerade sein Büro verlassen wollen, als der Anruf kam. Und er hatte sofort gewußt, daß etwas passiert sein mußte: In all den Jahren, die er sie nun kannte, hatte er es noch nie erlebt, daß Mrs. Goodrich telephoniert hatte. Also rief er die White-Oaks-School an und bat Dr. Belter, zu den Congers hinauszukommen. Dann stieg er in seinen Wagen und raste die Conger's Point Road hinunter. Zum ersten Mal, seit er sie hatte einbauen lassen, schaltete er die Sirene ein.
Die Vordertür stand weit offen, und Ray machte sich nicht die Mühe zu klingeln. Er trat ins Haus und machte die Tür hinter sich zu. Oben ließ irgend jemand offensichtlich Wasser in die Badewanne – ansonsten war alles still. Er ging auf die Treppe zu, überlegte es sich dann jedoch

anders und steuerte zielstrebig auf das rückwärtige Arbeitszimmer zu.

Jack und Rose Conger saßen sehr still und sehr blaß vor dem Kamin.

Mrs. Goodrich hat mich angerufen«, erklärte Ray leise. »Sie sagte, es sei etwas passiert.«

»Ja«, sagte Jack mit tonloser Stimme. »Wir wissen nur nicht was.«

»Kann ich etwas tun?« fragte Ray.

»Du kannst Dr. Belter von der White-Oaks-School anrufen«, bat Jack. »Ich wollte es ja eigentlich selbst machen, aber . . .« Er brach ab.

»Ist schon erledigt: Mrs. Goodrich hat mich gebeten, ihn anzurufen. Er ist bereits auf dem Weg.« Er überlegte, ob er auf den Arzt warten oder die Congers gleich interviewen sollte. Was immer auch gesehen war – es schien vorbei zu sein. Er hatte das Gefühl, daß die Bewohner des Hauses unter einem Schock standen, aber es schien sich nicht um einen Notfall zu handeln. Es war, als sei etwas Schreckliches über die Bewohner des Hauses hinweggefegt und hätte sie wie gelähmt zurückgelassen. Er beschloß, auf Dr. Belter zu warten. Weder Jack noch Rose blickten auf, als er ihnen die leeren Gläser aus der Hand nahm, um sie neu zu füllen.

»Ihr seht aus, als brauchtet ihr das«, sagte er sanft und setzte sich. Das Geräusch des laufenden Wassers im ersten Stock verstummte; es war ganz still im Haus. Und dann fing Rose ganz leise an zu weinen.

Es vergingen fast dreißig Minuten, bis jemand an der Vordertür klingelte. Ray Norton ging hinaus, um aufzumachen. Dann hörte man Mrs. Goodrichs schwere

Schritte die Treppe herunterkommen und danach Stimmengemurmel. Gleich darauf öffnete die Haushälterin die Tür zum Arbeitszimmer und ließ den Psychiater herein. Ohne eine Aufforderung abzuwarten, kam sie auch ins Zimmer und schloß die Tür.

»Ich habe sie ins Bett gepackt«, sagte sie. »Sie schläft jetzt. Und dann habe ich noch nach Miss Elizabeth geschaut. Sie ist zwar etwas verstört aber sonst ganz in Ordnung.«

Dr. Belter sah Jack und Rose fragend an.

»Was ist passiert?« Als keine Antwort kam, wandte er sich an Mrs. Goodrich. »Was ist passiert?« fragte er noch einmal.

»Nun«, begann Mrs. Goodrich, »es ist nicht gerade schön – und ich weiß bei Gott nicht, was ich davon halten soll. Ich saß in meinem Zimmer vor dem Fernseher, als ich plötzlich jemanden ganz entsetzlich schreien hörte. Als ich auf die Veranda kam, sah ich, daß es Miss Rose war – aber ich kümmerte mich nicht besonders darum, weil ich viel zu erschrocken war: Miss Sarah stand da, über und über voller Blut und Dreck – und sie hatte etwas in der Hand.«

»Was?« fragte der Arzt. Mrs. Goodrich warf einen Blick zu Rose hinüber.

»Was hatte sie in der Hand?« insistierte der Arzt.

»Einen ... einen Arm«, sagte Mrs. Goodrich zögernd. »Er liegt in der Küche. Ich habe ihn dort hingelegt, bevor ich mit Miss Sarah ins Bad hinaufging.«

»Mein Gott!« keuchte Ray. Er sah hilfesuchend den Arzt an, und Dr. Belter erkannte, daß er im Augenblick das Kommando übernehmen mußte.

»Kommen Sie mit«, sagte er zu dem Polizeichef. »Ich weiß zwar nicht, ob es irgend einen Sinn hat, aber wir sollten uns das Ding einmal ansehen.«

Die beiden Männer gingen in die Küche und entfernten das blutige Handtuch. Ray Norton wurde bei dem gräßlichen Anblick übel.

»Ein Kind«, sagte Dr. Belter. »Das ist der rechte Arm von einem Kind.«

Norton nickte wie betäubt. »Wie alt?«

Der Arzt zuckte die Achseln. »Schwer zu sagen. So um die acht, neun Jahre alt, würde ich meinen.«

»Wie Jimmy Tyler«, sagte Ray Norton leise. »Und das Blut ist noch nicht geronnen.«

»Es kann erst vor kurzem passiert sein«, sagte der Psychiater. »Heute nachmittag.«

Sie wickelten den Arm wieder in das Handtuch und gingen ins Arbeitszimmer zurück. Ray Norton fühlte sich sichtlich unbehaglich. »Ich weiß, daß es nicht leicht für euch sein wird, aber ich muß euch wohl oder übel ein paar Fragen stellen.«

»Ich weiß«, nickte Jack düster. »Kann Dr. Belter Rose vielleicht nach oben bringen? Ich glaube, sie sollte sich ein bißchen hinlegen. Ich kann dir alles sagen, was du wissen willst.«

»Natürlich.« Norton nickte Dr. Belter zu. Als der Arzt mit Rose das Zimmer verlassen hatte, setzte Ray sich Jack gegenüber.

»Was ist passiert, Jack? Laß dir Zeit. Ich weiß, daß es entsetzlich gewesen sein muß, aber ich muß wissen, was passiert ist.«

»Ich weiß es nicht. Wir kamen von der White-Oaks-School zurück und stellten fest, daß Sarah nicht zu Hause war. Wir durchsuchten das ganze Haus. Schließlich fiel Elizabeth ein, daß sie vielleicht in der Scheune sein könnte. Sie wollte 'rausgehen und nachschauen – und als sie auf die Veranda kam, schrie sie auf. Rose und ich liefen hin, um zu sehen, was los war, und . . . und dann . . . dann sahen wir Sarah.« Die Erinnerung an die grauenvolle Szene jagte ihm erneut einen Schauer über den Rücken. »Sie war überall mit Blut beschmiert und zog dieses . . . dieses Ding hinter sich her. Mein Gott, Ray – es war einfach entsetzlich.«

»Kam sie aus dem Wald?«

»Ja.«

»Ich werde einen Suchtrupp zusammenstellen müssen. Wenn Sarah das Ding im Wald gefunden hat, dann muß dort notgedrungen auch der Rest . . .« Norton brach ab.

»Mein Gott!« flüsterte Jack plötzlich. »Das hatte ich ja völlig vergessen!«

Ray sah ihn fragend an.

»Jeff Stevens«, sagte Jack leise. »Er ist auch verschwunden.«

»Jeff Stevens?« wiederholte der Polizeichef als habe er den Namen noch nie gehört.« Der Junge aus dem alten Barnes-Haus?«

Jack nickte.

»Verdammt«, murmelte Norton. »Bist du sicher?«

»Es ist wie bei den anderen«, sagte Jack verzweifelt. »Er war in unserer Gegend und ist nicht heim gekommen.«

Norton stand auf. »Ich werde mal bei seinen Eltern anrufen; vielleicht will der Vater sich dem Suchtrupp anschließen.«

»Das nehme ich an«, sagte Jack. Und nach kurzem Überlegen: »Ich komme auch mit. Das ist das wenigste, was ich tun kann.«

Aber Ray schüttelte den Kopf. »Nein – du nicht. Du hast schon genug durchgemacht.«

Er ging zum Telephon und erledigte einige Anrufe. Als er fertig war, war das Ehepaar Stevens auf dem Weg nach Conger's Point und der Suchtrupp stand. Ray sah zum Wald hinüber. Es schneite jetzt richtig und die Flocken schienen von Sekunde zu Sekunde dichter zu fallen. Während er so dastand, verschwand der Wald langsam im Schneetreiben.

Sie durchsuchten den Wald – zuerst im letzten Tageslicht und dann mit starken Taschenlampen –, aber sie fanden nichts. Wenn es eine Spur gegeben hatte, so war sie jetzt zugeschneit. Der Schneesturm wurde immer schlimmer. Nach vier Stunden gaben sie auf.
Ray Norton und Dr. Belter blieben noch eine Weile in Conger's Point. Sie saßen mit Jack Conger im Arbeitszimmer. Jetzt sprachen sie nicht mehr darüber, ob etwas mit Sarah geschehen sollte, sondern was. Jack Conger war müde und er fühlte sich schrecklich allein. Er hatte resigniert: was immer beschlossen wurde – er würde sich einverstanden erklären. Er goß sich noch einen Drink ein und ließ sich am Feuer nieder. Er beneidete Rose, die oben im Bett lag und dank eines Beruhigungsmittels fest schlief. Als Dr. Belter seine Ausführungen über Sarahs Krankheit beendet hatte, zündete Ray Norton sich, was selten vorkam, seine Pfeife an und lehnte sich zurück.
»Ich weiß nicht, was ich tun soll«, sagte er nach langem Nachdenken. »Ich muß den Leuten doch irgendetwas sagen.«
»Sagen Sie ihnen was Sie wollen«, sagte Dr. Belter. »Wenn Sie mich fragen wollen, so muß ich Sie enttäuschen: ich habe auch keinen Vorschlag. Ich wünschte, der Suchtrupp hätte etwas gefunden.«

»Lassen Sie mich eine Frage stellen: Ist es möglich, daß Sarah die Kinder getötet hat?«

»Ich weiß es nicht«, antwortete Dr. Belter. Er hatte in seinem Leben schon soviel gesehen, daß er inzwischen alles für möglich hielt. »Lassen Sie es mich mal so sagen: ja, es ist möglich, das Sarah die drei verschwundenen Kinder getötet hat. Ich sage das aber nicht etwa, weil ich glaube, daß sie es getan hat, sondern weil wir im Augenblick keine Alternative haben. An Ihrer Stelle würde ich die Suche fortsetzen – und wenn es den ganzen Winter so weiterschneien sollte, würde ich im Frühling weitersuchen. Irgendwo da draußen liegt die verstümmelte Leiche eines etwa achtjährigen Kindes – und vielleicht finden Sie dort auch noch zwei weitere Kinder. Aber nur, weil Sarah den Arm nach Hause gebracht hat, kann man ihr nicht drei Morde anlasten. Ich gebe zu, daß die Vermutung sich anbietet – doch selbst wenn sie zuträfe, hätten wir kaum eine Möglichkeit, das zu beweisen, denn auch wenn sie wieder gesund werden sollte, würde sie sich höchstwahrscheinlich an nichts erinnern.

Und selbst wenn man beweisen könnte, daß sie die drei Kinder getötet hat, so wird Ihnen jeder Psychiater bestätigen, daß sie nicht dafür verantwortlich gemacht werden kann. Ich an Ihrer Stelle würde den Fall zu den Akten legen – ungelöst.«

»Was wird nun mit ihr geschehen?« fragte Ray.

»Da gibt es nicht allzuviele Möglichkeiten. Ich denke, daß die Congers sich nach dem heutigen Vorfall damit einverstanden erklären werden, Sarah in ein entsprechendes Heim zu geben. Es wird das beste für sie und auch für die Eltern sein.«

Jack nickte niedergeschlagen. »Wann?« fragte er.

»Ich würde sagen, noch heute abend. Ich kann sie über Nacht in White Oaks unterbringen, und morgen können wir dann alles weitere besprechen.
Jack nickte wieder. Er fragte sich, warum er nichts empfand – er war wie tot.
Auf dem Weg in die Halle sagte Ray unbeholfen: »Es tut mir so leid. Wenn ich irgendetwas tun kann . . .«
Jack schüttelte den Kopf. »Dank' dir, Ray. Entschuldige – ich glaube, ich stehe im Moment etwas neben mir.« Er ging die Treppe hinauf, um ein paar Sachen für Sarah zusammenzupacken, und Norton legte die Hand auf die Türklinke.
»Warten Sie noch einen Moment«, bat Dr. Belter.
Norton ließ die Klinke wieder los. Er fühlte sich ausgesprochen unbehaglich: In der letzten Stunde hatte er vieles gehört, was er eigentlich gar nicht wissen wollte – und er hatte die Befürchtung, daß noch mehr auf ihn zukam. Was Dr. Belter ihm dann, nachdem sie ins Arbeitszimmer zurückgekehrt waren, erzählte, übertraf seine schlimmsten Erwartungen.
Dr. Belter informierte ihn kurz aber vollständig über Sarahs und Jacks Fallgeschichte.
Als er geendet hatte, starrte Ray Norton den Arzt an – unfähig, die Animosität zu verbergen, die er gegen den Mann empfand.
»Warum haben Sie mir das alles erzählt? Es ist bestenfalls unmoralisch – und schlimmstenfalls gesetzeswidrig.«
Dr. Belter starrte ins Feuer. Es war ihm durchaus klar, daß Ray Norton recht hatte. Was er getan hatte war sogar sowohl unmoralisch als auch illegal – aber er hatte lange und gründlich überlegt, bevor er sich zu diesem Schritt entschlossen hatte.

»Sie haben recht«, gab Dr. Belter zu. »Aber ich fühlte mich dazu verpflichtet.«
»Ich sehe nicht, worauf Sie hinauswollen«, sagte Ray.
»Sie meinen, Sie wollen es nicht sehen«, berichtigte der Arzt sanft. »Damit zwingen Sie mich, ganz hart auszusprechen, was ich denke: ich halte es durchaus für möglich, daß Jack Conger mit dieser ganzen Sache zu tun hat.«
»Ich wüßte nicht, wie er das gemacht haben sollte. Sie haben selbst gesagt, daß er zu der Zeit, als eines – und möglicherweise ein zweites – Kind verschwand, bei Ihnen war.«
»Das ist nicht ganz richtig: wir kennen den genauen Zeitpunkt des Verschwindens nicht. Wir wissen lediglich, wann und wo die Kinder zum letzten Mal gesehen wurden – und das war jedesmal in der Nähe von Conger's Point.«
Norton nickte widerstrebend. »Und was erwarten Sie jetzt von mir? Soll ich Jack Conger des Mordes an drei Kindern bezichtigen? Ohne eine einzige Leiche, dazu mit Ihnen als Zeugen, der ihm ein Alibi gibt, würde ich mich höchstens lächerlich machen.«
»Außerdem glauben Sie nicht, daß er etwas damit zu tun hat«, ergänzte der Psychiater.
»Ja«, nickte Norton, »das kommt dazu.«
Dr. Belter lehnte sich zurück und faltete die Hände über dem Bauch. »Was werden Sie also tun?«
»Den Frühling abwarten. Dann werden wir den Wald gründlich durchkämmen und auch nach dieser sagenhaften Höhle suchen. Aber zunächst bin ich erst einmal beruhigt, daß Sarah wegkommt.«
Der Arzt sah ihn ungläubig an: »Sie glauben tatsächlich, daß sie für das Verschwinden der Kinder verantwortlich ist?« Norton nickte. »Ja. Und die Leute in der Stadt auch.

Wenn sie fort ist, werden sich die Wogen wieder glätten – und ich habe nicht die Absicht, mit Ihrer Schauergeschichte über Jack neue Unruhe zu schaffen. Ich nehme doch an, Sie werden Ihre Story nicht noch mehr Leuten erzählen?«

»Das versteht sich wohl von selbst«, entgegnete der Arzt steif. »Aber tun Sie mir den Gefallen und sprechen Sie mit Jack Conger.«

»Und warum?«

Dr. Belter lächtelte dünn. »Nur für alle Fälle. Sie können absolut recht damit haben, daß er mit der ganzen Sache nichts zu tun hat – Sie können sich aber auch irren.«

»Ich werde darüber nachdenken«, sagte Norton kühl. »Wenn das alles ist – ich habe eine Menge Arbeit . . .« Er stand auf. Die beiden Männer schüttelten sich kurz die Hand.

Als der Polizeichef gegangen war, dachte Dr. Belter über den Gesichtsausdruck des Polizisten nach, als er den Raum verlassen hatte: Norton würde mit Sicherheit nicht um Einsicht in die Unterlagen bitten. Morgen würde er Jacks Akte versiegeln und ablegen.

Der Arzt war plötzlich sehr müde. Langsam ging er die Treppe hinauf, um Jack zu helfen, der gerade mit dem Packen fertig war. Er sah aus, als hätte er geweint.

»Ich gebe ihr eine Spritze«, sagte Dr. Belter. »Dann wacht sie gar nicht erst auf. Und morgen sehen wir weiter. Sie brauchen kein schlechtes Gewissen zu haben, weil sie Sarah weggeben. Ich habe oft das Gefühl, daß die Schizophrenie eines Kindes für die Familie viel schlimmer ist als für das Kind selbst. Es wird Sarah bestimmt gut gehen. Vielleicht nicht nach Ihrem Maßstab – und auch nicht nach meinem – aber sie wird sich wohlfühlen.«

»Aber was wird aus ihr werden?« fragte Jack. Er hob Sarah hoch und trug sie die Treppe hinunter. Zum letzten Mal. Dr. Belter antwortete erst an der Haustür.
»Das ist schwer zu sagen. Wir müssen abwarten. Ich kann Ihnen nur den Rat geben, Ihr Leben zu leben – für Sarah können Sie nichts tun.« Als er den Schmerz in Jacks Augen sah, fügte er hinzu: »Ich habe nicht gesagt, daß Sie sie vergessen sollen – aber es ist höchste Zeit, daß Sie aufhören, Ihr Leben ausschließlich nach ihrem auszurichten. Sie und Ihre Frau und Elizabeth sind auch noch eine Familie, wissen Sie.«
Jack fragte sich, wie er jemals wieder das Gefühl bekommen sollte, eine Familie zu haben.
»Wenn ich Ihnen irgendwie helfen kann, lassen Sie es mich bitte wissen«, sagte der Arzt. »Und lassen Sie den Kopf nicht hängen – das Leben geht weiter.«
Er nahm Jack die schlafende Sarah ab. Jack sah auf seine Tochter hinunter und drückte ihr einen sanften Kuß auf die Stirn.
»Ich hab' dich lieb«, flüsterte er. »Ich hab' dich immer lieb gehabt. Es tut mir so leid, mein Schatz. So leid . . .«
Und damit verließ Sarah Conger fest schlafend das Haus. Als er dem davonfahrenden Wagen nachsah, fragte sich Jack, ob jetzt wirklich alles vorüber war. Er hoffte es.
Jack stand allein im Schneetreiben und hob die Hand zu einem letzten Gruß.
»Sarah«, flüsterte er. »Sarah . . .«

25

Eine Woche verging, und dann eine zweite. In Port Arbello ging man zur Tagesordnung über. Die meisten Kinder gingen wieder zu Fuß zur Schule und nach Hause – nur manche Eltern fuhren sie nach wie vor hin und holten sie ab. »Für alle Fälle«, meinten sie.
Drei Tage nachdem Sarah mit dem Arm in der Hand aus dem Wald gekommen war, boten die Stevens ihr Haus zum Verkauf an. Rose Conger lehnte den Auftrag ab. Sie schützte vor, einige Zeit zur Erholung zu brauchen, aber in Wahrheit fürchtete sie sich nur davor, dem Ehepaar ins Gesicht sehen zu müssen.
Marilyn Burton führte ihre Boutique weiter, und den Leuten fiel auf, daß sie angefangen hatte, Selbstgespräche zu führen. Eine Weile bekam sie häufig Besuch von den Frauen aus Port Arbello, aber das schien ihr wenig zu helfen und die Bemühungen schliefen nach und nach wieder ein.
Martin Forager tat sein bestes, um das Feuer nicht ausgehen zu lassen, aber als die Tage sich dahinschleppten und nichts geschah, ersuchten ihn die Leute, doch endlich den Mund zu halten. Aber das konnte er nicht: Es verging kaum ein Abend, an dem er nicht betrunken im Gasthaus stand und lautstark forderte, daß endlich jemand herausfinden sollte, was mit seiner Tochter passiert sei. Nach einer Weile gingen die Leute dazu über, ihn einfach nicht mehr zu beachten.
Jimmy Tylers Eltern benahmen sich, als sei überhaupt nichts geschehen: Seine Mutter machte jeden Tag sein Zimmer sauber, und bei Tisch wurde jedesmal für ihn mitgedeckt. Mrs. Tyler sagte jedem, daß sie Jimmy täglich

zurückerwarte, und die Leute schüttelten mitleidig die Köpfe, wenn sie nicht dabei war.

Für Rose und Jack Conger waren die ersten Wochen nach Sarahs Weggang sehr schwierig. Rose blieb fast nur noch zu Hause. Nach der zweiten Woche rief sie bei der »Port Arbello Realty Company« an und kündigte. Man war nicht überrascht, eher erleichtert, denn ihr Chef hatte schon überlegt, wie er ihr am diplomatischsten klarmachen könnte, daß ihre Dienste nicht mehr gebraucht würden: Der Name Conger hatte seinen guten Klang verloren.

Jack Conger konnte nicht zu Hause bleiben. Er mußte seine Zeitung führen – und er mußte so tun, als sei alles in bester Ordnung. Die meiste Zeit verbarrikadierte er sich in seinem Büro und sprach ausschließlich mit Sylvia Bannister. Auf der Straße hatte er ständig das Gefühl, daß die Leute ihn merkwürdig ansahen.

Als er zum ersten Mal wieder im Verlag erschien, war Sylvia in sein Büro gekommen und hatte die Tür hinter sich zugemacht.

»Wird es gehen?« hatte sie gefragt.

»Wenn du wissen willst, ob ich die Absicht habe, weiterzuleben und weiterzuarbeiten, dann wird es wohl gehen«, hatte er geantwortet.

»Dann ist es ja gut.« Damit hatte sie sein Büro ebenso abrupt verlassen wie sie es betreten hatte.

Die Congers hatten Elizabeth erklärt, daß Sarah nun doch in ein Heim gebracht worden sei und sie hatte es ohne Diskussion akzeptiert. Sie hatte auch keine Fragen über den Tag gestellt, als Sarah aus dem Wald gekommen war – offensichtlich wollte sie den Vorfall ebenso schnell vergessen wie ihre Eltern.

Anfang November – einen Monat nachdem Sarah ins
»Ocean Crest Institute« gebracht worden war – saßen
Rose und Jack Conger im rückwärtigen Arbeitszimmer
vor dem Kamin. Jack las, und Rose versuchte zu lesen.
Plötzlich kam, ohne anzuklopfen, Elizabeth herein und
setzte sich schweigend neben ihre Mutter auf das Sofa. Als
Rose aufblickte, sah sie, daß Elizabeth das Portrait an-
starrte.
»Ich vergesse immer wieder, daß es kein Bild von dir ist«,
sagte Rose. Elizabeth sah ihre Mutter böse an.
»Ich finde überhaupt nicht, daß sie mir ähnlich sieht.«
Jack legte sein Buch weg und lächelte seine Tochter an.
»Vor zwei, drei Jahren hättest du das nicht gesagt. Du bist
natürlich etwas älter als sie es war, als das Bild von ihr
gemalt wurde, aber in ihrem Alter sahst du ganz genauso
aus wie sie.«
»Aber ich bin nicht wie sie!« sagte Elizabeth entschieden.
»Das hat ja auch niemand behauptet, Schatz. Dein Vater –
und alle anderen, die das Bild sehen – sagen nur immer
wieder, daß du genauso aussiehst wie sie.«
»Ich will aber nicht so aussehen wie sie!« fuhr Elizabeth
auf. »Sie ist ein schreckliches Mädchen, und ich möchte
nichts mit ihr zu tun haben! Ich wünschte, ihr würdet das
Bild abnehmen.«
»Abnehmen?« fragte Rose verwirrt. »Aber warum denn?«
Sie betrachtete das Bild noch einmal und überlegte, was
wohl das Mißfallen ihrer Tochter erregt haben konnte.
»Weil ich es will!« sagte Elizabeth. »Es soll wieder auf den
Speicher zurück!«
»Ich sehe keinen Grund dafür, es abzunehmen«, sagte
Jack. »Jedes andere Mädchen wäre stolz, so ein schönes
Portrait von sich zu haben.«

»Aber es ist kein Bild von mir!« insistierte Elizabeth mit wachsendem Zorn. Ihre Eltern wechselten einen verwunderten Blick.

»Nun ja«, meinte Jack, »wenn es dir so wichtig ist . . .«

»Es ist mir wichtig!« erklärte Elizabeth. »Ich will das Bild nie wiedersehen! Ich hasse es!« Sie starrte das Mädchen auf dem Bild feindselig an. »Ich hasse dich!« schleuderte sie ihrem Ebenbild entgegen, rannte aus dem Zimmer und stürmte die Treppe hinauf. Ihre Eltern sahen einander besorgt an.

»Was ist denn in sie gefahren?« sagte Jack.

Rose dachte nach. »Sie hat sich in letzter Zeit verändert. Ist es dir nicht aufgefallen? Sie fängt an, nachlässiger zu werden. Und aufsässig. Früher, wenn ich sie um etwas bat, tat sie es sofort oder war mir schon zuvorgekommen – aber in letzter Zeit fängt sie wegen jeder Kleinigkeit eine Diskussion an oder weigert sich ganz einfach zu tun, was ich ihr sage. Und neulich hat sie sich sogar geweigert etwas zu tun, worum Mrs. Goodrich sie gebeten hatte. Du hättest Mrs. Goodrich hören sollen!«

Jack grinste. »Ich habe Mrs. Goodrich gehört: Vor dreißig Jahren, als ich mich weigerte, etwas zu tun, worum sie mich gebeten hatte. Es war mein erster und letzter Versuch.«

»Ich glaube, es war auch Elizabeths letzter Versuch«, lächelte Rose. Doch gleich darauf wurde sie wieder ernst. »Aber um noch einmal darauf zurückzukommen: hast du auch eine Veränderung an Elizabeth festgestellt oder bilde ich mir das alles nur ein?«

Jack dachte darüber nach und mußte Rose schließlich rechtgeben: Elizabeth hatte sich wirklich verändert. Aber er fand es nicht besorgniserregend: Seiner Meinung nach

fing Elizabeth nur an, sich wie ein ganz normales dreizehnjähriges Mädchen zu gebärden.
»Ich würde mir deshalb keine Sorgen machen«, sagte er. »Wir können doch nach allem, was passiert ist, nicht erwarten, daß sie genauso ist wie immer. Du bist es nicht, ich bin es nicht – warum sollte sie es sein?«
»Ich mache mir nicht direkt Sorgen«, sagte Rose. »Eher das Gegenteil: ich bin sogar erleichtert. Sie war so perfekt, daß ich mir oft schrecklich unzulänglich vorkam. Ich konnte mit Sarah niemals so umgehen wie sie.«
Jack versteifte sich kaum merklich, und Rose wurde plötzlich bewußt, daß es das erste Mal seit einem Monat war, daß einer von ihnen Sarahs Namen erwähnt hatte. Sie hatten sie noch nicht besucht, und es war fast so, als wollten sie vorgeben, daß sie niemals existiert hatte. Doch sie existierte.

Am nächsten Tag fuhren sie nach Ocean Crest. Es lag vierzig Meilen südlich von Port Arbello – nah genug für einen Besuch und weit genug entfernt, daß sich die Bürger von Port Arbello sicher fühlen konnten.
Es war ein schwieriger Besuch: Das Kind saß vor ihnen und starrte mit seinen riesigen braunen Augen auf irgendeinen Fleck in der Unendlichkeit.
Sie wehrte sich nicht, als ihre Eltern sie umarmten, aber sie reagierte auch nicht positiv.
»Sie ist immer so«, erklärte die Krankenschwester. »Bis jetzt hat sie noch auf überhaupt nichts reagiert. Und sie ißt nur, wenn man sie füttert.« Als sie sah, daß Rose die Tränen in die Augen schossen, fügte sie hastig hinzu: »Aber das ist kein Grund zur Besorgnis. Sarah hat ein schweres Trauma. Im Augenblick hat sie keinerlei Bezug

zur Realität – aber das wird sich ändern. Ganz bestimmt.«
Auf der Heimfahrt sprachen sie kein einziges Wort. Als sie ins Haus kamen, sagte Rose: »Bitte gieß' mir schon was zu trinken ein – ich sage bloß schnell Elizabeth, daß wir wieder da sind.«

»Gib ihr einen Kuß von mir«, sagte Jack und verschwand in Richtung Arbeitszimmer.

Als sie ein paar Minuten später nachkam, stand ihr Mann mitten im Raum und sah den leeren Fleck über dem Kamin an. »Es ist weg«, sagte er. »Sie hat das Bild auf den Speicher zurückgebracht.«

Rose starrte einen Augenblick entgeistert auf den leeren Fleck, dann drehte sie sich um und ging zur Tür.

»Elizabeth!« rief sie.

»Was ist los?« kam es undeutlich zurück. Roses Augen verengten sich und sie ging zur Treppe hinaus.

»Komm herunter!« befahl sie scharf.

»Gleich«, kam es zurück.

»Nein – sofort«, rief Rose und kehrte ins Arbeitszimmer zurück.

Es dauerte länger als eine volle Minute, bevor Elizabeth endlich erschien.

»Früher hast du angeklopft, bevor du hereinkamst«, bemerkte Rose.

»Oh, Mutter!« sagte Elizabeth ungeduldig.

»Maul' nicht!« sagte Jack scharf. »Hast du das Bild abgenommen?«

»Welches Bild?« wich Elizabeth aus.

»Du weißt genau, welches Bild«, fuhr Rose auf. »Das über dem Kamin.«

»Ach – das . . .« dehnte Elizabeth. »Ich habe euch doch gesagt, daß ich es hasse.«

»Und wo hast du es hingebracht?«
»Auf den Speicher. Da, wo es hingehört.« Damit verließ sie mit hoch erhobenem Kopf das Zimmer.
»Na, das wär's ja dann wohl«, sagte Jack.
»Ich weiß nicht«, entgegnete Rose. »Wir müssen es uns doch nicht gefallen lassen, daß unsere Tochter uns vorschreibt, welches von unseren Bildern wir in unserem Haus aufhängen dürfen und welches nicht.«
»Aber wenn es ihr so wichtig ist...« begann Jack. Rose schnitt ihm das Wort ab. »Darum geht es nicht, es geht um's Prinzip: Elizabeth fängt an, sich wie ein Einzelkind aufzuführen.«
»In gewisser Weise ist sie das ja auch, oder?« sagte Jack leise.
Das Bild von dem unbekannten Mädchen blieb auf dem Speicher.

ZWEITES BUCH

Die Gegenwart
26

Ray Norton fuhr langsam die Conger's Point Road entlang – teils weil er nur mit einem Auge auf die Straße achtete und teils, weil er älter wurde und Älterwerden es auch mit sich brachte, daß man langsamer fuhr. Er würde nächstes Jahr in Pension gehen – und er freute sich schon darauf. Port Arbello hatte sich verändert und Ray Norton hatte nicht mehr das Gefühl, der beste Polizeichef zu sein, den die Stadt sich wünschen konnte. Im Laufe der Jahre hatte er mehr und mehr Arbeit in seinem Bezirk seinem Stellvertreter übertragen. Es gab jetzt zehn Polizisten in Port Arbello – und es war noch zuwenig.

Nichts ist mehr wie früher, dachte Norton während er das Auto zum Stehen brachte. Alles verändert sich. Er hatte neben der Conger-Wiese angehalten und schaute zum Wald hinüber, wo die Arbeit in vollem Gange war: ein Appartment-Komplex entstand dort – und obwohl Ray Norton davon nicht begeistert war, mußte er zugeben, daß der Bau gut in die Landschaft passen würde: niedrig und langgezogen würde er dem winterlichen Nordwind trotzen.

Während er die Arbeiten beobachtete, wurde ihm langsam klar, daß ihm nicht das Gebäude an sich widerstrebte, sondern daß mit seiner Errichtung einer Tradition ein Ende gesetzt würde. In jedem Frühjahr der vergangenen fünfzehn Jahre hatte Ray Norton ein paar Tage seines

Urlaubs damit verbracht, den Wald zu durchsuchen, um eine Spur von den Kindern zu finden, die damals verschwunden waren, als im Herbst der Schnee so früh gekommen war. Im ersten Frühling hatte er einen Suchtrupp angeführt, der zuerst den Wald gründlich durchgekämmt und sich dann die Steilküste vorgenommen hatte. Aber sie hatten nichts gefunden. Die Suche nach der sagenhaften Höhle brachen Sie ab, als einer der Männer den Halt verlor und sich beinahe zu Tode gestürzt hätte. Seit damals suchte Ray Norton allein.

Er hatte nie auch nur den kleinsten Hinweis entdeckt, aber jedes Frühjahr durchsuchte er zuerst den Wald und kletterte dann an der Steilküste herum. Und niemals fand er etwas.

Jetzt war der Wald abgeholzt und das Fundament des Wohnblocks in der Steilküste verankert.

Ray Norton stieg aus dem Wagen und ging mit langsamen Schritten auf den Wald zu. Man kann nie wissen, dachte er – vielleicht finden sie etwas, das ich übersehen habe.

Von dem alten Haus auf dem Point aus beobachtete Elizabeth Conger den weißhaarigen Polizeichef, der quer über die Wiese ging. Sie hatte ihn in jedem Frühling beobachtet – und sie hatte ihn in jedem Frühling gefragt, was er zu finden hoffte.

»Ich weiß es nicht«, pflegte er zu sagen. »Aber ich bringe es einfach nicht fertig, es zu lassen. Irgendetwas muß da draußen sein – und eines Tages werde ich es auch finden.«

Sie hatte sich oft gefragt, wonach er suchte und was er tun würde, wenn er es fände. Wenn er dieses Jahr keinen Erfolg hätte, wäre es für immer vorbei.

Sie schaute auf die Uhr und stellte fest, daß sie bis zur Abfahrt nach Ocean Crest noch drei Stunden Zeit hatte.

Sylvia Bannister fuhr nordwärts. Sie hatte nicht vorgehabt anzuhalten, bevor sie Maine erreichte, aber als sie den Wegweiser nach Port Arbello sah, bog sie von der Hauptstraße ab. Und während sie auf die Stadt zufuhr, fragte sie sich, was sie wohl dazu bewogen haben mochte.
Sie war seit vierzehn Jahren nicht mehr hier gewesen und sie fand es an der Zeit, noch einmal einen Blick auf ihre Vergangenheit zu werfen.
Eigentlich wollte sie nur einmal um den Platz fahren – doch dann hielt sie vor dem Verlag. Bevor sie das Gebäude betrat, blickte sie kurz auf das alte Arsenal, das noch immer unverändert düster den Platz beherrschte. Rose hat also ihren Plan nicht verwirklicht, dachte sie. Auch gut. Als sie die Tür des »Courier« aufstieß, wußte sie sofort, daß Jack Conger nicht mehr da war.
Alles war verändert und von der alten Crew schien niemand mehr da zu sein. Doch dann entdeckte sie ein bekanntes Gesicht. »Miss Bannister?« sagte der Mann neugierig – und Sylvia erinnerte sich, daß er zu ihrer Zeit Bürobote gewesen war. Jetzt war er Redakteur. Die Zeiten änderten sich wirklich!
»Ich wollte Mr. Conger guten Tag sagen«, sagte sie zögernd. »Aber er ist wohl nicht mehr da.«
Der junge Mann starrte sie entgeistert an. »Wollen Sie damit sagen, daß sie es nicht wissen?« Sylvia sah ihn fragend an. »Er ist gestorben. Vor neun oder zehn Jahren.«
»Ich verstehe. Und was ist mit Mrs. Conger? Wohnt sie noch draußen am Point?«
Der junge Redakteur schüttelte den Kopf. »Nein – nur noch Elizabeth. Mrs. Conger ist am gleichen Tag gestorben wie ihr Mann.«

Er gab keine Erklärung dazu ab und Sylvia stellte keine Fragen. Sie verließ den Verlag und wollte Port Arbello schon den Rücken kehren, entschloß sich dann jedoch anders: sie wußte eigentlich nicht weshalb, aber sie wollte Elizabeth Conger sehen. Also wendete sie und fuhr die Conger's Point Road hinunter.

Das Haus sah aus wie eh und je. Sylvia parkte davor und stieg aus. Sie warf einen Blick zum Wald hinüber, und eine Gänsehaut lief ihr über den Rücken, als sie überlegte, was damals dort drüben wohl wirklich passiert sein mochte.

Sie klingelte. Sekunden später wurde die Tür geöffnet. Eine auffallend schöne, junge Frau stand vor ihr und sah sie fragend an.

»Was kann ich für Sie tun?« Elizabeth glaubte, die Frau von irgendwoher zu kennen, aber sie war nicht sicher. Es kamen soviele Fremde, die ihr Fragen nach der Vergangenheit stellten – Fragen, die sie nicht beantworten konnte.

»Ich glaube nicht, daß Sie sich an mich erinnern«, sagte Sylvia. »Ich bin Sylvia Bannister.«

»Natürlich – die Sekretärin meines Vaters. Bitte kommen Sie doch herein.«

Sylvia sah sich um, während sie hinter Elizabeth her ging: Es schien sich nichts verändert zu haben.

»Ich weiß nicht wieso«, sagte Elizabeth, als sie das Arbeitszimmer erreichten, »aber dies ist der einzige Raum im Haus, der je richtig bewohnt worden ist. Das Wohnzimmer benutze ich kaum noch – und Mutters Büro habe ich sogar zugesperrt.«

»Ich habe das mit Ihren Eltern gehört«, sagte Sylvia. »Und ich bin gekommen, um Ihnen zu sagen, wie leid es mir tut.«

»Das muß es nicht«, antwortete Elizabeth. »Das klingt vielleicht herzlos – aber ich bin überzeugt, daß sie jetzt glücklicher sind.«
»Macht es Ihnen etwas aus, wenn ich Sie frage, was passiert ist?«
»Aber überhaupt nicht – es ist schon zehn Jahre her, und es tut mir nicht mehr weh, darüber zu sprechen.«
Die beiden Frauen setzten sich, und Elizabeth erzählte, was geschehen war.
»Es war ungefähr fünf Jahre, nachdem Sarah nach Ocean Crest gekommen war. Kurz nach meinem achtzehnten Geburtstag, um genau zu sein. Meine Eltern fuhren zum Segeln hinaus und kamen nicht wieder. Zuerst glaubten alle an einen Unfall – aber als sie bereits eine Woche vermißt waren, fand der Manager des Segelclubs die Schwimmwesten von der »Seeotter« in einem Schrank. Da Dad in diesen Dingen immer außerordentlich gewissenhaft war, kam man zu dem Schluß, daß es wohl doch kein Unfall gewesen war. Offensichtlich war Dad mit Mutter hinausgefahren und hatte dann das Boot versenkt.« Sie dachte eine Weile nach. »Ich habe viel Zeit damit zugebracht, eine Erklärung zu finden – und ich glaube, ich kann ihn jetzt verstehen. Es war wohl einfach alles zuviel für ihn. Die Stadt hörte nicht auf, über die Vorkommnisse im Herbst damals zu reden – und dann kam auch noch das Gerücht auf, daß Dad etwas damit zu tun gehabt hätte. Und je öfter die Geschichte erzählt wurde, um so haarsträubender wurde sie. Am Ende verließ Mutter das Haus überhaupt nicht mehr – außer Dad fuhr mit ihr einmal weiter weg – und Dad... nun – ich nehme an, er hatte es satt, ständig angestarrt zu werden.«
»Warum sind sie denn nicht einfach weggezogen?« fragte

Sylvia. »Warum bin ich denn noch hier?« fragte Elizabeth zurück. »Für uns Congers ist es unvorstellbar, woanders zu leben. Hier ist unser Zuhause. Und dann ist da ja auch noch Sarah.«
»Sarah?« fragte Sylvia interessiert. »Wie geht es ihr denn?«
»Viel besser. Sie kommt heute nach Hause. Zum ersten Mal.«
»Für immer?«
»Nein – noch nicht. Aber in einiger Zeit, hoffen wir. Dabei ist Ocean Crest nicht übel. Sie ist sogar sehr gern dort.«
»Ja, das kann ich mir vorstellen.«
»Sie ist noch immer nicht ganz gesund. Sie kann sich noch immer nicht daran erinnern, was damals an dem Tag passiert ist, als sie mit dem ... Ding in der Hand aus dem Wald kam. Sie erinnert sich inzwischen, was zwischen Dad und ihr vorgefallen ist ...« Elizabeth brach plötzlich ab.
»Schon gut«, sagte Sylvia. »Ich weiß Bescheid.«
»Ich weiß nicht warum, aber ich hatte immer das Gefühl, daß diese Sache ein Hauptgrund für den Selbstmord meiner Eltern war.«
»Da haben Sie sicherlich nicht unrecht.« Sylvia seufzte. »Jack hat oft mit mir darüber gesprochen. Wir waren sehr eng befreundet, wissen Sie.«
Elizabeth nickte. »Darüber war auch eine Menge Klatsch im Umlauf. Ich war nie sicher, wieviel daran stimmte, aber ich wußte, daß Ma und Dad nicht gut miteinander auskamen – vor allem, nachdem Sarah krank geworden war.«
»Das war die Wurzel des ganzen Übels«, nickte Sylvia. »Nach diesem Tag war Jack nie mehr derselbe.« Sie schwieg eine Weile und sagte dann steif: »Wir hatten ein

Verhältnis.« Leichte Röte stieg ihr ins Gesicht. »Nicht lange – nur ungefähr ein Jahr. Ich habe es dann abgebrochen – obwohl ich eigentlich gar nicht recht weiß, warum. Ich nehme an, weil mir einerseits Rose leid tat und ich mich andererseits davor fürchtete, daß Jack den ersten Schritt tun würde. Es ist einfacher, mit dem Ende einer Beziehung fertig zu werden, wenn es von einem selbst ausgeht. Also verließ ich Port Arbello – und als ich ging, hatte ich das Gefühl, daß für Jack das Leben zu Ende war. Das klingt wahrscheinlich eingebildet, aber das soll es nicht sein – es hatte gar nichts mit mir zu tun. Er schien einfach müde zu sein – und ich bin überrascht, daß er noch solange weitergemacht hat.«

Elizabeth nickte. »Ich glaube, er tat es meinetwegen. Es war bestimmt kein Zufall, daß er sich unmittelbar nach meinem achtzehnten Geburtstag umbrachte. Er wartete, bis ich alt genug war, und dann . . . dann ging er einfach weg.«

»Es muß schrecklich für Sie gewesen sein«, sagte Sylvia.

»In der ersten Zeit schon – und es ist auch heute noch nicht leicht. Ich mußte einen Teil des Grundstücks verkaufen, um leben und Sarahs Aufenthalt in Ocean Crest finanzieren zu können – und so entschloß ich mich, den Wald zu verkaufen. Er hatte der Familie lange genug gehört – und ich hoffte im Stillen, wenn ich den Wald und diese elende Steilküste los wäre, würden damit auch die Legenden und der Klatsch ein Ende haben.«

»Ich wünsche es Ihnen«, sagte Sylvia. Dann sah sie auf die Uhr. »Meine Güte! Wenn ich heute noch dort ankommen will, wo ich hin will, dann muß ich aber schleunigst los. Ich danke Ihnen, daß Sie mir erzählt haben, was mit Jack passiert ist.«

351

»Und ich bin froh, zu wissen, daß mein Vater auch glückliche Augenblicke erlebt hat.« Dann schaute auch sie auf die Uhr. »Es tut mir leid, daß Sie nur so wenig Zeit haben«, sagte sie. »Kommen Sie wieder einmal vorbei?«
Sylvia versicherte es ihr, aber beide Frauen wußten, daß sie sich nicht wiedersehen würden. Elizabeth winkte dem davonfahrenden Wagen nach und sah wieder auf die Uhr: sie hatte immer noch eine Stunde Zeit, bis sie nach Ocean Crest aufbrechen mußte. Sie ging ins Haus, um Mrs. Goodrich zu suchen.
Obwohl die alte Haushälterin niemals ihr wahres Alter verraten hatte, wußte Elizabeth, daß sie inzwischen weit über achtzig sein mußte. Sie bewohnte noch immer das kleine Zimmer neben der Küche und tat ihr Bestes, den Anschein aufrecht zu erhalten, daß sie sich um Miss Elizabeth kümmerte anstatt umgekehrt. Sie kochte jeden Morgen Kaffee und brachte immer noch etwas zustande, was als Lunch durchgehen konnte; aber Elizabeth machte sich Sorgen: es würde nicht mehr lange dauern, bis die alte Frau ein Pflegefall würde, und Elizabeth wußte nicht, wie sie das finanzieren sollte – jedenfalls nicht, wenn Sarah nicht endgültig nach Hause kommen durfte. Sie klopfte an Mrs. Goodrichs Zimmertür.
»Sind Sie das, Miss Rose?« fragte eine zittrige Stimme. Elizabeth schüttelte kummervoll den Kopf: Es kam jetzt immer häufiger vor, daß Mrs. Goodrich sie für ihre Mutter hielt.
»Nein – ich bin's«, sagte sie sanft. »Miss Elizabeth.« Sie öffnete die Tür, und die alte Frau sah sie ausdruckslos an. Doch dann schien es ihr zu dämmern.
»Oh ja.« Sie lächelte unsicher. »Wo ist Ihre Mutter?« »Sie kommt bald«, versprach Elizabeth. Mrs. Goodrich würde

sowieso gleich vergessen haben, daß sie nach Rose gefragt hatte.
Als es das erste Mal passierte, hatte Elizabeth Mrs. Goodrich daran erinnert, daß Rose tot war, und die alte Frau hatte ganz entsetzt dreingeschaut.
»Mein Gott!« hatte sie gesagt. »Was soll denn jetzt aus dem armen Mr. Jack werden?« Elizabeth hatte die Haushälterin eine ganze Weile lang entgeistert angesehen, bis sie realisiert hatte, daß die Frau offensichtlich vergessen hatte, was geschehen war. Mittlerweile ignorierte sie derartige Vorkommnisse einfach. Sie machte die Tür wieder zu und sah sich in der Küche um: Der Abwasch war wieder einmal fällig. Mrs. Goodrichs arthritische Hände konnten das nasse Geschirr nicht mehr so recht halten; auch ihre Augen machten nicht mehr so richtig mit – und Elizabeth machte es nichts aus, nun ihrerseits den guten Hausgeist zu spielen. Mrs. Goodrich hatte der Familie so lange gedient, daß es nur recht und billig war, ihr jetzt im Alter das Leben etwas zu erleichtern.
Außerdem hatte Elizabeth nicht viel anderes zu tun. Ohne sich dessen bewußt zu sein, wurde sie ihrer Mutter immer ähnlicher: sie war fast immer zu Hause, außer wenn sie unbedingt nach Port Arbello einkaufen gehen oder andere Dinge erledigen mußte. Es fiel ihr nicht auf, daß sie mit ihren achtundzwanzig Jahren bereits das Gehabe einer doppelt so alten Jungfer an den Tag legte – und es kam ihr auch nicht in den Sinn, daß die Leute ihr Verhalten wunderlich finden könnten.
Eigentlich war Elizabeth Conger ganz zufrieden mit ihrem Leben. Sie hatte ein Heim, das sie liebte, und ihren alten Perserkater Cecil, den sie nach dem anderen gekauft hatte, der seinerzeit auf so geheimnisvolle Weise ver-

schwunden war. Ihr Vater hatte das Tierbaby kurz nach Sarahs Übersiedelung nach Ocean Crest nach Hause gebracht. Inzwischen war Cecil nun schon ziemlich altersschwach und brauchte viel Aufmerksamkeit und Pflege. Elizabeth hatte erwogen, ihn einschläfern zu lassen, aber sie hatte es nicht über's Herz gebracht.

Sie ließ ihren Blick durch die Küche wandern und beschloß, statt des Abwaschs einen Spaziergang zu machen. Sie schaute noch einmal zu Mrs. Goodrich hinein und stellte fest, daß die alte Frau schlief. Als sie ihren Mantel anzog, kam Cecil und strich ihr um die Beine.

»Willst du mitkommen?« fragte sie. »Ich kenn dich doch: du gehst drei Meter und dann willst du getragen werden.«

Der Kater schaute zu ihr auf und miaute.

»Na, dann komm schon.« Elizabeth machte die Haustür auf und der Kater sprang vor ihr her in den Sonnenschein hinaus.

Ray Nortons Wagen stand immer noch am Rand der Wiese und Elizabeth beschloß, den Polizeichef zu suchen. Sie hatte den Wald jahrelang gemieden – bis damals, als sie den Grund mit dem Makler abschreiten mußte – aber selbst da hatte sie ein ungutes Gefühl gehabt. Doch jetzt, mit all den vielen Arbeitern und der lautstarken Geschäftigkeit hatte der Wald seine Bedrohlichkeit verloren und sie stellte fest, daß sie sich sogar darauf freute, hinüber zu gehen.

Ray Norton saß mit dem Rücken an einen Baum gelehnt da und sah den Bauarbeitern zu.

»Darf ich mich zu Ihnen setzen?« fragte sie lächelnd.

Der alte Polizist blickte überrascht auf. »Na – wen haben wir denn da! Seit wann dürft ihr Conger-Kinder denn hier draußen spielen?«

Er zwinkerte ihr verschmitzt zu und Elizabeth lachte leise.
»Ein Kind bin ich schon lange nicht mehr«, antwortete sie.
»Und seit das Gelände verkauft ist, ist sowieso alles anders geworden.« Dabei machte sie eine Geste, die alle Leute und Maschinen rundherum mit einschloß.
»Wenn Sie mich fragen, hätte lieber alles beim Alten bleiben sollen.« sagte Ray.
»Ich weiß nicht – ich bin ganz froh über meinen Entschluß. Zum ersten Mal fühle ich mich hier draußen wohl.« Sie sah eine Weile auf das Meer hinaus. Und dann fragte sie unvermittelt: »Glauben Sie, daß es die Höhle in der Steilküste wirklich gibt?«
»Ich weiß es nicht«, sagte der alte Mann. »Zuerst habe ich lange Zeit nicht daran geglaubt, und dann glaubte ich es plötzlich. Und jetzt weiß ich gar nichts mehr – aber das ist in meinem Alter wohl ganz normal. Jedenfalls hoffe ich das.«
»Werden Sie weitermachen?« fragte Elizabeth. »Ich meine, wenn der Bau fertig ist und Leute hier wohnen – werden Sie dann immer noch in jedem Frühling hier herauskommen und nach der Höhle suchen?«
Norton schüttelte den Kopf. »Nein – das werde ich wohl nicht. Erstens bin ich nächstes Jahr schon in Pension – und zweitens wird es hier dann nicht mehr so sein wie es war. Wenn ich das, was ich suche, nicht in diesem Jahr finde, dann finde ich es nie mehr.«
Elizabeth stand auf und legte dem alten Mann leicht die Hand auf die Schulter.
»Sie werden es finden«, versicherte sie ihm. »Was immer es auch sein mag – Sie werden es finden. »Sie warf einen Blick auf ihre Uhr. »Ich muß gehen. Sarah kommt heute nach Hause. Zwar nur zu Besuch – aber immerhin zum ersten

Mal seit fünfzehn Jahren. Und ich habe nicht einmal die Küche saubergemacht. Unordentlich sieht es wohnlicher aus, finde ich.« Sie zwinkerte ihm zu und machte sich auf den Rückweg. Zweimal blieb sie mit dem Fuß in einer Wurzel hängen. Sie würde froh sein, wenn das endlich alles abgeholzt war.
Der alte Polizist sah ihr nach, bis sie zwischen den Bäumen verschwunden war, dann wandte er seine Aufmerksamkeit wieder den Arbeitern zu.
Sie kommt also nach Hause, dachte er. Das ist aber schön. Er lehnte sich bequem zurück und wartete. Er hatte nichts besseres zu tun. Wenn er es genau betrachtete, dann hatte er schon seit fünfzehn Jahren nichts besseres zu tun.
Drei Stunden später brach ein Rammer durch die Decke der oberen Höhle – und Tageslicht fiel auf das Tor zur Hölle.

27

Das »Ocean Crest Institute« thronte hoch über dem Atlantik auf einem Gelände von fünfundzwanzig Morgen Wald und Wiesen. Es sah aus wie ein Ferienhotel. Seine Kosten waren nur deshalb so im Rahmen, weil sich aufgrund von Spenden reicher Familien, die dankbar für die ebenso gute wie diskrete Betreuung der jeweiligen Angehörigen waren, im Laufe der Jahre ein beträchtliches Finanzpolster gebildet hatte. Die Fenster waren nicht vergittert – und das kugelsichere Glas, mit dem die Abteilung für gefähr-

liche Patienten ausgestattet war, sah man nicht. Sarah Conger hatte vier Jahre lang in dieser Abteilung verbracht, und es war ihr nie bewußt geworden, daß sie durch die Fenster nicht hätte fliehen können: sie hatte es nie versucht. Die Patienten von Ocean Crest versuchten selten, das Heim zu verlassen. Wenn sie einmal wirklich außerhalb des Geländes gerieten, dann geschah es aus Verwirrung und nicht aus dem Wunsch heraus, zu entkommen.
Nach den ersten vier Jahren war Sarah in ein kleines Haus verlegt worden, das sie mit drei anderen jungen Mädchen und einer Hausmutter teilte. Ein uneingeweihter Betrachter hätte an den Mädchen lediglich festgestellt, daß sie ungewöhnlich still waren.
Dr. Felding, der Direktor von Ocean Crest, hielt nichts von orthodoxen Behandlungsmethoden. Er und seine Mitarbeiter gingen mit den Patienten um wie mit völlig normalen Menschen – ja sogar wie mit Freunden – und es geschah nicht selten, daß ein Patient monatelang in dem Glauben lebte, mit einem Mitpatienten umzugehen bis er durch einen Zufall herausfand, daß es sich um einen Arzt handelte.
Die Therapie fand bei Picknicks, Kartenrunden oder anderen Zerstreuungen statt – formelle Zusammenkünfte mit den Ärzten gab es nur, wenn es um die Frage ging, ob einer der Patienten entlassen werden sollte. Und so kam Sarah Conger zum ersten mal in fünfzehn Jahren zu einem formellen Gespräch zu Dr. Felding.
»Wie ist dir denn bei dem Gedanken zumute, nach Hause zu kommen?« fragte Larry Felding.
Sarah zündete sich eine Zigarette an und nahm einen tiefen Zug, bevor sie antwortete. »Ich habe überhaupt nicht das

Gefühl, nach Hause zu kommen. Ich habe mehr als die Hälfte meines Lebens hier verbracht – und ich fühle mich hier zu Hause.«
Larry Felding lachte. »Sei vorsichtig: wenn du so was am falschen Ort sagst, wird man dich für verrückt halten.«
Sarah lächelte vergnügt und Larry Felding erinnerte sich an all die Jahre, in denen Sarah nicht ein einziges Mal gelächelt sondern nur stumm und unverwandt ausdruckslos auf das Meer hinausgestarrt hatte. Drei Jahre lang hatte sie kein einziges Wort gesprochen. Und dann waren noch einmal fünf vergangen, bis sie begonnen hatte, in kompletten Sätzen zu sprechen. Nach zehn Jahren in Ocean Crest hatte sie zum ersten Mal gelächelt – und damals hatte Dr. Felding angefangen zu hoffen, daß sie vielleicht doch eines Tages gesund würde. Im letzten Jahr hatte Sarah eigentlich vorwiegend gelächelt. Ihre gute Laune wurde lediglich dann getrübt, wenn jemand sie auf die Vorfälle ansprach, die vor ihrer Einlieferung nach Ocean Crest lagen. Dann erlosch ihr Lächeln unvermittelt, und sie verkrampfte sich. Sie konnte sich immer noch nicht erinnern, was damals geschehen war. Larry Felding bedauerte, daß er wieder einmal gezwungen war, ihr Lächeln wegzuwischen – aber er sah keine andere Möglichkeit.
»Wenn du zu Hause bist«, sagte er eindringlich, »möchte ich, daß du versuchst, dich zu erinnern.«
Das Lächeln verschwand. »Woran?«
Felding sah Sarah über den Rand seines Glases hinweg an, und sie schnitt eine Grimasse. »Okay«, sagte sie. »Ich weiß, ich weiß . . .«
Die Andeutung eines Lächelns kehrte auf ihr Gesicht zurück. »Aber wenn ich mich nicht erinnere, kann ich nicht entlassen werden, stimmt's?«

»Nein.« Dr. Felding betrachtete angelegentlich seine Fingernägel. »Aber ich könnte dich wegen erwiesener Böswilligkeit hinauswerfen.«
»Aber du doch nicht!« winkte Sarah ab. »Du könntest ja noch nicht einmal ein Eichhörnchen vom Gelände jagen.« Dann wurde sie wieder ernst. »Ich glaube, ich habe Angst davor, mich an alles zu erinnern, Larry. Ich bin sogar ganz sicher, daß das der einzige Grund ist, warum ich gar nichts mehr weiß.«
»Beachtlich!« lobte Felding spöttisch. »Nach fünfzehn Jahren bist du schließlich dahinter gekommen, daß wir Dingen, vor denen wir uns fürchten, aus dem Weg gehen. Soll ich diesen immensen Fortschritt in deiner Akte vermerken?« Er beugte sich vor, und der Spott verschwand aus seiner Stimme. »Natürlich hast du Angst, Sarah. Wenn du dich wirklich erinnern solltest, wird das kein angenehmes Erlebnis sein – ich habe sogar die Befürchtung, daß es außerordentlich unangenehm sein wird. Aber du wirst dich nicht an alles auf einmal erinnern. Es wird nach und nach kommen – wie die Erinnerung an das Erlebnis mit deinem Vater. Du wirst nicht auf einmal mit der geballten Ladung fertig werden müssen – aber Stückchen für Stückchen. Sonst können wir dich nicht als gesund entlassen – was immer das auch bedeuten mag. Also versuche bitte, dich zu erinnern, wenn du zu Hause bist.«
»In Ordnung«, nickte Sarah widerwillig. »Ich werde mein bestes tun. Aber ich kann nichts versprechen. Hast du vielleicht irgendeinen Tip, wie ich mein Gedächtnis ankurbeln könnte?«
Felding schüttelte den Kopf. »Nein – eigentlich nicht. Vielleicht würde es helfen, wenn du über die Wiese und in den Wald gehen würdest.«

»Der Wald wird gerade abgeholzt«, sagte Sarah. »Elizabeth hat ihn doch verkaufen müssen, um deine Klinik vor dem Ruin zu retten.« Da war es wieder, das ansteckende Lächeln.
Felding seufzte in gespielter Verlegenheit.
»Es tut mir ja leid«, sagte er. »Aber irgendwie mußte ich meinen Rolls Royce schließlich bezahlen.« Er schaute aus dem Fenster, vor dem sein zerbeulter Chevrolet stand, der allen in Ocean Crest als Transportmittel zur Verfügung stand. Und dann sah er einen anderen Wagen in die Parklücke neben seinem fahren.
»Elizabeth ist da! Bist du soweit?«
Sarah stand auf. »Ich muß nur noch meine Tasche holen. Du wirst ja sowieso noch dein übliches Schwätzchen mit ihr halten wollen, nehme ich an.«
»Du bist schon zu lange hier – dir kann man nichts mehr vormachen.«
Sarah blinzelte ihm zu, und er lächelte sie an. »Sag Elizabeth bitte, sie möchte hereinkommen.«
»Okay. Wieviel Zeit soll ich mir lassen, um meine Tasche zu holen? Die üblichen zehn Minuten?«
»Jetzt aber 'raus hier!« grinste Felding und Sarah lief kichernd hinaus. Auf dem Flur traf sie Elizabeth.
»Hallo«, sagte sie. »Larry will dich sprechen. Ich habe ihn grade schrecklich erbost. Geh' rein und beruhige ihn.« Immer noch lachend verließ sie das Gebäude und lief über den Rasen zu dem Haus hinüber, in dem sie die letzten fünf Jahre gelebt hatte.
Elizabeth klopfte leise an die halboffene Tür und steckte ihren Kopf ins Zimmer.
»Kommen Sie nur« winkte Felding sie herein. »Ich habe gerade Ihre Schwester hinausgeworfen.«

»Sie sagte, Sie hätte sie erbost. Was ist passiert?« Elizabeth machte ein besorgtes Gesicht, aber als Felding lachte, entspannte sie sich.
»Manchmal wünsche ich mir fast die alten Zeiten zurück, als sie noch nicht sprach. In letzter Zeit findet sie ein ausgesprochenes Vergnügen daran, mich auf den Arm zu nehmen. War sie als kleines Kind auch schon so?«
»Von Anfang an. Um so mehr fiel die Veränderung auf, als sie krank wurde.« Einen Moment lang hing sie ihren Erinnerungen nach. Doch dann schüttelte sie die Vergangenheit von sich ab. »Sarah sagte, Sie wollten mich sprechen?«
»Ja. Ich spreche immer mit den Angehörigen eines Patienten, bevor er zum ersten Mal nach Hause darf – um sie darauf vorzubereiten, was passieren kann.«
»Sie glauben, daß etwas passieren könnte?« fragte Elizabeth alarmiert.
»Ich weiß es nicht«, sagte Dr. Felding offen. »Es hängt allein von Sarah ab.«
»Von Sarah? Das verstehe ich nicht.«
»Ich habe sie gebeten, etwas zu tun, wenn sie zu Hause ist«, erklärte Dr. Felding. »Ich habe ihr gesagt, daß sie die Zeit dazu verwenden soll, den Versuch zu machen, sich an den Tag zu erinnern, als sie aus dem Wald kam.«
»Soll ich auch etwas tun?« Elizabeths Stimme blieb zurückhaltend.
»Nur wenn Sie wollen.«
»Wenn ich Sarah damit helfen kann, tue ich alles – das wissen Sie doch.«
»Sie müssen nicht gleich so ernst werden«, lächelte der Arzt. »Ich habe nichts Schreckliches mit Ihnen vor. Sagen Sie, ist das Haus in den letzten fünfzehn Jahren

sehr verändert worden? Vor allem die Inneneinrichtung?«
Elizabeth schüttelte den Kopf. »Das Haus hat sich seit Generationen nicht verändert – geschweige denn in den letzten Jahren.« Sie überlegte einen Moment. »Abgesehen von Sarahs Zimmer. Mutter hat Sarahs gesamte Sachen weggetan und die Wände streichen lassen.«
»Was meinen Sie mit ›weggetan‹?« fragte der Psychiater.
»Sie sind alle noch da«, erklärte Elizabeth. »In unserer Familie bedeutet ›wegtun‹, daß man Sachen auf den Speicher bringt.«
»Dann ist es ja gut. Ich möchte nämlich, daß Sie gemeinsam mit Sarah ihre alten Sachen durchgehen. Machen Sie ein Abenteuer daraus.«
»Das wird es sowieso«, lächelte Elizabeth. »Ich bin selbst seit Jahren nicht auf dem Speicher gewesen – ich glaube, ich war das letzte mal oben, kurz bevor Sarah hierher kam.«
Sie dachte einen Augenblick nach und fügte dann hinzu: »Nein, das stimmt doch nicht ganz. Einmal war ich später noch oben, aber nicht öfter.«
»Dann wird es sicher Spaß machen«, meinte Dr. Felding. »Und vielleicht finden Sie etwas, das Sarahs Gedächtnis auf die Sprünge hilft.«
»Es ist schlimm, daß das alles noch einmal aufgerührt werden muß«, sagte Elizabeth. »Der Tag damals war entsetzlich. Ich erinnere mich auch nicht mehr an alles – aber ich sehe Sarah immer noch auf das Haus zukommen, über und über mit Blut beschmiert . . .« Sie brach ab. Nach einer Weile fuhr sie fort: »Ich sehe ja ein, daß es für ihren Gesundungsprozeß erforderlich ist, aber ich finde es trotzdem grausam, sie dazu zu zwingen, sich an alles zu erinnern.«

»Ich denke genau wie Sie«, nickte Felding. »Aber es geht nicht anders.«
Er hörte Schritte im Flur und sah auf seine Uhr: Exakt zehn Minuten! Sarah war zurück.

»Es sieht genauso aus wie damals«, sagte Sarah, als Elizabeth in die Zufahrt einbog. »Nur kleiner. Ich hatte es viel größer in Erinnerung.«
»Angeblich ist das immer so mit Häusern, die man nur als Kind gesehen hat. Weil man selbst größer wird. Da man sich aber nicht größer fühlt, werden die Dinge um einen herum kleiner.«
Elizabeth fuhr den Wagen in die Garage und sie gingen zum Haus hinüber. Ohne sich dessen bewußt zu sein, hatte Elizabeth die Angewohnheit ihres Vaters übernommen, das Haus grundsätzlich nur durch die Vordertür zu betreten, und so steuerte sie auch jetzt darauf zu.
»Genau wie Vater«, bemerkte Sarah. Und als Elizabeth sie verständnislos ansah, erklärte sie: »Weißt du nicht mehr, daß er auch ausschließlich die Vordertür benutzte? Es war wie eine Zeremonie.«
»Das hatte ich ganz vergessen«, gestand Elizabeth. »Und du erinnerst dich tatsächlich daran?«
»Oh, ich erinnere mich praktisch an alles – sogar an das Jahr, bevor ich nach Ocean Crest kam. Nur an die letzten Wochen nicht. Da sind ein paar verschwommene Flecken – und ich bin nicht sicher, ob ich den Nebelschleier wirklich heben will. Ich nehme an, Larry hat dich informiert.«
»Nennst du alle Ärzte in Ocean Crest beim Vornamen oder ist Dr. Felding da eine Ausnahme?«
Sarah lachte. »Nein – er ist keine Ausnahme. Wir nennen uns alle beim Vornamen. In den ersten Jahren wußte ich

nicht einmal, daß Larry Arzt war; ich dachte, er sei auch ein Verrückter.«

Elizabeth sah sie konsterniert an. »Wie kannst du denn so etwas sagen!«

»Was meinst du damit?«

»Wie kannst du dich und die anderen Patienten als ›Verrückte‹ bezeichnen?«

»Tut mir leid«, sagte Sarah. »Ich hatte es vergessen: Außenseiter sind da ja wohl sehr empfindlich. Uns macht es nichts aus«, setzte sie heiter hinzu. »Uns gefällt die Bezeichnung ›Verrückte‹ viel besser als ›paranoide Schizophrene‹ oder ›manisch Depressive‹.«

»Ich werde mich nie an den Betrieb bei euch gewöhnen«, sagte Elizabeth. »Obwohl der Erfolg die Behandlungsmethoden ja durchaus rechtfertigt.«

»Warum läßt du dich nicht mal für eine Weile einweisen?« scherzte Sarah. »Wer weiß – wenn du dich richtig anstrengst, schaffst du es vielleicht, auch verrückt zu werden. Aber es ist nicht einfach. Man benötigt ungeheure Energie, um so zu sein, wie ich lange Zeit war. Vielleicht war ich einfach zu müde zum Sprechen.«

»Gehen wir zu Mrs. Goodrich?« schlug Elizabeth vor. Sie hatte plötzlich den dringenden Wunsch, das Thema zu wechseln: es war viel leichter für Sarah, über ihre Krankheit zu sprechen als für sie.

»Wie geht es ihr denn?« fragte Sarah.

»Ihrem Alter entsprechend recht ordentlich. Es kann sein, daß sie nicht weiß, wer du bist, und sie sagt möglicherweise auch ein paar merkwürdige Sachen, aber das hat nichts zu sagen.«

»Ich bin an Leute gewöhnt, die merkwürdige Sachen sagen«, antwortete Sarah grinsend. »Bring' mich zu ihr.«

Elizabeth schloß die Haustür auf, und sie traten in die Halle. »Alles wie damals«, sagte Sarah. »Genauso wie ich es in Erinnerung hatte.« Sie ging von einem Zimmer ins andere. »Du hast nichts verändert, nicht wahr? Hängt es dir nicht allmählich zum Hals heraus?«
»Warum sollte es?«
»Ich weiß nicht – ich glaube, ich hätte es nicht solange in immer derselben Umgebung ausgehalten.«
Aus irgendeinem Grund fühlte Elizabeth sich plötzlich unbehaglich. »Ich bin eben die Tochter meines Vaters«, erklärte sie ein wenig steif. »Er war auch gegen jede Veränderung.«
»Ich hoffe, du bist ihm nicht zu ähnlich«, sagte Sarah. »Denn wenn du es wärst, dann würde ich lieber nicht mit dir in den Wald gehen.«
Elizabeths Magen krampfte sich zusammen, und sie sah ihre Schwester entsetzt an. »Wie kannst du so etwas sagen, Sarah!«
Sarahs Lächeln verschwand. »Ich glaube, wir müssen uns dringend unterhalten, Elizabeth. Mrs. Goodrich kann ich später auch noch begrüßen. Wo wollen wir hingehen?«
»Ins hintere Arbeitszimmer«, schlug Elizabeth vor. »Dort halte ich mich am häufigsten auf.« Sie ging voraus und überlegte, was Sarah ihr wohl sagen wollte. Im Arbeitszimmer trat sie an die Bar und goß sich einen Drink ein.
»Gibst du mir auch einen?« bat Sarah, und als Elizabeth sie befremdet ansah erklärte sie: »In Ocean Crest gibt es auch Alkohol.«
Sie setzte sich, nahm das Glas entgegen und wartete, bis Elizabeth sich ihr gegenüber niedergelassen hatte.
»Hör zu, Elizabeth«, begann sie. »Ich weiß, daß du es schrecklich fandst, als ich grade diesen Scherz machte –

aber ich muß dir etwas erklären: ich weiß, was Dad damals im Wald mit mir gemacht hat – und es war wirklich schrecklich. Aber es ist vorbei. Vollkommen vorbei. Ich habe alle Stationen durchgemacht: Schmerz, Wut, Abscheu – alles. Und jetzt kann ich mich darüber mokieren. Ich stand lange Zeit unter einem Schock – aber jetzt nicht mehr. Die Sache gehört effektiv der Vergangenheit an. Es kommt mir sogar manchmal so vor, als sei es jemand ganz anderem passiert. Wenn ich mich jetzt darüber lustig mache, so kann ich Dad damit nicht mehr verletzen – Dad ist tot. Und dich sollte es auch nicht verletzen!«
»Ich fand es nur so . . . so . . .« Elizabeth suchte verzweifelt nach dem richtigen Wort.
»Makaber?« sprang Sarah ihr bei. »Damit magst du schon recht haben – aber es ist immer noch besser darüber zu witzeln, als sein Leben lang schweigend darüber zu brüten. Also laß mich die Sache handhaben wie ich will, okay?« Sie lächelte, und Elizabeth erwiderte das Lächeln unsicher.

Als sie nach dem Abendessen wieder im Arbeitszimmer saßen und an ihrem Brandy nippten, fragte Sarah: »Sehe ich Mutter wirklich so ähnlich?« Mrs. Goodrich hatte sie vom ersten Augenblick an mit »Miss Rose« tituliert und war auch nicht davon abgegangen, nachdem Elizabeth ihr lang und breit erklärt hatte, das Sarah nicht Rose war.
»Ja – ziemlich«, nickte Elizabeth. Und dann kam ihr plötzlich eine Idee. »Mas und Dads Photoalben sind oben auf dem Speicher. Wollen wir nicht hinaufgehen und nachschauen, ob wir ein Bild von Ma finden, als sie in deinem Alter war? Bei der Gelegenheit könnten wir auch

gleich noch nach den alten Spielsachen suchen, die wir als Kinder hatten.«

»Da hatte doch wohl Larry Felding seine Hand im Spiel«, grinste Sarah. »Aber ich muß zugeben, daß du es sehr gut gebracht hast – und ich kann es ja schließlich auch nicht ewig vor mir herschieben. Gehen wir also 'rauf.«

Die Tür zur Speichertreppe war abgeschlossen.

»Hoffentlich müssen wir sie nicht aufbrechen«, sagte Elizabeth. »Ich bin seit Jahren nicht oben gewesen, und ich habe keine Ahnung, wo der Schlüssel ist.«

Sarah streckte die Hand aus und fuhr mit den Fingern über den Türrahmen. Einen Augenblick später drehte sie den Schlüssel im Schloß.

»Woher wußtest du das denn?« fragte Elizabeth verblüfft.

Sarah zuckte die Achseln. »Ich weiß nicht. Wahrscheinlich habe ich mal beobachtet, wie jemand den Schlüssel da hin gelegt hat. Ist doch egal. Gehen wir 'rauf.« Sie schaltete das Licht ein und ging die Treppe hinauf.

»Schau dir das an!« rief sie gleich darauf verblüfft. Elizabeth trat neben sie. »Was meinst du denn?« Für sie sah der Speicher ganz normal aus.

»Da – die Ecke! Sie ist so sauber! Speicher sind doch sonst immer staubig, oder?«

Es stimmte: in einer Ecke stand mit dem Gesicht zur Wand ein Bild, und dort war kein Staub – nicht einmal auf dem Boden.

»Das ist wirklich merkwürdig«, stimmte Elizabeth zu.

»Meinst du, Mrs. Goodrich kommt hier 'rauf und macht sauber?« fragte Sarah.

Elizabeth schüttelte den Kopf. »Nein – ich bin sicher, daß sie seit Jahren nicht hier oben war. Und selbst wenn – warum sollte sie dann ausgerechnet diese Ecke putzen?«

Sie zuckte die Achseln und meinte: »Machen wir uns lieber auf die Suche nach den Sachen«. Sie stöberten den Speicher durch und stießen schließlich auf eine große Schachtel mit der Aufschrift »Sarah«.
»Da!« Elizabeth hielt sie ihrer Schwester triumphierend hin. »Hier hast du deine Vergangenheit.« Sarah berührte die Schachtel so zögernd, als fürchte sie, sich die Finger daran zu verbrennen. Aber dann gab sie sich einen Ruck. »Was du heute kannst besorgen...« murmelte sie entschlossen und öffnete die Schachtel. Ein wildes Durcheinander aus Kleidungsstücken, Kinderbüchern und Spielsachen lag vor ihr. Sie nahm jedes Stück einzeln heraus und erkannte alles wieder. Sie wußte sogar noch, welche der Kleidungsstücke sie am liebsten getragen und welche sie überhaupt nicht gemocht hatte.
»Puh!« sagte sie. »Erinnerst du dich an dieses gräßliche Ding?« Sie fischte ein braunes Halstuch aus dem Wust und hielt es mit zwei Fingern hoch. »Ich habe es immer gehaßt, weil es so kratzte. Warum Mutter es wohl aufgehoben hat?«
»Das war nicht Mutters Idee«, erklärte Elizabeth, »Dad bestand darauf, alles aufzuheben. Wahrscheinlich liegt die Geschichte der gesamten Conger-Sippe hier oben.«
»Eigentlich sollte man meinen, daß die Congers ihre Familiengeschichte lieber vergraben hätten als sie aufzubewahren, findest du nicht?« grinste Sarah. »Wenn ich da nur an den Familienfluch denke...«
Elizabeth sah ihre Schwester erstaunt an. »Ich hatte keine Ahnung, daß du darüber Bescheid weißt.«
»Aber natürlich«, nickte Sarah. »Es steht alles in meiner Akte in Ocean Crest – der ganze Unsinn mit der geheimen Höhle und so weiter.«

»Ray Norton sucht immer noch«, sagte Elizabeth.
»Ray Norton?« fragte Sarah ohne besonderes Interesse.
»Wer ist das?«
»Der Polizeichef. Er kommt jedes Frühjahr her und durchsucht den Wald und klettert an der Steilküste herum.«
»Ich wünschte, er würde etwas finden«, sagte Sarah. »Dann könnte ich mich vielleicht an die letzten Wochen damals erinnern und hätte endlich Ruhe.« Sie griff ganz tief in die Schachtel und zog etwas heraus. »Was ist denn das?«
Sie hatte eine Puppe in der Hand, deren einer Arm an der Schulter abgebrochen war. Es war eine merkwürdige Puppe in einem altmodischen, blauen Rüschenkleid und einem kleinen, blauen Hütchen auf dem Porzellankopf.
»An die erinnere ich mich nicht«, sagte Sarah. »Wo die wohl her ist?«
Elizabeth betrachtete sie eingehend, und ein merkwürdiges Gefühl überkam sie: es war der rechte Arm, der der Puppe fehlte – und vor fünfzehn Jahren war Sarah mit dem rechten Arm eines Kindes aus dem Wald nach Hause gekommen.
»Ich weiß es nicht«, sagte Elizabeth und legte die Puppe hastig in die Schachtel zurück. »Ich habe sie auch noch nie gesehen.« Dann klingelte es plötzlich unten an der Haustür. Elizabeth war froh, den Speicher verlassen zu können: Der Anblick der Puppe hatte sie stärker durcheinander gebracht, als sie zugeben wollte.
»Ich sehe mal nach, wer das ist«, sagte sie hastig. »Schau du doch inzwischen, ob du den Arm von der Puppe findest. Ohne ihn sieht sie so schrecklich aus.«
Und damit lief sie die Treppe hinunter.

»Wer ist da?« rief sie durch die geschlossene Haustür.
»Ray Norton!«
Elizabeth öffnete die Tür und ließ den Polizeichef ein. Als sie sein Gesicht sah, wußte sie sofort, daß etwas passiert sein mußte. Er war kalkweiß.
»Was ist los?« fragte sie. »Ist etwas nicht in Ordnung?«
»Ist Sarah da?« fragte Norton.
»Sie ist oben. Wir haben auf dem Speicher herumgekramt. Was ist passiert?«
»Ich fürchte, ich bringe schlechte Neuigkeiten«, sagte Norton. »Können wir ins Arbeitszimmer gehen?«
»Natürlich«, nickte Elizabeth. »Soll ich Sarah rufen?«
»Nein – ich möchte allein mit Ihnen sprechen.«
»In Ordnung – ich laufe nur schnell hinauf und sage Sarah, daß sie sich Zeit lassen kann. Wird es lange dauern?«
»Nein.«
Eine Minute später trafen sie sich im Arbeitszimmer.
»Sie haben etwas gefunden, nicht wahr?« sagte Elizabeth. »Im Wald?«
»Nein – nicht im Wald. Die Bauarbeiter haben heute die Decke der Höhle durchstoßen.«
»Die Decke der Höhle?« wiederholte Elizabeth. »Sie meinen die Höhle aus der Legende? Aber ich dachte ... wir dachten doch alle, sie existiert gar nicht.«
»Ich weiß. – Aber sie existiert doch.«
»War ... war irgendetwas drin?«
Norton nickte stumm. Es dauerte eine ganze Weile, bis er weitersprach. »Ich weiß, daß Sarah eigentlich ein paar Tage hierbleiben sollte, aber ich bin dafür, daß Sie sie morgen früh in die Klinik zurückbringen.«
»Warum denn schon morgen früh? Was haben Sie gefunden?«

»Vier Skelette – und die Überreste einer toten Katze. Drei der Skelette sind bereits identifiziert – es waren die Kinder, die vor fünfzehn Jahren verschwunden sind. Und an Jimmy Tylers Skelett fehlte der rechte Arm.«
»Sie sprachen doch von vier Skeletten«, sagte Elizabeth leise. »Von wem ist denn das vierte?«
»Das wissen wir nicht. Es scheint viel älter zu sein als die drei anderen. Wir wissen bis jetzt nur, daß es auch ein Kind gewesen ist – wahrscheinlich ein Mädchen.«
»Ich verstehe.«
»Nun – im Augenblick ist noch alles ruhig«, sagte Norton unbehaglich. »Aber morgen wird es hier von Neugierigen, Reportern und Photographen nur so wimmeln – und ich nehme nicht an, daß Sie Sarah dem aussetzen wollen.«
»Nein«, sagte Elizabeth kurz angebunden. Dann fragte sie angstvoll: »Was wird nun geschehen?«
»Ich weiß es nicht. Ich muß erst mit dem Gerichtsarzt und dem Bezirksstaatsanwalt sprechen – und das kann ich erst morgen.« Er stand nervös auf. »Sie werden verstehen, wenn ich jetzt gehe. Ich hätte überhaupt nicht kommen sollen, aber ich wußte, daß Sarah hier ist, und da wollte ich . . .«
»Ich weiß«, sagte Elizabeth. »Und ich danke Ihnen dafür.«
Sie sah seinem Wagen nach bis er abbog, schaltete das Licht über der Tür ein und kehrte ins Haus zurück. Während sie langsam die Treppe zum Speicher hinaufstieg, überlegte sie, was sie Sarah sagen sollte.

28

Sarah wachte in dieser Nacht immer wieder auf. Sie konnte sich nur schwer damit abfinden, daß sie schon am nächsten Morgen nach Ocean Crest zurück sollte – obwohl sie einsah, daß Elizabeth recht hatte, wenn sie meinte, daß sie nicht mit Mrs. Goodrich allein bleiben konnte: Dr. Felding hatte es zur Auflage gemacht, daß Elizabeth die ganze Zeit über mit ihr zusammen sein mußte. Und nun mußte Elizabeth den ganzen Tag in die Stadt! Sarah knüllte ihr Kopfkissen zusammen und versuchte, wieder einzuschlafen.

Als die Geräusche anfingen, glaubte Sarah zuerst an Einbildung, aber als sie nicht aufhörten, begann sie, angestrengt zu horchen: Irgendjemand war auf dem Speicher, das stand fest. Sie schlüpfte aus dem Bett, zog ihren Morgenmantel an und ging zu Elizabeth hinüber: ihr Bett war zwar zerwühlt aber leer. Sarah ging zur Speichertreppe und lauschte nach oben: Bewegungen. Dann Stille. Dann wieder Bewegungen. Sie wollte schon nachsehen gehen, überlegte es sich dann jedoch anders: sie kehrte in ihr Zimmer zurück, ließ die Tür jedoch einen Spalt breit offen stehen. Sie setzte sich auf die Bettkante und zündete sich eine Zigarette an. Sie hatte sie fast zu Ende geraucht, als sie Schritte die Treppe herunterkommen hörte. Sie ging zur Tür und spähte hinaus: Elizabeth war gerade dabei, die Tür zur Speichertreppe zuzuschließen und den Schlüssel an seinen Platz über der Tür zu legen. Dann verschwand sie in ihrem Zimmer. Danach blieb alles still. Sarah legte sich wieder hin.

Als sie am nächsten Morgen herunterkam, saß Elizabeth bereits im Eßzimmer. Es gab Kaffee und Brötchen.

»Es ist hübsch, nicht wahr?« lächelte Elizabeth. »Ich habe das Zimmer schon ewig nicht mehr benutzt – allein komme ich mir hier so verloren vor – aber jetzt mit dir ist es fast wie früher. Kaffee?«
Sarah nickte und setzte sich. Sie rührte in ihrer Kaffeetasse. »Was hast du denn letzte Nacht gemacht?« fragte sie unvermittelt.
»Letzte Nacht? Geschlafen natürlich«, antwortete Elizabeth verblüfft. »Warum fragst du?«
Sarah beschloß, ihrer Schwester nicht zu sagen, was sie letzte Nacht gesehen hatte. Offensichtlich wollte Elizabeth nicht zugeben, daß sie auf dem Speicher gewesen war.
»Ich weiß nicht.« Sie zuckte die Achseln. »Ich wachte mitten in der Nacht auf und bildete mir ein, Geräusche auf dem Speicher zu hören. Da dachte ich, daß du vielleicht oben wärst.«
»Geräusche auf dem Speicher? Ich habe nichts gehört. Ich schlafe allerdings auch wie ein Bär. Um wieviel Uhr war das denn?«
»Ich weiß nicht. Sehr spät. Eins oder zwei, denke ich.« Sie beobachtete ihre Schwester scharf, um ein Zeichen dafür zu entdecken, daß sie ihr etwas verschwieg – aber Elizabeth schien echt verwirrt.
»Ich dachte, du wärst vielleicht oben und würdest nach dem fehlenden Puppenarm suchen«, fuhr Sarah lächelnd fort.
»Ich war nicht oben«, sagte Elizabeth entschieden. »Außer ich bin seit neuestem unter die Schlafwandler gegangen. Hast du nachgeschaut?«
»Nein. Ich finde Speicher mitten in der Nacht nicht besonders anheimelnd.« Sie strich Butter auf ein Brötchen und

biß hinein. »Ich wünschte, ich müßte nicht schon heute zurück.«
»Mir tut es auch leid, aber ich kann die Sache leider nicht verschieben. Die Leute können mit dem Bau nicht weitermachen, bevor die Angelegenheit geklärt ist.«
Elizabeth hatte beschlossen, so nah wie möglich an der Wahrheit zu bleiben, ohne Sarah von der Entdeckung der Höhle zu erzählen. »Wir müssen bald los.«
Schweigend beendeten sie ihr Frühstück.

»Was machen Sie denn hier?« fragte Dr. Felding, als Elizabeth mit Sarah in sein Büro trat. »Ist mir ein Tag verloren gegangen?« In Sarahs Augen stand Enttäuschung, aber sie versuchte, es sich nicht anmerken zu lassen.
»Ich bin 'rausgeflogen«, sagte sie leichthin. Doch dann wurde sie wieder ernst. »Elizabeth muß heute dringend in die Stadt. Es wird den ganzen Tag dauern, und deshalb bin ich schon wieder hier.«
»Bring doch deinen Koffer 'rüber – ich unterhalte mich inzwischen mit deiner Schwester«, schlug Dr. Felding vor.
»Die üblichen zehn Minuten?«
»Gib mir heute mal ausnahmsweise zwanzig«, bat Dr. Felding grinsend. Aber Sarah hatte das Zimmer kaum verlassen, als er sich auch schon besorgt an Elizabeth wandte. »Der Polizeichef von Port Arbello hat mich heute früh angerufen«, berichtete er. »Ein gewisser Horton.«
»Norton«, verbesserte Elizabeth. »Ray Norton. Er war gestern nachmittag bei mir. Sie haben dann ja wohl damit gerechnet, daß ich Sarah heute zurückbringen würde, nicht wahr?«

»Ja«, nickte Dr. Felding. »Ich fürchte, ich habe schlechte Nachrichten für Sie.«
»Schlechte Nachrichten?«
»Norton hat die ganze Geschichte mit dem Bezirksstaatsanwalt durchgekaut. Der will Anklage erheben.«
»Anklage?« Elizabeth sprach das Wort aus, als habe sie es noch nie gehört.
»Er scheint zu glauben, daß er Sarah vor Gericht bringen kann. Wie es aussieht, haben sie den Arm von damals die ganzen Jahre aufgehoben – und er paßt genau zu einem der Skelette.«
»Zu Jimmy Tylers«, sagte Elizabeth leise. »Das hatte ich befürchtet. Als Mr. Norton mir gestern abend davon erzählte, nahm ich sofort an, daß Sarah damals seinen Arm aus dem Wald mitgebracht hatte. Aber ich wäre nie darauf gekommen, daß er noch existiert.«
Sie sah den Arzt flehentlich an. »Aber ich verstehe nicht . . . ich . . . ich meine, es ist doch bekannt, daß . . . daß Sarah damals nicht . . . daß sie . . .« Sie schreckte vor dem Wort zurück.
»Daß sie verrückt war, meinen Sie?« half ihr Dr. Felding. »Natürlich wissen sie das. Und natürlich wird auf Unzurechnungsfähigkeit plädiert werden, und natürlich wird sie auf keinen Fall verurteilt – aber sie sagen, sie müssen den Rechtsweg beschreiten, um den Fall abschließen zu können.«
»Aber wozu soll das gut sein?« fuhr Elizabeth auf. »Dadurch werden die Kinder nicht wieder lebendig – und Sarah hilft es auch nicht. Mein Gott – es wird entsetzlich für sie sein!«
»Ich weiß«, entgegnete Felding unbehaglich. »Ich sehe jedoch keine Möglichkeit, es zu vermeiden. Wenn sie

nicht wieder in so guter Verfassung wäre, gäbe es natürlich kein Verfahren; sie würde für verhandlungsunfähig erklärt. Aber wie die Dinge liegen, ist sie so gut wie gesund.«
»Abgesehen davon, daß sie sich noch immer nicht erinnern kann, was an dem Tag damals passiert ist«, sagte Elizabeth. »Wie kann man sie wegen etwas anklagen, woran sie sich überhaupt nicht erinnert?«
»Wir können nicht viel tun. Was wir allerdings tun müssen ist, ihr die Wahrheit sagen.«
»Die Wahrheit sagen?« Es war ihr gar nicht in den Sinn gekommen, daß Sarah Bescheid wissen mußte, aber natürlich war das völlig richtig. »Wann?« fragte sie.
»Jetzt«, sagte Dr. Felding. »Und ich denke, es wird ihr helfen, wenn Sie dabei sind. Vielleicht erinnert sie sich durch den Schock an alles, und es stellt sich heraus, daß sie mit der ganzen Sache nichts zu tun hat.« Man sah ihm an, daß er nicht so recht an diese Möglichkeit glaubte, doch Elizabeth bemerkte es nicht.
»Das wäre ja wunderbar!«
Ein paar Minuten später kam Sarah zurück.
»Ich bin froh, daß du noch da bist«, sagte sie zu Elizabeth. »Ich hatte schon gefürchtet, du würdest abfahren, ohne dich von mir zu verabschieden.« Dann bemerkte sie die ernsten Gesichter und ließ sich auf einen Stuhl sinken. »Es ist etwas passiert, nicht wahr? Du mußt heute überhaupt nicht in die Stadt, stimmt's? Was ist los? Wird mir jetzt endlich einer sagen, was los ist?«
Larry Felding sagte es ihr. Was man in der Höhle gefunden hatte und was ihr bevorstand. Sarah war leichenblaß. Sie konnte es nicht glauben.
Es gab die Höhle wirklich!

Und vier Leichen! Und einer fehlte der rechte Arm!
Eine tote Katze!
Ein Messer!
Das Blut! Das Blut und der Schlamm!
Sie begann sich zu erinnern und spürte, wie ihr Verstand sich umnebelte.
Schlaglichter blitzten in ihrem Kopf auf. Sie sah sich mitten in der Nacht über die Wiese stolpern. Sie folgte jemandem. Aber wem? sie hastete durch den Wald und versuchte, den undeutlichen Schatten vor sich nicht aus den Augen zu verlieren.
Felsen. Glitschige Felsen. Sie verdrehte sich den Knöchel. Sie kam nicht mehr mit. Der Schatten verschwand.
Dunkelheit. Ein geschlossener Raum. Ein Lichtstrahl in der Dunkelheit. Und eine Strickleiter. Wofür war die Strickleiter? Und Geräusche. Kinderstimmen. Fluchen, Schreie.
Ein Schacht. Sie schaute in einen Schacht, und unten war Licht. Es flackerte. Warum flackerte es?
Ein Messer. Sie sah eine Messerklinge in dem gelben Licht aufblitzen.
Und dann sah ein Gesicht zu ihr herauf. Wessen Gesicht? Sie erinnerte sich.
Ein schneidender Schmerz fuhr durch Sarahs Kopf, und sie preßte die Hände an die Schläfen. Sie sah sich in panischem Schrecken im Zimmer um. Das Gesicht war hier – hier mit ihr im selben Raum. Ihre Schwester!
»Elizabeth!« schrie sie. »Elizabeth...« Und dann war da noch ein anderer Name – ein Name, den sie in der Dunkelheit gehört hatte. »Elizabeth!« schrie sie wieder, und ihre Stimme überschlug sich. »Eliza... beth! Beth! Beth!«
Etwas rastete in Sarahs Kopf ein und ihre Hände sanken

in ihren Schoß herunter. Langsam kehrte die Farbe in ihr Gesicht zurück, aber es war ohne jeden Ausdruck. Ihre Augen – diese wunderschönen Augen, die so ausdrucksvoll und fröhlich geworden waren – waren leer.

»Sarah?« sagte Elizabeth leise. Sie berührte ihre Schwester am Arm, aber Sarah reagierte nicht. Sie saß ganz still und starrte vor sich hin.
»Sarah!« sagte Elizabeth noch einmal.
Dr. Felding war auf seinem Stuhl zusammengesunken. Es war so schnell gegangen. Er hätte eine Spritze mit einem Beruhigungsmittel bereithalten müssen. Es hätte nicht so schnell gehen dürfen. Sie hätte sich langsam erinnern müssen – Stück für Stück. Aber es war alles auf sie herniedergestürzt, und sie war nicht darauf vorbereitet gewesen. Die Vergangenheit hatte sie überwältigt. Er wußte, daß für Sarah alles vorüber war.
Er sah Elizabeth hilflos an.
»Es tut mir leid«, sagte er leise. »Mein Gott – es tut mir so unendlich leid.«
»Was ist denn passiert?« fragte Elizabeth verständnislos. »Was ist denn nur passiert? Sie ist doch in Ordnung, oder?« Ein leicht hysterischer Unterton lag in ihrer Stimme und Dr. Felding drückte auf einen verborgenen Knopf, der eine Krankenschwester mit einem Beruhigungsmittel auf den Plan rufen würde.
»Natürlich ist sie in Ordnung«, versicherte er. »Sie hat sich erinnert, das ist alles. Sie hat sich an alles erinnert.«
»Aber . . .« stammelte Elizabeth. »Aber sehen Sie sie doch an! Sie . . . sie sieht wieder aus wie . . . wie früher . . . bevor sie hierher kam . . .« Und als sie begriff, was geschehen war, fing sie hemmungslos zu schluchzen an. Ihre

Schwester war wieder fortgegangen – und diesmal würde sie vielleicht nie mehr in die Wirklichkeit zurückfinden.

Es war schon später Nachmittag, als man sie gehen ließ – und selbst dann bestand Dr. Felding darauf, Elizabeth nach Hause zu fahren. Ein Angehöriger des Personals von Ocean Crest fuhr mit dem Chevrolet hinterher, um den Arzt wieder zur Klinik zurückzufahren.
»Ich glaube nicht, daß wir es hätten verhindern können«, sagte Dr. Felding. »Es ging zu schnell. Sie hat sich einfach abgekapselt.«
Elizabeth fühlte sich wie betäubt. Sie hörte immer wieder, wie Sarah ihren Namen rief. »Elizabeth ... Elizabeth ...« Und dann diesen anderen Namen. »Beth. Beth.« Irgendwo tief in ihrem Innern rührte sich etwas.
»Sie hat Sie sehr geliebt«, sagte Dr. Felding. »Deshalb hat sie auch zum Schluß Ihren Namen gerufen, sie wollte, daß Sie ihr helfen.« Er legte eine Hand auf Elizabeths und drückte sie leicht.
»Soll ich noch mit 'reinkommen?« fragte der Arzt, als sie in die Zufahrt einbogen.
Elizabeth schüttelte den Kopf. »Nein. Ich danke Ihnen. Es geht schon. Wirklich.«
Widerwillig ließ Felding sie allein aussteigen und blieb sitzen, bis sie im Haus verschwunden war. Dann stieg er in seinen Wagen um, warf noch einen Blick auf das Haus und gab das Zeichen zur Abfahrt. Eines Tages, dachte er – eines Tages wird die Vergangenheit ihre Umklammerung lösen, und Sarah wird frei sein.

Elizabeth saß am Feuer und starrte auf den leeren Fleck über dem Kamin. Der Name ließ sie nicht los.

Beth.
Beth.
Sarah hatte nicht um Hilfe gerufen. Es war ein anklagender Aufschrei gewesen. Aber wen hatte sie angeklagt? Sie hatte das Gefühl, daß es etwas gab, an das sie sich hätte erinnern sollen. War letzte Nacht jemand auf dem Speicher gewesen? Hatte Sarah wirklich etwas gehört? Sie beschloß hinaufzugehen und sich umzusehen.

Oben angekommen, wurde sie wie von einer magischen Kraft in die Ecke gezogen, die so merkwürdig sauber war, dorthin, wo das alte Portrait lehnte.

Elizabeth drehte es um und schaute es an. Sie konnte sich nicht erinnern, warum sie damals darauf bestanden hatte, daß es von der Wand genommen wurde. Das Kind sah doch so hübsch aus in seinem blauen Rüschenkleid und dem blauen Häubchen, das frech auf den langen, blonden Locken saß. Elizabeth beschloß, das Bild mit hinunter zu nehmen und wieder an seinen Platz zu hängen.

Und dann sah sie plötzlich die Puppe – die Puppe mit dem fehlenden Arm: sie saß auf einem alten Buch; das Buch kam ihr seltsam bekannt vor. Sie beschloß, alle drei Dinge mit ins Arbeitszimmer zu nehmen.

Unten angekommen hängte sie das Bild über den Kamin und trat ein paar Schritte zurück, um es zu bewundern. Es war richtig so, daß wußte sie – es gehörte dorthin.

Sie setzte die Puppe auf einen Stuhl. Und dann fiel ihr plötzlich auf, daß die Puppe genauso angezogen war wie das Mädchen auf dem Bild. Es muß ihre Puppe gewesen sein, dachte Elizabeth. Beth's Puppe.

Sie setzte sich in den Ohrensessel. Beth's Puppe, wiederholte sie im Stillen. Warum hatte sie das gedacht? War das der Name des Mädchens auf dem Bild – des Mädchens, das ihr so ähnlich sah, wie alle Leute behauptet hatten? Sie nahm das alte Buch zur Hand und schlug es auf. Sie hatte es schon einmal gesehen. Vor langer, langer Zeit. Es war ein Tagebuch. Die vergilbten Seiten waren liniert und eng beschrieben. Ganz offensichtlich von einem Kind. Vieles war verblaßt und unleserlich, aber Elizabeth konnte noch Teile entziffern.

Er schaut mich immer an.

Heute hat er mich beobachtet. Er beobachtet mich, wenn ich auf der Wiese spiele.

Heute hat mein Vater versucht, mir weh zu tun.

Ich wünschte, er würde fortgehen. Ich wünschte, mein Vater würde fortgehen. Mutter will auch, daß er fortgeht.

Heute hat er wieder versucht, mir weh zu tun. Warum tut Daddy mir weh?

Der Rest war nicht mehr zu lesen. Elizabeth blätterte langsam weiter und machte das Tagebuch schließlich wieder zu. Dann schlug sie es noch einmal ganz vorne auf und las die Inschrift auf der ersten Seite. Sie war offensichtlich von einem Mann geschrieben und noch ganz deutlich zu lesen. Die Initialen darunter waren die gleichen wie die ihres Vaters: J. C. Das kleine Mädchen hatte das Tagebuch offenbar von seinem Vater bekommen.

Sie legte es beiseite und starrte zu dem Portrait hinauf. Es war dein Tagebuch, dachte sie. Es war deins, nicht wahr? Cecil, ihr alter Kater, schlüpfte ins Zimmer und rieb seinen Kopf an ihrem Bein. Sie nahm ihn auf den Schoß und während sie ihn streichelte, ließ sie keinen Blick von dem Bild.

Es war schon sehr spät, als Elizabeth endlich aufstand. Sie warf noch einen Blick auf die Puppe und ging dann mit Cecil auf dem Arm in die Küche. Dort zog sie eine Schublade auf und nahm das größte Messer heraus, das sie finden konnte. Ohne sich die Mühe zu machen, die Schublade wieder zu schließen, kehrte sie ins Arbeitszimmer zurück und starrte stumm das Bild an.

»Schon gut«, sagte sie schließlich. »Schon gut.«

Mit einer Hand drückte sie den Kater an sich, in der anderen hielt sie das Messer. Und so verließ Elizabeth Conger mit langsamen Schritten das Haus.

Sie ging über die Wiese auf die Steilküste zu. Und während sie durch die Nacht ging, wiederholte sie im Geist immer wieder die Inschrift aus dem alten Tagebuch.

»Lasset die Kindlein zu mir kommen«, hatte da gestanden.

Elizabeth Conger folgte der Aufforderung.

John Saul

Der Meister des psychologischen Horror-Romans verbindet sanftes Grauen mit haarsträubendem Terror. Er versteht es, seinen Lesern das Gruseln zu lehren.

01/7659

01/7755

01/7873

01/7944

01/8035

Darüber hinaus sind als Heyne-Taschenbücher erschienen:

„Blinde Rache"
(01/6636)
„Wehe, wenn sie wiederkehren"
(01/6740)
„Das Kind der Rache"
(01/6963)

Wilhelm Heyne Verlag München

STEPHEN KINGS NEUER WELTERFOLG ERSTMALS IM TASCHENBUCH!

Die Bürger einer verschlafenen amerikanischen Kleinstadt werden plötzlich aus ihrem gewöhnlichen Alltag gerissen. Mit einer Entdeckung hält auch das Grauen Einzug...

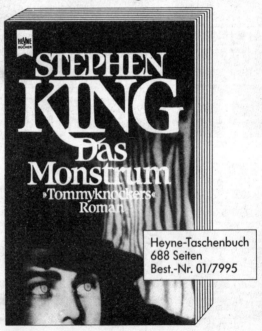

Heyne-Taschenbuch
688 Seiten
Best.-Nr. 01/7995

WILHELM HEYNE VERLAG MÜNCHEN